中国现代文学经典
1917—2012（四）（第二版）

Zhongguo Xiandai Wenxue Jingdian 1917—2012

朱栋霖 主编
汪文顶 本卷主编

北京大学出版社
PEKING UNIVERSITY PRESS

图书在版编目(CIP)数据

中国现代文学经典:1917~2012.4/朱栋霖主编;汪文顶分册主编.—2版.—北京:北京大学出版社,2014.6
(博雅大学堂·文学)
ISBN 978-7-301-24216-2

Ⅰ.①中… Ⅱ.①朱…②汪… Ⅲ.①中国文学-现代文学-作品综合集-高等学校-教材 Ⅳ.①I216.1

中国版本图书馆 CIP 数据核字(2014)第 089413 号

| 书　　　名：中国现代文学经典 1917—2012(四)(第二版)
| 著作责任者：朱栋霖 主编　汪文顶 本卷主编
| 责 任 编 辑：张雅秋
| 标 准 书 号：ISBN 978-7-301-24216-2/I·2764
| 出 版 发 行：北京大学出版社
| 地　　　址：北京市海淀区成府路 205 号　100871
| 网　　　址：http://www.pup.cn　新浪官方微博:@北京大学出版社
| 电 子 信 箱：pkuwsz@126.com
| 电　　　话：邮购部 62752015　发行部 62750672　出版部 62754962
| 　　　　　　编辑部 62752022
| 印 刷 者：河北滦县鑫华书刊印刷厂
| 经 销 者：新华书店
| 　　　　　　650mm×980mm　16 开本　26 印张　460 千字
| 　　　　　　2007 年 1 月第 1 版
| 　　　　　　2014 年 6 月第 2 版　2023 年 6 月第 11 次印刷
| 定　　　价：55.00 元

未经许可,不得以任何方式复制或抄袭本书之部分或全部内容。
版权所有,侵权必究
举报电话:010-62752024　电子信箱:fd@pup.pku.edu.cn

目录

前 言/1

诗 歌(1949—2012)

臧克家
　有的人
　　——纪念鲁迅有感/3

艾 青
　礁石/5
　古罗马的大斗技场/5

邵燕祥
　中国的道路呼唤着汽车/12
　中国的汽车呼唤着高速公路/13

闻 捷
　苹果树下/16

郭小川
　闪耀吧,青春的火光/18
　望星空/23

饶阶巴桑
　牧人的幻想/32

流沙河
　草木篇/35

蔡其矫
　川江号子/37

贺敬之
　雷锋之歌(节选)/38

目录

食 指
相信未来/48

绿 原
重读《圣经》
——"牛棚"诗抄第n篇/50

牛 汉
华南虎/54

多 多
致太阳/56

天安门诗抄
扬眉剑出鞘/57

穆 旦
冬/58

公 刘
沉思
——读摄影作品《最后的时刻》/61

北 岛
回答/63

舒 婷
致橡树/65
双桅船/66

骆耕野
不满/67

梁小斌
中国,我的钥匙丢了/71

雷抒雁
小草在歌唱
——悼女共产党员张志新烈士/73

顾 城
弧线/80
感觉/80

海 子
新娘/82

目录

骆一禾
　　麦地
　　——致乡土中国/83

杨　炼
　　大雁塔/85

韩　东
　　有关大雁塔/93

西　川
　　一个人老了/94

于　坚
　　〇档案(节选)/96

王家新
　　转变/98

臧　棣
　　我喜爱蓝波的几个理由/100

郑愁予
　　错误/102

痖　弦
　　红玉米/103

余光中
　　乡愁/105
　　高楼对海/105

洛　夫
　　舞者/107

羁　魂
　　庙街榕树头/108

苇　鸣
　　蠔境意象十首(节选)/109

陶　里
　　冬夜的预言/110

散　文(1949—2012)

巴　人
　　况钟的笔/113

目录

傅 雷
  家书两封/115
秦 牧
  社稷坛抒情/118
杨 朔
  雪浪花/123
周瘦鹃
  夏天的瓶供/126
冰 心
  一只木屐/128
邓 拓
  说大话的故事/130
唐 弢
  八道六难/132
郭 风
  花卉·风景画试作/135
巴 金
  怀念萧珊/141
徐 迟
  哥德巴赫猜想/150
菡 子
  看戏/170
孙 犁
  残瓷人/173
贾平凹
  秦腔/175
周 涛
  巩乃斯的马/180
汪曾祺
  端午的鸭蛋/184
柯 灵
  龙年谈龙/186
萧 乾
  京白/189

目录

宗　璞
　　燕园石寻/192

余秋雨
　　风雨天一阁/194

史铁生
　　我与地坛/204

斯　妤
　　夜晚/217

梁　衡
　　壶口瀑布记/220

张中行
　　剥啄声/221

韩小蕙
　　为你祝福/223

王开林
　　澡雪/229

刘　郎
　　苏园六纪(之四)·蕉窗听雨/233

莫　言
　　讲故事的人
　　——诺贝尔文学奖获奖演讲/240

琦　君
　　髻/249

王鼎钧
　　那树/252

余光中
　　听听那冷雨/255

张晓风
　　一个女人的爱情观/260

梁实秋
　　台北家居/263

梁锡华
　　漫语慢蜗牛/266

目录

许达然
　　回家/269
简　娭
　　四月裂帛/272
董　桥
　　藏书家的心事/284
林燿德
　　鱼梦/287
林清玄
　　光之四书/293
钟怡雯
　　垂钓睡眠/299

戏　　剧（1949—2012）

老　舍
　　茶馆（第一幕、第三幕）/305
田　汉
　　关汉卿（第六场、第八场）/334
高行健　刘会远
　　绝对信号/348
马　森
　　花与剑/394

前　言

《中国现代文学经典 1917—2012》(第二版)是在《中国现代文学经典 1917—2000》的基础上修订而成；修订内容主要是增加了 21 世纪部分作品，适量删减了部分编者认为已经不适应当下教学的篇目。本教材系中国语言文学、新闻传播等专业的主干课教材，与朱栋霖等主编的《中国现代文学史 1917—2012》(第二版)相配套，被列入教育部"十五"国家级教材规划。习近平总书记在《高举中国特色社会主义伟大旗帜　为全面建设社会主义现代化国家而团结奋斗——在中国共产党第二十次全国代表大会上的报告》中指出："坚守中华文化立场，提炼展示中华文明的精神标识和文化精髓，加快构建中国话语和中国叙事体系，讲好中国故事、传播好中国声音，展现可信、可爱、可敬的中国形象。"本书秉承这一思想，为国内各高校中国语言文学等相关专业的广大师生呈现了这些中国现当代文学经典作品。

自 1917 年五四运动以来，中国文学曾经产生许多优秀的作品，它们是现代以来中国文学史的重要构成，也是中国现代文学教学的主要内容。本书选目，旨在以新的文学史观、新的文学观重新遴选五四以来迄今的中国文学经典。选篇包括小说、新诗、散文、戏剧诸文体，各时期重要作家、各种风格流派的代表性作品，也适当遴选了台湾、香港、澳门地区的代表性作品。本选本以最精炼的选目，希望以此呈现中国现代文学发展的一个缩影，为高校中国现代文学的教学提供一个有新意的、实用性强的作品选读本。

本选本强调教学实用性。考虑到高校扩招，各校学生多而图书少，本选本选录了几篇重要的中篇小说与多幕剧，以供教学之需。有一些文学名篇，已被现行中学语文课本列为精讲篇目，又被各种选本多次选录，为节省篇幅，本书一般不再重复选入。

长篇小说是现代文学教学的重点之一。限于篇幅，长篇小说不能入选，分别存目于第一卷、第三卷选篇目录之后。存目作品意在给本课程教学提供一个基本的阅读书目，任课教师可根据各校教学情况与学术特点，选择其中部分作品指导学生阅读。我们不主张提供长篇小说的故事梗概，为的是引导学生直接阅读原著。

入选作品，尽量采用初版本；若初版本难找到，或初版本与重版本的文字无大的变化,则采用通行的重要版本。所有入选作品的版本出处,均在该作品后以括号注明。

本书编目,在每卷每一文体内以作品发表或出版时间为序编排,同一作家有若干篇作品入选的,则相对集中于该作家首篇入选作品之后。台湾、香港、澳门地区的文学作品本应与内地作家作品一起按发表时间编排,但考虑到教学时查阅方便,这部分作品相应集中在每一文体的后半部分。

本书编选工作由吉林大学、武汉大学、浙江大学、福建师范大学和苏州大学合作完成。

全书四卷:

第一卷　小说(1917—1949)　　　　　　张福贵　主编
第二卷　诗歌散文戏剧(1917—1949)　　龙泉明　主编
第三卷　小说(1949—2012)　　　　　　吴秀明　主编
第四卷　诗歌散文戏剧(1949—2012)　　汪文顶　主编

编选工作获得海内外专家的支持和指导,他们提供了不少宝贵意见与建议;教育部高教司和文科处领导一贯高度重视与支持;北京大学出版社责任编辑张雅秋投入了大量劳动。在此,向大家表示衷心的感谢!

我们热诚地希望海内外同行教师、大学生对本教材提出宝贵意见。

朱栋霖
2014 年 4 月

诗 歌

(1949—2012)

臧克家

有的人
——纪念鲁迅有感

有的人活着
他已经死了;
有的人死了
他还活着。

有的人
骑在人民头上:"呵,我多伟大!"
有的人
俯下身子给人民当牛马。

有的人把名字刻入石头想"不朽";
有的人
情愿作野草,等着地下的火烧。

有的人
他活着别人就不能活;
有的人
他活着为了多数人更好地活。

骑在人民头上的,
人民把他摔垮;
给人民作牛马的,
人民永远记住他!

把名字刻入石头的,
名字比尸首烂得更早;

只要春风吹到的地方,
到处是青青的野草。

他活着别人就不能活的人,
他的下场可以看到;
他活着为了多数人更好活的人,
群众把他抬举得很高,很高。

1949 年 11 月 1 日于北京
(原载 1949 年 11 月 1 日北京《新民报·萌芽》第 16 号)

艾青

礁　石

一个浪,一个浪
无休止地扑过来
每一个浪都在它脚下
被打成碎沫,散开……

它的脸上和身上
像刀砍过的一样
但它依然站在那里
含着微笑,看着海洋……

1954年7月25日

(选自《艾青诗选》,人民文学出版社1979年版)

古罗马的大斗技场

也许你曾经看见过
这样的场面——
在一个圆的小瓦罐里
两只蟋蟀在相斗,
双方都鼓动着翅膀
发出一阵阵金属的声响,
张牙舞爪扑向对方
又是扭打、又是冲撞,

经过了持久的较量,
总是有一只更强的
撕断另一只的腿
咬破肚子——直到死亡。

古罗马的大斗技场
也就是这个模样,
大家都可以想像
那一幅壮烈的风光。

古罗马是有名的"七山之城"
在帕拉丁山的东面
在锡利山的北面
在埃斯揆林山的南面
那一片盆地的中间
有一座——可能是
全世界最大的斗技场,
它像圆形的古城堡
远远看去是四层的楼房,
每层都有几十个高大的门窗
里面的圆周是石砌的看台
可以容纳十多万人来观赏。

想当年举行斗技的日子
也许是一个喜庆的日子,
这儿比赶庙会还要热闹
古罗马的人穿上节日的盛装
从四面八方都朝向这儿
真是人山人海——全城欢腾
好像庆祝在亚洲和非洲打了胜仗
其实只是来看一场残酷的悲剧
从别人的痛苦激起自己的欢畅。

号声一响
死神上场

当角斗士的都是奴隶
挑选的一个个身强力壮,
他们都是战败国的俘虏
早已妻离子散、家破人亡,
如今被押送到斗技场上
等于执行用不着宣布的死刑
面临着任人宰割的结局
像畜棚里的牲口一样;

相搏斗的彼此无冤无仇
却安排了同一的命运,
都要用无辜的手
去杀死无辜的人;
明知自己必然要死
却把希望寄托在刀尖上;

有时也要和猛兽搏斗
猛兽——不论吃饱了的
还是饥饿的都是可怕的——
它所渴求的是温热的鲜血,
奴隶到这里即使有勇气
也只能是来源于绝望,
因为这儿所需要的不是智慧
而是必须压倒对方的力量;

看那些"打手"多么神气!
他们是角斗场雇用的工役
一个个长的牛头马面
手拿铁棍和皮鞭
(起先还带着面具
后来连面具也不要了)
他们驱赶着角斗士去厮杀
进行着死亡前的挣扎;
最可怜的是那些蒙面的角斗士

(不知道是哪个游手好闲的
想出如此残忍的坏点子!)
参加角斗的互相看不见
双方都乱挥着短剑寻找敌人
无论进攻和防御都是盲目的——
盲目的死亡、盲目的胜利。

一场角斗结束了
那些"打手"进场
用长钩子钩曳出尸体
和那些血淋淋的肉块
把被戮将死的曳到一旁
拿走武器和其它的什物,
奄奄一息的就把他杀死;
然后用水冲刷污血
使它不留一点痕迹——
这些"打手"受命于人
不直接去杀人
却比剑子手更阴沉。
再看那一层层的看台上
多少万人都在欢欣若狂
那儿是等级森严、层次分明
按照权力大小坐在不同的位置上,
王家贵族一个个悠闲自得
旁边都有陪臣在阿谀奉承;
那些宫妃打扮得花枝招展
与其说她们是来看角斗
不如说到这儿展览自己的青春
好像是天上的星斗光照人间;
有"赫赫战功"的,生活在
奴隶用双手建造的宫殿里
奸淫战败国的妇女;
他们的餐具都沾着血
他们赞赏血腥的气味;

能看人和兽搏斗的
多少都具有兽性——
从流血的游戏中得到快感
从死亡的挣扎中引起笑声,
别人越痛苦,他们越高兴;
(你没有听见那笑声吗?)
最可恨的是那些
用别人的灾难进行投机
从血泊中捞取利润的人,
他们的财富和罪恶一同增长,
斗技场的奴隶越紧张
看台上的人群越兴奋;
厮杀的叫喊越响
越能爆发狂暴的笑声;
看台上是金银首饰在闪光
斗场上是刀叉匕首在闪光;
两者之间相距并不远
却有一堵不能逾越的墙。

这就是古罗马的斗技场
它延续了多少个世纪
谁知道有多少奴隶
在这个圆池里丧生。
神呀,宙斯呀,丘比特呀,耶和华呀,
一切所谓"万能的主"呀,都在哪里?
为什么对人间的不幸无动于衷?
风呀,雨呀,雷霆呀,
为什么对罪恶能宽容?

奴隶依然是奴隶
谁在主宰着人间?
谁是这场游戏的主谋?
时间越久,看得越清:
经营斗技场的都是奴隶主
不论是老泰尔克维尼乌斯

还是苏拉、凯撒、奥大维……
都是奴隶主中的奴隶主——
嗜血的猛兽、残暴的君王!

"不要做奴隶!
要做自由人!"
一人号召
万人响应
为了改变自己的命运
就要捣毁万恶的斗技场;
把那些拿别人生命作赌的人
钉死在耻辱柱上!

奴隶的领袖
只有从奴隶中产生;
共同的命运
产生共同的思想;
共同的意志
汇成伟大的力量。
一次又一次地举起义旗
斗争的才能因失败而增长
愤怒的队伍像地中海的巨浪
淹没了宫殿,掀翻了凯旋门
冲垮了斗技场,浩浩荡荡
觉醒了的人们誓用鲜血灌溉大地
建造起一个自由劳动的天堂!

如今,古罗马的大斗技场
已成了历史的遗物,像战后的废墟
沉浸在落日的余晖里,像碉堡
不得不引起我疑问和沉思;
它究竟是光荣的纪念,
还是耻辱的标志?
它是夸耀古罗马的豪华,
还是记录野蛮的统治?

它是为了博得廉价的同情,
还是谋求遥远的叹息?

时间太久了
连大理石也要哭泣;
时间太久了
连凯旋门也要低头;
奴隶社会最残忍的一幕已经过去
不义的杀戮已消失在历史的烟雾里
但它却在人类的良心上留下可耻的记忆
而且向我们披示一条真理:
血债迟早都要用血来偿还;
以别人的生命作为赌注的
就不可能得到光彩的下场。

说起来多少有些荒唐——
在当今的世界上
依然有人保留了奴隶主的思想,
他们把全人类都看作奴役的对象
整个地球是一个最大的斗技场。

1979年7月,北京
(选自《艾青诗选》,人民文学出版社1979年版)

邵燕祥

中国的道路呼唤着汽车

你可知道祖国的辽阔？
你可曾用脚量过道路？
你数没数过中国有多少条道路——
穿行高山，横渡大河，
联结着三家村和万家灯火的城市，
联结着车站和码头，
联结着工厂、仓库、合作社，
绕过牧民的帐篷、农民的门口，
又从你脚下伸过；

你可认得这些道路——
像树干生出枝桠，
像胳膊挽着胳膊，
像头发，像蛛网，
交织在山谷，在平原，
在又像山谷又像平原的高原上；

在那穷年累月没有见过好车马的山野，
你可看见有一条新的道路通过——
它驮着农具、肥料和纸张，
还有粮食、棉麻、甜菜和山货；

在那环海的公路旁边，
海浪泼溅着陡峭的岩岸；
你可看见海防的战士
等待着粮秣和子弹！

你可曾走过这些道路？

你可曾听到道路在呼唤?
它们都通到第一汽车制造厂,
对我们建设者大声地说:
——我们需要汽车!

我们满怀着热情,
大声地告诉负重的道路:
——我们要让中国用自己的汽车走路,
我们要把中国架上汽车,
开足马力,掌稳方向盘,
一日千里、一日千里地飞奔……

1954年8月5日

(选自《献给历史的情歌》,人民文学出版社1980年版)

中国的汽车呼唤着高速公路

五十年代
我曾听到过
中国的道路呼唤着汽车……

渴望着插上风的翅膀
飞驰过家乡、祖国的热土,
飞驰过道旁人家,
飞驰过道旁树,
还有那树头架线的土电杆,
一段段土墙,一间间茅屋,
甩到后边去,
统统甩到后边去——
田野像扇面甩开,
又像扇面收束……

不要牧歌,
不要讲古,
要的是速度!速度!速度!
在加速转动的地球上
有我们新的征途。
再不能仅仅靠小米加步枪,
再不能靠木船打军舰,
再不能靠两条腿,
去追赶十轮卡的轱辘!

在泥泞的路上渥过车,
在崎岖的山道,急转的险弯,
几乎翻车跌下深谷。
但是要前进,
前进是惟一的路。
再不能只是夸耀方向盘,
而安于老牛破车的速度!

高速度!
高速度!
这就是国家的安全,
民族的富强,
人民的幸福!

高速度;
高速度;
渴望了十年、二十年,
但是直到一九七八年,
中国还没有高速公路!

原野虽然辽阔,
狭窄的公路上
摊晒着三家两户的粮食,
还有缓缓行进的
推着风帆的架车,

造成多少次磨蹭,停滞,梗阻!

就是在我们心爱的首都,
汽车也往往拥塞于途,
不得不龟行慢步——
红灯,又是红灯!
障碍物,又是障碍物!

太阳有自己的轨道,
行星也有自己的轨道,
不许流星挡路,
在宇宙间运转自如。
啊,我的家乡,
我的祖国,
我的寸金的时间,
我的寸金的热土!

空话不能起动汽车,
豪言壮语也不能铺路。
但我们难道还不能铺一条
高速公路——
有这么多的痛苦,
有这么多的愤怒,
甚至有这么多的血肉,
化为我们特有的混凝土!

我的
难以割舍的
亲爱的同志们:
听,中国的汽车
呼唤着
高速公路!

1978年12月26日

(原载《人民文学》1979年第1期)

闻 捷

苹果树下

苹果树下那个小伙子,
你不要、不要再唱歌;
姑娘沿着水渠走来了,
年轻的心在胸中跳着。
她的心为什么跳呵?
为什么跳得失去节拍?……

春天,姑娘在果园劳作,
歌声轻轻从她耳边飘过,
枝头的花苞还没有开放,
小伙子就盼望它早结果。
奇怪的念头姑娘不懂得,
她说:别用歌声打扰我。

小伙子夏天在果园度过,
一边劳动一边把姑娘盯着,
果子才结得葡萄那么大,
小伙子就唱着赶快去采摘。
满腔的心思姑娘猜不着,
她说:别像影子一样缠着我。

淡红的果子压弯绿枝。
秋天是一个成熟季节,
姑娘整夜整夜地睡不着,
是不是挂念那树好苹果?
这些事小伙子应该明白,
她说:有句话你怎么不说?

……苹果树下那个小伙子，
你不要、不要再唱歌；
姑娘踏着草坪过来了，
她的笑容里藏着什么？……
说出那句真心的话吧！
种下的爱情已该收获。

1952—1954年，乌鲁木齐—北京
（选自《闻捷诗选》，人民文学出版社1979年版）

郭小川

闪耀吧，青春的火光

我几乎不能辨认
　　　　　这季节
　　　　　　　　到底是夏天还是春天，
因为
　　在我目光所及的地方
　　　　　　　　处处都浮跃着新生的喜欢，
我几乎计算不出
　　　　　我自己
　　　　　　　　究竟是中年还是青年，
因为
　　从我面前流过的每一点时光
　　　　　　　　　都是这样新鲜。
我呀
　　——好动而且兴趣过于广泛，
只是对
　　　这样的生活
　　　　　　　发生了永世不渝的爱恋，
我呀
　　——渺小而平凡，
可是我把自己
　　　　　看做巨人
　　　　　　　辽阔的国土就是我的家园。
敬爱的朋友们啊
　　　　　　不是我这人
　　　　　　　　有什么奇异的性格，
而是由于
　　　　我们生活在
　　　　　　　一个最奇异的中国。

中国曾经是一个
　　　　　　贫穷的、勤恳的、孤单的
　　　　　　　　　　　　　　老婆婆，
生活的重负
　　　　使她的皮肉变得干瘪
　　　　　　　　　　　　头上的白发光脱，
而生活的热情
　　　　　　却没有减退
　　　　　　　　　　劳动的机能也没有衰落，
活呵，活呵
　　　　哪管难以忍受的饥寒
　　　　　　　　　　与老年人的寂寞！
……忽然有一天
　　　　　　骄傲的少女时代
　　　　　　　　　　　居然在她身上复活，
她
　　于是在地球的脊梁上
　　　　　　　　　同地球一起隆隆地转进着，
在她的周遭
　　　　腾起了风声簌簌
　　　　　　　　　　和玫瑰色的云烟朵朵，
她身上的每根血管
　　　　　　　如同河流
　　　　　　　　　　跳荡着闪电般的光波，
可是她温柔而敦厚
　　　　　　仍然没有改变
　　　　　　　　　　仁慈的老祖母的品德，
她以灼热的激情
　　　　　　在她的儿女心中
　　　　　　　　　　　点燃了青春之火。
啊，我的同时代的
　　　　　　伙伴们，
青春
　　属于你
　　　　属于我

　　　　　属于我们每一个人，
让我们
　　　同我们的祖国一起
　　　　　　　　度过这壮丽的青春。
然而
　　青春
　　　　不只是秀美的发辫
　　　　　　　　　和花色的衣裙，
在青春的世界里
　　　　　　沙粒要变成真珠
　　　　　　　　　石头要化做黄金；
青春的所有者
　　　　　也不能总在高山麓、溪水旁
　　　　　　　　　　谈情话、看流云，
青春的勉力
　　　　　应当叫枯枝长出鲜果
　　　　　　　　　沙漠布满森林；
大胆的想望
　　　　　不倦的思索
　　　　　　　　一往直前的行进，
这才是
　　青春的美
　　　　　青春的快乐
　　　　　　　　青春的本分！
是啊,我们不要
　　　　　那种旁观者，
他来到这世界上
　　　　　既不同谁发生争执
　　　　　　　　　也不办半点交涉，
不,我们是沸腾的铁水
　　　　　每一滴
　　　　　　　　都发出高热，
我们走到哪里
　　　　　就把哪里的黑暗和寒冷
　　　　　　　　　冲破；

我们不喜欢
　　　　　那种饶舌的"勇士",
瀑布般的埋怨之声
　　　　　　淹没了
　　　　　　　　露珠大的真正的努力,
不,我们是生活的勘测员
　　　　　　珍惜大地上的
　　　　　　　　　　每一块矿石,
当我们与恶行作战
　　　　　　也不用无力的叹息
　　　　　　　　　　而靠准确的射击;
我们讨厌
　　　　那种看风转舵的船手,
他心中没有方向盘
　　　　　只懂得
　　　　　　　跟在人家的屁股后,
不,我们宁愿做个萤火虫
　　　　　　永远永远
　　　　　　　　　朝着光明的去处走,
即使在前进的途中
　　　　　焚身葬骨
　　　　　　　　也唱着高歌不回头,
我们憎恶
　　　　那种自私自利的庸人,
人活着
　　　只是为了生前的享乐
　　　　　　　和死后的阔气的仪殡,
不,我们的纯洁的心灵
　　　　　　不能
　　　　　　　蒙上一粒灰尘,
我们每一滴血汗
　　　　　都为的是
　　　　　　　贡献给我们所深爱的人民。
啊,曲折的道路
　　　　　是这样地漫长,

一不小心
　　　　就要走上岔道
　　　　　　　　陷进泥塘,
然而,英雄的意志
　　　　　　　谁也不能阻挡,
祖国
　　给我们
　　　　以力量。
闪耀吧
　　青春的火光,
闪耀吧
　　青春的火光!
我们为什么不能
　　　　　　在这片国土上
　　　　　　　　　　创造惊天动地的奇迹,
让我们的仇敌
　　　　　在遥远的角落里
　　　　　　　　　　唉声叹气?!
我们为什么不能
　　　　　　使我们的外表和心灵
　　　　　　　　　　变得又纯洁又朴质?!
使一切最鲜艳的花朵
　　　　　　都低下头
　　　　　　　　感到羞愧无地?!
我们为什么不能
　　　　　几倍地加快
　　　　　　　　我们事业的前进速率,
让腐朽的资本主义世界
　　　　　　　　懂得
　　　　　　　　　　他们是可望而不可及?!
我们为什么不能
　　　　　一个人
　　　　　　　迸发出三个人的威力,
让神话里的
　　　移山拔海的英雄

　　　　在上空叹息?!
朋友们
　　　我们能啊
　　　　　而且这算不了什么!
因为
　　我们的脚下
　　　　　是青春的祖国。
再没有别人
　　　　主宰着
　　　　　　这伟大的生活,
而每一点缺陷
　　　　我们都承担着
　　　　　　　全部的罪过。
我们永远不会
　　　　忘记我们这
　　　　　　神圣的职责,
我们永远不会
　　　　把这壮丽的青春
　　　　　　　辱没!
啊,青春
　　　愿你光芒四射,
青春
　　你一天也不能离开我!

　　　　　　　　　1956年6月1日

　　　(选自《郭小川诗选》,人民文学出版社1985年版)

望星空

一

今夜呀,
我站在北京的街头上,

向星空瞭望。
明天哟,
一个紧要任务,
又要放在我的双肩上。
我能退缩吗?
只有迈开阔步,
踏万里重洋;
我能叫嚷困难吗?
只有挺直腰身,
承担千斤重量。
心房呵,
不许你这般激荡!……
此刻呵,
最该是我沉着镇定的时光。

而星空,
却是异样地安详。
夜深了,
风息了,
雷雨逃往他乡。
云飞了,
雾散了,
月亮躲在远方。
天海平平,
不起浪,
四围静静,
无声响。

但星空是壮丽的,
雄厚而明朗。
穹窿呵,
深又广,
在那神秘的世界里,
好像竖立着层层神秘的殿堂。
大气呵,

浓又香,
在那奇妙的海洋中,
仿佛流荡着奇妙的酒浆。
星星呀,
亮又亮,
在浩大无比的太空里,
点起万古不灭的盏盏灯光。
银河呀,
长又长,
在没有涯际的宇宙中,
架起没有尽头的桥梁。

呵,星空,
只有你,
称得起万寿无疆!
你看过多少次:
冰河解冻,
火山喷浆!
你赏过多少回:
白杨吐绿,
柳絮飞霜!
在那遥远的高处,
在那不可思议的地方
你观尽人间美景,
饱看世界沧桑。
时间对于你,
跟空间一样——
无穷无尽,
浩浩荡荡。

二

呵,
望星空,
我不免感到惆怅。

说什么:
身宽气盛,
年富力强!
怎比得:
你那根深蒂固,
源远流长!
说什么:
情豪志大,
心高胆壮!
怎比得:
你那阔大胸襟,
无限容量!

我爱人间,
我在人间生长,
但比起你来,
人间还远不辉煌。
走千山,
涉万水,
登不上你的殿堂。
过大海,
越重洋,
饮不到你的酒浆。
千堆火,
万盏灯,
不如一颗小小星光亮。
千条路,
万座桥,
不如银河一节长。

我游历过半个地球,
从东方到西方。
地球的阔大幅员,
引起我的惊奇和赞赏。
可谁能知道:

宇宙里有多少星星，
是地球的姊妹行！
谁曾晓得：
天空中有多少陆地，
能够充作人类的家乡！
远方的星星呵，
你看得见地球吗？
——一片迷茫！
远方的陆地呵，
你感觉到我们的存在吗？
——怎能想像！

生命是珍贵的
为了赞颂战斗的人生，
我写下成册的诗章；
可是在人生的路途上，
又有多少机缘，
向星空瞭望！
在人生的行程中，
又有多少个夜晚，
见星空如此安详！
在伟大的宇宙的空间，
人生不过是流星般的闪光。
在无限的时间的河流里，
人生仅仅是微小又微小的波浪。
呵，星空，
我不免感到惆怅！
于是我带着惆怅的心情，
走向北京的心脏……

三

忽然之间，
壮丽的星空，
一下子变了模样。

天黑了,
星小了,
高空显得暗淡无光;
云没有来,
风没有刮,
却像有一股阴霾罩天上。
天窄了,
星低了,
星空不再辉煌。
夜没有尽,
月没有升,
太阳也不曾起床。

呵,这突然的变化,
使我感到迷惘,
我不能不带着格外的惊奇,
向四围寻望:
就在我的近边,
在天安门广场,
升起了一座美妙的人民会堂;
就在那会堂的里面,
在宴会厅的杯盏中,
斟满了芬芳的友谊的酒浆;
就在我的两侧,
在长安街上,
挂出了长串的灯光;
就在那灯光之下,
在北京的中心,
架起了一座银河般的桥梁。

这是天上人间吗?
不,人间天上!
这是天堂中的大地吗?
不,大地上的天堂。
真实的世界呵,

一点也不虚妄,
你朴质地描述吧,
不需要作半点夸张!
是谁说的呀——
星空比人间还要辉煌?
是什么人呀——
在星空下感到忧伤?
今夜哟,
最该是我沉着镇定的时光!

是的,
我错了,
我曾是如此地神情激荡!
此刻我才明白:
刚才是我望星空,
而不是星空向我瞭望。
我们生活着,
而没有生命的宇宙,
既不生活也不死亡。
我们思索着,
而不会思索的穹窿,
总是露出呆相。
星空哟,
面对着你,
我有资格挺起胸膛。

四

当我怀着自豪的感情,
再向星空瞭望,
我的身子,
充溢着非凡的力量。
因为我知道:
在一切最好的传统之上,
我们的队伍已经组成,

犹如浩荡的万里长江。
而我自己呢,
早就全副武装,
在我们的行列里,
充当了一名小小的兵将。

可是呵,
我和我的同志一样,
决不会在红灯绿酒之前,
神魂飘荡。
我们要在地球与星空之间,
修建一条走廊,
把大地上的楼台殿阁,
移往辽阔的天堂。
我们要在无限的高空,
架起一座桥梁,
把人间的山珍海味,
送往迢遥的上苍。

真的,我和我的同志一样,
决不只是"自扫门前雪",
而是定管"他人瓦上霜"。
我们要把长安街上的灯火,
延伸到远方;
让万里无云的夜空,
出现千千万万个太阳。
我们要把广漠的穹窿,
变成繁华的天安门广场;
让满天星斗,
全成为人类的家乡。

而星空呵,
不要笑我荒唐!
我是诚实的,
从不痴心妄想。

人生虽是暂短的,
但只有人类的双手,
能够为宇宙穿上盛装;
世界呀,
由于人的生存
而有了无穷的希望。
还有什么艰难,
使你力不可当?
请再仔细抬头瞭望吧!
出发于盟邦的新的火箭,
正遨游于辽远的星空之上。

1959年4月初稿
1959年8月第二次修改
1959年10月改成

(选自《郭小川诗选》,人民文学出版社1985年版)

饶阶巴桑

牧人的幻想

一

他追赶着西边的太阳,
　　头发已经斑白;
他牧放着数十只牛羊,
　　送走了壮年时代。
草原是他最爱的家,
　　他熟悉草原像熟悉自己的手掌;
牛羊是他最亲爱的伴侣,
　　他能用言语和它们畅谈。

他爱观望天空的白云,
他对白云有一个秘密的愿望;
他对白云幻想,
用去了半生时间;

云儿变成低头饮水的牦牛;
云儿变成拥挤成堆的绵羊;
云儿变成纵蹄飞奔的白马……
天空哟,才是真正的牧场!

它们游荡在高空,
它们低飞到草篷,
它们舐抚着帐篷,
它们蜷伏在羊群中。

他放牧牛羊,
从来是那么辛勤劳苦,
但他寄托于白云的愿望,
却只换得心酸和苦楚。

二

如今他迎着早晨的太阳,
头发变得分外黑亮;
他放牧着上万头合作社的牛羊,
他的心胸和草原一样年青和宽广。

他对白云不再羡慕;
他对天空不再幻想;
他骄傲地骑在马上,
对天空傲慢地歌唱:

"我的牛羊盖遍了草原!
我的骒马赛过了飞箭!
白云哟!你为什么
还是和过去一样?

"我们草原上有铁马奔跑!
我们土地上有铁牛奔跑!
白云哟!你为什么
还是和过去一样?

"我们草原上有幢幢楼房!
也有暴风吹不熄的灯光!
天空哟!你为什么
没有这两样?

"天空的白云哟,过去我是怎样地把你热爱
因为你是变化得那么好看,那么快!
但如今我爱美丽的家乡,

家乡的变化比你更快更强。"

他迎着早晨的太阳,
头发变得分外黑亮;
他牧放着上万的合作社的牛羊,
新的生活带给他的是新的幻想。

1956年1月2日,巨甸
(选自《少数民族诗人作品选》,四川民族出版社1980年版)

流沙河

草木篇

> 寄言立身者
> 勿学柔弱苗
> ——(唐)白居易

白　杨

她,一柄绿光闪闪的长剑,孤零零地立在平原,高指蓝天。也许,一场暴风会把她连根拔去。但,纵然死了吧,她的腰也不肯向谁弯一弯!

藤

他纠缠着丁香,往上爬,爬,爬……终于把花挂上树梢。丁香被缠死了,砍作柴烧了。他倒在地上,喘着气,窥视着另一株树……

仙人掌

她不想用鲜花向主人献媚,遍身披上刺刀。主人把她逐出花园,也不给水喝。在野地里,在沙漠中,她活着,繁殖着儿女……

梅

在姐姐妹妹里,她的爱情来得最迟。春天,百花用媚笑引诱蝴蝶的时候,她却把自己悄悄地许给了冬天的白雪。轻佻的蝴蝶是不配吻她的,正如别的花不配被白雪抚爱一样。在姐姐妹妹里,她笑得最晚,笑得最美丽。

霉　菌

在阳光照不到的河岸,他出现了。白天,用美丽的彩衣,黑夜,用暗绿的磷火,诱惑人类。然而,连三岁孩子也不去采他。因为,妈妈说过,那是毒蛇吐的唾液……

1956年10月30日成都
(选自《流沙河诗集》,上海文艺出版社1982年版)

蔡其矫

川江号子

你碎裂人心的呼号,
来自万丈断崖下,
来自飞箭般的船上。
你悲歌的回声在震荡,
从悬崖到悬崖,
从漩涡到漩涡。
你一阵吆喝,一声长啸,
有如生命最凶猛的浪潮
向我流来,流来。
我看见巨大的木船上有四支桨,
一支桨四个人;
我看见眼中的闪电,额上的雨点,
我看见川江舟子千年的血泪,
我看见终身搏斗在急流上的英雄,
宁做沥血歌唱的鸟,
不做沉默无声的鱼;
但是几千年来
有谁来倾听你的呼声
除了那悬挂在绝壁上的
一片云,一棵树,一座野庙?
……歌声远去了,
我从沉痛中苏醒,
那新时代诞生的巨鸟
我心爱的钻探机,正在山上和江上
用深沉的歌声
回答你的呼吁。

1958 年

(原载《收获》1958 年第 3 期)

贺敬之

雷锋之歌(节选)

五

就是这样,
雷锋,
你出发了……
　　——在黎明前的
　　一阵黑暗中……
你带着
满身
燃烧的血泪,
　　好像在梦中一样
　　扑向
党呵——
　　温暖的
　　温暖的
　　母亲怀中……
……就是这样,
雷锋,
你站起来!
　　接受
　　"共产主义新战士"
　　——党给你的
　　命名。
……就是这样,
雷锋,
你走来了……

你不是
只为洗雪
一家的仇恨；
　　不是为了
　　"治好伤疤
　　　忘了疼"……
你来了呵,
不是为
学少爷们那样——
　　从此
　　醉卧高楼,
　　做花天酒地的
　　　荒唐梦；
你来了呵,
更不是为
向仇人们鞠躬致敬——
　　说是为大家的"安宁",
　　必须
　　践踏爹妈的尸骨,
　　把难友们的鲜血
　　倒进
　　老爷的杯中……

雷锋!
你满腔的愤怒呵,
你刻骨的疼痛……
　　你对党感激的
　　含泪带笑的目光……
　　你对新生活
　　如饥如渴的憧憬……
全部投入
我们阶级的
步伐——
　　化成了
　　战斗的

轰天雷鸣!

呵,雷锋!
你第一次学会的
这三个字,
　　你一生中
　　永远念着的
　　这个姓名——
呵,亲爱的
再生雷锋的
母亲——
　　我们的
　　党呵,
　　我们的领袖
　　毛泽东!
母亲懂得你
懂得你呵
——雷锋,
　　你也懂得他
　　懂得他呵
　　——伟大的
　　毛泽东!
你青春的生命
在毛泽东思想的
冲天红光中,
升华……
升华……
　　你前进的脚步
　　在《毛泽东选集》的
　　光辉篇章
　　那真理的
　　阶梯上,
　　攀登……
　　攀登……

雷锋,
我看见
在你的驾驶室里,
那一尘不染的
车镜……
　　我看见
　　在你车窗前
　　那直上云天的
　　高峰……
　　呵,你阶级战士的
姿态,
是何等的
勇敢,坚定!
　　你共产党员的
　　红心呵,
　　是何等的
　　纯净、透明!……
雷锋,
你是多么欢乐呵!
在我们灿烂的阳光里,
怎么能不
到处飞起
你朗朗的笑声?
　　你稚气的脸上,
　　哪能找到
　　一星半点
　　忧愁的阴影?……
但是,雷锋,
在心灵的深处,
你有多么强烈的
爱呵,
　　又有多么深刻的
　　憎!
爱和恨,
不可分割,

像阴电、阳电一样
相反相成——
　　　在你生命的线路上,
　　　闪出
　　　永不熄灭的火花,
　　　发出
　　　亿万千卡热能!……

……从家乡望城
彭乡长
那慈爱的面孔,
　　　到团山湖农场
　　　庄稼梢头
　　　那飘动的微风……
……从鞍钢工地
推土机的
卷动的履带,
　　　到烈属张大娘
　　　搂抱着你的
　　　热泪打湿的
　　　袖筒……
呵,祖国亲人的
每一下脉搏,
阶级体肤的
每一个毛孔——
　　　都寄托了
　　　你火一样的热爱,
　　　都倾注了
　　　你海一样的深情……

呵,从黄继光
胸口对面
那射向我们的
罪恶炮筒,
　　　到地主谭四滚子

从地下发出的
　　切齿之声……
……从营房门口
那假装
磨剪子的
坏蛋，
　　　到躲在角落里
　　　缝补旧梦的
　　　某些先生……
呵，祖国道路上的
每一个暗影，
你哨位上的
每一面的响动——
　　　都使你燃起
　　　阶级仇恨的
　　　不灭的火种；
　　　都紧盯着
　　　你阶级战士
　　　警觉的眼睛！……

雷锋呵，
你虽然不是
　　　在炮火连天的战场上
　　　战斗冲锋，
在平凡的
工作岗位上，
你却是真正的
勇士呵——
　　　你永远在
　　　高举红旗，
　　　向前进攻！
在我们革命的
万能机床上，
雷锋——
　　　你是一个

平凡的,但却
　　伟大的——
　　永不生锈的
　　螺丝钉!

哪里需要?
看雷锋的
飞快的
脚步!
　　哪里缺少?
　　看雷锋的
　　忙碌的
　　身影!……
……呵,马上去
给大娘浇地——
　　现在
　　麦苗正要返青……
……呵,立刻把
自己省下的存款
寄给公社——
　　支援
　　受灾的农民弟兄
……唔,快准备
给孩子们
讲革命故事——
　　明天是
　　队日活动……
……唔,必须把
赶路的大嫂
护送到家——
　　现在是
　　夜深,雨大,
　　路远,泥泞……

呵,雷锋!

人生虽是暂短的,
但只有人类的双手,
能够为宇宙穿上盛装;
世界呀,
由于人的生存
而有了无穷的希望。
还有什么艰难,
使你力不可当?
请再仔细抬头瞭望吧!
出发于盟邦的新的火箭,
正遨游于辽远的星空之上。

1959年4月初稿

1959年8月第二次修改

1959年10月改成

(选自《郭小川诗选》,人民文学出版社1985年版)

饶阶巴桑

牧人的幻想

一

他追赶着西边的太阳,
　　头发已经斑白;
他牧放着数十只牛羊,
　　送走了壮年时代。
草原是他最爱的家,
　　他熟悉草原像熟悉自己的手掌;
牛羊是他最亲爱的伴侣,
　　他能用言语和它们畅谈。

他爱观望天空的白云,
他对白云有一个秘密的愿望;
他对白云幻想,
用去了半生时间;

云儿变成低头饮水的牦牛;
云儿变成拥挤成堆的绵羊;
云儿变成纵蹄飞奔的白马……
天空哟,才是真正的牧场!

它们游荡在高空,
它们低飞到草篷,
它们舐抚着帐篷,
它们蜷伏在羊群中。

你白天的
每一个思念,
你夜晚的
每一个梦境,
　　都是:
　　人民……
　　人民……
　　人民……
你的每一声脚步,
你的每一次呼吸,
　　都是:
　　革命……
　　革命……
　　革命……

雷锋,你是
真正的
真正的
幸福呵!
　　你是何等的
　　何等的
　　聪明!
你用我们旗帜一样
鲜红的颜色,
写下了
你短暂的
却是不朽的
历史,
　　你在阶级的伟大事业里,
　　在为人民服务的无限之中,
　　找到了呵——
　　最壮丽的
　　人生!
你的生命
是多么

富有呵!
　　在我们党的怀抱里,
　　你已成长得
　　力大无穷!
……可老战友们
总还习惯叫你
"小雷"呵——
　　你只有
　　一百五十四厘米的
　　身高,
　　二十二岁的
　　年龄……
但是,在你军衣的
五个钮扣后面
却有:
　　七大洲的风雨、
　　亿万人的斗争
　　　——在胸中包容!……
你全身的血液,
你每一根神经,
　　都沸腾着
　　对祖国的热爱,
而你同时
在每一天,
每一分钟,
念念不忘:
　　世界上还有
　　千千万万
　　受难的弟兄!……
"上刀山!
下火海!……"
——雷锋呵,
在准备着!
　　风吹来!
　　雨打来!

——雷锋呵,
　　道路分明!……

呵,这就是
这就是
一个叫做
"雷锋"的
中国革命战士的
英雄姿态!
　　这就是
　　我们的大地
　　我们的母亲
　　以雷锋的名义
　　给历史的
　　回应——
人呵,
应该
这样生!
　　路呵,
　　应该
　　这样行!……

(选自《贺敬之诗选》,山东人民出版社1979年版)

食 指

相信未来

当蜘蛛网无情地查封了我的炉台,
当灰烬的余烟叹息着贫困的悲哀,
我依然固执地铺平失望的灰烬,
用美丽的雪花写下:相信未来。

当我的葡萄化为深秋的露水,
当我的鲜花依偎在别人的情怀,
我依然固执地用凝露的枯藤
在凄凉的大地上写下:相信未来。

我要用手指那涌向天边的排浪,
我要用手撑那托住太阳的大海,
摇曳着曙光那枝温暖漂亮的笔杆,
用孩子的笔体写下:相信未来。

我之所以坚定地相信未来,
是我相信未来人们的眼睛——
她有拨开历史风尘的睫毛,
她有看透岁月篇章的瞳孔。

不管人们对于我们腐烂的皮肉,
那些迷途的惆怅,失败的痛苦,
是寄予感动的热泪,深切的同情,
还是给以轻蔑的微笑,辛辣的嘲讽。

我坚信人们对于我们的脊骨,
那无数次的探索、迷途、失败和成功,

一定会给予热情、客观、公正的评定。
是的,我焦急地等待着他们的评定。

朋友,坚定地相信未来吧,
相信不屈不挠的努力,
相信战胜死亡的年轻,
相信未来,相信生命。

1968 年

(选自《北京青年现代诗十六家》,漓江出版社1986年版)

绿　原

重读《圣经》

——"牛棚"诗抄第 n 篇

儿时我认识一位基督徒，
他送给我一本小小的《福音》，
劝我用刚认识的生字读它；
读着读着，可以望见天堂的门。

青年时期又认识一位诗人，
他案头摆着一部厚厚的《圣经》，
说是里面没有一点科学道理，
但确不乏文学艺术最好的味精。

我一生不相信任何宗教，
也不擅长有滋味的诗文。
惭愧从没认真读过一遍，
尽管赶时髦，手头也有它一本。

不幸"贯索犯文昌"：又一次沉沦，
沉沦，沉沦到了人生的底层。
所有书稿一古脑儿被查抄，
单漏下那本异端的《圣经》。

常常是夜深人静，倍感凄清，
辗转反侧，好梦难成，
于是披衣下床，摊开禁书，
点起了公元初年的一盏油灯。

不是对譬喻和词藻有所偏好，

也不是要把命运的奥秘探寻，
纯粹是为了排遣愁绪：一下子
忘乎所以，仿佛变成了但丁。

里面见不到什么灵光和奇迹，
只见蠕动着一个个的活人。
论世道，和我们的今天几乎相仿，
论人品（唉！）未必不及今天的我们。

我敬重为人民立法的摩西，
我更钦佩推倒神殿的沙逊：
一个引领受难的同胞出了埃及，
一个赤手空拳，与敌人同归于尽。

但不懂为什么丹尼尔竟能
单凭信仰在狮穴中走出走进；
还有那彩衣斑斓的约瑟夫
被兄弟出卖后又交上了好运。

大卫血战到底，仍然充满人性：
《诗篇》的作者不愧是人中之鹰；
所罗门毕竟比常人聪明，
可惜到头来难免老年痴呆症。

但我更爱赤脚的拿撒勒人：
他忧郁，他悲伤，他有颗赤子之心；
他抚慰、他援助一切流泪者，
他宽恕、他拯救一切痛苦的灵魂。

他明明是个可爱的傻角，
幻想移民天国，好让人人平等。
他却从来只以"人之子"自居，
是后人把他捧上了半天云。

可谁记得那个千古的哑谜，

他临刑前一句低沉的呻吟：
"我的主啊，你为什么抛弃了我？
为什么对我的祈祷充耳不闻？"

我还向马丽娅·马格黛莲致敬：
她误落风尘，心比钻石更坚贞，
她用眼泪为耶稣洗过脚，
她恨不能代替恩人去受刑。

我当然佩服罗马总督彼拉多：
尽管他嘲笑"真理几文钱一斤？"
尽管他不得已才处决了耶稣，
他却敢于宣布"他是无罪的人！"

我甚至同情那倒楣的犹大：
须知他向长老退还了三十两血银，
最后还勇于悄悄自缢以谢天下，
只因他愧对十字架的巨大阴影……

读着读着，我再也读不下去，
再读便会进一步堕入迷津……
且看淡月疏星，且听鸡鸣荒村，
我不禁浮想联翩，惘然期待着黎明……

今天，耶稣不止钉一回十字架，
今天，彼拉多决不会为耶稣讲情，
今天，马丽娅·马格黛莲注定永远蒙羞，
今天，犹大决不会想到自尽。

这时"牛棚"万籁俱寂，
四周起伏着难友们的鼾声。
桌上是写不完的检查和交代，
明天是搞不完的批判和斗争。

"到了这里一切希望都要放弃。"

无论如何,人贵有一点精神。
我始终信奉无神论:
对我开恩的上帝——只能是人民。

1970 年
(选自《人之诗》,人民文学出版社 1983 年版)

牛 汉

华南虎

在桂林
小小的动物园里
我见到一只老虎。

我挤在人群之中,
隔着两道铁栅栏
向笼里的老虎
张望了许久许久,
但一直没有瞧见
老虎斑斓的面孔
和火焰似的眼睛。

笼里的老虎
背对胆怯而绝望的观众,
安详地卧在一个角落,
有人用石块砸它
有人向它厉声呵斥
有人还苦苦劝诱
它却一概不理!
然而,
又长又粗的尾巴
悠悠地在拂动,
哦,老虎,笼中的老虎,
你是梦见了苍苍莽莽的山林吗?
是屈辱的心灵在抽搐吗?
还是想用尾巴鞭击那些可怜而又可笑的观众?

你的健壮的腿
直挺挺地向四方伸开,
我看见你的每个趾爪
全都是破碎的,
凝结着浓浓的鲜血,
你的趾爪
是被人捆绑着
活活地铰掉的吗?
还是由于悲愤
你用同样破碎的牙齿
把它们和着热血咬碎……
我看见铁笼里
灰灰的水泥墙壁上
有一道一道的血淋淋的沟壑
像闪电那般耀眼刺目!

我终于明白……
羞愧地离开了动物园,
恍惚之中听见一声
石破天惊的咆哮,
有一个不羁的灵魂
掠过我的头顶
腾空而去,
我看见了火焰似的斑纹
火焰似的眼睛!

1973年6月,咸宁
(原载《诗刊》1982年第2期)

多 多

致太阳

给我们家庭,给我们格言
你让所有的孩子骑上父亲肩膀
给我们光明,给我们羞愧
你让狗跟在诗人后面流浪

给我们时间,让我们劳动
你在黑夜中长睡,枕着我们的希望
给我们洗礼,让我们信仰
我们在你的祝福下,出生然后死亡

查看和平的梦境、笑脸
你是上帝的大臣
没收人间的贪婪、嫉妒
你是灵魂的君王

热爱名誉,你鼓励我们勇敢
抚摸每个人的头,你尊重平凡
你创造,从东方升起
你不自由,像一枚四海通用的钱!

1973年
(选自《在黎明的铜镜中·朦胧诗卷》,
北京师范大学出版社1993年版)

天安门诗抄

扬眉剑出鞘

欲悲闻鬼叫,
我哭豺狼笑。
洒泪祭雄杰,
扬眉剑出鞘。

穆　旦

冬

一

我爱在淡淡的太阳短命的日子,
临窗把喜爱的工作静静做完;
才到下午四点,便又冷又昏黄,
我将用一杯酒灌溉我的心田。
多么快,人生已到严酷的冬天。

我爱在枯草的山坡,死寂的原野,
独自凭吊已埋葬的火热一年,
看着冰冻的小河还在冰下面流,
不知低语着什么,只是听不见。
呵,生命也跳动在严酷的冬天。

我爱在冬晚围着温暖的炉火,
和两三昔日的好友会心闲谈,
听着北风吹得门窗沙沙地响,
而我们回忆着快乐无忧的往年。
人生的乐趣也在严酷的冬天。

我爱在雪花飘飞的不眠之夜,
把已死去或尚存的亲人珍念,
当茫茫白雪铺下遗忘的世界,
我愿意感情的热流溢于心间,
来温暖人生的这严酷的冬天。

二

寒冷,寒冷,尽量束缚了手脚,
潺潺的小河用冰封住口舌,
盛夏的蝉鸣和蛙声都沉寂,
大地一笔勾销它笑闹的蓬勃。

谨慎,谨慎,使生命受到挫折,
花呢?绿色呢?血液闭塞住欲望,
经过多日的阴霾和犹疑不决,
才从枯树枝漏下淡淡的阳光。

奇怪!春天是这样深深隐藏,
哪儿都无消息,都怕峥露头角,
年轻的灵魂裹进老年的硬壳,
仿佛我们穿着厚厚的棉袄。

三

你大概已停止了分赠爱情,
把书信写了一半就住手,
望望窗外,天气是如此肃杀,
因为冬天是感情的刽子手。

你把夏季的礼品拿出来,
无论是蜂蜜,是果品,是酒,
然后坐在炉前慢慢品尝,
因为冬天已经使心灵枯瘦。

你拿一本小说躺在床上,
在另一个幻象世界周游,
它使你感叹,或使你向往,
因为冬天封住了你的门口。

你疲劳了一天才得休息,
听着树木和草石都在嘶吼,
你虽然睡下,却不能成梦,
因为冬天是好梦的刽子手。

四

在马房隔壁的小土屋里,
风吹着窗纸沙沙响动,
几只泥脚带着雪走进来,
让马吃料,车子歇在风中。

高高低低围着火坐下,
有的添木柴,有的在烘干,
有的用他粗而短的指头
把烟丝倒在纸里卷成烟。

一壶水滚沸,白色的水雾
弥漫在烟气缭绕的小屋,
吃着,哼着小曲,还谈着
枯燥的原野上枯燥的事物。

北风在电线上朝他们呼唤,
原野的道路还一望无际,
几条暖和的身子走出屋,
又迎面扑进寒冷的空气。

1976 年 12 月

(选自《穆旦诗选》,人民文学出版社 1986 年版)

公 刘

沉 思

——读摄影作品《最后的时刻》

既然历史在这儿沉思,
我怎能不沉思这段历史?
凝望着敬爱的人啊——
想起您弥留的日子。

记不得曾有过什么照片
能使我如此激动,难以自持;
但既非倾泻脆弱的泪滴,
也无须慷慨陈词。

是一名期待恶战的老兵,
是一面召唤风暴的旗帜;
敌人害怕您静若悬剑,
人民信赖您稳如磐石!

仰之一分有损您的谦逊,
俯之一分背离您的质直;
那布满面颊和手背的老年斑呵,
也仿佛都是些傲霜的梅枝。

双眉乃勇士横握长刀,
这正是中国革命破敌的英姿;
目光揉动着冰与炭,
大哉!无产者的神勇与睿智!

紧闭的嘴唇昭告人们:
这里蕴蓄着乐观的诗;

而被钢牙挫败了的
又岂仅是癌,更有江青的无耻!

何谓最后的时刻?倘在我辈
这等文字诚然完全合适;
而您却是永恒的永恒呀,
除非大地寂灭,除非江河消失!

因此我说,这是一个渺小的标题,
人民有权否决、摒斥;
但这又是一宗伟大的纪录,
全世界为之鞠躬、仰视。

万千工农和知识分子家庭,
都将您安顿在洁白敞亮的位置;
所有辉煌的展览大厅,
竞相悬挂这同一幅绒绣锦织……

最长寿的是人心!
人心不死您不死!
红色的星斗呵,您的光芒
永远是对开拓者的战斗启示。

假如在无产阶级专政的大树上
还寄生着资产阶级政客"同志",
那么,但愿癣疥们牢记,牢记
中国以哭当歌和以歌当哭的日子!

既然历史在这儿沉思,
我怎能不沉思这段历史?
玩火者!休得放肆!
十年,百年,莫妄动一根手指!

1978年7月29日于山西忻县

(原载《诗刊》1979年第2期)

北　岛

回　　答

卑鄙是卑鄙者的通行证，
高尚是高尚者的墓志铭。
看吧，在镀金的天空中，
飘满了死者弯曲的倒影。

冰川纪已过去了，
为什么到处都是冰凌？
好望角发现了，
为什么死海里千帆相竞？

我来到这个世界上，
只带着纸、绳索和身影。
为了在审判之前，
宣读那些被判决的声音：

告诉你吧，世界，
我——不——相——信！
如果你脚下有一千名挑战者，
那就把我算作第一千零一名。

我不相信天是蓝的；
我不相信雷的回声；
我不相信梦是假的；
我不相信死无报应。

如果海洋注定要决堤，
就让所有苦水都注入我心中；

如果陆地注定要上升,
就让人类重新选择生存的峰顶。

新的转机和闪闪的星斗,
正在缀满没有遮拦的天空。
那是五千年的象形文字,
那是未来人们凝视的眼睛。

1976 年 4 月
(原载《诗刊》1979 年第 3 期)

舒 婷

致橡树

我如果爱你——
绝不像攀援的凌霄花
借你的高枝炫耀自己；
我如果爱你——
绝不学痴情的鸟儿
为绿荫重复单调的歌曲；
也不止像泉源
长年送来清凉的慰藉；
也不止像险峰
增加你的高度，衬托你的威仪。
甚至日光，
甚至春雨。
不，这些都还不够！
我必须是你近旁的一株木棉，
作为树的形象和你站在一起。
根，紧握在地下，
叶，相触在云里。
每一阵风过，
我们都互相致意，
但没有人
听得懂我们的言语。
你有你的铜枝铁干
像刀，像剑，
也像戟；
我有我的红硕花朵，
像沉重的叹息，
又像英勇的火炬。

我们分担寒潮、风雷、霹雳,
我们共享雾霭、云霞、虹霓。
仿佛永远分离,
却又终生相依。
这才是伟大的爱情,
坚贞就在这里:
不仅爱你伟岸的身躯,
也爱你坚持的位置,脚下的土地!

(原载《诗刊》1979年第4期)

双桅船

雾打湿了我的双翼
可风却不容我再迟疑
岸呵,心爱的岸
昨天刚刚和你告别
今天你又在这里
明天我们将在
另一个纬度相遇

是一场风暴,一盏灯
把我们联系在一起
是一场风暴,另一盏灯
使我们再分东西
不怕天涯海角
岂在朝朝夕夕
你在我的航程上
我在你的视线里

(原载《上海文学》1980年第5期)

骆耕野

不　满

> 从任何一项成功，
> 都产生出某种东西，
> 使更伟大的斗争成为必要。
> ——惠特曼《大路之歌》

像鲜花憧憬着甘美的果实，
像煤核怀抱着燃烧的意愿，
我心中孕育着一个"可怕"的思想，
对现状我要大声地喊叫出：
　　——"我不满"！

谁说不满就是异端？
谁说不满就是背叛？
是涌浪，怎能容忍山涧的狭窄，
是雏鹰，岂肯安于卵壁的黑暗。

不满激扬着对海洋的神往哟！
不满甦生着对蓝天的渴念！
生命的创造多么痛楚而伟大哟，
请赐给母亲以满足的甘甜；
"不！还是祝福孩子尽快成长吧，"
婴儿问世已叩响了母亲不满的心弦。

呵，谁敢说不满就是不爱？
呵，谁敢说不满就是抱怨？

哥伦布不满铅印的海图，
才发现了大洋的彼岸；

哥白尼不满神圣的《圣经》，
才揭开了宇宙的奇观；
刻卜勒不满"日心说"才去发展真理，
亚里斯多德不满柏拉图才能"青出于蓝"。

呵，谁说不满是背弃出类拔萃的先人？
呵，谁说不满是亵渎德高望重的圣贤？

不满：茹毛饮血的人猿才去寻觅火种，
不满：胼手胝足的祖先才去摸索种田；
不满：雄丽的赵州桥才取代了简陋的木桥，
不满："精巧"的石斧才让位于青铜的冶炼；
不满：才产生了妙手回春的华佗，
不满：才造就了巧夺天工的鲁班。

呵，不满正是对变革的希冀，
呵，不满乃是那创造的发端。
我是电流，我不满江河的浪费，
你白白流逝的，乃是我生存的乳泉；
我是高炉，我不满地球的吝啬，
你深深藏匿的，正是我生命的火焰；
我是庄稼，我害怕自然褓姆的任性，
变幻莫测的风雨使我忐忑不安；
我是市场，我向往琳琅满目的富有，
陈列单调的橱窗叫我满面羞惭；
我是年迈的城镇，我的服饰多么古旧，
请为我披上高速公路的飘带，
请为我戴上摩天大厦的皇冠；
我是拘谨的生活，陈腐的习俗多么恼人，
请不要过多地责难服装和跳舞，
请不要过多地干涉青年的爱恋；
我是低产的田地，我不满蹒跚的耕牛哟；
我是发紫的肩头，我不满拉船的绳纤；
我不满步枪，不满水车，不满帆船。
我不满泥泞，不满噪音，不满污染。

不满像舰队告别港湾的头一阵笛鸣哟,
不满像雄鸡向往黎明的第一声啼唤。

我是规划,锁在保险柜里多么窒闷,
我要走下蓝图,我要和新兴的工地团圆;
我是革新,躺在功劳簿上多么可耻,
我要摸索新路,我要攀登纪录的峰巅;
我是政策,我不满蹉跎的"伯乐",
为什么不立刻启用朝野的遗贤?!
我是创造,我不满夜郎自大!
快为我打开与世隔绝的门闩;
我抗议马拉松会议,以时间的名义,
你随意糟践的,乃是我生命的内涵;
我控诉宗教式的软禁,以真理的呼喊,
我是花,我要生长,要献蜜,
我要求助于实践园丁殷勤的刀剪。

呵,不满像胎儿在母腹里的阵阵躁动哟,
　不满像母性的痛楚而伟大的分娩!

我不满官僚主义,
轻浮地荡尽了先烈的遗产;
我不满文化水平,
至今还托不起四化的航船;
我不满软弱的法制,
英雄碑前有民主的泪浸血染;
我不满大话和空想,
睡在海市蜃楼上描绘缥缈的明天;
我不满抱怨和牢骚,
躲在时代的堤岸上指责涌进的波澜……

呵,不满就是一个绝妙的议事日程,
　不满就是一部崭新的行动提案;
不满已催生出伟大的战略转移哟!

不满已催挂起新长征的战斗风帆!

噢,河床在不满中伸直了脊梁,
　石油在不满中涌出了海面;
　科学在不满中冲破了禁区,
　指标在不满中跨上了火箭;
　思想在不满中睁开了慧眼,
　真理在不满中延伸了路线;
　贫穷在不满中紧追着富强哟,
　现状在不满中疾速地登攀!

啊,不满像两个矛盾间过渡的桥梁哟,
　不满像一粒细胞中产生的裂变;
　不满便有所发明,有所创造,有所前进哟,
　不满将通向繁荣,通向幸福,通向完善!

像鲜花憧憬着甘美的果实,
像煤核怀抱着燃烧的意愿;
我心中溢满了深挚的爱哟,
对现状我要大声地叫喊出:
　——"我不满"!

(原载《诗刊》1979年第5期)

梁小斌

中国,我的钥匙丢了

中国,我的钥匙丢了

那是十多年前,
我沿着红色大街疯狂地奔跑,
我跑到了郊外的荒野上欢叫,
后来,
我的钥匙丢了。

心灵,苦难的心灵
不愿再流浪了,
我想回家,打开抽屉,翻一翻我儿童时代的画片,
还看一看那夹在书页里的
翠绿的三叶草。

而且,
我还想打开书橱,
取出一本《海涅歌谣》,
我要去约会,
我向她举起这本书,
作为我向蓝天发出的
爱情的信号。

这一切,
这美好的一切都无法办到,
中国,我的钥匙丢了。

天,又开始下雨,

我的钥匙啊,
你躺在哪里?
我想风雨腐蚀了你,
你已经锈迹斑斑了;
不,我不那样认为,
我要顽强地寻找,
希望能把你重新找到。

太阳啊,
你看见了我的钥匙了吗?
愿你的光芒
为它热烈地照耀。

我在这广大的田野上行走,
我沿着心灵的足迹寻找,
那一切丢失了的,
我都在认真思考。

1979年12月—1980年8月
(原载《诗刊》1980年第10期)

雷抒雁

小草在歌唱
——悼女共产党员张志新烈士

一

风说:忘记她吧!
我已用尘土,
把罪恶埋葬!
雨说:忘记她吧!
我已用泪水,
把耻辱洗光!

是的,多少年了,
谁还记得
　这里曾是刑场?
行人的脚步,来来往往,
谁还想起,
他们的脚踩在
　一个女儿、
　一个母亲、
　一个为光明献身的战士的心上?

只有小草不会忘记。
因为那殷红的血,
已经渗进土壤;
因为那殷红的血,
已经在花朵里放出清香!

只有小草在歌唱。
在没有星光的夜里,
唱得那样凄凉;
在烈日暴晒的正午,
唱得那样悲壮!
像要砸碎礁石的潮水,
像要冲决堤岸的大江……

二

正是需要光明的暗夜,
阴风却吹灭了星光;
正是需要呐喊的荒野,
真理的嘴却被封上!①
黎明。一声枪响,
在祖国遥远的东方,
溅起一片血红的霞光!
呵,年老的妈妈,
四十多年的心血,
就这样被残暴地泼在地上;
呵,幼小的孩子,
这样小小年纪,
心灵上就刻下了
　　终生难以愈合的创伤!

我恨我自己,
竟睡得那样死,
像喝过魔鬼的迷魂汤,
让鳞鳞囚车,
碾过我僵死的心脏!
我是军人,
却不能挺身而出,
像黄继光,

---

① 一次,张志新烈士被带去陪决,被用泡沫塑料塞进嘴里,又用透明指纹胶把嘴糊上。

用胸脯筑起一道铜墙!
而让这颗罪恶的子弹,
射穿祖国的希望,
打进人民的胸膛!
我惭愧我自己,
我是共产党员,
却不如小草,
让她的血流进脉管,
日里夜里,不停歌唱……

三

虽然不是
面对勾子军的大胡子连长,
她却像刘胡兰一样坚强;
虽然不是
在渣滓洞的魔窟,
她却像江竹筠一样悲壮!
这是二十世纪,七十年代,
社会主义中国特殊的土壤里,
成长起的英雄
——丹娘!

她是夜明珠,
暗夜里,
放射出灿烂的光芒;
死,消灭不了她,
她是太阳,
离开了地平线,
却闪耀在天上!
我们有八亿人民,
我们有三千万党员,
七尺汉子,
伟岸得像松林一样,
可是,当风暴袭来的时候,

却是她,冲在前边,
挺起柔嫩的肩膀,
肩起民族大厦的栋梁!

我曾满足于——
月初,把党费准时交到小组长的
　手上;
我曾满足于——
党日,在小组会上滔滔不绝地
　汇报思想!
我曾苦恼,
我曾惆怅,
专制下,吓破过胆子,
风暴里,迷失过方向!

如丝如缕的小草哟,
你在骄傲地歌唱,
感谢你用鞭子
　抽在我的心上,
让我清醒!
让我清醒!
昏睡的生活,
比死更可悲,
愚昧的日子,
比猪更肮脏!

四

就这样——
黎明。一声枪响,
她倒下去了,
倒在生她养她的祖国大地上。

她的琴呢?
那把她奏出过欢乐,

奏出过爱情的琴呢?
莫非就此成了绝响?
她的笔呢?
那支写过檄文,
写过诗歌的笔呢?
战士,不能没有刀枪!

我敢说:她不想死!
她有母亲:风烛残年,
受不了这多悲伤!
她有孩子:花蕾刚绽,
怎能落上寒霜!
她是战士,
敌人如此猖狂,
怎能把眼合上!

我敢说:她没想到会死。
不是有宪法么,
民主,有明文规定的保障;
不是有党章么,
共产党员应多想一想。
就像小溪流出山涧,
就像种子钻出地面,
发现真理,坚持真理,
本来就该这样!

可是,她却被枪杀了,
倒在生她养她的母亲身旁……

法律呵,
怎么变得这样苍白,
苍白得像废纸一方;
正义呵,
怎么变得这样软弱,
软弱得无处伸张!

只有小草变得坚强,
托着她的身躯,
抚着她的枪伤,
把白的,红的花朵,
插在她的胸前,
日里夜里,风中雨中,
为她歌唱……

五

这些人面豺狼,
愚蠢而又疯狂!
他们以为镇压,
就会使宝座稳当;
他们以为屠杀,
就能扑灭反抗!
岂不知烈士的血是火种,
播出去,
能够燃起四野火光!

我敢说:
如果正义得不到伸张,
红日,
就不会再升起在东方!
我敢说:
如果罪行得不到清算,
地球,
也会失去分量!

残暴,注定了灭亡,
注定了"四人帮"的下场!
你看,从草地上走过来的是谁?
油黑的短发,
披着霞光;
大大的眼睛,

像星星一样明亮；
甜甜的笑，
谁看见都会永生印在心上！
母亲呵，你的女儿回来了，
她是水，钢刀砍不伤；
孩子呵，你的妈妈回来了，
她是光，黑暗难遮挡！
死亡，不属于她，
千秋万代，
人们都会把她当作榜样！
去拥抱她吧，
她是大地的女儿，
太阳，
给了她光芒；
山岗，
给了她坚强；
花草，
给了她芳香！
跟她在一起，
就会看到希望和力量……

6月7日夜不成寐
6月8日急就于曙光中
（原载《诗刊》1979年第8期）

顾　城

弧　　线

鸟儿在疾风中
迅速转向

少年去捡拾
一枚分币

葡萄藤因幻想
而延伸的触丝

海浪因退缩
而耸起的背脊

（原载《诗刊》1980 年第 10 期）

感　　觉

天是灰色的
路是灰色的
楼是灰色的
雨是灰色的

在一片死灰之中
走过两个孩子

一个鲜红
一个淡绿

(选自《朦胧诗选》,春风文艺出版社1987年版)

海 子

新　　娘

故乡的小木屋、筷子、一缸清水
和以后许许多多日子
许许多多告别
被你照耀

今天
我什么也不说
让别人去说
让遥远的江上船夫去说

有一盏灯
是河流幽幽的眼睛
闪亮着
这盏灯今天睡在我的屋子里

过完了这个月,我们打开门
一些花开在高高的树上
一些果结在深深的地下

1984 年 7 月

(选自《海子诗全编》,上海三联书店 1997 年版)

骆一禾

麦　地
——致乡土中国

我们来到这座雪里的村庄
麦子抽穗的村庄
冰冻的雪水滤下小麦一样的身子
在拂晓里　她说
不久,我还真是一个农民的女儿呢

那些麦穗的好日子
这时候正轻轻地碰撞着我们
麦地有神,麦地有神
就像我们盛开花朵

麦地在山丘下一望无边
我们在山丘上穿起裸麦的衣裳
迎着地球走下斜坡
我们如此贴近麦地

那一天蛇在天堂里颤抖
在震怒中冰冷无言　享有智谋
是麦地让泪水汇入泥土
尝到生活的滋味

大海边人民的衣服
也就是风吹天堂的
麦地的衣服
麦地的滚动
是我们相识的波动

怀孕的颤抖
也就是火苗穿过麦地的颤抖

1987 年 11 月 15 日

（选自《海子、骆一禾作品集》，南京出版社 1991 年版）

杨 炼

大雁塔

1. 位　置

孩子们来了
拉着年轻母亲的手
穿过灰色的庭院

孩子们来了
眼睛在小槐树的青色衬裙间
像被风吹落的
透明的雨滴
幽静地向我凝望

燕子喳喳地在我身边盘旋……

我被固定在这里
已经千年
在中国
古老的都城
我像一个人那样站立着
粗壮的肩膀，昂起的头颅
面对无边无际的金黄色土地
我被固定在这里
山峰似的一动不动
墓碑似的一动不动
记录下民族的痛苦和生命

沉默
岩石坚硬的心
孤独地思考
黑洞洞的嘴唇张开着
朝太阳发出无声的叫喊
也许,我就应当这样
给孩子们
讲讲故事

2. 遥远的童话

我该怎样为无数明媚的记忆欢笑
金子的光辉、玉石的光辉、丝绸一样柔软的光辉
照耀我的诞生
勤劳的手、华贵的牡丹和窈窕的飞檐环绕着我
仪仗、匾额、荣华者的名字环绕着我
许许多多庙堂、辉煌的钟声在我耳畔长鸣
我的身影拂过原野和山峦、河流和春天
在祖先居住的穹庐旁,撒下
星星点点翡翠似的城市和村庄
火光一闪一闪抹红了我的脸,铁犁和瓷器
发出清脆的声响,音乐、诗
在节日,织满天空

我该怎样为明媚的记忆欢笑
在那青春的日子,我曾俯瞰世界
紫色的葡萄,像夜晚,从西方飘来
垂落在喧闹的大街上,每滴汁液是一颗星
嵌进铜镜,辉映出我的面容
我的心像黎明时开放的大地和海洋
驼铃、壁画似的帆从我身边出发
到遥远的地方,叩响金币似的太阳

在我诞生的时候
我欢笑,甚至

朝那些炫耀着釉彩的宫殿、血红色的
墙,那些一个世纪、又一世纪枕在香案上
享受着甜蜜梦境的人们
灼热而赤诚地歌唱
却没有想到
为什么珍珠和汗水都向一个地方流去
——向一座座饱满而空旷的陵墓流去
为什么在颤抖的黄昏
那个农家姑娘徘徊在河岸
终于,硝烟和火从封闭的庄院里燃起
从北方,那苍茫无边的群山与平原之间
响起了马蹄,厮杀和哭嚎
纷乱的旗帜在我周围变幻,像云朵
像一片片在逃难中破碎的衣裳
我看到黄河急急忙忙地奔走
被月光铺成一道银白色的挽联
哀悼着历史,哀悼着沉默
而我所熟悉的街道、人群、喧闹哪儿去了呢
我所思念的七叶树、新鲜的青草
和桥下潺潺的溪水哪儿去了呢
只有卖花老汉流出的血凝固在我的灵魂里
只有烧焦的房屋、瓦砾堆、废墟
在弥漫的风沙中渐渐沉没
变成梦,变成荒原

3. 痛　苦

漫长的岁月里
我像一个人那样站立着
像成千上万被鞭子驱使的农民中的一个
畜生似的,被牵到这北方来的士卒中的一个
寒冷的风撕裂了我的皮肤
夜晚窒息着我的呼吸
我被迫站在这里
守卫天空,守卫大地

守卫着自己被践踏、被凌辱的命运
在我遥远的家乡
那一小片田园荒芜了,年轻的妻子
倚在倾斜的竹篱旁
那样的黯淡,那样的凋残
一群群蜘蛛在她绝望的目光中结网
旷野、道路
伸向使人伤心的冬天
和泪水像雨一样飞落的夏天
伸向我的母亲深深抠进泥土的手指
绿荧荧的,比飘游的磷火更阴森的豺狼的眼睛
我的动作被剥夺了
我的声音被剥夺了
浓重的乌云,从天空落下
写满一道道不容反抗的旨意
写满代替思考的许诺、空空洞洞的
希望,当死亡走过时,捐税般
勒索着明天
我的命运呵,你哭泣吧!你流血吧
我像一个人那样站立着
却不能像一个人那样生活
连影子都不属于自己

4. 民族的悲剧

奔跑呵,奔跑呵,奔跑呵,奔跑呵
浑身颤栗的土地,赤裸臂膀的土地
激荡起锄头、刀剑、阳光
像密林里冲出的野兽
像荒原上喷吐的烈火
一排又一排不肯屈服的山脉,雄壮地
朝天空显示紫色的胸膛
在头颅被砍去的地方,江河
更加疯涌地汹狂
呼喊呵,呼喊呵,呼喊呵,呼喊呵

涂满鲜血的战鼓、涨饱力量的战鼓
用风暴和海洋的节奏
摇撼一座座石墙和古堡
五颜六色的旗帜在尘埃里招展
草原、湖泊上升起千千万万颗星辰
像无数战死者没有合上的眼睛
那威武而晶莹的灵魂呵
看着胜利,看着秋天
看着满山遍野金黄色的野菊花

我是这队伍中一名英勇的战士
我的身躯铭刻着
千百年的苦难、不屈和尊严
哪怕厚重的城门紧咬着生锈的牙齿
哪怕道路上布满荆棘和深渊
我的脚步踏过天空——云梯
从腐烂的城垛上
擎起我的红缨和早晨

无边无际的向我展开的世界呵
无穷无尽的向我沸腾的人群呵
那么多笑容——男人的、女人的
兄弟们的、伙伴们的、像我的父亲一样
在垄沟的皱纹间抖动的
像我的妻子一样在丝线似的睫毛下闪耀的
甚至在我的仇敌脸上挤出的
笑容呵,和醉人的美酒一同斟满
和祭坛上庄严的烟缕、钟声
一同融进另一片黄昏

一次又一次,我留在这里
望着复归沉寂的苍老的大地
望着我的低垂的手掌,被犁杖、刀柄
磨得粗硬的黄土高原和华北平原
我的肩头:秦岭和太行山

望着吱吱作响的独轮车、扁担
怎样在我心上压出一道道伤口,迷茫的
情歌飘荡着,乌云似的
遮住我的眼睛,而我的兄弟们呵
骑在水牛背上,依旧那样悠然自得
仿佛什么事情也不曾发生过
我留在这里,悲愤地望着这一切
我的心在汨汨地淌血

一次又一次,已经千年
在中国,古老的都城
黑夜围绕着我,泥泞围绕着我
我被叛卖,我被欺骗
我被夸耀和隔绝着
与民族的灾难一起,与贫穷、麻木一起
固定在这里
陷入沉思

5. 思想者

我常常凝神倾听远方传来的声音
闪闪烁烁,枯叶、白雪
在悠长的梦境中飘落
我常常向雨后游来的彩虹
寻找长城的影子、骄傲和慰藉
但咆哮的风却告诉我更多崩塌的故事
——碎裂的泥沙、石块,淤塞了
运河,我的血管不再跳动
我的喉咙不再歌唱

我被自己所铸造的牢笼禁锢着
几千年的历史,沉重地压在肩上
沉重得像一块铅,我的灵魂
在有毒的寂寞中枯萎
灰色的庭院呵

寥落、空旷
燕子们栖息、飞翔的地方……
我感到羞愧
面对这无边无际的金黄色土地
面对每天亲吻我的太阳
手指般的,雕刻出美丽山川的光
面对一年一度在春风里开始飘动的
柳丝和头发,项链似的
树枝上成熟的果实
我感到羞愧

祖先从埋葬他们尸骨的草丛中
忧郁地注视着我
成队的面孔,那曾经用鲜血
赋予我光辉的人们注视着我
甚至当孩子们来到我面前
当花朵般柔软的小手信任地抚摸
眸子纯净得像四月的湖
我感到羞愧

我的心被大洋彼岸的浪花激动着
被翅膀、闪电和手中升起的星群激动着
可我却不能飞上天空,像自由的鸟
和昔日从沙漠中走来的人们
驾驶过独木舟的人们
欢聚到一起
我的心在郁闷中焦急地颤栗

就让这渴望、折磨和梦想变成力量吧
像积聚着激流的冰层,在太阳下
投射出奔放的热情
我像一个人那样站在这里,一个
经历过无数痛苦、死亡而依然倔强挺立的人
粗壮的肩膀,昂起的头颅
就让我最终把这铸造噩梦的牢笼摧毁吧

把历史的阴影,战斗者的姿态
像夜晚和黎明那样连接在一起
像一分钟一分钟增长的树木、绿荫、森林
我的青春将这样重新发芽
我的兄弟们呵,让代表死亡的沉默永久消失吧
像覆盖大地的雪——我的歌声
将和排成"人"字的大雁并肩飞回
和所有的人一起,走向光明

我将托起孩子们
高高地、高高地,在太阳上欢笑……

(选自《在黎明的铜镜中——朦胧诗卷》,
北京师范大学出版社 1993 年版)

韩 东

有关大雁塔

有关大雁塔
我们又能知道些什么
有很多人从远方赶来
为了爬上去
做一次英雄
也有的还来第二次
或者更多
那些不得意的人们
那些发福的人们
统统爬上去
做一做英雄
也有有种的往下跳
在台阶上开一朵红花
那就真的成了英雄——
当代英雄
有关大雁塔
我们又能知道些什么
我们爬上去
看看四周的风景
然后再下来

(选自《以梦为马——新生代诗卷》,
北京师范大学出版社1993年版)

西 川

一个人老了

一个人老了,在目光和谈吐之间,
在黄瓜和茶叶之间,
像烟上升,像水下降。黑暗迫近。
在黑暗之间,白了头发,脱了牙齿,
像旧时代的一段逸闻,
像戏曲中的一个配角。一个人老了。

秋天的大幕沉重的落下。
露水是凉的。音乐一意孤行。
他看到落伍的大雁、熄灭的火、
庸才、静止的机器、未完成的画像。
当青年恋人们走远,一个人老了,
飞鸟转移了视线。

他有了足够的经验评判善恶,
但是机会在减少,像沙子
滑下宽大的指缝,而门在闭合。
一个青年活在他身体之中;
他说话是灵魂附体,
他抓住的行人是稻草。
有人造屋,有人绣花,有人下赌。
生命的大风吹出世界的精神,
唯有老年人能看出这其中的摧毁。
一个人老了,徘徊于
昔日的大街,偶尔停步,
便有落叶飘来,要将他遮盖。

更多的声音挤进耳朵,
像他整个身躯将挤进一只小木盒;
那是一系列游戏的结束:
藏起失败,藏起成功。
在房梁上,在树洞里,他已藏好
张张纸条,写满爱情和痛苦。

要他收获已不可能。
要他脱身已不可能。
一个人老了,重返童年时光,
然后像动物一样死亡。他的骨头
已足够坚硬,撑得起历史,
让后人把不属于他的箴言刻上。

(原载《人民文学》1992年第5期)

于 坚

○档案(节选)

法定的年纪　18 岁可以谈论结婚　谈出恋爱　再把证件领取
恋与爱　个人问题　这是一个谈的过程　一个一群人递减为几
　　个人
递减为三个人　递减为两个人的过程　一个舌背接触硬颚的过
　　程
一个软颚下垂　气流从鼻腔通过的过程　一个下唇与上齿
接近或靠拢的过程　一个嘴唇前伸　两唇构成圆形的过程
一个聚音对分散音　糙音对润音　浊音对清音　受阻对不受阻
突发音对延续音　紧张对松弛　降调对升调　舌头对撮口的过
　　程
当然要洗头　洗脸　换衬衣　漱口　换袜子　擦皮鞋　洒香水
当然是最好的那一套　最好的那一条　最好的那一种
当然是七点到　当然是公园门口　当然是眺望与姗姗来迟
当然是杨柳岸晓风残月　当然是两张纸垫着　两瓶汽水
当然是相对无言欲言又止掩口一笑欲说还休却道天凉好个秋
当然是志同道合心心相印　当然是深深地　痴痴地　长长地
当然是摸底　你猜猜 "真的　不骗你" 当然是娇嗔　亲昵
当然是含着　噙着　荡漾着　当然是泪眼问花花不语
当然是多么多么　非常非常　当然是忧伤　悲哀　绝望
当然是转怒为喜　破涕为笑　当然是迟疑　踌躇　试探
当然是摸不透　推测　谜一样的笑容　当然是一块小手绢
一群蚊子　一只毛毛虫　一株蒲公英　一朵白玫瑰
当然是最最最好　刻骨铭心　难忘　只有一次的
永恒啊月光　永恒啊小路　永恒啊起风了　永恒啊夜幕
永恒啊 11 点　永恒啊公园关大门　永恒啊路灯　永恒啊长街
永恒啊依依　永恒啊回眸　永恒啊背影　永恒啊秋波
时间到了　请赶紧　时间到了　请赶紧　再见　比尔

再见 露 下次 梅 下次 华 再见 桂珍 下次 兰
总结:狂草 不及物动词 形容词 名词 情态状语
赋 比 兴 寓言 神话 拟人法 反讽 黑色幽默
自白派 通感 新古典主义 口语诗 头韵 腹韵 尾韵
矛盾修辞 功能性含混 玉台体 天籁 象征 抑扬格
言此意彼词近旨远敌进我退敌退我扰道高一尺魔高一丈
表态:(大会 小会 居委会 登记的 同志们 亲人们
朋友们 守门的 负责的 签字的 盖章的)
安全 要得 随便 没说的 真棒 放心 般配
同意 点头 赞成 举手 鼓掌 签字
可以 不错 好咧 真棒 行嘛 一致通过

(原载《大家》1994年创刊号,选自《于坚的诗》
人民文学出版社2000年12月版)

王家新

转　　变

季节在一夜间
彻底转变
你还没有来得及准备
风已扑面而来
风已冷得使人迈不出院子
你回转身来,天空
在风的鼓荡下
出奇地发蓝

你一下子就老了
衰竭,面目全非
在落叶的打旋中步履艰难
仅仅一个狂风之夜
身体里的木桶已是那样的空
一走动
就晃荡出声音

而风仍不息地从这个季节穿过
风鼓荡着白云
风使天空更高、更远
风一刻不停地运送着什么
风在瓦缝里,在听不见的任何地方
吹着,是那样急迫

剩下的日子已经不多了
落叶纷飞
风中树的声音

从远方溅起的人声、车辆声
都朝着一个方向

如此逼人
风已彻底吹进你的骨头缝里
仅仅一个晚上
一切全变了
这不禁使你暗自惊心
把自己稳住,是到了在风中坚持
或彻底放弃的时候了

(选自《先锋诗歌》,北京师范大学出版社 1999 年版)

臧 棣

我喜爱蓝波的几个理由

他的名字里有蓝色的波浪，
奇异的爱恨交加，
但不伤人。浪漫起伏着，
噢，犹如一种光学现象。
至少，我喜欢这样的特例——
喜欢他们这样把他介绍过来。
他命定要出生在法国南部，
然后去巴黎，去布鲁塞尔，
去伦敦，去荒凉的非洲
寻找足够的沙子。
他们用水洗东西，而他
用成吨的沙子洗东西。
我理解这些，并喜爱
其中闪光的部分。
我不能确定，如果早生
一百年，我是否会认他作
诗歌上的兄弟。但我知道
我喜欢他，因为他说
每个人都是艺术家。
他使用的逻辑非常简单：
由于他是天才，他也在每个人身上
看到了天才。要么是潜在的，
要么是无名的。他的呼吁简洁
但听起来复杂："什么？永恒。"
有趣的是，晚上睡觉时，
我偶尔会觉得他是在胡扯。
而早上醒来，沐浴在

晨光的清新中,我又意识到
他的确有先见之明。

2002 年 11 月

郑愁予

错　　误

我打江南走过
那等在季节里的容颜如莲花的开落

东风不来,三月的柳絮不飞
你的心如小小的寂寞的城
恰如青石的街道向晚
跫音不响,三月的春帷不揭
你的心是小小的窗扉紧掩

我达达的马蹄是美丽的错误
我不是归人,是个过客……

(选自《郑愁予诗集》,洪范书店1971年版)

痖 弦

红玉米

宣统那年的风吹着
吹着那串红玉米
它就在屋檐下
挂着
好像整个北方
整个北方的忧郁
都挂在那儿

犹似一些逃学的下午
雪使私塾先生的戒尺冷了
表姊的驴儿就拴在桑树下面

犹似唢呐吹起
道士们喃喃着
祖父的亡灵到京城去还没有回来

犹似叫哥哥的葫芦儿藏在棉袍里
一点点凄凉,一点点温暖
以及铜环滚过岗子
遥见外婆家的荞麦田
便哭了

就那种玉米是红
挂着,久久地
在屋檐底下
宣统那年的风吹着

你们永不懂得

那样的红玉米
它挂在那儿的姿态
和它的颜色
我的南方出生的女儿也不懂得
凡尔哈仑也不懂得

犹似现在
我已老迈
在记忆的屋檐下
红玉米挂着
一九五八年的风吹着
红玉米挂着

1957年12月19日
(选自《痖弦诗集》,洪范出版社1985年版)

余光中

乡　　愁

小时候，
乡愁是一枚小小的邮票。
我在这头，
母亲在那头。

长大后，
乡愁是一张窄窄的船票。
我在这头，
新娘在那头。

后来啊，
乡愁是一方矮矮的坟墓。
我在外头，
母亲在里头。

而现在，
乡愁是一湾浅浅的海峡。
我在这头，
大陆在那头。

1961年1月21日

（选自《白玉苦瓜》，台北大地出版社1974年版）

高楼对海

高楼对海，长窗向西

黄昏之来多彩而神秘
落日去时,把海峡交给晚霞
晚霞去时,把海峡交给灯塔
我的桌灯也同时亮起
于是礼成,夜,便算开始了
灯塔是海上的一盏桌灯
桌灯,是桌上的一座灯塔
照着白发的心事在灯下
起伏如满满一海峡风浪
一波接一波来撼晚年
一生苍茫还留下什么呢?
除了窗口这一盏孤灯
与我共守这一截长夜
无论写什么:日记,书信,诗篇
都与他,最亲的伙伴第一位读者,共同商讨
迟寐的夜色,纷乱的世局
比一切知己,甚至家人
更能默默地为我分忧
有一天,白发也不在灯下
一生苍茫还留下什么呢?
除了把落日留给海峡
除了把灯塔留给风浪
除了把回不了头的世纪
留给下不了笔的历史
还留下什么呢,一生苍茫?
至于这一盏孤灯,寂寞的见证
亲爱的读者啊,就留给你们

(原载1998年10月18日香港《大公报》)

洛夫

舞　者

呛然
钹声中飞出一只红蜻蜓
贴着水面而过的
柔柔腹肌
静止住
全部眼睛的狂啸

江河江河
自你腰际迤逦而东
而入海的
竟是我们胸臆中的一声呜咽
飞花飞花
你的手臂
岂是五弦七弦所能缚住的
挥洒间
豆荚炸裂
群蝶乱飞

升起,再升起
缓缓转过身子
一株水莲猛然张开千指
扣响着
我们心中的高山流水

1970 年 4 月 5 日
(选自《洛夫诗选》,中国友谊出版公司 1993 年版)

羁 魂

庙街榕树头

黄昏来时带回的那一片黑
突然擦亮
在游人堆拥的脚跟下
一个没有霓虹的夜
便如常醒在
榕树头前丛丛喧闹之间
马会诊所的阴影外
有专治鸡眼痔疮顽癣梅毒的　医
天后及观音庙紧锁的朱门旁
有吹擂善观气色精推命理的　卜
多层停车场后
也有兼擅国粤欧西名曲的
昨日或明日之　星
市政图书馆的阶梯侧更有
长须长发的少年唤卖
舶来画报那裸裎袒裼的　相
于是
即度即做的裁缝
即叫即炒的厨师
独战群雄的棋手　以及
卖武卖药的江湖客
把蓝领白领唐装西装的余暇
轻松轻松成
目迷耳乱着的紧紧张张

（选自《折戟》，香港诗风社1978年版）

苇 鸣

蠔境意象十首(节选)

二 之间——献给所有会讲话的人

嘴巴与嘴巴之间
是空气
也是监狱

上唇与下唇之间
有裂痕
也有血痕

上颚与下颚之间
是舌头
也是蛇头

咽喉与咽喉之间
有声带
也有利剑

还有牙齿与牙齿之间是互相依赖也是互相排挤有死亡也有生命

1986年4月28日

(选自《无心眼集》,香港诗双月刊社1995年版)

陶　里

冬夜的预言

我的诗只有带给你和我和别人失望
冬夜却可以为我们作个果断的预言
失控的染色体将在我们的肢体四处奔走
生命充满浑沌和痉挛
季节的情调不复祥和
高楼大厦从喧哗进入躁动
短暂的爆炸带来琐碎的寂寞
铺满你我成长的长街短巷

每个角落都有荒唐的月色
怪声响起于你不安的庭院
而我　每夜都得伸手窗外
抓一把玄色　为来自坟场的
夜魂裁制游荡的衣裳
来自海港的夜烟覆盖我的书斋
自从岭上失足堕伤回来
欲望教我狎亵一个世纪的虚无

童年岁月的独木桥横跨我的梦
为失踪的年华做见证
爱是一种凄楚的回忆
冬树滴下难以接受的伤感
在水中看到你憔悴的影子
灵魂哗然为你写诗
写你心脏的急促　血液的喧哗
情绪的悸动　生活的宿命

1996 年 11 月 18 日

(选自《冬夜的预言》,澳门五月诗社 1998 年版)

散 文

(1949—2012)

散文

(2049—2015)

巴 人

况钟的笔

看了昆剧《十五贯》，叫我念念不忘的是况钟那枝三落三起的笔。

自从仓颉造字、蒙恬造笔以来，凡是略识"之乎"的人，都是要用用笔的。读书人著书立说，吟歌赋诗，要用笔；种田的、赶买卖的，记记豆腐白酒账，要用笔；甚至像阿Q那样人物，临到枪毙之前，还要拿起笔来，伏在地上，在判决书上面画个圈圈，并且有慨于圈圈之画得不圆，这就可见笔之为用是大得很哩。

自然，笔各有不同，我们用的或毛笔，或钢笔，而况钟所用的是朱砂笔。况钟虽然是苏州府尹，但这回担任的工作，却是监斩。他的职责就是核对犯人和榜上名字是否属实。如果属实，那就算他"验明正身"了，大可朱砂笔一挥，向榜上名字一点，叫刽子手拉出去，一斩了事的。然而况钟偏不这么做，一听到犯人呼冤，拿起来的笔，便点不下去了。拿过判决书来看，竟是三问六审，经过不少人手，想来案情属实；又拿起笔来，又听到犯人呼冤，并且自叙经过，又点不下去了。经过临时一次调查，冤情已经属实，但他既是监斩官，无权过问判决，于是又拿起笔来，但又看到犯人含冤莫伸的情形，又点不下去。他想到人命关天，要对人负责。他终于立下决心，自担干系，延缓处斩，向巡抚大人据理力争，并且亲自勘察，破了案情，平反了冤狱。这样，况钟的朱砂笔，终于点中了真正的杀人犯。可见一个人会不会用笔是大有讲究的。

我们的机关首长、单位的负责人，以至一般的工作人员，都是要用笔的。有的是起拟计划、稿件等等，有的则是拿起笔来在计划、稿件之类上面批示一下，或同意，或另拟，或写上一个名字。但是，我们用笔有没有像况钟那样用得慎重而严肃实在是大可深思一下的。我们之间固然不缺乏像况钟那样的人，善于在笔底下看到"人"，并且用行动来帮助用笔。但我们之间也不缺乏像过于执那样的人，只知大笔一挥，看不到笔底下有"人"；或者把任何工作，往上一推，往下一压；自己仅仅经过手，签个名，只考究自己签名的字，是否"龙翔凤舞"，足够威势，也算是用过笔了。

没有对人负责的精神，不可能作出对工作负责的事。况钟的笔底下有

"人",就是况钟用笔的可贵精神。

　　但况钟的用笔是很不容易的。首先,这枝朱砂笔必须点中真正杀人犯,那才能为社会除掉坏人。而除掉了坏人,也就是保护了好人。但要做到这一点,他得展开两条路线的斗争,一方面,他要同只知排比事件的表面现象,并且会用"人之常情"来作推理根据,却不研究事情的实质的主观主义者作斗争。另一方面,他还要同满足于自己的高官厚禄,闭着眼睛签发文件,而又讨厌下属提出不同意见,为了去掉不顺手的干部,就故意设下陷阱叫你跳下去的官僚主义分子作斗争。这样,况钟的笔就是处在主观主义者过于执和官僚主义者周岑的两枝笔锋夹攻之间了。他要在这两枝笔锋夹攻之间,杀出一条真理的路来,实在是需要有大勇气、大智慧的。但一个能对人负责的人,一定会得到人民力量的支持,就会有大勇气;而一个得到人民力量支持的人,一定能集中群众的智慧,就会有大智慧。况钟就这样地战胜了两枝夹攻的笔锋,平反了冤狱。况钟可说是善用其笔的人了。

　　经常用笔而又经常信笔一挥的人,是不能不想想况钟的用笔之法的。

(原载1956年5月6日《人民日报》)

傅　雷

家书两封

1956 年 10 月 3 日晨

亲爱的孩子，你回来了，又走了；许多新的工作，新的忙碌，新的变化等着你，你是不会感到寂寞的；我们却是静下来，慢慢的回复我们单调的生活，和才过去的欢会与忙乱对比之下，不免一片空虚，——昨儿整整一天若有所失。孩子，你一天天的在进步，在发展：这两年来你对人生和艺术的理解又跨了一大步，我愈来愈爱你了，除了因为你是我们身上的血肉所化出来的而爱你以外，还因为你有如此焕发的才华而爱你；正因为我爱一切的才华，爱一切的艺术品，所以我也把你当作一般的才华（离开骨肉关系），当作一件珍贵的艺术品而爱你。你得千万爱护自己，爱护我们所珍视的艺术品！遇到任何一件出入重大的事，你得想到我们——连你自己在内——对艺术的爱！不是说你应当时时刻刻想到自己了不起，而是说你应当从客观的角度重视自己；你的将来对中国音乐的前途有那么重大的关系。你每走一步，无形中都对整个民族艺术的发展有影响，所以你更应当战战兢兢，郑重将事！随时随地要准备牺牲目前的感情，为了更大的感情——对艺术对祖国的感情。你用在理解乐曲方面的理智，希望能普遍地应用到一切方面，特别是用在个人的感情方面。我的园丁工作已经做了一大半，还有一大半要你自己来做的了。爸爸已经进入人生的秋季，许多地方都要逐渐落在你们年轻人的后面，能够帮你的忙将要越来越减少；一切要靠你自己努力，靠你自己警惕，自己鞭策。你说到技巧要理论与实践结合，但愿你能把这句话用在人生的实践上去；那末你这朵花一定能开得更美，更丰满，更有力，更长久！

谈了一个多月的话，好像只跟你谈了一个开场白。我跟你是永远谈不完的，正如一个人对自己的独白是终身不会完的，你跟我两人的思想和感情，不正是我自己的思想和感情吗？清清楚楚的，我跟你的讨论与争辩，常常就是我跟自己的讨论与争辩。父子之间能有这种境界，也是人生莫大的幸福。除了外界的原因没有能使你把假期过得像个假期以外，连我也给你一些小小的不愉快，破坏了你回家前的对家庭的期望。我心中始终对你抱着歉意。但愿你这次给我的教育（就是说从和你相处而反映出我的缺点）能对我今后发生作用，把我自己继续改造。尽管人生那么无情，我们本人还是应当把自己尽量改好，少给人一些痛苦，多给人一些快乐。说来说去，我仍抱着"宁天下人负我，毋我负天下人"的心愿。我相信你也是这样的。

1960 年 8 月 29 日

亲爱的孩子，8 月 20 日报告的喜讯使我们心中说不出的欢喜和兴奋。你在人生的旅途中踏上一个新的阶段，开始负起新的责任来，我们要祝贺你，祝福你，鼓励你。希望你拿出像对待音乐艺术一样的毅力、信心、虔诚，来学习人生艺术中最高深的一课。但愿你将来在这一门艺术中得到像你在音乐艺术中一样的成功！发生什么疑难或苦闷，随时向一二个正直而有经验的中、老年人讨教，（你在伦敦已有一年八个月，也该有这样的老成的朋友吧？）深思熟虑，然后决定，切勿单凭一时冲动；只要你能做到这几点，我们也就放心了。

对终身伴侣的要求，正如对人生一切的要求一样不能太苛。事情总有正反两面：追得你太迫切了，你觉得负担重；追得不紧了，又觉得不够热烈。温柔的人有时会显得懦弱，刚强了又近乎专制。幻想多了未免不切实际，能干的管家太太又觉得俗气。只有长处没有短处的人在哪儿呢？世界上究竟有没有十全十美的人或事物呢？抚躬自问，自己又完美到什么程度呢？这一类的问题想必你考虑过不止一次。我觉得最主要的还是本质的善良，天性的温厚，开阔的胸襟。有了这三样，其他都可以逐渐培养；而且有了这三样，将来即使遇到大大小小的风波也不致变成悲剧。做艺术家的妻子比做任何人的妻子都难；你要不预先明白这一点，即使你知道"责人太严，责己太宽"，也不容易学会明哲、体贴、容忍。只要能代你解决生活琐事，同时对你的事业感到兴趣就行，对学问的钻研等等暂时不必期望过奢，还得看你们婚后的生活如何。眼前双方先学习相互的尊重、谅解、宽容。

对方把你作为她整个的世界固然很危险，但也很宝贵！你既已发觉，一定会慢慢点醒她；最好旁敲侧击而勿正面提出，还要使她感到那是为了维护她的人格独立，扩大她的世界观。倘若你已经想到奥里维的故事，不妨就把那部书叫她细读一二篇，特别要她注意那一段插曲。像雅葛丽纳那样只知道 love, love, love！的人只是童话中人物，在现实世界中非但得不到 love，连日子都会过不下去，因为她除了 love 一无所知，一无所有，一无所爱，这样狭窄的天地哪像一个天地！这样片面的人生观哪会得到幸福！无论男女，只有把兴趣集中在事业上,学问上,艺术上,尽量抛开渺小的自我(ego),才有快活的可能,才觉得活的有意义。未经世事的少女往往会存一个荒诞的梦想,以为恋爱时期的感情的高潮也能在婚后维持下去。这是违反自然规律的妄想。古语说,"君子之交淡如水";又有一句话说,"夫妇相敬如宾"。可见只有平静、含蓄、温和的感情方能持久;另外一句的意义是说,夫妇到后来完全是一种知己朋友的关系,也即是我们所谓的终身伴侣。未婚之前双方能深切领会到这一点,就为将来打定了最可靠的基础,免除了多少不必要的误会与痛苦。

你是以艺术为生命的人,也是把真理、正义、人格等等看做高于一切的人,也是以工作为乐生的人,我用不着唠叨,想你早已把这些信念表白过,而且竭力灌输给对方的了。我只想提醒你几点:——第一,世界上最有力的论证莫如实际行动,最有效的教育莫如以身作则;自己做不到的事千万勿要求别人;自己也要犯的毛病先批评自己,先改自己的。——第二,永远不要忘了我教育你的时候犯的许多过严的毛病。我过去的错误要是能使你避免同样的错误,我的罪过也可以减轻几分;你受过的痛苦不再施之于他人,你也不算白白吃苦。总的来说,尽管指点别人,可不要给人"好为人师"的感觉。奥诺丽纳(你还记得巴尔扎克那个中篇吗?)的不幸一大半是咎由自取,一小部分也因为丈夫教育她的态度伤了她的自尊心。凡是童年不快乐的人都特别脆弱(也有训练得格外坚强的,但只是少数),特别敏感,你回想一下自己,就会知道对付你的恋人要如何 delicate,如何 discreet 了。

我相信你对爱情问题看得比以前更郑重更严肃了;就在这考验时期,希望你更加用严肃的态度对待一切,尤其要对婚后的责任先培养一种忠诚、庄严、虔敬的心情!

(选自《傅雷家书》,三联书店 1984 年版)

秦 牧

社稷坛抒情

北京有座美丽的中山公园,公园里有个用五色土砌成的社稷坛。

社稷坛是北京九坛之一,它和坐落在南城的天坛遥遥相对。古代的帝王们,在天坛祭天,在社稷坛祭地。祭天为了要求风调雨顺,祭地为了要求土地肥沃。祭天祭地的终极目的只有一个:就是五谷丰登,可以"聚敛贡城阙"。五谷是从地里长出来的,因此,人们臆想的稷神(五谷)就和社神(土地)同在一个坛里受膜拜了。

穿过古柏参天、处处都是花圃的园林,来到这个社稷坛前,突然有一种寥廓空旷的感觉。在庄严的宫殿建筑之前,有这么一个四方的土坛,屹立在地面,它东面是青土,南面是红土,西面是白土,北面是黑土,中间嵌着一大块圆形的黄土。这图案使人沉思,使人怀古。遥想当年帝王们穿着衮服,戴着冕旒,在礼乐声中祭地的情景,你仿佛看到他们在庄严中流露出来的对于"天命"畏惧的眼色,你仿佛看到许多人慑服在大自然脚下的神情。

这社稷坛现在已经没有一点儿神秘庄严的色彩了。它只是一个奇特的历史遗迹。节日里,欢乐的人群在上面舞狮,少年们在上面嬉戏追逐。平时则有三三两两的游人在那里低徊。对,这真是一个引发人们思古幽情的好所在!作为一个中国人,可以让这种使人微醉的感情发酵的去处可真多呢!你可以到泰山去观日出,在八达岭长城顶看日落。可以在西湖荡画舫,到南京鸡鸣寺听钟声。可以在华北平原跑马,在戈壁滩上骑骆驼。可以访寻古代宫殿遗迹,听一听燕子的呢喃,或者到南方海神庙旁看浪涛拍岸……这些节目你随便可以举出一百几十种来,但在这里面千万不能遗漏掉这个社稷坛!这坛后的宫殿是华丽的,飞檐、斗拱、琉璃瓦、白石阶……真是金碧辉煌!而坛呢,却很荒凉,就只有五色的泥土。然而这种对照却也使人想起:没有这泥土所代表的土地,没有在大地上胼手胝足的劳动者,根本就不会有这宫殿,不会有一切人类的文明。你在这个土坛上走着走着,仿佛走进古代去,走到一望无际的原野上,在那里,莽莽苍苍,风声如吼。一个戴着高冠,穿着芒鞋的古代诗人正在用他的悲悯深沉的眼睛眺望大地,吟咏着这样的诗句:

朝东西眺望没有边际,
朝南北眺望没有头绪,
朝上下眺望没有依归,
我的驱驰不知何所底止!
……
九州究竟安放在什么上面?
河床何以洼陷?
地面,从东至西究竟多少宽,从南至北多少长?
南北要比东西短些,短的程度究竟是怎样?
　　——屈原:《悲回风》和《天问》,引自郭沫若译诗

　　这不仅仅是屈原的声音,也是许许多多古代诗人瞭望原野时曾经涌起的感情。这种"大地茫茫"的心境,是和对于自然之谜的探索和对于人间疾苦的愤慨联结在一起的。

　　想一想这些肥沃土地的来历,你不由得涌起一种遥接万代的感情。我们居住的这个星球,最古时代,原是一个寂寞的大石球,上面没有一株草,一只虫,也没有一层土壤。经过了多少亿万年,太阳风雨的力量,原始生物的尸骸,才给地球造成了一层层的土壤,每经历千年万年,土壤才增加薄薄的一层。想一想我们那土壤厚达五十公尺的华北黄土高原吧!那该是大自然在多长的时间里的杰作!但这还不算,劳动者开辟这些土地,是和大自然进行过多么剧烈的斗争呀!这种斗争一代接连一代继续着,我们仿佛又会见了古代的唱着《诗经》里怨愤之歌的农民,像敦煌壁画上面描绘的辛勤劳苦的农民,驾着那种和古墓里挖掘出来的陶制高轮牛车相似的车子,奔驰在原野上,辛苦开辟着田地。然而他们一代代穿着破絮似的衣服,吃着极端粗劣的食物。你仿佛看到他们在田野里仰天叹息,他们一家老小围着幽幽的灯光在饮泣。看到他们画红了眉毛,或者在头上包一块黄布揭竿起义,看到他们大批地陈尸在那吸尽了他们的汗水然后又吸尽了他们鲜血的土地。想一想在原始社会中他们怎样匍匐在鬼神脚下,在阶级社会中他们又怎样挣扎在重重枷锁之中。啊,这些给荒凉的大地铺上了锦绣花巾的人们,这些从狗尾草、蟋蟀草中给我们选出了稻麦来的人们,我们该多么感念他们!想像的羽翼可以把我们带到古代去,在一家家的门口清清楚楚看到他们在劳动,在饮食,在希望,在叹息,可惜隔着一道历史的门限,我们却不能和他们作半句的交谈!但怀古思念,想起了我们这个时代的农民是几千年历史中第一次真正挣脱了枷锁,逐渐离开了鬼神天命的羁绊的农民,我们又仿佛走出了黑暗的历史的隧洞,突然见到耀眼的阳光了。

　　你在这个五色土坛上面走着走着,仿佛又回到公元前几千年去,会见了

古代的思想家。他们白发苍苍,正对着天上的星辰,海里的潮汐,陶窑的火光,大地的泥土沉思。那时的思想家没有什么书籍可以阅读参考,日月经天,江河行地,四时代谢,万物死生的现象,都使他们抱头苦思。他们还远不能给世界的现象写出一个较完整的答案。但是他们终究也看出一点道理来了,世间的万物万事,有因有果,有主有从,它们互相错综地关联着……正是由于古代有这样的思想家在这样地思考过,才给后来的历史创造了这样一座五色的土坛。

"五行"的观念和我们这个民族一样地古老,东、南、西、北是人们很早就知道的,人们总以为自己所处是大地的中间,于是在四方之外又加上了一个"中心",东、南、西、北、中凑成了五方五土的观念,直到今天我们还看到好些人家的屋角有"五方五土龙神"的牌位。烧陶方法和冶铜技术发明了,人们在熊熊火光旁边,看到火把泥土变成了陶器,把矿石烧成溶液,木头燃烧发出了火光,水又能够把火熄灭。这种现象使古代的思想家想到木、火、金、水、土(依照《左传》的排列次序)是万物的本源。于是木、火、金、水、土把五行的观念充实起来了。

烧制陶器这件事使人类向文明跨前一大步,在埃及,在希腊,都由此产生了神祇用泥土造人的神话。在中国,却大大地发扬了"五行"的观念。根据木、火、金、水、土五种东西彼此的作用,又产生了五行相克相生的理论。根据这几种东西的颜色:树木是苍翠的,火光是红艳艳的,金属是亮晶晶的,深深的水潭是黝黑的,中原的泥土是黄色的。于是青、赤、白、黑、黄五种颜色就被拿来配木、火、金、水、土,成为颜色上的五行了。

这个四方、五行的观念被古代思想家用来分析许许多多的事物,音乐上的宫、商、角、徵、羽五个音阶,天上二十八宿的分隶青龙、朱雀、白虎、玄武(乌龟)四方,都是和这种观念紧密地联结起来的。

把世界万物的本源看做是木、火、金、水、土五种元素相互作用产生出来的,这和古代印度哲学家把万物说成是由地、火、水、风所构成,古代希腊哲学家说万物的本源是水或者火……那思想的脉络是多么地近似啊。

尽管这种说法在几千年后的今天看来是奇特甚至好笑的,然而那里面不也包含着光辉的真理吗:万物的本源都是物质,物质彼此起着错综的作用……哦!我们遇见的对着泥土沉思的思想家,他们正是古代的略具雏形的唯物主义者!

没有这些古代思想家,我们就不会有这个五色的土坛。审视这五种颜色吧,端详这个根据"天圆地方"的古代观念构筑起来的四方坛吧!它和我们民族的古代文化存在多么密切的关系啊!

我们汉民族的摇篮在黄河的中上游,那里绵亘的是一望无际的黄土高原。因此,黄色被用来配"土",用来配"中心",成为我们民族传统中高贵的颜色。中心是不同于四方的,能够生长五谷的土地是不同于其他东西的,黄色是不同于其他颜色的。在这个土坛的中心,黄土被特别砌成了一个圆形,审视这个黄色的圆圈吧!它使我们想起奔腾澎湃的黄河,想起在地层下不断被发掘出来的古代村落,也想起那古木参天的黄帝的陵墓。

我多么想去抱一抱那些古代的思想家,没有他们的艰苦探索,就没有今天人类的智慧。正像没有勇敢走下树来的猿人,就不会有人类一样。多少万年的劳动经验和生活智慧积累起来,才有了今天的人类文明。每一个人在人类智慧的长河旁边,都不过像一只饮河的鼹鼠。在知识的大森林里面,都不过像一只栖于一枝的鹪鹩。这河是多少亿万滴水汇成的啊,这森林是多少亿万株草木构成的啊!

瞧着这个社稷坛,你会想起了中国的泥土,那黄河流域的黄土,四川盆地的红壤,肥沃的黑土,洁白的白垩土……你会想起文学里许许多多关于泥土的故事:有人包起一包祖国的泥土藏在身旁到国外去;有人临死遗嘱必须用祖国的泥土撒到自己胸上;有人远适异国归来,俯身去吻一吻自己国门的土地。这些动人的关于泥土的故事,使人对五色土发生了奇异的感情,仿佛它们是童话里的角色,每一粒土壤都可以叙述一段奇特的故事或者唱一首美好的诗歌一样。

瞧着这个紧紧拼合起来的五色土坛,一个人也会想起了国土的统一,在我们的土地上,为了统一而发生的战争该有多少万次呀!然而严格说来,历史上的中国从来没有高度统一过。四分五裂,豪强纷纷划地称王的时代不去说它了,可怜的共主像傀儡似地住在京都,整天送猪肉龟肉慰问跋扈的诸侯的时代不去说它了,就是号称强盛统一的时代,还不是有许多拥兵自重的藩镇,许多专权用事的贵戚,许多地方的豪霸,在他们的领地里当着小皇帝,使中央号令不行,使国中还有许许多多的小国。中国历史上没有一个时期像今天这样高度统一过,等我们解放了台湾和一些沿海岛屿以后,这种统一的规模就更加空前了。古代思想家的预言:"不嗜杀人者能一之。"由于不剥削人的劳动阶级登上了历史舞台,竟使这一句话在两千多年后空前地应验了。

我在这个土坛上低徊漫步,想起了许许多多的事情。我们未必"前不见古人,后不见来者",凭着思想和感情的羽翼,我们尽可去会一会古人,见一见来者。我仿佛曾经上溯历史的河流,看见了古代的诗人、农民、思想家、志士,看他们的举动,听他们的声音,然后又穿过历史的隧洞,回到阳光灿烂的现实。啊,做一个历史悠久的民族的子孙是多么值得自豪的一回事!做今天的一个中国的人民是多么值得快慰的一回事!回溯过去,瞻望未来,你会觉得激动,很想深深呼吸一口新鲜的空气,想好好地学习和劳动,好好地安排在无穷的时间中一个人仅有一次,而我们又恰恰生逢其时的宝贵的生命。

我真爱北京这座发人深思的社稷坛!

(原载《作品》1956年11月号)

杨　朔

雪浪花

　　凉秋八月，天气分外清爽。我有时爱坐在海边礁石上，望着潮涨潮落，云起云飞。月亮圆的时候，正涨大潮。瞧那茫茫无边的大海上，滚滚滔滔，一浪高似一浪，撞到礁石上，唰地卷起几丈高的雪浪花，猛力冲激着海边的礁石。那礁石满身都是深沟浅窝，坑坑坎坎的，倒像是块柔软的面团，不知叫谁捏弄成这种怪模怪样。

　　几个年轻的姑娘赤着脚，提着裙子，嘻嘻哈哈追着浪花玩。想必是初次认识海，一只海鸥，两片贝壳，她们也感到新奇有趣。奇形怪状的礁石自然逃不出她们好奇的眼睛，你听她们议论起来了：礁石硬得跟铁差不多，怎么会变成这样子？是天生的，还是錾子凿的，还是怎的？

　　"是叫浪花咬的，"一个欢乐的声音从背后插进来。说话的人是个上年纪的渔民，从刚拢岸的渔船跨下来，脱下黄油布衣裤，从从容容晾到礁石上。

　　有个姑娘听了笑起来："浪花也没有牙，还会咬？怎么溅到我身上，痛都不痛？咬我一口多有趣。"

　　老渔民慢条斯理说："咬你一口就该哭了。别看浪花小，无数浪花集到一起，心齐，又有耐性，就是这样咬啊咬的，咬上几百年，几千年，几万年，哪怕是铁打的江山，也能叫它变个样儿。姑娘们，你们信不信？"

　　说的妙，里面又含着多么深的人情世故。我不禁对那老渔民望了几眼，老渔民长得高大结实，留着一把花白胡子。瞧他那眉目神气，就像秋天的高空一样，又清朗，又深沉。老渔民说完话，不等姑娘们搭言，早回到船上，大声说笑着，动手收拾着满船烂银也似的新鲜鱼儿。

　　我向就近一个渔民打听老人是谁，那渔民笑着说："你问他呀，那是我们的老泰山。老人家就有这个脾性，一辈子没养女儿，偏爱拿人当女婿看待，不信你叫他一声老泰山，他不但不生气，反倒摸着胡子乐呢。不过我们叫他老泰山，还有别的缘故。人家从小走南闯北，经的多，见的广，生产队里大事小事，一有难处，都得找他指点，日久天长，老人家就变成大伙依靠的泰山了。"

　　此后一连几日，变了天，飘飘洒洒落着凉雨，不能出门。这一天晴了，后半晌,我披着一片火红的霞光,从海边散步回来,瞭见休养所院里的苹果树前停着辆独轮小车,小车旁边有个人俯在磨刀石上磨剪刀。那背影有点儿眼熟。走到跟前一看,可不正是老泰山。

我招呼说:"老人家,没出海打鱼么?"

老泰山望了望我笑着说:"嘻,同志,天不好,队里不让咱出海,叫咱歇着。"

我说:"像你这样年纪,多歇歇也是应该的。"

老泰山听了说:"人家都不歇,为什么我就应该多歇着?我一不瘫,二不瞎,叫我坐着吃闲饭,等于骂我。好吧,不让咱出海,咱服从;留在家里,这双手可得服从我。我就织鱼网,磨鱼钩,照顾照顾生产队里的果木树,再不就推着小车出来走走,帮人磨磨刀,钻钻磨眼儿,反正能做多少活就做多少活,总得尽我的一份力气。"

"看样子你有六十了吧?"

"哈哈!六十?这辈子别再想那个好时候了——这个年纪啦。"说着老泰山捏起右手的三根指头。

我不禁惊疑说:"你有七十了么?看不出。身板骨还是挺硬朗。"

老泰山说:"嘻,硬朗什么?头四年,秋收扬场,我一连气还能扬它一两千斤谷子。如今不行了,胳臂害过风湿痛病,抬不起来。磨刀磨剪子,胳臂往下使力气,这类活儿还能做。不是胳臂拖累我,前年咱准要求到北京去油漆人民大会堂。"

"你会的手艺可真不少呢。"

"苦人哪,自小东奔西跑的,什么不得干。干的营生多,经历的也古怪。不瞒同志说,三十年前,我还赶过脚呢。"说到这儿,老泰山把剪刀往水罐里蘸了蘸,继续磨着,一面不紧不慢地说:"那时候,北戴河跟今天可不一样。一到三伏天,来歇伏的差不多净是蓝眼珠的外国人。有一回,一个外国人看上我的驴。提起我那驴,可是百里挑一:浑身乌黑乌黑,没一根杂毛,四只蹄子可是白的。这有个讲究,叫四蹄踏雪,跑起来,极好的马也追不上。那外国人想雇我的驴去逛东山。我要五块钱。他嫌贵。你嫌贵,我还嫌你胖呢。胖的像条大白熊,别压坏我的驴。讲来讲去,大白熊答应我的价钱,骑着驴逛了半天,欢欢喜喜照数付了脚钱。谁料想隔不几天,警察局来传我,说是有人把我告下了,告我是红胡子,硬抢人家五块钱。"

老泰山说的有点气促,喘嘘嘘的,就缓了口气,又磨着剪子说:"我一听气炸了肺。我的驴,你的屁股,爱骑不骑,怎么能诬赖人家是红胡子?赶到警察局一看,大白熊倒轻松,望着我乐得闭不拢嘴。你猜他说什么?他说:'你的驴快,我要再雇一趟去秦皇岛,到处找不着你。我就告你。一告,这

不是,就把红胡子抓来了.'

我忍不住说:"瞧他多聪明!"

老泰山说:"聪明的还在后头呢,你听着啊。这回倒省事,也不用争,一张口他就给我十五块钱。骑上驴,他拿着根荆条,抽着驴紧跑。我叫他慢着点,他直夸奖我的驴有几步好走,答应回头再加点脚钱。到秦皇岛一个来回,整整一天,累得我那驴浑身湿淋淋的,顺着毛往下滴汗珠——你说叫人心疼不心疼?"

我插问道:"脚钱加了没有?"

老泰山直起腰,狠狠吐了口唾沫说:"见他的鬼!他连一个铜子儿也不给,说是上回你讹诈我五块钱,都包括在内啦,再闹,送你到警察局去。红胡子!红胡子!直骂我是红胡子。"

我气的问:"这个流氓,他是哪国人?"

老泰山说:"不讲你也猜得着。前几天听广播,美国飞机又偷着闯进咱们家里。三十年前,我亲身吃过他们的亏,这笔账还没算清。要是倒退五十年,我身强力壮,今天我呀——"

休养所的窗口有个妇女探出脸问:"剪子磨好没有?"

老泰山应声说:"好了。"就用大拇指试试剪子刃,大声对我笑着说:"瞧我磨的剪子,多快。你想剪天上的云霞,做一床大大的被,也剪得动。"

西天上正铺着一片金光灿烂的晚霞,把老泰山的脸映得红彤彤的。老人收起磨刀石,放到独轮车上,跟我道了别,推起小车走了几步,又停下,弯腰从路边掐了枝野菊花,插到车上,才又推着车慢慢走了,一直走进火红的霞光里去。他走了,他在海边对几个姑娘讲的话却回到我的心上。我觉得,老泰山恰似一点浪花,跟无数浪花集到一起,形成这个时代的浪潮,激扬飞溅,早已把旧日的江山变了个样儿,正在勤勤恳恳塑造着人民的江山。

老泰山姓任。问他叫什么名字,他笑笑说:"山野之人,值不得留名字。"竟不肯告诉我。

1961 年

(选自《东风第一枝》,作家出版社 1961 年版)

周瘦鹃

夏天的瓶供

　　凡是爱好花木的人，总想经常有花可看，尤其是供在案头，可以朝夕坐对，而使一室之内，也增加了生气。供在案头的，当然最好是盆栽和盆景；如果条件不够，或佳品难得，那么有了瓶供，也可以过过花瘾。
　　对于瓶供的爱好，古已有之。如宋代诗人张道洽《瓶梅》云：

　　　　寒水一瓶春数枝，清香不减小溪时。
　　　　横斜竹底无人见，莫与微云淡月知。

徐献可《书斋》云：

　　　　十日书斋九日扃，春晴何处不闲行。
　　　　瓶花落尽无人管，留得残枝叶自生。

方回惜《砚中花》云：

　　　　花担移来锦绣丛，小窗瓶水浸春风。
　　　　朝来不忍轻磨墨，研落香粘数点红。

　　这与我的情况恰恰相同，紫罗兰盦南窗下的书桌上，四时不断地供着一瓶花，瓶下恰有一方端砚，花瓣往往落在砚上，我也往往不忍磨墨，生怕玷污了它，足见惜花人的心理，是约略相同的。
　　说到夏天的瓶供，我是与盆供并重的，从园子里的细种莲花开放之后，就陆续采来供在爱莲堂中央的桌子上，如洒金、层台、大绿、粉千叶等，都是难得的名种。我轮替地用一只古铜大圆瓶、一只雍正黄瓷大胆瓶和一只紫红瓷窑变的扁方瓶来插供，以花的颜色来配瓶的颜色，务求其调和悦目。单单插了莲花还不够，更要采三片小样的莲叶来搭配着，花二朵或三朵，配上了三片叶子，插得有高有低，有直有敧，必须像画家笔下画出来的一样。倘有一朵花先谢了，剩下一只小莲蓬，仍然留在瓶里，再去采一朵半开的花来补缺，这样要连续插供到细种莲花全部开完后为止。在这一个多月的时间里，我把这一大瓶高花大叶的莲花，用树根几或红木几高供中央，总算不辜负了"爱莲堂"这块老招牌；而上面挂着的，恰又是林伯希老画师所画的一幅《爱莲图》,更觉相映成趣。

　　除了瓶供的莲花之外,还有瓶供的菖兰。菖兰的色彩是多种多样的,有白、红、淡黄、深黄、洒金、茄紫诸色;而我园有一种深紫而有绒光的,更为富丽。我也将花与瓶的颜色互相配合,互相衬托,花以三枝、五枝或七枝为规律,再插上几片叶,高低疏密,都须插得适当,看上去自有画意。有时瓶用得腻了,便改用一只明代欧瓷的长方形小型水盘,插上三五枝小样的菖兰,衬以绿叶,配上大小拳石两块,更觉幽雅入画了。

　　我爱用水盘插花,觉得比用瓶来插花,更有趣味。除了菖兰,无论大丽、月季、蜀葵等,都是夏天常见的,都可用水盘来插;不过叶子也需要,再用拳石或书带草来一衬托,那是更富于诗情画意了。爱莲堂里有一只长方形的白石大水盘,下有红木几座,落地安放着,我在盘的右边竖了一块二尺高的英石奇峰,像个独秀峰模样,盘中盛满了水,散满了碧绿的小浮萍。清早到园子里,采了大石缸中刚开放的大红色睡莲二三朵,和小样的莲叶三五张,回来放在水盘里,就好像把一个小小的莲塘,搬到了屋子里来,徘徊观赏,真的是"心上莲花朵朵开"了。每天傍晚,只要把闭拢了的花朵撩起来,放在露天的浅水盆中过夜,明天早上,花依然开放,依然放到水盘里。天天这样做,可以持续三四天。

(选自《花前新记》,江苏人民出版社1958年版)

冰 心

一只木屐

淡金色的夕阳,像这条轮船一样,懒洋洋地停在这一块长方形的海水上。两边码头上仓库的灰色大门,已经紧紧地关起了。一下午的嘈杂的人声,已经寂静了下来,只有乍起的晚风,在吹卷着码头上零乱的草绳和尘土。

我默默地倚伏在船栏上,周围是一片的空虚——沉重,时间一分一分地过去,苍茫的夜色,笼盖了下来。

猛抬头,我看见在离船不远的水面上,飘着一只木屐,它已被海水泡成黑褐色的了。它在摇动的波浪上,摇着、摇着,慢慢地往外移,仿佛要努力地摇到外面大海上去似的!

啊!我苦难中的朋友!你怎么知道我要悄悄地离开?你又怎么知道我心里丢不下那些把你穿在脚下的朋友?你从岸上跳进海中,万里迢迢地在船边护送着我?

过去几年的、在东京的苦闷不眠的夜晚——相伴我的只有瓦檐上的雨声,纸窗外的月色,更多的是空虚——沉重的、黑魆魆的长夜;而每一个不眠的夜晚,我都听到戛达戛达的木屐声音,一阵一阵的从我楼前走过。这声音,踏在石子路上,清空而又坚实;它不像我从前听过的、引人憎恨的、北京东单操场上日本军官的军靴声,也不像北京饭店的大厅上日本官员、绅士的皮鞋声。这是日本劳动人民的、风里雨里寸步不离的、清空而又坚实的木屐的声音……

我把双手交叉起,枕在脑后,随着一阵一阵的屐声,在想像中从穿着木屐的双脚,慢慢地向上看,我看到悲哀憔悴的穿着外褂、套着白罩衣的老人、老妇的脸;我看到痛苦愤怒的穿着工裤、披着蓑衣的工人、农民的脸;我看到忧郁彷徨的戴着四角帽、穿着短裙的青年、少女的脸……这些脸,都是我白天在街头巷尾不断看到的,这时都汇合了起来,从我楼前戛达戛达地走过。

"苦难中的朋友!在这黑魆魆的长夜,希望在哪里?你们这样戛达戛达地往哪里走呢?"在失眠的辗转反侧之后,我总是这样痛苦地想。

但是鲁迅的几句话,也常常闪光似地刺进我黑暗的心头,"我想:希望是本无所谓有,无所谓无的。这正如地上的路;其实地上本没有路,走的人多了,也便成了路。"

就这样,这清空而又坚实的木屐声音,一夜又一夜地、从我的乱石嶙峋的思路上踏过;一声一声、一步一步地替我踏出了一条坚实平坦的大道,把我从黑夜送到黎明!

事情过去十多年了,但是我还常常想起那日那时日本横滨码头旁边水上的那只木屐。对于我,它象征着日本劳动人民,也使我回忆起那几年居留日本的一段生活,引起我许多复杂的情感。

从那日那时离开日本后,我又去过两次。这时候,日本人民不但是我的苦难中的朋友,也是我的斗争中的朋友了,我心中的苦乐和十几年前已大不相同。但是,当同去的人们,珍重地带回了些与富士山或樱花有关的纪念品的时候,我却收集一些小小的、引人眷恋的玩具木屐⋯⋯

(选自《樱花赞》,百花文艺出版社 1962 年版)

邓 拓

说大话的故事

看过《三国演义》的人都记得,诸葛亮挥泪斩马谡的时候,曾经提到刘备生前说过,马谡言过其实,不可大用。演义上的这一段话是有根据的。陈寿在《三国志》的《蜀志》中确曾写道:"先主谓诸葛亮曰:马谡言过其实,不可大用。"看来,刘备对于马谡的了解,实在是很深刻的。马谡在刘备的眼里就是一个好说大话的人。说大话的害处古人早已深知,所以,管子说过,"言不得过其实,实不得过其名。"这就是告诫人们千万不要说大话,不要吹牛,遇事要采取慎重的态度,话要说得少些,事情要做得多些,名声更要小一些。

历来有许多名流学者,常常引用管子的这些话,作为自己的座右铭。然而,也有的人并不理会这个道理。据汉代的学者王充的意见,似乎历来忽视这个道理的以书生或文人为最多。王充在《论衡》中指出:"儒者之言,溢美过实。"他的意思显然是认为,文人之流往往爱说大话。其实,爱说大话的还有其他各色人等,决不只是文人之流而已。

古人的笔记小说中写了许多说大话的故事。明代陆灼在《艾子后语》中写的几个故事,我看很有意思。一个故事写道:"艾子在齐,居孟尝君门下者三年,孟尝君礼为上客。既而自齐返乎鲁,与季孙氏遇,季孙曰:先生久于齐,齐之贤者为谁?艾子曰:无如孟尝君。季孙曰:何德而谓贤?艾子曰:食客三千,衣廪无倦色,不贤而能之乎?季孙曰:嘻,先生欺予哉!三千客予家亦有之,岂独田文?艾子不觉敛容而起,谢曰:公亦鲁之贤者也;翌日敢造门下,求观三千客。季孙曰:诺。明旦,艾子衣冠斋洁而往。入其门,寂然也;升其堂,则无人焉。艾子疑之,意其必在别馆也。良久,季孙出见。诘之曰:客安在?季孙怅然曰:先生来何暮?三千客各自归家吃饭去矣!艾子胡卢而退。"

这个故事大概是杜撰的。不但艾子是作者的假托,而且季孙氏也是由附会得来的。凡是春秋战国时代鲁国桓公的儿子季友的后人,都称为季孙氏。陆灼讽刺季孙氏嫉妒孟尝君能养三千食客,就胡乱吹牛说自己也有三千食客,可是经不住实地观察,一看就漏底了。陆灼写出这个杜撰的故事,其目的是要教育世人不可吹牛。我们应该承认他是善意的,似乎不必用考证的方法,对它斤斤计较。

在同书中,还有类似的一些故事。例如说赵国有一个方士好讲大话,自称见过伏羲、女娲、神农、蚩尤、仓颉、尧、舜、禹、汤、穆天子、瑶池圣母等等,以致"沈醉至今,犹未全醒,不知今日世上是何甲子也"。恰好当时,"赵王堕马伤胁,医云:须千年血竭敷之乃瘥,下令求血竭不可得。艾子言于王曰:此有方士,不啻数千岁,杀取其血,其效当愈速矣。王大喜,密使人执方士,将杀之"。这才吓得方士不得不"拜且泣曰:昨日吾父母皆年五十,东邻老姥,携酒为寿,臣饮至醉,不觉言词过度,实不曾活千岁。艾先生最善说谎,王其勿听。赵王乃叱而赦之"。

这个方士最后要求饶命的时候说的这一段话,当然还是一派胡言,并且倒打艾子一耙,诬他说谎,可见方士的用心颇为不善。这又反映了一种情况,就是说大话的人也有秉性难移,死不觉悟的。

历史上说大话的真人真事,虽然有许多,但是这些编造的故事却更富有概括性,它们把说大话的各种伎俩集中在典型的故事情节里,这样更能引人注意,提高警惕,因而也就更有教育意义了。

(选自《燕山夜话》,北京出版社1979年版)

唐 弢

八道六难

从前的人大都把买书包括在求书或者访书里面,因而有八道六难之说。什么叫做八道?八道就是宋朝郑樵所说的八求:一即类以求,二旁类以求,三因地以求,四因家以求,五求之公,六求之私,七因人以求,八因代以求。八求既包含着方法,也说明了目标。不过,根据郑樵自己的解释,还是以目标为主,即是说可以向之求书的人,因为他的希望是借校,而当时所谓求书,实际上也是指借抄,和后来有钱便能购下不同。清人叶昌炽在《藏书纪事诗》里,说什么"渔仲求书有八道,腐儒经济堪绝倒",把个郑渔仲当作了笑柄,时代不同,看来真不免有点隔膜了。

但是,同是清人的祁承㸁,却在《澹生堂藏书约》里加以引用,八求之外,又补充了三点:一、对于已佚的书,从前代著述中辑录引文,恢复其部分面貌;二、古书中有注释多于本文的,析而为二,使注释另成一书;三、从诸家文集中纂辑书序,别为一目,以便按目求书。祁承㸁虽然把这三点放在"购书"项下,大体上未改前人求书遗意,特别是他的辑佚主张,对当时颇有影响。后来,鲁迅先生辑《会稽先贤传》和《会稽典录》,还从他所举的《北堂书钞》、《太平御览》、《太平广记》等类书里,钩稽出了不少重要的材料。可是提倡把一本书分为两本,但求量多,不问披读是否方便,那可不见得比郑渔仲高明。因为这虽然不是"腐儒经济",却多少有点"商人伎俩",为那些改头换面地乱印古书的人张目,给学术界带来了更大的坏处。

八求及其补充大部分已经过时,不过作为方法,买书的因类以求、因代以求和因人以求,却可以有新的含义,仍不失为积储资料的一个门径。记得上海历史文献图书馆庋藏的一批戏曲书籍,为至德周氏几礼居捐赠,数量不多,却有一些他处不易见到的材料,不能不说是收藏者当初因类以求所获得的成果。友好之中,西谛早岁留意弹词、宝卷,后来转到版画、戏曲,晚年又大发宏愿,欲尽收清人文集。阿英对说部极有兴趣,尤致力于晚清小说。这些都和他们对俗文学史、版画史、晚清小说史的撰述有关。还有一些从事作家研究的人,因人以求,专门搜购有关某个作家的著作。最近两三年来,陶渊明、杜甫、白居易、杨万里、陆游等都已出有资料专书;新文学方面,鲁迅、郭沫若、茅盾、郁达夫等的作品，也都有人在认真地访求和收藏。

  无论是郑樵的八求也好，祁承㸁的补充也好，虽然前人想尽办法，大概还是遇到了一些困难，所以明代的谢在杭提出五难。清人孙庆增在《藏书记要》里，又衍其意而改为六难。他说："知有是书而无力购求，一难也；力足以求之矣，而所好不在是，二难也；知好之而求之矣，而必欲较其值之多寡大小焉，遂致坐失于一时，不能复购于异日，三难也；不能搜之于书佣，不能求之于旧家，四难也；但知近求，不能远购，五难也；不知鉴识真伪，检点卷数，辨论字纸，贸然购求，每多缺轶，终无善本，六难也。"孙庆增平生勤于收书，其中不无甘苦之谈，然而正如他自己所说，"念兹在兹"，古书之外别无所知，说到底，仍不免使人有"所见者小"的感觉。

  其实天下无论做什么事，要干得出色，哪会没有困难？惟其有困难，又终于克服了困难，这才能得真正的乐趣。求书也是这样。即以缺佚而论，有时并不都是购书者主观的毛病。《古学汇刊》第一集记绛云楼买宋版《汉书》、《后汉书》的故事，据说初时缺《后汉书》两本，遍嘱书贾，大索天下，一直没有消息。一天傍晚，某书贾泊舟乌镇，买面作食，面店主人从败簏中取出旧书两本，将为包裹，微睨之，宋版《后汉书》也。书贾大喜。只是首页已缺，问之主人，知道刚为邻翁裹面以去，结果又把这一页也追了回来。这一赵子昂故物、王元美旧藏的宋版前后《汉书》，才得完整无缺。后来绛云楼失火，孤本秘笈，大都化为灰烬，班、范两书因收藏别室，得免于难，不久又转卖给了四明谢象三。所谓"李后主去国，听教坊杂曲，挥泪别宫娥一段凄凉景色，约略相似"者，指的正是这个。不过这位自称"床头金尽，壮士无颜"的绛云楼主人，只说先前是"以千金从徽人赎出"，并未提到上面这段故事，或者出于旁人附会也说不定。但这类事情的确曾经有过。例如王世贞《读书后》八卷，《四库全书总目提要》记云："此书本止四卷，为世贞四部稿及续稿所未载，遂至散佚。其侄士骐，得残本于卖饧者，乃录而刊之，名曰附集。"又例如厉樊榭《辽史拾遗》手稿，鲍以文记其死后为郁佩轩所得，"中间缺五十页，百计求之，不得。一日步至青云街，见拾字僧肩废纸双巨篓，检视之，皆厉氏所弃，征君（指樊榭——引者）平日掌录辽史遗事在焉。亟市以归。纷如乱丝，一一为之整理，适符所缺。"残编断简，经过多少人的手，终于得庆全璧，这样的例子在黄丕烈《士礼居题跋记》里记下了不少。至于孙庆增所说其他困难，凡是买过一点旧书的人都有亲身经验。有时想参考某书，图书馆里恰好没有，茫茫宇宙，正不知何处去寻。一旦这部久思访求的好书出现眼前，情知若不当机立断，也许天涯海角，从此再难谋面。然而事情又并不尽如人意。或则因为手头拮据，或则因为要价太高，或则因为已被捷足者先得，欲购未能，欲舍不得，这种处境确实使人狼狈。距今二十年前，我经书贾介绍,知道杭州有人愿把一部东京印的《域外小说集》出让,而索价奇昂。我百计摒挡,决定满足其要求,但书主使我往返跑了几趟之后,终于拉长了脸孔说道:"不卖了!我要留着镇库哩。"这个人说话痴痴癫癫,而卖不卖又确乎是他的自由,我除懊丧之外,毫无办法。过了一个时期,无意中又遇到此书,虽然价钱还是贵了一点,但一说即洽,"得来全不费工夫"。特别是因为有了前面这段经历,倒仿佛使我了却一桩心愿,感到加倍的愉快和喜悦。

　　从表面看,旧书聚散无常,似乎可遇而不可求,但实际上,还是有赖于有心人处处留意,仍和努力访求有关。不管五难六难,"无限风光在险峰",惟有遍历艰辛,饱经忧患,才能置身佳境。看起来,买书事小,道理却完全一样。

1965 年

(选自《晦庵书话》,三联书店 1980 年版)

郭　风

花卉·风景画试作

酢浆草·野菊……

　　四月来了。接着五月也来了。这是花繁似锦的时节。这时节,杜鹃花好像火一般灿烂地开放在山坡上,给大自然增加了美丽。这时节,在我们村庄的溪岸和树林里的草地上,篱笆旁边,崖下的石隙间和池沼旁边,酢浆草、野菊和许多不知名的小草都开花了。他们开放黄色的花,白色的花;他们开放蓝色的花,粉红色的花,紫色的花;他们的花,有的像小小的酒杯,有的像小铃铛;他们的花和花在草间互相祝福并且谈心;他们的花,有的和蝴蝶一起做游戏,有的好像在赞美日光,或在赞美下雨的日子;有的好像在做一个小小的粉红色的梦;他们的花,有的很快结成种子,落入泥土中,有的种子好像雪花,在南风中飞扬;他们真心真意地开放花朵,在不很显眼的地方,给大自然增加了美丽。

从幼年到老年……
　　　　——致蒲公英

　　是从幼年时代起,我便看到你?
　　从那时候起,我便知道你是很普通的花,是美丽的花么?从那时候起,我便知道你有一颗朴素的心吗?
　　是什么时候,我看见你沿着土墙开放黄色的花?看见你沿着篱笆开放黄色的花?是什么时候,我看见你和屋檐上的瓦松一起开花?
　　仿佛是在一个雨后,我在一个山村的旅居期间,在石桥旁边的草地上,我看见你和野菊一起开花?当时,我深深地感动了。当时,我想起一些什么呢?
　　(我记得,仿佛是在我的童年时代,曾经在一座桥边看见你在开花,觉得你和我一样幼小……)

仿佛是直到现在,我才知道,你曾经启示过我,要做一个最普通的人,要从心中唱出普通的歌,信实的歌;呵,直到现在我真的能够知道你心灵的美?知道你的全部品德之朴素的美么?

你是普通的花……
——再致蒲公英

我应该有勇气说出来,我真心地爱你。

你谦逊。你开放很小的花。

你坚定。当你确认了自己是喜欢淡黄的色彩的,便服膺自己确认的信念,始终如一地开放小小的花,开放焕发着淡黄的色彩的花朵。

你喜欢野外所有的泥土么?你在野地里开花。呵,我现在记清楚了,是在一个雨后,我在一个山村的旅居期间,我听见你在石桥旁边的草地上唱的一支歌;我无意间听见你唱的一支歌,认为这是我第一次听到关于下雨的真实的赞歌;认为这是一支多么朴实的歌。

你谦逊而真切。我不应该犹豫,应该说出来,我真心爱你,小小的淡黄的花呵。

百合花的回忆

它们怎地又越过记忆的门槛,在我的心间浮动起来了?那开放在草间的一朵一朵百合花!

那是在我旅居于一个小山村的年月里,在我居屋后面的山坡上,在羊齿类植物丛生的草间,那年夏天忽地开放许多百合花。

它们像雪一般洁白、端庄。呵,为甚么至今在我的心中有时还会流过一阵喜悦?会想起那天在山坡的晨光中,不经意间望见一朵一朵正在开放的百合花时,那一刹那间的欢乐和慰藉?

它们具有甚么样的品德,会令我感动,会长存在我的记忆中?呵,它们怎地又在我的心间浮动起来了,好像还开放山坡的晨光中,恰如我不经意间望见它们时那么生动、端庄?

溪　滩

我记不清楚了。什么时候,我曾到这一片溪滩上来?什么时候,在我的心中曾留下如许印象:这一片溪滩上只看到卵石和沙砾;没有看到一棵车前草、一丛雏菊。

（什么时候,这一片溪滩曾给我留下一点荒凉的印象呢?）

呵,这夏天的清晨,我偶然到这一片溪滩上来。我走过村前的石桥,下了溪岸的石级,随意走到这一片溪滩上来。没有想到,我看见卵石和卵石中间开放整片的石蒜花。这夏天的花朵有多么好看！一朵一朵的石蒜花,好像一盏一盏有生命的小红灯,好像一盏一盏照耀着曙光的小红灯,点亮在溪滩上,平凡而又明丽、新鲜……

（我的确喜欢在野外开放的花朵。他们的确给我以美好的感受。这在我的精神生活中是需要的——）

我回到村中时,心中还赞叹不已,感到欣慰。不知怎的,过一会儿心中忽然有点惆怅了,有点失悔了;我的心中忽地有个无端的想法,以为印象之生于我的心间,常常是由来于一些不完全的感受,常常是一种对于物象之轻率的、不经深入观察的、不经意的判断,这是有害的。

雪白的辛夷花……

在我们村庄的土地上,由于下雪,在严冬里因此一片雪白的、我们村庄的土地上,

在它的形影有时朦胧地,有时明朗地照耀在溪流中的山冈上,

站立着一棵高大的、强壮的树。

在溪边的野菊和崖下草地上的车前草,酢浆草和许多不知名的小草,一一告别了冬天,在泥土间发出嫩叶的时候,

它开花了。

——呵,它开花了,

我看见在它的所有的树枝上,没有一片叶子。我全心神地注视着它,我看见在它的所有的树枝上,这时,全是一只一只白雪一般的蝴蝶,正在准备一起飞舞起来？

——呵,它开花了,

我看见在它的所有的树枝上,没有一片叶子。我全心神地注视着它,我看见在它的所有的树枝上,这时,全是挂着一盏一盏雪白的灯;这时,我心中生出一个感觉,以为它的每盏灯,正在点着雪白的火光,高高举起来……

呵,它开花了。我全心神地注视它。我看见它的每朵花,都在以自己的才情、智慧和力量,在追求一个理想,宣传一个信念:我要雪一般的洁白,雪一般的洁白……

呵,它开花了。我全心神地注视它。我看见它开着一树雪白的花朵,它

站在山冈上,和我们村庄的土地一起照耀在我们村庄的溪水中。

雏菊和蒲公英

清早,天上还有一个月亮。我走过村前的石桥,沿着溪边散步。我喜欢观看水中的影。我觉得这仿佛能够培育我的想像和幻想的能力。我看见溪水中间,照着月亮穿过松散的、烟一般的行云的情景,觉得动人。

我不一定走得很远。我想回村中了。这时,我看见溪岸上有一丛一丛的雏菊,正在开放蓝色的花朵;

还看见晨光中的蒲公英。

经过此间,有多少次了?我怎的都没有看到岸边生长的雏菊和蒲公英,没有看见他们在开花?他们谦逊。我常常没有注意到目前的、美丽的、普遍的东西。在这一刻内,我忽地想到,这时我要是能够唱歌,那多么好。我心中的确产生一个愿望了,呵,我要唱一支早上的月亮的歌,唱一支雏菊和蒲公英的歌。

题未定

——雨中瀑布的草图

我想,应该采用中国画的古典笔法,用泼墨的笔法,来描绘我在这山中所见到的雨中的山,雨中的松树林和雨中的溪石?

我又应该怎样来描绘从雨中的松树林间传来的、越来越壮丽的瀑布声?怎样来描绘我们村庄里雨中的风声以及山间的方兴未艾的雨意呢?

灿烂的树林呵

秋天来到我们的森林里了。

像欢乐的节日一般的森林呵,灿烂的、华丽的秋天的森林。这是一派看不到尽处的枫树和榛树的混合林。我们从林间的小径前行时,我感到每棵枫树好像都在开放一树绛红的花朵;我感到每棵榛树好像都在开放一树橙黄的花朵。

我们从林间的小径前行时,风忽地吹起来了。我看见绛红的枫树上,橙黄的榛树上,安静的红花和安静的黄花,一刻间内,忽地从树枝上飞起来了,忽地化成众多的红蝴蝶和黄蝴蝶在林间飞舞起来了;一刻间内,我的心中忽地生出一种愿望,要在一块看不到尽处的画布上,恣意涂抹各种华丽的、灿烂的色彩,恣意驰骋我的想像和倾泻我的欢情……

秋天来到我们的森林里了。

天上有一个冬天的圆月

天上有一个冬天的圆月。夜已经很深了。我沿着溪边的小径,要走回村里去。我看见月光照着我们村庄的白雪世界;我看见我们的村庄,我们的草地和林木,山峦,在夜间照耀出来的雪影。

我看见溪岸上的乌桕树和梅树,树枝上的积雪,都已结成了冰了。我感到每棵梅树,每棵乌桕树,都美丽得好像一棵一棵白色的珊瑚,正在月光下发亮。

夜已经很深了。我沿着溪边的小径,要走回村里去。我受到深深的感动了。我看见我们村庄的溪流中间,正在照耀着一个冬天的圆月,照耀着梅树一般的白珊瑚和乌桕树一般的白珊瑚。

秋的怀念

我说不清楚,为什么我的心中忽地如许舒畅?为什么我忽地有一个感觉,觉得在这个早晨,我们村里的天空多么蓝,多么深远?

为什么我的心中忽地有一个预感:

我走过村前的石桥时,一下看见桥边溪岸的石隙间有一丛野菊,开放许多蓝色的花朵;这一刻间,我心中一种朦胧的预感立时转成一阵惊喜,我想,使我欢喜的秋天,真的来到我们村间了?

桥下清澈的溪水,照耀着在晨光中初开的蓝色野菊,我看了,十分感动;无端地以为这野花好像在水中向我含笑,向我致意;我看了,又以为这照耀在水中的蓝色野菊,仿佛和我一样,正在回忆着曾经在什么地方最初相见……

回到村中住宅里时,看了一下壁上的挂历(这是我旅居于此小山村期间,壁上的惟一装饰),才知道此刻离立秋节还有五天,这时,我忽地又在心中想着,这山间的野菊今年提早开花了?村里自然界出现一个小小的特殊情景。秋的季节,今年比人间的习俗所规定的日期,提早来到了?

好像已成为习惯了,走到溪边的草径上,要回到村中去时,我喜欢一边走,一边从枝桠间看望深夜的天空。呵,一个晚秋的月亮已经升到中天,我从乌桕的赤裸的枝桠间看望这个月亮,感到今夜它是扁圆的;感到今夜它正倾注全部才情在空中发光,是黄色而明亮的。

我一边走着,一边从一棵又一棵乌桕的树枝间看望夜空,感到今夜的天空好像一座暗蓝的海,一座发亮的海;感到今夜云多,有许多白色的云从四面黑色的山峦和发光的林梢后面涌上来了。

　　我走到村前的石桥上时,站住了。我看见天上的白云,有的被月光照耀得好像海中的雪峰,有的像白色的海岛,有的像正在移动的、发亮的绵羊群;我看见这羊群四近有许多星星,也被月光照耀得好像发亮的百合花了。

　　这时,忽地有个想法无端地流过我的心间,以为这个月亮今夜成为世界的中心了,因为由于有了它,因为它发光,天空上一切都发亮了。

1979 年

(选自《郭风散文选》,四川人民出版社 1983 年版)

巴　金

怀念萧珊

一

今天是萧珊逝世的六周年纪念日。六年前的光景还非常鲜明地出现在我的眼前。那天我从火葬场回到家中,一切都是乱糟糟的,过了两三天我渐渐地安静下来了,一个人坐在书桌前,想写一篇纪念她的文章。在五十年前我就有了这样一种习惯:有感情无处倾吐时,我经常求助于纸笔。可是一九七二年八月里那几天,我每天坐三四个小时望着面前摊开的稿纸,却写不出一句话。我痛苦地想,难道给关了几年的"牛棚",真的就变成"牛"了?头上仿佛压了一块大石头,思想好像冻结了一样。我索性放下笔,什么也不写了。

六年过去了,林彪、"四人帮"及其爪牙们的确把我搞得很"狼狈",但我还是活下来了,而且偏偏活得比较健康,脑子也并不糊涂:有时还可以写一两篇文章。最近我经常去龙华火葬场,参加老朋友们的骨灰安放仪式。在大厅里我想起许多事情。同样地奏着哀乐,我的思想却从挤满了人的大厅转到只有二三十个人的中厅里去了,我们正在用哭声向萧珊的遗体告别。我记起了《家》里面觉新说过的一句话:"好像珏死了,也是一个不祥的鬼。"四十七年前我写这句话的时候,怎么想得到我是在写自己!我没有流眼泪,可是我觉得有无数锋利的指甲在搔我的心。我站在死者遗体旁边,望着那张惨白色的脸、那两片咽下了千言万语的嘴唇,我咬紧牙齿,在心里唤着死者的名字。我想,我比她大十三岁,为什么不让我先死?我想,这是多么不公平!她究竟犯了什么罪?她也给关进"牛棚",挂上"牛鬼"的小牌子,还扫过马路。究竟为什么?理由很简单,她是我的妻子。她患了病,得不到治疗,也因为她是我的妻子。想尽办法一直到逝世前三个星期,靠开后门她才住进了医院。但是癌细胞已经扩散,肠癌变成了肝癌。

她不想死,她要活,她愿意改造思想,她愿意看到社会主义建成。这个愿望总不能说是痴心妄想吧。她本来可以活下去,倘使她不是"黑老K"的

"臭婆娘"。一句话,是我连累了她,是我害了她。

在我靠边的几年中间,我所受到的精神折磨,她也同样受到。但是我并未挨过打,她却挨了"北京来的红卫兵"的铜头皮带,留在她左眼上的黑圈好几天以后才退尽。她挨打只是为了保护我,她看见那些年轻人深夜闯了进来,害怕他们把我揪走,便溜出大门,到对面派出所去,请民警同志出来干预,那里只有一人值班,不敢管。当着民警的面她被他们用铜头皮带狠狠地抽了一下,给押了回来,同我一起关在马桶间里。

她不仅分担了我的痛苦,还给了我不少的安慰和鼓励。在"四害"横行的时候,我在原单位给人当作"罪人"和"贱民"看待,日子十分难过,有时到晚上九十点钟才能回家。我进了门看到她的面容,满脑子的乌云都消散了。我有什么委屈、牢骚都可以向她尽情倾吐。有一个时期我和她每晚临睡前服两粒眠尔通才能够闭眼,可是天刚刚发白就都醒了。我唤她,她也唤我,我诉苦般地说:"日子难过啊!"她也用同样声音回答:"日子难过啊!"但是她马上加一句:"要坚持下去。"或者再加一句:"坚持就是胜利。"我说"日子难过",因为在那一段时间里我每天在"牛棚"里面劳动、学习、写交代、写检查、写思想汇报。任何人都可以责骂我、教训我、指挥我,从外地到作协来串联的人可以随意点名叫我出去"示众",还要自报罪行。上下班不限时间,由管"牛棚"的"监督组"随意决定。任何人都可以闯进我家里来,高兴拿什么就拿走什么。这个时候大规模的群众性批斗和电视批斗大会还没有开始,但已经越来越逼近了。

她说"日子难过",因为她给两次揪到机关,靠边劳动,后来也常常参加陪斗。在淮海中路大批判专栏上张贴着批判我的罪行的大字报,我一家人的名字都给写出来"示众",不用说"臭婆娘"的大名占着显著的地位。这些文字像虫子一样咬痛她的心。她让上海戏剧学院"狂妄派"学生突然袭击、揪到作协去的时候,在我家大门上还贴了一张揭露她的所谓罪行的大字报。幸好当天夜里我儿子把它撕毁,否则这一张大字报就会要了她的命!

人们的白眼、人们的冷嘲热骂蚕食着她的身心,我看出来她的健康逐渐遭到损害,表面上的平静是虚假的。内心的痛苦像一锅煮沸的水,她怎么能遮盖住!怎么能使它平静!她不断地给我安慰,对我表示信任,替我感到不平。然而她看到我的问题一天天地变得严重,上面对我的压力一天天地增加,她又非常担心,有时同我一起上班或者下班,走近巨鹿路口、快到作家协会,或者走到湖南路口、快到我们家,她总是抬不起头。我理解她,同情她,也非常担心她经受不起沉重的打击。我还记得有一天到了平常下班的时间,我们没有受到留难,回到家里,她比较高兴,到厨房去烧菜。我翻看当天的报纸,在第三版上看到当时做了作协的"头头"的两个工人作家写的文章

《彻底揭露巴金的反革命真面目》。真是当头一棒！我看了两三行，连忙把报纸藏起来，我害怕让她看见。她端着烧好的菜出来，脸上还带笑容，吃饭时她有说有笑。饭后她要看报，我企图把她的注意力引到别处。但是没有用，她找到了报纸。她的笑容一下子完全消失。这一夜她再没有讲话，早早地进了房间。我后来发现她躺在床上小声哭着。一个安静的夜晚给破坏了。今天回想当时的情景，她那张满是泪痕的脸还历历在我眼前。我多么愿意让她的泪痕消失，笑容在她那憔悴的脸上重现，即使减少我几年的生命来换取我们家庭生活中一个宁静的夜晚，我也心甘情愿！

二

我听周信芳同志的媳妇说，周的夫人在逝世前经常被打手们拉出去当作皮球推来推去，打得遍体鳞伤，有人劝她躲开，她说："我躲开，他们就要这样对付周先生了。"萧珊并未受到这种新式体罚。可是她在精神上给别人当皮球打来打去。她也有这样的想法：她多受一点精神折磨，可以减轻对我的压力。其实这是她的一片痴心，结果只苦了她自己。我看见她一天天地憔悴下去，我看见她的生命之火逐渐熄灭，我多么痛心，我劝她，安慰她，我想把她拉住，一点也没有用。

她常常问我："你的问题什么时候才解决呢？"我苦笑地说："总有一天会解决的。"她叹口气说："我恐怕等不到那个时候了。"后来她病倒了，有人劝她打电话找我回家，她不知从哪里得来的消息，她说："他在写检查，不要打扰他，他的问题大概可以解决了。"等到我从五·七干校回家休假，她已经不能起床。她还问我检查写得怎样，问题是否可以解决。我当时的确在写检查，而且已经写了好些次了。他们要我写，只是为了消耗我的生命。但她怎么能理解呢？

这时离她逝世不过两个多月，癌细胞已经扩散。可是我们不知道，想找医生给她认真检查一次，也毫无办法。平日去医院挂号看门诊，等了许久才见到医生或者实习医生，随便给开个药方就算解决问题。只有在发烧到摄氏三十九度才有资格挂急诊号，或者还可以在病人拥挤的观察室里待上一天半天。当时去医院看病找交通工具也很困难，常常是我女婿借了自行车来，让她坐在车上，他慢慢地推着走。有一次她雇到小三轮车去，看好门诊回家，雇不到车，只好同陪她看病的朋友一起慢慢地走回来，走走停停，走到街口，她快要倒下了，只得请求行人到我们家通知。她一个表侄正好来探病，就由他去背了她回家。她希望拍一张X光片子查一查肠子有什么病，但是办不到。后来靠了她一位亲戚帮忙，开后门两次拍片，才查出她患肠癌。以后又靠朋友设法开后门住进了医院。她自己还高兴,以为得救了。只有她一个人不知真实的病情。她在医院里只活了三个星期。

我休假回家,假期满了,我又请过两次假留在家里照料病人,最多也不到一个月。我看见她病情日趋严重,实在不愿意把她丢开不管,我要求延长假期的时候,我们那个单位一个"工宣队"头头逼着我第二天就回干校去。我回到家里,她问起来,我无法隐瞒,她叹了一口气,说:"你放心去吧。"她把脸掉过去,不让我看她。我女儿、女婿看到这种情景自告奋勇跑到巨鹿路去向那位"工宣队"头头解释,希望他同意我在市区多留些日子照料病人。可是那个头头"执法如山",还说:"他不是医生,留在家里有什么用处!留在家里对他改造不利。"他们气愤地回到家中,只说机关不同意,后来才对我传达了这句"名言",我还能讲什么呢?明天回干校去!

整个晚上她睡不好,我更睡不好。出乎意外,第二天一早我那个插队落户的儿子在我们房间里出现了,他是昨天半夜里到的。他得到了家信,请假回家看母亲,却没有想到母亲病成这样。我见了他一面,把他母亲交给他,就回干校去了。

在车上我的情绪很不好。我实在想不通为什么会有这样的事情。我在干校待了五天,无法同家里通消息。我已经猜到她的病不轻了。可是人们不让我过问她的事。这五天是多么难熬的日子!到第五天晚上在干校的造反派头头通知我们全体第二天一早回市区开会。这样我才又回到了家,见到了我的爱人。靠了朋友帮忙她可以住进中山医院肝癌病房,一切都准备好,她第二天就要住院了。她多么希望住院前见我一面,我终于回来了,连我也没有想到她的病情发展得这么快。我们见了面,我一句话也讲不出来,她说了一句:"我到底住院了。"我答说:"你安心治疗吧。"她父亲也来看她,老人家双目失明,去医院探病有困难,可能是来同他的女儿告别了。

我吃过中饭就去参加给别人戴上反革命帽子的大会,受批判、戴帽子的人不止一个,其中有一个我的熟人王若望同志,过去,也是作家,不过比我年轻。我们一起在"牛棚"里关过一个时期,他的罪名是"摘帽右派"。他不服,不肯听话,他贴出大字报,声明"自己解放自己",因此罪名越搞越大,给捉去关了一个时期不算,还戴上了反革命的帽子监督劳动。在会场里我一直在做怪梦。开完会回家,见到萧珊我感到格外亲切,仿佛重回人间。可是她不舒服,不想讲话,偶尔讲一句半句,我还记得她讲了两次:"我看不到了。"我连声问她看不到什么?她后来才说:"看不到你解放了。"我还能回答什么呢?

我儿子在旁边,垂头丧气,精神不好,晚饭只吃了半碗,像是患感冒。她忽然指着他小声说:"他怎么办呢?"他当时在安徽山区农村插队落户已经待了三年半,政治上没有人管,生活上不能养活自己,而且因为是我的儿子给剥夺了好些公民权利。他先学会沉默,后来又学会抽烟。我怀着内疚的心情看看他,我后悔当初不该写小说,更不该生儿育女。我还记得前两年在痛苦难熬的时候她对我说:"孩子们说爸爸做了坏事,害了我们大家。"这好像用刀子在割我身上的肉,我没有出声,我把泪水全吞在肚里。她睡了一觉醒过来,忽然问我:"你明天不去了?"我说:"不去了。"就是那个"工宣队"头头在今天通知我不用再去干校,就留在市区。他还问我:"你知道萧珊是什么病吗?"我答说:"知道。"其实家里瞒住我,不给我知道真相,我还是从他这句问话里猜到的。

三

第二天早晨她动身去医院,一个朋友和我女儿女婿陪她去。她穿好衣服等候车来。她显得急躁又有些留恋,东张张、西望望,她也许在想是不是能再看到这里的一切。我送走她,心上反而加了一块大石头。

将近二十天里,我每天去医院陪她大半天,我照料她,我坐在病床前守着她,同她短短地谈几句话,她的病情变化,一天天衰弱下去,肚子却一天天大起来,行动越来越不方便。当时病房里没有人照料,生活方面除饮食外一切都必须自理。后来听同病房的人称赞她"坚强",说她每天早晚都默默地挣扎着下了床走到厕所。医生对我们谈起,病人的身体受不住手术,最怕她的肠子堵塞,要是不堵塞,还可以拖延一个时期。她住院后的半个月是一九六六年八月以来我既痛苦又感到幸福的一段时间,是我和她在一起度过的最后的平静的时刻,我今天还不能将它忘记。但是半个月以后,她的病情又有了发展。一天吃中饭的时候,医生通知我儿子找我去谈话。他告诉我:病人的肠子给堵住了,必须开刀。开刀不一定有把握,也许中途出毛病。但是不开刀,后果更不堪设想,他要我决定,并且要我劝她同意。我做了决定,就去病房对她解释,我讲完话,她只说了一句:"看来,我们要分别了。"她望着我,眼睛里全是泪水,我说:"不会的……"我的声音哑了。接着护士长来安慰她,对她说:"我陪你,不要紧的。"她回答:"你陪我就好。"时间很紧迫。医生护士们很快作好了准备,她给送进手术室去了,是她的表侄把她推到手术室门口的。我们就在外面廊上等候了好几个小时,等到她平安地给送出来。由儿子把她推回到病房去。儿子还在她的身边守过一个夜晚。过两天他也病倒了,查出来他患肝炎,是从安徽农村带回来的。本来我们想瞒住他的母亲,可是无意间让他母亲知道了。她不断地问:"儿子怎么样?"我自己也不知道儿子怎么样,我怎么能使她放心呢?晚上回到家,走进空空的、静静的房间,我几乎要叫出声来:"一切都朝我的头打下来吧,让所有的灾祸都来吧。我受得住!"

我应当感谢那位热心而又善良的护士长,她同情我的处境,要我把儿子的事情完全交给她办。她作好安排,陪他看病、检查,让他很快住进别处的隔离病房,得到及时的治疗和护理。他在隔离病房里苦苦地等候母亲病情的好转。母亲躺在病床上,只能有气无力地说几句短短的话,她经常问:"棠棠怎么样?"从她那双含泪的眼睛里我明白她多么想看见她最爱的儿子。但是她已经没有精力多想了。

她每天给输血、打盐水针,她看见我去,就断断续续地问我:"输多少CC的血?该怎么办?"我安慰她:"你只管放心,没有问题,治病要紧。"她不止一次地说:"你辛苦了。"我有什么苦呢?我能够为我最亲爱的人做事情,哪怕做一件小事,我也高兴!后来她的身体更不行了。医生给她输氧气,鼻子里整天插着管子。她几次要求拿开,这说明她感到难受。但是听了我们的劝告她终于忍受下去了。开刀以后她只活了五天,谁也想不到她会去得这么快!五天中间我整天守在病床前,默默地望着她在受苦(我是设身处地感觉到这样的),可是她除了两三次要求搬开床前巨大的氧气筒,三四次表示担心输血较多,付不出医药费之外,并没有抱怨过什么,见到熟人她常有这样一种表情:请原谅我麻烦了你们。她非常安静,但并未昏睡,始终睁大两只眼睛。眼睛很大、很美、很亮,我望着、望着,好像在望快要燃尽的烛火。我多么想让这对眼睛永远亮下去!我多么害怕她离开我!我甚至愿意为我那十四卷"邪书"受到千刀万剐,只求她能安静地活下去。

不久前我重读梅林写的《马克思传》,书中引用了马克思给女儿的信里的一段话,讲到马克思夫人的死。信上说:"她很快就咽了气。……这个病具有一种逐渐虚脱的性质,就像由于衰老所致一样,甚至在最后几小时也没有临终的挣扎,而是慢慢地沉入睡乡,她的眼睛比任何时候都更大、更美、更亮!"这段话我记得很清楚,马克思夫人也死于癌症。我默默地望着萧珊那对很大、很美、很亮的眼睛,我想起这段话,稍微得到一点安慰。听说她的确也"没有临终的挣扎",她也是"慢慢地沉入睡乡"。我这样说,因为她离开这个世界的时候,我不在她的身边,那天是星期天,卫生防疫站因为我们家发现了肝炎病人,派人上午来做消毒工作。她的表妹有空愿意到医院去照料她,讲好我们吃过中饭就去接替。没有想到我们刚刚端起饭碗,就得到传呼电话,通知我女儿去医院,说是她妈妈"不行"了。真是晴天霹雳!我和我女儿女婿赶到医院。她那张病床上连床垫也给拿走了。别人告诉我她在太平间。我们又下了楼赶到那里,在门口遇见表妹,还是她找人帮忙把"咽了气"的病人抬进来的。死者还不曾给放进铁匣子里送进冷库,她躺在担架上，但已经给白布床单包得紧紧的，看不到面容了。我只看到她的名字。我弯下身子，把地上那个还有点人形的白布包拍了好几下，一面哭着唤她的名字。不过几分钟的时间。这算是什么告别呢？

据表妹说，她逝世的时刻，表妹也不知道。她曾经对表妹说："找医生来。"医生来过，并没有什么。后来她就渐渐"沉入睡乡"。表妹还以为她在睡眠。一个护士来打针才发觉她的心脏已经停止跳动了。我没有能同她诀别，我有许多话没有能向她倾吐，她不能没有留下一句遗言就离开我！我后来常常想，她对表妹说："找医生来，"很可能不是"找医生"，是"找李先生"（她平日这样称呼我）。为什么那天上午偏偏我不在病房呢？家里人都不在她身边，她死得这样凄凉！

我女婿马上打电话给我们仅有的几个亲戚，她的弟媳赶到医院，马上晕了过去。三天以后在龙华火葬场举行告别仪式。她的朋友一个也没有来，因为一则我们没有通知，二则我是一个审查了将近七年的对象。没有悼词，没有吊客，只有一片伤心的哭声。我衷心感谢前来参加仪式的少数亲友和特地来帮忙的我女儿的两三个同学。最后我跟她的遗体告别，女儿望着遗容哀哭，儿子在隔离病房，还不知道把他当作命根子的妈妈已经死亡。值得提说的是她当作自己儿子照顾了好些年的一位亡友的男孩，从北京赶来只为了看见她的最后一面。这个整天同钢铁打交道的技术员和干部，他的心倒不像钢铁那样。他得到电报以后，他爱人对他说："你去吧，你不去一趟，你的心永远安定不了。"我在变了形的她的遗体旁边站了一会。别人给我和她照了相。我痛苦地想：这是最后一次了，即使给我们留下来很难看的形象，我也要珍视这个镜头。

一切都结束了。过了几天我和女儿女婿再去火葬场，领到了她的骨灰盒。在存放室里寄存了三年之后，我按期把骨灰盒接回家里，有人劝我把她的骨灰安葬，我宁愿让骨灰盒放在我的寝室里，我感到她仍然和我在一起。

四

梦魇一般的日子终于过去了。六年仿佛一瞬间似的远远地落在后面了。其实哪里是一瞬间！这段时间里有多少流着血和泪的日子啊。不仅是六年，从我开始写这篇短文到现在又过去了半年，这半年中间我经常在火葬场的大厅里默哀，行礼，为了纪念给"四人帮"迫害致死的朋友。想到他们不能把个人的智慧和才华献给社会主义祖国，我万分惋惜。每次戴上黑纱、插上白花的同时，我也想起我自己最亲爱的朋友，一个普通的文艺爱好者，一个成绩不大的翻译工作者，一个心地善良的好人。她是我的生命的一部分,她的骨灰里有我的泪和血。

她是我的一个读者。一九三六年我在上海第一次同她见面,一九三八年和一九四一年我们两次在桂林像朋友似的住在一起。一九四四年我们在贵阳结婚。我认识她的时候,她还不到二十,对她的成长我应当负很大的责任。她读了我的小说,后来见到了我,对我发生了感情。她在中学念书。看见我之前,因为参加学生运动被学校开除,回到家乡住了一个短时期,又出来进另一所学校。倘使不是为了我,她三七、三八年可能去了延安。她同我谈了八年的恋爱,后来到贵阳旅行结婚,只印发了一个通知,没有摆过一桌酒席。从贵阳我们先后到重庆,住在民国路文化生活出版社门市部楼梯下七八个平方米的小屋里。她托人买了四只玻璃杯开始组织我们的小家庭。她陪着我经历了各种艰苦生活。在抗日战争紧张的时期,我们一起在日军进城以前十多个小时逃离广州,我们从广东到广西,从昆明到桂林,从金华到温州,我们分散了,又重见,相见后又别离。在我那两册《旅途通讯》中就有一部分这种生活的记录。四十年前有一位朋友批评我:"这算什么文章!"我的《文集》出版后,另一位朋友认为我不应当把它们也收进去。他们都有道理,两年来我对朋友、对读者讲过不止一次,我决定不让《文集》重版。但是为我自己,我要经常翻看那两小册《通讯》。在那些年代每当我落在困苦的境地里、朋友们各奔前程的时候,她总是亲切地在我的耳边说:"不要难过,我不会离开你,我在你的身边。"的确,只有在她最后一次进手术室之前她才说过这样一句:"我们要分别了。"

我同她一起生活了三十多年。但是我并没有好好地帮助过她。她比我有才华,却缺乏刻苦钻研的精神。我很喜欢她翻译的普希金和屠格涅夫的小说。虽然译文并不恰当,也不是普希金和屠格涅夫的风格,它们却是有创造性的文学作品,阅读它们对我是一种享受。她想改变自己的生活,不愿做家庭妇女,却又缺少吃苦耐劳的勇气。她听从一个朋友的劝告,得到后来也是给"四人帮"迫害致死的叶以群同志的同意到《上海文学》"义务劳动",也做了一点点工作,然而在运动中却受到批判,说她专门向老作家、反动权威组稿,又说她是我派去的"坐探"。她为了改造思想,想走捷径,要求参加"四清"运动,找人推荐到某铜厂的工作组工作,工作相当繁重、紧张,她却精神愉快。但是我快要靠边的时候,她也被叫回作家协会参加运动。她第一次参加这种急风暴雨般的斗争,而且是以反动权威家属的身份参加,她不知道该怎么办才好。她张皇失措、坐立不安,替我担心,又为儿女的前途忧虑。她盼望什么人向她伸出援助的手,可是朋友们离开了她,"同事们"拿她当作箭靶,还有人想通过整她来整我。她不是作家协会或者刊物的正式工作人员,可是仍然被"勒令"靠边劳动站队挂牌,放回家以后又给揪到机关。过一个时期她写了认罪的检查,第二次给放回家的时候,我们机关的造反派头头却通知里弄委员会罚她扫街。她怕人看见,每天大清早起来,拿着扫帚出门,扫得精疲力尽,才回到家里,关上大门,吐了一口气。但有时她还碰到上学去的小孩,叫骂:"巴金的臭婆娘。"我偶尔看见她拿着扫帚回来,不敢正眼看她,我感到负罪的心情。这是对她的一个致命的打击,不到两个月,她病倒了,以后就没有再出去扫街(我妹妹继续扫了一个时期),但是也没有完全恢复健康。尽管她还继续拖了四年,但一直到死,她并不曾看到我恢复自由。这就是她的最后,然而绝不是她的结局。她的结局将和我的结局连在一起。

我绝不悲观。我要争取多活。我要为我们社会主义祖国工作到生命的最后一息。在我丧失工作能力的时候,我希望病榻上有萧珊翻译的那几本小说,等到我永远闭上眼睛,就让我的骨灰和她的骨灰掺和在一起。

1979年1月15日写

(选自《随想录》第一集,香港三联书店1979年版)

徐　迟

哥德巴赫猜想

……为革命钻研技术，分明是又红又专，被他们攻击为"白专道路"。
　　　　　　　　——一九七八年两报一刊元旦社论《光明的中国》

一

命 $p_x(1,2)$ 为适合下列条件的素数 p 的个数：

$$x - p = p_1 \text{ 或 } x - p = p_2 p_3$$

其中 $p_1 p_2 p_3$ 都是素数。〔这是不好懂的，读不懂时，可以跳过这几行。〕
用 x 表一充分大的偶数。

$$\text{命 } C_x = \prod_{\substack{p/x \\ p>2}} \frac{p-2}{p-2} \prod_{p>2} \left(1 - \frac{1}{(p-1)^2}\right)。$$

对于任意给定的偶数 h 及充分大的 x，用 $x_h(1,2)$ 表示满足下面条件的素数：p 的个数：

$$p \leqslant x, \quad p + h = p_1 \text{ 或 } h + p = p_2 p_3,$$

其中 p_1, p_2, p_3 都是素数。

本文的目的在于证明并改进作者在文献〔10〕内所提及的全部结果，现在详述如下。

二

以上引自一篇解析数论的论文。这一段引自它的"（一）引言"，提出了这道题。它后面是"（二）几个引理"，充满了各种公式和计算。最后是"（三）结果"，证明了一条定理。这篇论文，极不好懂。即使是著名数学家，如果不是专门研究这一个数学的分枝的，也不一定能读懂。但是这篇论文已经得到了国际数学界的公认,誉满天下。它证明的那条定理,现在世界各国一致地把它命名为"陈氏定理",因为它的作者姓陈,名景润。他现在是中国科学院数学研究所的研究员。

陈景润是福建人,生于一九三三年。当他降生到这个现实人间时,他的家庭和社会生活并没有对他呈现出玫瑰花朵一般的艳丽色彩。他父亲是邮政局职员,老是跑来跑去的。当年如果参加了国民党,就可以飞黄腾达。但是他父亲不肯参加。有的同事说他真是不识时务。他母亲是一个善良的操劳过甚的妇女,一共生了十二个孩子。只活了六个,其中陈景润排行老三。上有哥哥和姐姐;下有弟弟和妹妹。孩子生得多了,就不是双亲所疼爱的儿女了。他们越来越成为父母的累赘——多余的孩子,多余的人。从生下的一天起,他就象一个被宣布为不受欢迎的人似的,来到了这人世间。

他甚至没有享受过多少童年的快乐。母亲劳苦终日,顾不上爱他。当他记事的时候,酷烈的战争爆发。日本鬼子打进福建省。他还这么小,就提心吊胆过生活。父亲到三元县的三明市,一个邮政分局当局长。小小邮局,设在山区一座古寺庙里。这地方曾经是一个革命根据地。但那时候,茂郁山林已成为悲惨世界。所有男子汉都被国民党匪军疯狂屠杀,无一幸存者。连老年的男人也一个都不剩了。剩下的只有妇女。她们的生活特别凄凉。花纱布价钱又太贵了;穿不起衣服,大姑娘都还裸着上体。福州被敌人占领后,逃难进山来的人多起来。这里飞机不来轰炸,山区渐渐有点儿兴旺。却又迁来了一个集中营。深夜里,常有鞭声惨痛地回旋。不时还有杀害烈士的枪声。第二天,那些戴着镣铐出来劳动的人,神色就更阴森了。

陈景润的幼小心灵受到了极大的创伤。他时常被惊慌和迷惘所征服。在家里并没有得到乐趣,在小学里他总是受人欺侮。他觉得自己是一只丑小鸭。不,是人,他还是觉得自己也是一个人,只是他瘦削、弱小。光是这付窝囊样子就不能讨人喜欢。习惯于挨打,从来不讨饶。这更使对方狠狠揍他。而他则更坚韧而有耐力了。他过分敏感,过早地感觉到了旧社会那些人吃人的现象。他被造成了一个内向的人,内向的性格。他独独爱上了数学。演算数学习题占去了他大部分的时间。

当他升入初中的时候,江苏学院从远方的沦陷区搬迁到这个山区来了。那学院里的教授和讲师也到本地初中里来兼点课,多少也能给他们流亡在异地的生活改善一些。这些老师很有学问。有个语文老师水平最高。大家都崇拜他。但陈景润不喜欢语文。他喜欢两个外地的数理老师。外地老师倒还喜欢他。这些老师经常吹什么科学救国一类的话。他不相信科学能救国。但是救国却不可以没有科学,尤其不可以没有数学。而且数学是什么事儿也少不了它的。人们对他歧视,拳打脚踢,只能使他更加爱上数学。枯燥无味的代数方程式却使他充满了幸福，成为唯一的乐趣。

十三岁那年，他母亲去世了。是死于肺结核的；从此，儿想亲娘在梦中，而父亲又结了婚，后娘对他就不如亲娘了。抗战胜利了，他们回到福州。陈景润进了三一中学，毕业后又到英华书院去念高中。那里有个数学老师，曾经是国立清华大学的航空系主任。

三

老师非常渊博，又诲人不倦。他在数学课上，给同学们讲了许多有趣的数学知识，不爱数学的同学都能被他吸引住，爱数学的同学就更不用说了。

数学分两大部分：纯数学和应用数学。纯数学处理数的关系与空间形式。在处理数的关系这部分里，论讨整数性质的一个重要分枝，名叫"数论"。十七世纪法国大数学家费马是西方数论的创始人。但是中国古代老早已对数论作出了特殊贡献。《周髀》是最古老的古典数学著作。较早的还有一部《孙子算经》。其中有一条余数定理是中国首创。据说大军事家韩信曾经用它来点兵。后来被传到了西方，名为孙子定理，是数论中的一条著名定理。直到明代以前，中国在数论方面是对人类有过较大的贡献的。十三世纪下半纪更是中国古代数学的高潮了。南宋大数学家秦九韶著有《数书九章》。他的联立一次方程式的解法比意大利大数学家欧拉的解法早出了五百多年。元代大数学家朱世杰，著有《四元玉鉴》。他的多元高次方程的解法，比法国大数学家毕朱，也早出了四百多年。明清以后，我们落后了。然而中国人对于数学好象是特具禀赋的。中国应当出大数学家。中国是数学的故乡。

有一次，老师给这些高中生讲了数论之中一道著名的难题。当初，他说，俄罗斯的彼得大帝建设彼得堡，聘请了一大批欧洲的大科学家。其中，有意大利大数学家欧拉；有德国的一位中学教师，名叫哥德巴赫，也是数学家。

一七四二年，哥德巴赫发现，每一个大偶数都可以写成两个素数的和。他对许多偶数进行了检验，都说明这是确实的。但是这需要给予证明。因为尚未经过证明，只能称之为猜想。他自己却不能够证明它，就写信请教那赫赫有名的大数学家欧拉，请他来帮忙作出证明。一直到死，欧拉也不能证明它。从此这成了一道难题，吸引了成千上万数学家的注意。两百多年来，多少数学家企图给这个猜想作出证明，都没有成功。

说到这里，数学界成了开了锅的水。那些象初放的花朵一样的青年学生叽叽喳喳地议论起来了。

老师又说,自然科学的皇后是数学。数学的皇冠是数论,哥德巴赫猜想,则是皇冠上的明珠。

　　同学们都惊讶地瞪大了眼睛。

　　老师说,你们都知道偶数和奇数,也都知道素数和合数。我们小学三年级就教这些了。这不是最容易的吗?不,这道难题是最难的呢。这道题很难很难。要有谁能够做了出来,不得了,那可不得了呵!

　　青年人又吵起来了。这有什么不得了。我们来做。我们做得出来。他们夸下了海口。

　　老师也笑了。他说,"真的,昨天晚上我还作了一个梦呢。我梦见你们中间的有一位同学,他不得了,他证明了哥德巴赫猜想。"

　　高中生们轰的一声大笑了。

　　但是陈景润没有笑。他也被老师的话震动了,但是他不能笑。如果他笑了,还会有同学用白眼瞪他的。自从升入高中以后,他越发孤独了。同学们嫌他古怪,嫌他脏,嫌他多病的样子,都不理睬他。他们用蔑视的和讥讽的眼神瞅着他。他成了一个踽踽独行,形单影只,自言自语,孤苦伶仃的畸零人。长空里,一只孤雁。

　　第二天,又上课了。几个相当用功的学生兴冲冲地给老师送上了几个答题的卷子。他们说,他们已经做出来了,能够证明那个德国人的猜想了。可以多方面地证明它呢。没有什么了不起的。哈!哈!

　　"你们算了!"老师笑着说,"算了!算了!"

　　"我们算了,算了。我们算出来了!"

　　"你们算啦!好啦好啦,我是说,你们算了吧,白费这个力气做什么?你们这些卷子我是看也不会看的,用不着看的。那么容易吗?你们是想骑着自行车到月球上去。"

　　教室里又爆发出一阵哄堂大笑。那些没有交卷的同学都笑话那几个交了卷的。他们自己也笑了起来,都笑得跺脚,笑破肚子了。唯独陈景润没有笑。他紧结着眉头。他被排除在这一切欢乐之外。

　　第二年,老师又回清华去了。他早该忘记这两堂数学课了。他怎能知道他被多么深刻地铭刻在学生陈景润的记忆中。老师因为同学多,容易忘记,学生却常常记着自己青年时代的老师。

四

　　福州解放!那年他高中三年级。因为交不起学费。一九五〇年上半年,他没有上学,在家自学了一学期。高中没有毕业,但以同等学历报考,他考进了厦门大学。那年,大学里只有数学物理系。读大学二年级时,才有了一个数学组。但只四个学生。到三年级时,有数学系了,系里还是这四个人。因为成绩特别优异,国家又急需培养人才,四个人提前毕了业。而且,立即分配了工作,得到的优待,羡慕煞人。一九五三年秋季,陈景润被分配到了北京!在第x中学当数学老师。这该是多么的幸福了呵!

然而,不然!在厦门大学的时候,他的日子是好过的。同组同系就只四个大学生,倒有四个教授和一个助教指导学习。他是多么饥渴而且贪馋地吸饮于百花丛中,以酿制芬芳馥郁的数学蜜糖呵!学习的成效非常之高。他在抽象的领域里驰骋得多么自由自在!大家有共同的 dx 和 dy 等等之类的数学语言。心心相印,息息相通。三年中间,没有人歧视他,也不受骂挨打了。他很少和人来往,过的是黄金岁月;全身心沉浸在数学的海洋里面。真想不到,那么快,他就毕业了。一想到他将要当老师,在讲台上站立,被几十对锐利而机灵,有时难免要恶作剧的眼睛盯视,他禁不住吓得打战!

他的猜想立刻就得到了证明。他是完全不适合于当老师的。他那么瘦小和病弱。他的学生却都是高大而且健壮的。他最不善于说话,说多几句就嗓子发痛了。他多么羡慕那些循循善诱的好老师。下了课回到房间里,他叫自己笨蛋。辱骂自己比别人的还厉害得多。他一向不会照顾自己,又不注意营养。积忧成疾,发烧到摄氏三十八度。送进医院一检查,他患有肺结核和急腹症。

这一年内,他住医院六次,做了三次手术。当然他没有能够好好的教书。但他并没有放弃了他的专业。中国科学院不久前出版了华罗庚的名著《堆垒素数论》。它摆上书店的书架,陈景润就买到了。他一头扎进去了。非常深刻的著作,非常之艰难!可是他钻研了它。住进医院,他还偷偷地避开了医生和护士的耳目,研究它。他那时也认为,这样下去,学校没有理由欢迎他。

他想他也许会失业?又有什么办法呢?好在他节衣缩食,一只牙刷也不买。他从来不随便花一分钱,他积蓄了几乎他的全部收入。他横下心来,失业就回家,还继续搞他的数学研究。积蓄这几个钱是他搞数学的保证。这保证他失了业也还能研究数学的几个钱,就是他的命;他的命就是数学。至于积蓄一旦用光了,以后呢?他不知道那时又该怎么办?这是难题;这是尚未得到解答的猜想。而这个猜想后来也证明是猜对了的。他的病好不了,中学里后来无法续聘他了。

厦门大学校长来到了北京,在教育部开会。那中学的一位领导遇见了他,谈起来,很不满意,提出了一大堆的意见:你们怎么培养了这样的高材生?

王亚南,厦门大学校长,就是马克思的《资本论》的翻译者。听到意见之后,非常吃惊。他一直认为陈景润是他们学校里最好的学生。他不同意他所听到的意见。但他认为这是分配学生的工作时,分配不得当。他同意让陈景润回到厦门大学。

听说他可以回厦门大学数学系了,说也奇怪,陈景润的病也就好转了。而王亚南却安排他在厦大图书馆当管理员。又不让管理图书,只让他专心致意地研究数学。王亚南不愧为政治经济学的批判家,他懂得价值论,懂得人的价值。陈景润也没有辜负了老校长的培养。他果然精深地钻研了华罗庚的《堆垒素数论》和大厚本儿的《数论导引》。陈景润都把它们吃透了。他的这种经历却也并不是没有先例的。

当初,我国老一辈的大数学家、大教育家熊庆来,我国现代数学的引进者,在北京的清华大学执教。三十年代之初,有一个在初中毕业以后就失了学,失了学就完全自学的青年数学家,寄出了一篇代数方程解法的文章,给了熊庆来。熊庆来一看,就看出了这篇文章中的英姿勃发和奇光异采。他立刻把它的作者,姓华名罗庚的,请进了清华园来。他安排华罗庚在清华图书馆中工作,一面自学,一面听课。尔后,派遣华罗庚出国,留学英国剑桥。学成回国,已担任在昆明的西南联合大学校长的熊庆来又聘请他当联大教授。华罗庚后来再次出国,在美国普林斯顿和依利诺的大学教书。中华人民共和国成立以后,华罗庚马上回国来了,他主持了中国科学院数学研究所的工作。

陈景润在厦门大学图书馆中也很快写出了数论方面的专题文章,文章寄给了中国科学院数学研究所。华罗庚一看文章,就看出了文章中的英姿勃发和奇光异采,也提出了建议,把陈景润选调到数学研究所来当实习研究员。正是:熊庆来慧眼认罗庚,华罗庚睿目识景润。

一九五六年年底,陈景润再次从南方海滨来到了首都北京。

一九五七年夏天,数学大师熊庆来也从国外重返清华。

这时少长咸集,群贤毕至。当时著名的数学家有熊庆来、华罗庚、张宗燧、闵嗣鹤、吴文俊等等许多明星灿灿,还有新起的一代俊彦,陆汝钤、王元、越民义、吴方等等,如朝霞烂熳,还有后起之秀,杨乐、张广厚等等已入北京大学求学。在解析数论、代数数论、涵数论、泛涵分析、几何拓朴学等等的学科之中,已是人才济济,又加上了一个陈景润。人人握灵蛇之珠,家家抱荆山之玉。风靡云蒸,阵容齐整。条件具备了,华罗庚作出了战略性的部署。侧重于应用数学,但也向那皇冠上的明珠,哥德巴赫猜想挺进!

五

要懂得哥德巴赫猜想是怎么一回事,只需把早先在小学三年级里就学到过的数学再来温习一下。那些12345,个十百千万的数字,叫做正整数。那些可以被2整除的数,叫做偶数。剩下的那些数,叫做奇数。还有一种数,如2,3,5,7,11,13等等,只能被1和它本数,而不能被别的整数整除的,叫做素数。除了1和它本数以外,还能被别的整数整除的,这种数如4,6,8,10,12等等就叫做合数。一个整数,如能被一个素数所整除,这个素数就叫做这个整数的素因子。如6,就有2和3两个素因子。如30,就有2,3和5三个素因子。好了,这暂时也就够用了。

一七四二年,哥德巴赫写信给欧拉时,提出了:每个不小于6的偶数都是二个素数之和。例如,6 = 3 + 3。又如24 = 11 + 13等等。有人对一个一个的偶数都进行了这样的验算,一直验算到了三亿三千万之数,都表明这是对的。但是更大的数目,更大更大的数目呢?猜想起来也该是对的。猜想应当证明。要证明它却很难很难。

整个十八世纪没有人能证明它。

整个十九世纪也没有人能证明它。

到了二十世纪的二十年代,问题才开始有了点儿进展。

很早以前,人们就想证明,每一个大偶数是二个"素因子不太多的"数之和。他们想这样子来设置包围圈,想由此来逐步、逐步证明哥德巴赫这个命题一个素数加一个素数(1 + 1)是正确的。

一九二〇年,挪威数学家布朗,用一种古老的筛法(这是研究数论的一种方法)证明了:每一个大偶数是二个"素因子都不超九个的"数之和。布朗证明了:九个素因子之积加九个素因子之积,(9 + 9),是正确的。这是用了筛法取得的成果。但这样的包围圈还很大,要逐步缩小之。果然,包围圈逐步地缩小了。

一九二四年,数学家拉德马哈尔证明了(7 + 7);一九三二年,数学家爱斯斯尔曼证明了(6 + 6);一九三八年,数学家布赫斯塔勃证明了(5 + 5);一九四〇年,他又证明了(4 + 4)。一九五六年,数学家维诺格拉多夫证明了(3 + 3)。一九五八年,我国数学家王元又证明了(2 + 3)。包围圈越来越小,越接近于(1 + 1)了。但是,以上所有证明都有一个弱点,就是其中的二个数没有一个是可以肯定为素数的。

早在一九四八年,匈牙利数学家兰恩易另外设置了一个包围圈。开辟了另一战场,想来证明:每个大偶数都是一个素数和一个"素因子都不超过六个的"数之和。他果然证明了(1+6)。

但是，以后又是十年没有进展。

一九六二年，我国数学家，山东大学讲师潘承洞证明了(1+5)，前进了一步；同年，王元、潘承洞又证明了(1+4)。一九六五年，布赫斯塔勃、维诺格拉多夫和数学家庞皮艾黎都证明了(1+3)。

一九六六年五月，象一颗璀璨的明星升上了数学的天空，陈景润在中国科学院的刊物《科学通报》第十七期上宣布他已经证明了(1+2)。

自从陈景润被调选到数学研究所以来，他的才智的蓓蕾一朵朵地烂熳开放了。在园内整点问题，球内整点问题，华林问题，三维除数问题等等之上，他都改进了中外数学家的结果。单是这一些成果，他那贡献就已经很大了。

但当他已具备了充分依据，他就以惊人的顽强毅力，来向哥德巴赫猜想挺进了。他废寝忘食，昼夜不舍，潜心思考，探测精蕴，进行了大量的运算。一心一意地搞数学，搞得他发呆了。有一次，自己撞在树上，还问是谁撞了他？他把全部心智和理性统通奉献给这道难题的解题上了，他为此而付出了很高的代价。他的两眼深深凹陷了。他的面颊带上了肺结核的红晕。喉头炎严重，他咳嗽不停。腹胀、腹痛，难以忍受。有时已人事不知了，却还记挂着数字和符号。他跋涉在数学的崎岖山路，吃力地迈动步伐。在抽象思维的高原，他向陡峭的峦岩升登，降下又升登！善意的误会飞入了他的眼帘。无知的嘲讽钻进了他的耳道。他不屑一顾；他未予理睬。他没有时间来分辨；他宁可含垢忍辱。餐霜饮露，走上去一步就是一步！他气喘不已；汗如雨下。时常感到他支持不下去了。但他还是攀登。用四肢，用指爪。真是艰苦卓绝！多少次上去了摔下来。就是铁鞋，也早该踏破了。人们嘲笑他穿的是通风透气不会得脚气病的一双鞋子。不知多少次发生了可怕的滑坠！几乎粉身碎骨。他无法统计他失败了多少次。他毫不气馁。他总结失败的教训，把失败接起来，焊上去，作登山用的尼龙绳子和金属梯子。吃一堑，长一智。失败一次，前进一步。失败是成功之母，功由失败堆垒而成。他越过了雪线，到达雪峰和现代冰川，更感缺氧的严重了。多少次坚冰封山，多少次雪崩掩埋！他就象那些征服珠穆朗玛峰的英雄登山运动员，爬呵，爬呵，爬呵！恶毒的诽谤，恶意的污蔑象变天的乌云和九级狂风。而热情的支持为他拨开云雾；明朗的阳光又温暖了他。他向着目标，不屈不挠；继续前进，继续攀登。战胜了第一台阶的难以登上的峻峭，出现在难上加难的第二台阶绝壁之前。他只知攀登，在千仞深渊之上；他只管攀登，在无限风光之间。一张又一张运算的稿纸，象漫天大雪似的飞舞，铺满了大地。数字、符号、引理、公式、逻辑、推理，积在楼板上，有三尺深。忽然化为膝下群山。雪莲万千。他终于登上了攀登顶峰的必由之路，登上了(1+2)的台阶。

他证明了这个命题,写出了厚达二百多页的长篇论文。

闵嗣鹤教授给他细心地阅读了论文原稿。检查了又检查,核对了又核对。肯定了,他的证明是正确的,靠得住的,他给陈景润说,去年人家证明(1+3)是用了大型的,高速的电子计算机。而你证明(1+2)却完全靠你自己运算。难怪论文写得长了。太长了,建议他加以简化。

本文第一段最后一句说到的"文献[10]"就是这时他以简报形式,在《科学通报》上宣布的,但只提到了结果,尚未公布他的证明。他当时正修改他的长篇论文。就是在这个当口,突然陈景润被卷入了政治革命的万丈波澜。滚滚而来的巨浪冲击了一切剥削阶级的思想意识。史无前例的无产阶级文化大革命,象一颗颗的精神原子弹氢弹的成功试验一样,在神州大地上连续爆炸了。

六

无产阶级发动的文化大革命也是政治大革命。狡诈多变的资产阶级不得不负隅顽抗,作垂死的挣扎。人类历史上从来没有过这样伟大的群众运动。整个人类的四分之一,不分男女老少,一齐动员起来。壮丽的大革命,把工、农、兵、劳动群众和知识分子,还有圣徒和魔鬼,一古脑儿卷了进去。检举和被检举,揭发和被揭发,批评和反批评,批判和自我批判。人人触及了灵魂;三千年积污要涤荡。我们的生活朝气蓬勃了;生活中大量的阴暗东西就自行暴露了。渣滓浮上表面了;驱除它们就容易了。我们社会主义社会的主要方面,光明面,毫光四射了;阴暗东西的危害之大,也就越加明显了。

这是进步与倒退,真理与谬论,光明和黑暗的搏斗,无产阶级巨人与资产阶级怪兽的搏斗!中国发生了内战。到处是有组织的激动,有领导的对战,有秩序的混乱。无产阶级的革命就是经常自己批判自己。一次一次的胜利;一次一次的反复。把仿佛已经完成的事情,一次一次的重新来过,把这些事情再做一遍,每一次都有了新的提高。它搜索自己的弱点、缺点和错误,毫不留情。象马克思说过的要让敌人更加强壮起来,自己则再三往后退却,直到无路可退了,才在罗陀斯岛上跳跃;粉碎了敌人,再在玫瑰园里庆功。只见一个一个的场景,闪来闪去,风驰电掣,惊天动地。一台一台的戏剧,排演出来,喜怒哀乐,淋漓尽致;悲欢离合,动人心肺。一个一个的人物,登上场了。有的折戟沉沙,死有余辜;四大家族,红楼一梦;有的昙花一现,萎谢得好快呵。乃有青松翠柏,虽死犹生,重于泰山,浩气长存!有的是英雄豪杰,人杰地灵,干将莫邪,千锤百炼,拂钟无声,削铁如泥。一页一页的历史写出来了,大是大非,终于有了无私的公论。肯定——否定——否定之否定。化妆不经久要剥落;被诬的终究要昭雪。种籽播下去,就有收割的一天。播什么,收什么。

天文地理要审查;物理化学要审查。生物要审查;数学也要审查。陈景润在无产阶级"文化大革命"中受到了最严峻的考验。老一辈的数学家受到了冲击,连中年和年轻的也跑不了。庄严的科学院被骚扰了;热腾腾的实验室冷清清了。日夜的辩论;剧烈的争吵。行动胜于语言;拳头代替舌头。无产阶级文化大革命象一个筛子。什么都要在这筛子上过滤一下。它用的也是筛法。该筛掉的最后都要筛掉;不该筛掉的怎么也筛不掉。

有人曾经强调了科学工作者要安心工作,钻研学问,迷于专业。陈景润又被认为是这种所谓资产阶级科研路线的"安钻迷"典型。确实他成天钻研学问。不太问政治,是的,但也参加了历次的政治运动。共产党好,国民党坏,这个朴素的道理他非常之分明。数学家的逻辑象钢铁一样坚硬;他的立场站得稳。他没有犯过什么错误。在政治历史上,陈景润一身清白。他白得象一只仙鹤。鹤羽上,污点沾不上去。而鹤顶鲜红;两眼也是鲜红的,这大约是他熬夜熬出来的。他曾下厂劳动,也曾用数学来为生产服务,尽管他是从事于数论这一基础理论科学的。但不关心政治,最后政治要来问他。并且,要狠狠的批评他了。批评得轻了,不足以触动他。只有触动了他,才能使他今后注意路线关心政治。批评不怕过分,矫枉必须过正。但是,能不能一推就把他推过敌我界线?能不能将他推进"专政队"里去?尽量摆脱外界的干扰,以专心搞科研又有何罪?

善意的误会,是容易纠正的。无知的嘲讽,也可以谅解的。批判一个数学家,多少总应该知道一些数学的特点。否则,说出了糊涂话来自己还不知道。陈景润被批判了。他被帽子工厂看中了:修正主义苗子,安钻迷,白专道路典型,白痴,寄生虫,剥削者。就有这样的糊涂话:这个人,研究(1+2)的问题。他搞的是一套人们莫名其妙的数学。让哥德巴赫猜想见鬼去吧!(1+2)有什么了不起!1+2不等于3吗?此人混进数学研究所,领了国家的工资,吃了人民的小米,研究什么1+2=3,什么玩艺儿?!伪科学!

说这话的人才象白痴呢。

并不懂得数学的人说出这样的话,那是可以理解的,可是说这些话的人中间,有的明明是懂得数学,而且是知道哥德巴赫猜想这道世界名题的。那么,这就是恶意的诽谤了。权力使人昏迷了;派性叫人发狂了。

理解一个人是很难的。理解一个数学家也不容易。至于理解一个恶意的诽谤者就很容易,并不困难。只是陈景润发病了,他病重了。陈景润听着那些厌恶与侮辱他的,唾沫横飞的,听不清楚的言语。他茫然直视。他两眼发黑,看不到什么了。他象发寒热一样颤抖。一阵阵刺痛的怀疑在他脑中旋转。血痕印上他惨白的面颊。一块青一块黑,一种猝发的疾病临到他的身上。他休克,他眩晕,一个倒栽葱,从上空摔到地上。"资产阶级认为最革命的事件,实际上却是最反革命的事件。果实落到了资产阶级脚下,但它不是从生命树上落下来,而是从知善恶树上落下来的。"(马克思:《雾月十八日》——二)

七

台风的中心是安静的。

过了一段时间,不知是多少天多少月?"专政队"的生活反倒平静无事了。而旋卷在台风里面的人却焦灼着、奔忙着、谋划着、叫嚷着、战斗着、不吃不睡,狂热地保护自己的派性,疯狂地攻击对方的派性。他们忙着打派仗,竟没有时间来顾及他们的那些"专政"对象了。这时有一个老红军,主动出来担当了看守他们的任务,实际是一个热情的支持者,他保护了科学家们,还允许他们偷偷地看书。

待到工人宣传队进驻科学院各所以后,陈景润被释放了,可以回到他自己的小房间里去住了。不但可以读书,也可以运算了。但是总有一些人不肯放过了他。每天,他们来敲敲门,来查查户口,弄得他心惊肉跳,不得安身。有一次,带来了克丝钳子。存心不让他看书,把他房间里的电灯铰了下来,拿走了。还不够,把开关拉线也剪断了。

于是黑暗降临他的心房。

但是他还得在黑暗中活下去呵,他买了一只煤油灯。又深怕煤油灯光外露,就在窗子上糊了报纸。他挣扎着生活,简直不成样子。对搞工作的,扣他们工资;搞打砸抢的,反而有补贴。过了这样久心惊肉跳的生活,动辄得咎,他的神经极度衰弱了。工作不能做,书又不敢读。工宣队来问:为什么要搞 $1+1=2$ 以及 $1+2=3$ 呢?他哭笑不得,张皇失措了。他语无伦次,不知道怎样对师傅们解释才能解释清楚。工人同志觉得这个人奇怪。但是他还是给他们解释清楚了。这$(1+1)(1+2)$只是一个通俗化的说法,并不是日常所说的 $1+1$ 和 $1+2$。好象我们说一个人是纸老虎,并不就是老虎了。弄清楚了之后,工人师傅也生气地说:那些人为什么要胡说?他们也热情支持他,并保护他了。

"九一三"事件之后,大野心家已经演完了他的角色,下场遗臭万年去了。陈景润听到这个传达之后,吃惊得说不出话来。这时,情况渐渐地好转。可是他却越加成了惊弓之鸟。激烈的阶级斗争使他无所适从。唯一的心灵安慰就是数学。他只好到数论的大高原上去隐居起来。现在也允许他这样做了。图书馆的研究员出身的管理员也是他热情的支持者。事实证明，热情的支持者，人数众多。他们对他好，保护他。他被藏在一个小书库的深深的角落里看书。由于这些研究员的坚持，数学研究所继续订购世界各国的文献资料。这样几年，也没有中断过；这是有功劳的。他阅读，他演算，他思考。情绪逐步地振作起来。但是健康状况却越加严重了。他也不说；他也不顾。他又投身于工作。白天在图书馆的小书库一角，夜晚在煤油灯底下，他又在爬，爬，爬了，他要找寻一条一步也不错的最近的登山之途，又是最好走的路程。

敬爱的周总理，一直关心着科学院的工作，并且着手排除帮派的干扰。半个月之前，有一位周大姐被任命为数学研究所的政治部主任。由解析数论，代数数论等学科组成的五学科室恢复了上下班的制度。还任命了支部书记，是个工农出身的基层老干部，当过第二野战军政治部的政治干事。

到职以后，书记就到处找陈景润。周大姐已经把她所了解的情况告诉了他。但他找不到陈景润。他不在办公室里，办公室里还没有他的办公桌。他已经被人忘记掉了。可是他们会了面，会面在图书馆小书库的一个安静的角上。

刚过国庆，十月的阳光普照。书记还只穿一件衬衣，衰弱的陈景润已经穿上棉袄。

"李书记，谢谢你，"陈景润说，他见人就谢。"很高兴，"他说了一连串的很高兴。他一见面就感到李书记可亲。"很高兴，李书记，我很高兴，李书记，很高兴。"

李书记问他，"下班以后，下午五点半好不好？我到你屋去看看你。"

陈景润想了一想就答应了，"好，那好，那我下午就在楼门口等你，要不你会找不到的。"

"不，你不要等我，"李书记说。"怎么会找不到呢？找得到的。这是用不到等的。"

但是陈景润固执地说，"我要等你，我在宿舍大楼门口等你。不然你找不到。你找不到我就不好了。"

果然下午他是在宿舍大楼门口等着了。他把李书记等到了，带着他上了三楼，请进了一个小房间。小小房间，只有六平方米大小。这房间还缺了一只角。原来下面二楼是个锅炉房。长方形的大烟囱从他的三楼房间中通过，切去了房间的六分之一。房间是刀把形的。显然它的主人刚刚打扫过清理过这间房了。但还是不整洁。窗子三槅，糊了报纸，糊得很严实。尽管秋天的阳光非常明丽，屋内光线暗淡得很。纱窗之上，是羊尾巴似的卷起来的窗纱。窗上缠着绳子，关不严。虫子可以飞出飞进。李书记没有想到他住处这样不好。他坐到床上,说:"你床上还挺干净!"

"新买了床单。刚买来的床单,"陈景润说。"你要来看看我。我特地去买了床单,"指着光亮雪白的兰格子花纹的床单。"谢谢你,李书记,我很高兴,很久很久了,没有人来看望……看望过我了。"他说,声音颤抖起来。这里面带着泪音。霎时间李书记感到他被这声音震撼起来。满腔怒火燃烧。这个党的工作者从来没有这样激动过。不象话,太不象话了!这房间里还没有桌子。六平方米的小屋,竟然空如旷野。一捆捆的稿纸从屋角两只麻袋中探头探脑地露出脸来。只有四叶暖气片的暖气上放着一只饭盒。一堆药瓶,两只暖瓶。连一只矮凳子也没有。怎么还有一只煤油灯?他发现了,原来房间里没有电灯。"怎么?"他问,"没有电灯?"

"不要灯,"他回答,"要灯不好。要灯麻烦。这栋大楼里,用电炉的人家很多。电线负荷太重,常常要检查线路,一家家的都要查到。但是他们从来不查我。我没有灯。也没有电线,要灯不好,要灯添麻烦了,"说着他凄然一笑。

"可是你要做工作。没有灯,你怎么做工作?说是你工作得很好。"

"哪里哪里。我就在煤油灯下工作;那,一样工作。"

"桌子呢?你怎么没有桌子?"

陈景润随手把新床单连同褥子一起翻了起来,露出了床板,指着说,"这不是?这样也就可以工作了。"

李书记皱起了眉头,咬牙切齿了。他心中想着:"唔,竟有这样的事!在中关村,在科学院呢。糟蹋人呵,糟蹋科学!被糟蹋成了这个状态。"一边这样想,一边又指着羊尾巴似的窗纱问道,"你不用蚊帐?不怕蚊虫咬?"

"晚上不开灯,蚊子不会进来。夏天我尽量不在房间里耽着。现在蚊子少了。"

"给你灯,"李书记加重了语气说,"接上线,再给你桌子,书架,好不好?"

"不好不好,不要不要,那不好,我不要,不……不……"

李书记回到机关。他找到了比他自己早到了才一个星期的办公室老张主任。主任听他说话后,认为这一切不可能,"瞎说!怎么会没有灯呢?"李书记给他描绘了小房间的寂寞风光。那些身上长刺头上长角的人把科学院搅得这样!立刻找来了电工。电工马上去装灯。灯装上了,开关线也接上了。一拉,灯亮。陈景润已经俯伏在一张桌子之上,写起来了。

光明回到陈景润的心房。

八

〔他写着,写着〕……

由(22)式及上式,当 X 很大时,有

$$M_1 \leqslant \cdots\cdots$$

$$M_1 \leqslant (8+24\varepsilon)Cx(10gx)^{-1} \sum_{x^{\frac{1}{10}} < p_1 \leqslant x^{\frac{1}{3}} < p_2 \leqslant \left(\frac{x}{p_1}\right)^{\frac{1}{2}}} \left(\frac{\Lambda(n)}{\log \frac{X}{P_1P_2}}\right) \phi\left(\frac{X}{P_1P_2N}\right) \circ$$

由引理 1,本引理得证。

引理 8. 设 x 是大偶数,则有

$$\Omega \leqslant \frac{3.9404_X C_X}{(\log X)^2} \circ$$

〔引理 8 的一句话,读作"设 X 是一个大偶数,则有奥米茄小于或等于 3 点 9404xCx,除以括弧中的罗格 X 的平方!"请注意,这一公式是解决哥德巴赫猜想的(1+2)证明的主要关键。〕

证。当 x 很大时,由引理 5 到引理 7,我们有

$$\Omega \leqslant \left\{\frac{8(1+5\varepsilon)XCX}{\log X}\right\}\left\{\sum_{x^{\frac{1}{10}} < p_1 \leqslant X^{\frac{1}{3}} < p_2 \leqslant \left(\frac{x}{p_1p_2}\right)^{\frac{1}{2}}} \frac{1}{-p_1p_2\log\frac{x}{p_1p_2}}\right\}, \quad (23)$$

又有:

$$\sum_{x^{\frac{1}{10}} < p_1 \leqslant x^{\frac{1}{3}} < p_2 \leqslant \left(\frac{x}{p_1p_2}\right)^{\frac{1}{2}}} \frac{1}{p_1p_2\log\frac{x}{p_1p_2}} \leqslant (1+\varepsilon) \sum_{x^{\frac{1}{10}} < p_1 \leqslant x^{\frac{1}{3}}} \int_{x^{\frac{1}{3}}}^{\left(\frac{x}{p_1}\right)^{\frac{1}{2}}} \frac{dt}{p_1t(\log t)\log\frac{x}{p_1t}}$$

…………

何等动人的篇页!这些是人类思维的花朵。这些是空谷幽兰、高寒杜

鹃、老林中的人参、雪岭上的雪莲、绝顶上的灵芝、抽象思维的牡丹。这些数学的公式也是一种世界语言。学会这种语言就懂得它了。这里面贯穿着最严密的逻辑和自然辩证法。它可以解释太阳系、银河系、河外系和宇宙的秘密,原子、电子、粒子、层子的奥妙。但是能升登到这样高深的数学领域去的人不多。

且让我们这样稍稍窥视一下彼岸彼土。那里似有美丽多姿的白鹤在飞翔舞蹈。你看那玉羽雪白,雪白得不沾一点尘土;而鹤顶鲜红,而且鹤眼也是鲜红的。它踯躅徘徊,一飞千里。还有乐园鸟飞翔,有鸾凤和鸣,姣妙、娟丽,变态无穷。在深邃的数学领域里,既散魂又荡目,迷不知其所之。

闵嗣鹤教授却能够品味它,欣赏它,观察它的崇高瑰丽。他当时说过,"陈景润的工作,最近好极了。他已经把哥德巴赫猜想的那篇论文写出来了。我已经看到了,写得极好。"

"你的论文写出了,"一位军代表问陈景润,"为什么不拿出来?"陈景润回答他:"正做正做,没有做完。"军代表说,"希望你早日完成。"

室里的领导老田对李书记说,"可以动员动员他,让他拿出来。但也不急。他不拿出来,自然有他的道理的。"

李书记问了问他,陈景润说,"有人还在骂我,说我不交论文是因为现在没有稿费了。说是恢复了稿费我就会交了。"李书记追了他一句,"谁这样说你?"他回答,"你不要问了。谢谢你,你可别去问呵! 问了我更麻烦了。没有稿费,谢天谢地。我不要稿费。我压根儿也没有想到它。那个稿子我还在做。我确实没有做完。"

九

"我确实还没有做完。我的论文是做完了,又是没有做完的。自从我到数学研究所以来,在严师、名家和组织的培养、教育、熏陶下,我是一个劲儿钻研。怎么还能干别的事?不这样怎么对得起党?在世界数学的数论方面三十多道难题中,我攻下了六七道难题,推进了它们的解决。这是我的必不可少的锻炼和必不可少的准备。然后我才能向哥德巴赫猜想挺进。为此,我已经耗尽了我的心血。

"一九六五年,我初步达到了$(1+2)$。但是我的解答太复杂了,写了两百多页的稿子。数学论文的要求是(一)正确性,(二)简洁性。譬如从北京城里走到颐和园那样,可有许多条路,要选择一条最准确无错误,又最短最好的道路。我那个长篇论文是没有错误,但走了远路,绕了点儿道,长达两百多页,也还没有发表。国外没有承认它,也没有否认它,因为它没有发表。

从那年到今天已经过去了七年。

"这个事是比较困难的,也是难于被人理解的。从学习外语来说,我是在中学里就学了英语,在大学里学的俄语;在所里又自学了德语和法语。我勉强可以阅读而且写写了。又自学了日语,意大利语和西班牙语,到了勉强可以阅读外国资料和文献的程度。因而在借鉴国外的经验和成就时,可以从原文阅读,用不到等人翻译出来了再读。这是必不可少的一个条件。我必须检阅外国资料的尽可能的全部总和,消化前人智慧的尽可能不缺的全部的果实。而后我才能在这样的基础上解答(1+2)这样的命题。

"我的成果又必须表现在这样的一篇论文中,虽然是专业性质的论文,文字是比较简单的;尽管是相对地严密的,又必须是绝对地严密的。若干地方就是属于哲学领域的了。所以我考虑了又考虑,计算了又计算,核对了又核对,改了又改,改个没完。我不记得我究竟改了多少遍?科学的态度应当是最严格的,必须是最严格的。

"我知道我的病早已严重起来。我是病入膏肓了。细菌在吞噬我的肺腑内脏。我的心力已到了衰竭的地步。我的身体确实是支持不了啦!唯独我的脑细胞是异常的活跃,所以我的工作停不下来。我不能停止。……"

十

一九七三年二月,春节来临。

早一天,数学研究所的周大姐说,佳节前后,要特别关心一下病号。她说:"那些老八路的作风,那些过去部队里形成的作风,我们千万不能丢掉了。尤其象陈景润那样的同志,要关心他,他很顽强。他病得起不来了,但又没有起不来的时候。在任何情况下挣扎起来,他坚持工作。他为什么?他为谁?为他自己吗?为他自己,早就不干了。不是,他是为人民,为党工作。我们要去慰问他。也要慰问单位里所有的病人。"

其实,外表看来巍梧,说话声音洪亮的周大姐自己也是一个力疾从公,患有心脏病,应当受到慰问的人。

大年初一早晨,周大姐和几个书记,包括李书记,一行数人,把头天买好了的苹果、梨子装进一些塑料网线袋子。若干袋子大家分头提了,然后举步出发,慰问病人。他们先到陈景润那里。他住得最近。

陈景润正从楼梯上走下来。大家招呼他。他很惊讶,来了这许多的领导同志。周大姐说,"过春节,我们看你来了,你的病好点了吧。"李书记也说,"新年好,给你贺新年。"陈景润说,"噢,今天是新年了呵?谢谢你们,谢谢你们。新年好,你们好。"李书记说,"到你屋里去坐坐吧。""不,不行,"陈景润说,"你没有先给我打招呼,不能进去。"周大姐沉吟了一下,说"好吧,我们就不去了。李书记,你给他送水果上楼吧。我们还上别家去,你回头再赶上我们好了。"李书记说,"好。"周大姐和陈景润握手,并祝他早日恢复健康,然后转过身走了。李书记把水果袋递给陈景润说:"春节了。这是组织上送给你的。希望你在新的一年里,多给党做点工作。""不要水果,不要水果,"陈景润推却了,"我很好,我没有病,没有什么……这点点病,呃……呃,谢谢你,我很高兴。"说着说着他收下了水果。李书记说,"上你屋聊聊?"他又张手拦住,"不,不要进屋了,你没有给我打招呼。"

李书记说,"那好,我不上去了。你有什么事,随时告诉我。我也得去追上他们,到别家去看望看望。"于是握手作别,他返身走。刚走两步,后面又叫,"李书记,李书记!"陈景润又追过来,把水果袋子给了李书记,并说,"给你家的小孩吃吧。我吃不了这多。我是不吃水果的。"李书记说,"这是组织上给你的,不过表示表示,一点点的心意罢了。要你好好保养身体,可以更好地工作。你收下吧,吃不下,你慢慢的吃吧。"

他默然收下了。他默默地送李书记到大楼门口。李书记扬手走了,赶上了周大姐他们的行列。陈景润望着李书记的背影,凝望着周大姐一行人的背影消失在中关村路林荫道旁的切面铺子后面了。突然间,他激动万分。他回上楼,见人就讲,并且没有人他也讲。"从来所领导没有把我当作病号对待,这是头一次,从来没有人带了东西来看望我的病,这是头一次。"他举起了塑料袋,端详它,说,"这是水果,我吃到了水果,这是头一次。"

他飞快地进了小屋。一下子把自己反锁在里面了。

他没有再出来,直到春节过去了。头一天上班,陈景润把一叠手稿交给了李书记,说:

"这是我的论文。我把它交给党。"

李书记看他,又轻声问他:"是否那个(1+2)?"

"是的,闵老师已经看过,不会有错误的,"陈景润说。

数学研究所立即组织了一次小型的学术报告会。十几位专家,听了陈景润的报告,一致给以高度评价。然后,数学研究所业务处将他的论文上报院部。

十一

显见,我们有

$$P_x(1,2) \geq P_x\left(x, x^{\frac{1}{10}} - \left(\frac{1}{2}\right) \sum_{x^{\frac{1}{10}} < P \leq x^{\frac{1}{3}}} P_x\left(x, P, x^{\frac{1}{10}}\right) - \frac{\Omega}{2} - x^{0.91}\right). \qquad (28)$$

由(28)式、引理8及引理9,即得到定理1

$$P_x(1,2) \geq \frac{0.67XC_x}{(\log x)^2}$$

的证明。

完全类似的方法可得到定理2的证明。

以上就是陈景润的著名论文:《大偶数表为一个素数及一个不超过二个素数的乘积之和》的"(三)结果"。作为结果的定理就是那个"陈氏定理"。

四月中的一天,中国科学院在三里河工人俱乐部召开全院党员干部大会。武衡同志在会上作报告。他说到数学研究所一位中级的研究员作了世界水平的重大成果。当时没说人名。李书记在座中,听到了,还不知说谁。旁边的人捅了他一下。"干什么?"他问。那人说,"你听到没有?""怎么啦?"那人又说,"这活儿是陈景润做出来的呵!""噢?还这么重要?"那人说,"这是世界名题。真不简单!"

第二天,新华社记者来访。他见到了陈景润,谈了话,进他房间看了看。回去就写出一篇报道,立即在内部刊物上发表。其中,说到了陈景润的经历;他刻苦钻研的精神;重大的科研成果以及他现在还住在一间烟熏火烤的小房间里。生活条件很差!疾病严重!!生命垂危!!!

伟大领袖和导师毛主席看到了这篇报道,立即作出了指示。

当天深夜,武衡同志走进了陈景润的小房间。

他立即被送进医院,由首都医院内科主任和卫生部一位副部长给他作了全面的身体检查。他患有多种疾病。他们要他立即住院疗养,他不肯。于是,向他传达了毛主席的指示。

他一共住院一年半。

在住院期间,敬爱的周总理曾亲自和英明领袖华主席(当时是副总理)安排了陈景润的全国人民代表席位。在第四届全国人民代表大会上,陈景润见到了周总理,并和总理在一个小组里开会。人代会期间,当他得知总理的病时,当场哭了起来,几夜睡不着觉。大会后,他仍回医院治疗。

当他出院的时候,医院的诊断书上写着:

"经住院治疗后,一般情况较好。精神改善;体温正常。体重增加十斤;饮食睡眠好转。腹痛腹胀消失;二肺未见活动性病灶。心电图正常;脑电图正常。肝肾功能正常;血沉及血象正常。"

关于他的工作和健康,华主席也非常关怀,并亲自作过几次批示。

早在他的论文发表时,西方记者迅即获悉,电讯传遍全球。国际上的反响非常强烈。英国数学家哈勃斯丹和西德数学家李希特的著作《筛法》正在印刷所付印。他们见到了陈景润的论文立即停止印刷,并在这部书里加添了一章,第十一章:"陈氏定理"。他们誉之为筛法的"光辉的顶点"。在国外的数学出版物上,诸如"杰出的成就"、"辉煌的定理",等等,不胜枚举。一个英国数学家给他的信里还说,"你移动了群山!"真是愚公一般的精神呵!

或问:这个陈氏定理有什么用处呢?它在哪些范围内有用呢?

大凡科学成就有这样两种:一种是经济价值明显,可以用多少万,多少亿人民币来精确地计算出价值来的,叫做"有价之宝";另一种成就是在宏观世界、微观世界、宇宙天体、基本粒子、经济建设、国防科学、自然科学、辩证唯物主义哲学等等等等之中有这种那种作用,其经济价值无从估计,无法估计,没有数字可能计算的,叫做"无价之宝",例如,这个陈氏定理就是。

现在,离开皇冠上的明珠,只有一步之遥了。

但这是最难的一步。且看明珠归于谁之手吧!

十二

陈景润曾经是一个传奇式的人物。关于他,传说纷纭,莫衷一是。有善意的误解、无知的嘲讽、恶意的诽谤、热情的支持,都可以使得这个人扭曲、变形、砸烂或扩张放大。理解人,不容易。理解这个数学家更难。他特殊敏感、过于早熟、极为神经质、思想高度集中。外来和自我的肉体与精神的折磨和迫害使得他试图逃出于世界之外。他成功地逃避在纯数学之中,但还是藏匿不了。纯数学毕竟是非常现实的材料的反映。**"这些材料以极度抽象的形式出现,这只能在表面上掩盖它起源于外部世界的事实。"**(恩格斯)陈景润通过数学的道理,认识了客观世界的必然规律。他在诚实的数学探索中,逐步地接受了辩证唯物论的世界观。没有一定的世界观转变,没有科学院这样的集体和党的关怀,他不可能对哥德巴赫猜想作出这巨大贡献。正是无产阶级文化大革命不可抗拒地促使他突变。被冷酷地逐出世界的人,被热烈的生命召唤了回来。帮派体系打击迫害,更显出党的恩惠温暖。冲击对于他好象是坏事,也是好事,他得到了锻炼而成长了。没有无产阶级文化大革命,他不可能写出如此成熟的论文。病人恢复了健康。畸零人成了正常人。正直的人已成为政治的人。他的进步显著。他坚定抗击了"四人帮"对他的威胁与利诱。无所不用其极地威胁他诬陷邓副主席,他不屈!许以高官厚禄,利诱他向人妖效忠,他不动!真正不简单!数学家的逻辑象钢铁一样坚硬!今后,可以信得过,他不会放松了自己世界观的继续改造。他生下来的时候,并没有玫瑰花。他反而取得成绩。而现在呢?应有所警惕了呢,当美丽的玫瑰花朵微笑时。

(原载《人民文学》1978年第1期)

菡 子

看 戏

　　故乡的人们,不问男女老幼,自古至今都是喜欢看戏的。正月里倾巢而出,看各种各样的戏,进城和各村之间的路上,看戏的行人,谈着戏的内容。至于各个季节中这方那方演出草台戏,有的敬菩萨,有的庆丰收,有的消灾避难,却都成了活人生活中一点难得的享受,一年大约有四五次。每逢唱戏的那个大村,有个沾亲带故的人家,访亲会友又成了看戏的缘由。娘家人到村上来看戏,即使做了婆婆的闺女,也觉得脸上有光。穿了新衣裳外出看戏的姑娘,又常常成为相亲的对象,自然,如果眼尖心巧,在姑娘低垂的眼梢里也能把对方瞄上一眼。

　　像故乡所有的孩子一样,我自幼也是一个小戏迷,其实是热闹迷。戏台下的另一个场面,使人眼花缭乱,豆腐花、豆浆、剪刀豆腐、兰花豆腐、臭豆腐,虽说属一个类型,一盏灯下,热腾腾、忙碌碌,却各人有各人的手艺;挎着篮子卖野荸荠、老菱、瓜子、毛栗的,大都走来走去,凑着观众。也许这样的场合比戏台上的更与人接近的缘故,很多人被吸引到这面来了。我从五六岁起开始看戏,家里人却认为我绝无看戏的理由,不予理睬,我在地下赖了半天,唔唔了一阵,终于被好心的邻人拖了起来。匆促上阵,身上并无额外的穿戴,袋里也没增添零花的铜板,我每在凄凉和激愤中,侧身于热闹的人群,自负地庆幸自己挣得来的自由。

　　当时大多演的是京戏。乡下人不能理会,只知道白脸是奸臣,红脸是忠义之士,其他则茫茫然。遇到唱多做少的戏,如鲁迅先生在《社戏》里所描写的坐下来唱个不停的老旦,哪怕扮的是皇帝娘娘,大家都要不耐烦的。记得我看过《逍遥津》,有很长的唱段,以十三个"欺寡人"开句,他唱到五六个"欺寡人",我已趴在别人的背上睡着了。

　　看戏也犹如经历人生。许多的故事都在戏场里形成,有的亲人在戏场里走失,有的亲人又在戏场里看见,我自己就有过这么回事。夏天的晒场上和冬天的茶馆里,经常上演江南的小戏滩簧(锡剧),妇幼都很欢迎。看戏也仿佛家常便饭,清唱、表演唱,甚至化装登台的,一律为人们所接受。打动人的不一定是他们的唱和做,而在乎情节。农村的人们每在戏中认定"好有好报,恶有恶报"的人生结局,聊以自慰,也以此慰人,虽然这"精神食粮"有时还有骗人的毒素,他们也乐意喝下这杯酒。

戏目中给人强烈影响的莫过于《珍珠塔》,大凡痛恨"欺贫爱富"的,都是小方卿的同情者,那个"头顶香炉十八斤"的姑妈,更是人们奚落的形象。于是我的老乡之中,挂在口头上的"欺贫爱富",成了骂人的生活语言。还很难找出一个戏有这么亘古不变的戏剧效果,以至十几年后,我居然靠这个故事,使老乡帮助我逃脱敌人的虎口。四十年后在故乡重看两遍,还感到十分亲切。

有次在靠近山区的村子里看戏,武打刚刚开场,一些手持铁饼和秤砣的山民,各自认定怀有世仇的对方,闷干了一仗,真是沉默而惊心动魄的一幕,不到半小时,各自走散。台上做戏,台下的观众,只当没有看见。据说这种武斗有打伤甚至打死的,但从未听说有一方告官,也不请吃"讲茶",只待下回再打。我虽然觉得这样未免野蛮可怕,不过对这些武士的沉毅的战斗作风,常带几分敬意,我认为他们大约是西边高山崇岭中的好汉,并非能在日常生活中遇见。十一岁进城读书,偶尔路过戏场,却是远远地听,那二胡的悲凉之声和老生凄怆的唱腔,永远留在我的记忆之中,那时我母亲的处境每况愈下,反映在我耳际的,长久是这苍凉的声音。

关于看戏,我的故乡经过几度盛衰以后,一九七九年春节时,我所见闻的故乡的盛况,仍然是看戏。一场浩劫过去不久,七八年收成又好,春节的那几天,回乡的人们都进了城,扶老携幼之外,还有不少人挎了一篮荸荠,或者捆了一捆甘蔗,一半出卖一半自吃,卖得的钱,买亲友的戏票、馄饨、包子而有余。买戏票也要有窍门,有捆了甘蔗排在前面的,只要买他一支甘蔗,他就可帮你代买两张戏票,真是与人方便,自己方便。看戏的人路上相见,恭贺新禧!也有的喜滋滋地嚷着:"国务院硬叫我们'遣'(玩)三天的呢。"城中的大路小路,铺满荸荠的皮和甘蔗渣子,我跟着人们转来转去,啃着甘蔗,削着荸荠,踏着皮儿渣儿铺成的路,过着国务院给的假日,喜不自禁了。这年过节从年三十到正月半,硬把人家金坛的锡剧团留在我们县里,唱了半个多月的《珍珠塔》,还是一日两场,当中插放电影。小小的县城,整个像个戏场似的。

此后的两年,我回乡多些,城乡的经济已比较活络,开放的剧目也多,一两月内总有剧团光临;古今中外的电影,跟大城市差不多时间放映,我发现我的老乡几乎天天沉浸在看戏生活中。退休的职工到了该看戏的时候了,"吊城角的(城郊社员)本本戏要看",上班的年轻人"日里不看夜里看",小学生是组织来看的。杨家园是我城里的住处,要提这个地名,许多人都弄不清楚,不过一说戏馆子对面的巷子,乡下人也能给你指路。县境内的各大镇市都有戏院,城里已有两个,但城东以养猪出名的张巷大队,城南以修车盈利的唐家大队,都想办个戏馆子。城里最热门的电影一天要演六场,两三天换个节目,不少人有的戏要看五六遍,出场照例啧啧有声:"好看到哉!"

如今文明看戏,无人收票,门口贴着十六个大字:"敞门入场、对号入座、严格清场、违章处理"。潮涌般的人群,一霎时间都肃静地坐在自己的位置上。最近上演日本的《吟公主》,虽然有看不懂的,也嫌长,但不声张,只是出了剧场,才听见有人轻轻地说:"两个多钟头,活揉。"有位乡下表兄几天没买着《红楼梦》的票子,终于抱了一只鸡进场,他自言自语地说:站着也是看,两块钱听罚!一只鸡该够了吧!

作为忠实的观众,还有不少可爱动人之处,他们把反映解放前和写"文革"的戏,都称为"苦戏"。老妈妈们进场的时候,会互相查问:"手绢带了几块?"对门的程婆婆看了《卖花姑娘》出来说过:"情愿出两角钱买哭!"在戏场里,当人们泪眼相对的当儿,平时相恶的人也成了知己。对剧中的反动派、坏蛋、"四人帮"之类的人物,人们咬牙切齿地骂着溧阳人使用的语言:"野种!""贱货!""贼胚!"溧阳的年轻人也有在电影中趋向时髦的服饰,但真正的恋人,却在《生死恋》中注意大宫雄二"相亲"时的谈话:"只有看见鱼忘记一切的人,才能理解我的工作",并以此尊重对方工作上的志趣。更有多少有志青年,追慕的是《刑场上的婚礼》中那样诗意的境界。《吉鸿昌》唤起溧阳人自豪的记忆。在这新四军的老家,出过一些视死如归的英雄,也该为他们编一本戏。

我在故乡,也常跟着这熙熙攘攘的人群去看戏,带着手绢,抹着眼泪,更多的是发出纵情的笑声。每当走出场来,看着我的老乡亲爱的脸孔,有时会忽然想到:溧阳人要没有戏看,该怎么办呢?但是看着潮涌的人流,又在向剧场走来,我想就是这些要看戏的人们,将会占领舞台,创造新的戏和看戏的历史。

1981年1月25日深夜写于溧阳
(原载1981年7月19日《新华日报》)

孙　犁

残瓷人

　　这是一个小女孩的白瓷造像。小孩梳两条小辫，只穿一条黄色短裤。她一手捧着一只小鸟，一手往小鸟的嘴中送食，这样两手和小鸟，便连成了一体。

　　这是我一九五一年，从国外一个小城市买回的工艺品。那时进城不久，我住在一个大院后面，原来是下人住的小屋里，房间里空空，我把它放在从南市旧货摊上买回的一个樟木盒子里。后来，又放进一些也是从旧货摊上买来的小玩艺，成了我的百宝箱。

　　有一年，原在冀中的一位老战友来看我。我想起在抗日战争时期，我过封锁线，他是军分区的作战科长，常常派一个侦察员护送我，对我有过好处，一时高兴，就把百宝箱打开，请他挑几件玩艺。他选了一对日本烧制的小花瓶，当他拿起这个小瓷人的时候，我说：

　　"这一件不送，我喜欢。"

　　他就又放下了。为了表示歉意，我送了他一张董寿平的杏花立轴，他高兴极了。

　　后来，我的东西多了，买了一个玻璃柜，专放瓷器，小瓷人从破木盒升格，也进入里面。"文化大革命"，全被当做四旧抄走了。其实柜子里，既没有中国古董，更没有外国古董。它不过是一件哄小孩的瓷器，底座上标明定价，十六个卢布。

　　落实政策，瓷器又发还了。这真是有组织有计划的抄家，东西保存得很好，一件也没有损失，小瓷人也很好。

　　我已经没有心情再玩弄这些东西，我把它们放在一个稻草编的筐子里。一九七六年大地震，我屋里的瓷器，竟没有受损，几个放在书柜上的瓶子，只是倒在柜顶上，并没有滚落下来。小瓷人在草筐里，更是平安无事。

　　但地震震裂了屋顶。这是旧式房，天花板的装饰很重，一天夜里下雨，屋漏，一大块天花板的边缘部分，坠落下来，砸倒了草筐，小瓷人的两只手都断了。

　　我几经大劫，对任何事物，都没有了惋惜心情。但我不愿有残破的东西,放在眼前身边。于是,我找了些胶水,对着阳光,很仔细地把它的断肢修复,包括几片米粒大小的瓷皮,也粘贴好了。这些年,我修整了很多残书,我发现自己在修修补补方面,很有一些天赋。如果不是现在老眼昏花,我真想到国家的文物部门,去谋个差事。

　　搬家后,我把小瓷人带入新居,放在书案上。不知为什么,我忽然有些伤感了。我的一生,残破印象太多了,残破意识太浓了。大的如"九·一八"以后的国土山河的残破,战争年代的城市村庄的残破,"文化大革命"的文化残破,道德残破。个人的故园残破,亲情残破,爱情残破……我想忘记一切。我又把小瓷人放回筐里去了。

　　司马迁引老子之言:美好者不祥之器。我曾以为是哲学之至道,美学的大纲。这种想法,当然是不完整的,很不健康的。

1992 年 1 月 30 日下午,大风
(选自《曲终集》,百花文艺出版社 1995 年版)

贾平凹

秦　腔

　　山川不同,便风俗区别,风俗区别,便戏剧存异;普天之下人不同貌,剧不同腔,京、豫、晋、越、黄梅、二簧、四川高腔,几十种品类;或问:历史最悠久者,文武最正经者,是非最汹汹者？曰:秦腔也。正如长处和短处一样突出便见其风格,对待秦腔,爱者便爱得要死,恶者便恶得要命。外地人——尤其是自夸于长江流域的纤秀之士——最害怕秦腔的震撼;评论说得婉转的是:唱得有劲;说得直率的是:大喊大叫。于是,便有柔弱女子,常在戏台下以绒堵耳,又或在平日教训某人:你要不怎么怎么样,今晚让你去看秦腔!秦腔成了惩罚的代名词。所以,别的剧种可以各省走动,惟秦腔则如秦人一样,死不离窝;严重的乡土观念,也使其离不了窝;可能还在西北几个地方变腔走调的有些市场,却绝对冲不出往东南而去的潼关呢。

　　但是,几百年来,秦腔却没有被淘汰,被沉沦,这使多少人在大惑而不得其解。其解是有的,就在陕西这块土地上。如果是一个南方人,坐车轰轰隆隆往北走,渡过黄河,进入西岸,八百里秦川大地,原来竟是一抹黄褐的平原;辽阔的地平线上,一处一处用木椽夹打成一尺多宽墙的土屋,粗笨而庄重;冲天而起的白杨,苦楝、紫槐,枝杆粗壮如桶,叶却小似铜钱,迎风正反翻覆……你立即就会明白了:这里的地理构造竟与秦腔的旋律惟妙惟肖的一统!再去接触一下秦人吧,活脱脱的一群秦始皇兵马俑的复出:高个,浓眉,眼和眼间隔略远,手和脚一样粗大,上身又稍稍见长于下身,当他们背着沉重的三角形状的犁铧,赶着山包一样团块组合式的秦川公牛,端着脑袋般大小的耀州瓷碗,蹲在立的卧的石碌子碌碡上吃着牛肉泡馍,你不禁又要改变起世界观了:啊,这是块多么空旷而实在的土地,在这块土地摸爬滚打的人群是多么"二愣"的民众!那晚霞烧起的黄昏里,落日在地平线上欲去不去的痛苦的妊娠,五里一村,十里一镇,高音喇叭里传播的秦腔互相交织,冲撞,这秦腔原来是秦川的天籁,地籁,人籁的共鸣啊!于此,你不渐渐感觉到了南方戏剧的秀而无骨吗？不深深地懂得秦腔为什么形成和存在而占却时间、空间的位置吗？

　　八百里秦川,以西安为界,咸阳、兴平、武功、周至、凤翔、长武、岐山、宝鸡,两个专区几十个县为西府,三原、泾阳、高陵、户县、合阳、大荔、韩城、白水,一个专区十几个县为东府。秦腔,就源于西府。在西府,民性敦厚,说话多用去声,一律咬字沉重,对话如吵架一样,哭丧又一呼三叹,呼喊远人更是特殊:前声拖十二分地长,末了方极快地道出内容。声韵的发展,使会远道喊人的人都从此有了唱秦腔的天才。老一辈的能唱,小一辈的能唱,男的能唱,女的能唱;唱秦腔成了做人最体面的事,任何一个乡下男女,只有唱秦腔,才有出人头地的可能,大凡有出息的,是个人才的,哪一个何曾未登过台,起码不能吼一阵乱弹呢?!

农民是世上最劳苦的人,尤其是在这块平原上,生时落草在黄土炕上,死了被埋在黄土堆下;秦腔是他们大苦中的大乐,当老牛木犁疙瘩绳,在田野已经累得筋疲力尽,立在犁沟里大喊大叫来一段秦腔,那心胸肺腑,关关节节的困乏便一尽儿涤荡净了。秦腔与他们,是和"西凤"白酒,长线辣子,大叶卷烟,牛肉泡馍一样成为生命的五大要素。若与那些年长的农民聊起来,他们想像的伟大的共产主义生活,首先便是这五大要素。他们有的是吃不完的粮食,他们缺的是高超的艺术享受,他们教育自己的子女,不会是那些文豪们讲的,幼年不是祖母讲着动人的迷丽的童话,而是一字一板传授着秦腔。他们大都不识字,但却出奇地能一本一本整套背诵出剧本,虽然那常常是之乎者也的字眼从那一圈胡子的嘴里吐出来十分别扭。有了秦腔,生活便有了乐趣,高兴了,唱"快板",高兴得像被烈性炸药爆炸了一样,要把整个身心粉碎在天空!痛苦了,唱"慢板",揪心裂肠的唱腔却表现了多么有情有味的美来,美给了别人以享受,美也熨平了自己心中愁苦的皱纹。当他们在收获时节的土场上,在月上中天的庄院里大吼大叫唱起来的时候,那种难以想像的狂喜,激动,雄壮,与那些献身于诗歌的文人,与那些有吃有穿却总感空虚的都市人相比,常说的什么伟大的永恒的爱情是多么渺小、有限和虚弱啊!

我曾经在西府走动了两个秋冬,所到之处,村村都有戏班,人人都会清唱。在黎明或者黄昏的时分,一个人独独地到田野里去,远远看着天幕下一个一个山包一样隆起的十三个朝代帝王的陵墓,细细辨认着田埂上,荒草中那一截一截汉唐时期石碑上的残字,高高的土屋上的窗口里就飘出一阵冗长的二胡声,几声雄壮的秦腔叫板,我就痴呆了,感觉到那村口的土尘里,一头叫驴的打滚是那么有力,猛然发现了自己心胸中一股强硬的气魄随同着胳膊上的肌肉疙瘩一起产生了。

每到农闲的夜里,村里就常听到几声锣响:戏班排演开始了。演员们都集合起来,到那古寺庙里去。吹,拉,弹,奏,翻,打,念唱,提袍甩袖,吹胡瞪眼,古寺庙成了古今真乐府,天地大梨园。导演是老一辈演员,享有绝对权威,演员是一家几口,夫妻同台,父子同台,公公儿媳也同台。按秦川的风俗:父和子不能不有其序,爷和孙却可以无道,弟与哥嫂可以嬉闹无常,兄与弟媳则无正事不能多言。但是,一到台上,秦腔面前人人平等,兄可以拜弟媳为帅为将,子可以将老父绳绑索捆。寺庙里有窗无扇,屋梁上蛛丝结网,夏天蚊虫飞来,成团成团在头上旋转,薰蚊草就墙角燃起,一声唱腔一声咳嗽。冬天里四面透风,柳木疙瘩火当中架起,一出场一脸正经,一下场凑近火堆,热了前怀,凉了后背。排演到什么时候,什么时候都有观众,有抱着二尺长的烟袋的老者,有凳子高、桌子高趴满窗台的孩子。庙里一个跟头未翻起,窗外就哇地一声叫倒号,演员出来骂一声:谁说不好的滚蛋!他们抓住窗台死不滚去,倒要连声讨好:翻得好!翻得好!更有殷勤的,跑回来偷拿了红薯、土豆,在火堆里煨熟给演员作夜餐,赚得进屋里有一个安全位置。排演到三更鸡叫,月儿偏西,演员们散了,孩子们还围了火堆弯腰踢腿,学那一招一式。

一出戏排成了,一人传出,全村振奋,扳着指头盼那上演日期。一年十二个月,正月元宵日,二月龙抬头,三月三,四月四,五月五日过端午,六月六日晒丝绸,七月过半,八月中秋,九月初九,十月一日,再是那腊月五豆,腊八、二十三……月月有节,三月一会,那戏必是上演的。戏台是全村人的共同的事业,宁肯少吃少穿也要筹资积款,买上好的木石,请高强的工匠来修筑。村子富不富,就比这戏台阔不阔。一演出,半下午人就扛凳子去占地位了,未等戏开,台下坐的、站的人头攒拥,台两边阶上立的卧的是一群顽童。那锣鼓就叮叮咣咣地闹台,似乎整个世界要天翻地覆了。各类小吃趁机摆开,一个食摊上一盏马灯,花生、瓜子、糖果、烟卷、油茶、麻花、烧鸡、煎饼,长一声短一声叫卖不绝。锣鼓还在一声儿敲打,大幕只是不拉,演员偶尔从幕边往下望望,下边就喊:开演呀,场子都满了!幕布放下,只说就要出场了,却又叮叮咣咣不停。台下就乱了,后边的喊前边的坐下,前边的喊后边的为什么不说最前边的立着;场外的大声叫着亲朋子女名字,问有坐处没有,场内的锐声回应快进来;有要吃煎饼的喊熟人去买一个,熟人买了站在场外一扬手,"日"地一声隔人头甩去,不偏不倚目标正好;左边的喊右边的踩了他的脚,右边的叫左边的挤了他的腰,一个说:狗年快完了,你还叫啥哩?一个说:猪年还没到,你便拱开了!言语伤人,动了手脚;外边的趁机而入,一时四边向里挤,里边向外扛,人的旋涡涌起,如四月的麦田起风,根儿不动,头身一会儿倒西,一会倒东,喊声、骂声、哭声一片;有拼命挤将出来的,一出来方觉世界偌大,身体胖肿,但差不多却光了脚,乱了头发。大幕又一挑,站出戏班头儿,大声叫喊要维持秩序,立即就跳出一个两个所谓"二干子"人物来。这类人物多是头脑简单,四肢发达,却十二分忠诚于秦腔,此时便拿了树条儿,哪里人挤,哪里打去,如凶神恶煞一般。人人恨骂这些人,人人又都盼有这些人,叫他们是秦腔宪兵,宪兵者越发忠于职责,虽然彻夜不得看戏,但大家一夜满足了,他们也就满足了一夜。

终于台上锣鼓停了,大幕拉开,角色出场。但不管男的女的,出来偏不面对观众,一律背身掩面,女的就碎步后移,水上漂一样,台下就叫:瞧那腰身,那肩头,一身的戏哟!是男的就摇那帽翎,一会双摇,一会单摇,一边上下飞闪,一边纹丝不动,台下便叫:绝了,绝了!等到那角色儿猛一转身,头一高扬,一声高叫,声如炸雷嘭嘣嘣直从人们头顶碾过,全场一个冷颤,从头到脚,每一个手指尖儿,每一根头发梢儿都麻酥酥的了。如果是演《救裴生》,那慧娘站在台中往下蹲,慢慢地,慢慢地,慧娘蹲下去了,全场人头也矮下去了半尺,等那慧娘往起站,慢慢地,慢慢地,慧娘站起来了,全场人的脖子也全拉长了起来。他们不喜欢看生戏,最欢迎看熟戏,那一腔一调都晓得,哪个演员唱得好,就摇头晃脑跟着唱,哪个演员走了调,台下就有人要纠正。说穿了,看秦腔不为求新鲜,他们只图过过瘾。

在这样的地方,这样的环境,这样的气氛,面对着这样的观众,秦腔是最逞能的。它的艺术的享受,是和拥挤而存在,是有力气而获得的。如果是冬天,那风在刮着,像刀子一样,如果是夏天,人窝里热得如蒸笼一般,但只要不是大雪,冰雹,暴雨,台下的人是不肯撤场的。最可贵的是那些老一辈的秦腔迷,他们没有力气挤在台下,也没有好眼力看清演员,却一溜一排地蹲在戏台两侧的墙根,吸着草烟,慢慢将唱腔品赏。一声叫板,便可以使他们坠入艺术之宫,"听了秦腔,肉酒不香",他们是体会得最深。那些大一点的,脾性野一点的孩子,却占领了戏场周围所有的高空,杨树上,柳树上,槐树上,一个枝杈一个人。他们常常乐而忘了险境,双手鼓掌时竟从树杈上掉下来,掉下来自不会损伤,因为树下是无数的人头,只是招致一顿臭骂罢了。更有一些爬在了场边的麦秸垛上,夏天四面来风,好不凉快,冬日就趴个草洞,将身子缩进去,露一个脑袋。也正是有闲阶级享受不了秦腔吧,他们常就瞌睡了,一觉醒来,月在西天,戏毕人散,只好苦笑一声悄然没声儿地溜下来回家敲门去了。

当然,一次秦腔演出,是一次演员亮相,也是一次演员受村人评论的考场。每每角色一出场,台下就一片喊喊喳喳:这是谁的儿子,谁的女子,谁家的媳妇,娘家何处?于是乎,谁有出息,谁没能耐,一下子就有了定论。有好多外村的人来提亲说媒,总是就在这个时候进行。据说有一媒人将一女子引到台下,相亲台上一个男演员,事先夸口这男的如何俊样,如何能干,但戏演了过半,那男的还未出场,后来终于出来,是个国民党的伪兵,还持枪未走到中台,扮游击队长的演员挥枪一指,"叭"地一声,那伪兵就倒地而死,爬着钻进了后幕。那女子当下哼了一声，闭了嘴，一场亲事自然了了。这是喜中之悲一例。据说还有一例，一个老头在脖子上架了孙孙去看戏，孙孙吵着要回家，老头好说好劝只是不忍半场而去，便破费买了半斤花生，他眼盯着台上，手在下边剥花生，然后一颗一颗扬手喂到孙孙嘴里，但喂着喂着，竟将一颗塞进孙孙鼻孔，吐不出，咽不下，口鼻出血，连夜送到医院动手术，花去了七十元钱。但是，以秦腔引喜的事却不计其数。每个村里，总会有那么个老汉，夜里看戏，第二天必是头一个起床往戏台下跑。戏台下一片石头，砖头，一堆堆瓜子皮，糖果纸，烟屁股，他掀掀这块石头，踢踢那堆尘土，少不了要捡到一角两角甚至三元四元钱币来，或者一只鞋，或者一条手帕。这是村里钻刁人干的营生。而馋嘴的孩子们有的则夜里趁各家锁门之机，去地里摘那香瓜来吃，去谁家院里将桃杏装在背心兜里回来分红。自然少不了有那些青春妙龄的少男少女，则往往在台下混乱之中眼送秋波，或者就悄悄退出，相依相偎到黑黑的渠畔树林子里去了……

  秦腔在这块土地上，有着神圣的不可动摇的基础。凡是到这些村庄去下乡，到这些人家去作客，他们最高级的接待是陪着看一场秦腔，实在不逢年过节，他们就会要合家唱一会乱弹，你只能点头称好，不能耻笑，甚至不能有一点不入神的表示。他们一生最崇敬的只有两种人，一是国家领导人，一是当地的秦腔名角。即使在任何地方，这些名角没有在场，只要发现了名角的父母，去商店买油是不必排队的，进饭馆吃饭是会有座位的，就是在半路上挡车，只要喊一声：我是某某的什么，司机也便要嘎地停车。但是，谁要侮辱一下秦腔，他们要争死争活地和你论理，以致大打出手，永远使你记住教训。每每村里过红白丧喜之事，那必是要包一台秦腔的，生儿以秦腔迎接，送葬以秦腔致哀，似乎这个人生的世界，就是秦腔的舞台，人只要在舞台上，生，旦，净，丑，才各显了真性，恶的夸张其丑，善的凸现其美，善使他们获得了美的教育，恶的也使丑里化作了美的艺术。

  广漠旷远的八百里秦川，只有这秦腔，也只能有这秦腔，八百里秦川的劳作农民只有也只能有这秦腔使他们喜怒哀乐。秦人自古是大苦大乐之民众，他们的家乡交响乐除了大喊大叫的秦腔还能有别的吗？

1983年5月2日草于五味村
（选自《爱的踪迹》，上海文艺出版社1985年版）

周　涛

巩乃斯的马

没话找话就招人讨厌,话说得没意思就让人觉得无聊,还不如听吵架提神。吵架骂仗是需要激情的。

我发现,写文章的时候就像一匹套在轭具和辕木中的马,想到那片水草茂盛的地方去,却不能摆脱道路,更摆脱不了车夫的驾驭,所以走来走去,永远在这条枯燥的路面上。

我向往草地,但每次走到的,却总是马厩。

我一直对不爱马的人怀有一点偏见,认为那是由于生气不足和对美的感觉迟钝所造成的,而且这种缺陷很难弥补。有时候读传记,看到有些了不起的人物以牛或骆驼自喻,就有点替他们惋惜,他们一定是没见过真正的马。

在我眼里,牛总是有点落后的象征的意思,一副安贫知命的样子,这大概是由于过分提倡"老黄牛"精神引起的生理反感。骆驼却是沙漠的怪胎,为了适应严酷的环境,把自己改造得那么丑陋畸形。至于毛驴,顶多是个黑色幽默派的小丑,难当大用。它们的特性和模样,都清清楚楚地写着人类对动物的征服,生命对强者的屈服,所以我不喜欢。它们不是作为人类朋友的形象出现的,而是俘虏,是仆役。有时候,看到小孩子鞭打牛,高大的骆驼在妇人面前下跪,发情的毛驴被缚在车套里龇牙大鸣,我心里便产生一种悲哀和怜悯。

那卧在盐车之下哀哀嘶鸣的骏马和诗人臧克家笔下的"老马",不也是可悲的吗?但是不同。那可悲里含有一种不公,这一层含义在别的畜牲中是没有的。在南方,我也见到过矮小的马,样子有些滑稽,但那不是它的过错。既然桔树有自己的土壤,马当然有它的故乡了。自古好马生塞北。在伊犁,在巩乃斯大草原,马作为茫茫天地之间的一种尤物,便呈现了它的全部魅力。

那是一九七〇年,我在一个农场接受"再教育",第一次触摸到了冷酷、丑恶、冰凉的生活实体。不正常的政治气候像潮闷险恶的黑云一样压在头顶上,使人压抑到不能忍受的地步。强度的体力劳动并不能打击我对生活的热爱,精神上的压抑却有可能摧毁我的信念。

终于有一天夜晚,我和一个外号叫"蓝毛"的长着古希腊人脸型的上士一起爬起来,偷偷摸进马棚,解下两匹喉咙里滚动着咴咴低鸣的骏马,在冬夜旷野的雪地上奔驰开了。

天低云暗,雪地一片模糊,但是马不会跑进巩乃斯河里去。雪原右侧是巩乃斯河,形成了沿河的一道陡直的不规则的土壁。光背的马儿驮着我们在土壁顶上的雪原轻快地小跑,喷着鼻息,四蹄发出嚓嚓的有节奏的声音,最后大颠着狂奔起来。随着马的奔驰、起伏、跳跃和喘息,我们的心情变得开朗、舒展。压抑消失,豪兴顿起,在空旷的雪野上打着唿哨乱喊,在颠簸的马背上感受自由的亲切和驾驭自己命运的能力,是何等的痛快舒畅啊!我们高兴得大笑,笑得从马背上栽下来,躺在深雪里还是止不住地狂笑,直到笑得眼睛里流出了泪水……

那两匹可爱的光背马,这时已在近处缓缓停住,低垂着脖颈,一副歉疚的想说"对不起"的神态。它们温柔的眼睛里仿佛充满了怜悯和抱怨,还有一点诧异,弄不懂我们这两个人究竟是怎么了。我拍拍马的脖颈,抚摸一会儿它的鼻梁和嘴唇,它会意了,抖抖鬃毛像抖掉疑虑,跟着我们慢慢走回去。一路上,我们谈着马,闻着身后热烘烘的马汗味和四围里新鲜刺鼻的气息,觉得好像不是走在冬夜的雪原上。

马能给人以勇气,给人以幻想,这也不是笨拙的动物所能有的。在巩乃斯后来的那些日子里,观察马渐渐成了我的一种艺术享受。

我喜欢看一群马,那是一个马的家族在夏牧场上游移,散乱而有秩序,首领就是那里面一眼就望得出的种公马。它是马群的灵魂,作为这群马的首领当之无愧,因为它的确是无与伦比的强壮和美丽。匀称高大,毛色闪闪发光,最明显的特征是颈上披散着垂地的长鬃,有的浓黑,流泻着力与威严;有的金红,燃烧着火焰般的光彩。它管理着保护着这群牝马和顽皮的长腿短身子马驹儿,眼光里保持着父爱的尊严。

在马的这种社会结构中,首领的地位是由强者在竞争中确立的。任何一匹马都可以争夺,通过追逐、撕咬、拼斗,使最强的马成为公认的首领。为了保证这群马的品种不至于退化,就不能搞"指定",不能看谁和种公马的关系好,也不能凭血缘关系接班。

生存竞争的规律使一切生物把生存下去作为第一意识,而人却有时候会忘记,造成许多误会。

唉,天似穹庐,笼盖四野。在巩乃斯草原度过的那些日子里,我与世界隔绝,生活单调;人与人互相警惕,唯恐失一言而遭灭顶之祸,心灵寂寞。只有一个乐趣,看马。好在巩乃斯草原马多,不像书可以被焚,画可以被禁,知识可以被践踏,马总不至于被驱逐出境吧?这样,我就从马的世界里找到了奔驰的诗韵。油画般的辽阔草原、夕阳落照中兀立于荒原的群雕、大规模转场时铺散在山坡上的好文章、熊熊篝火边的通宵马经、毡房里悠长喑哑的长歌在烈马苍凉的嘶鸣中展开、醉酒的青年哈萨克在群犬的追逐中纵马狂奔,东倒西歪地俯身鞭打猛犬,这一切,使我蓦然感受到生活不朽的壮美和那时潜藏在我们心里的共同忧郁……

哦,巩乃斯的马,给了我一个多么完整的世界!凡是那时被取消的,你都重新又给予了我!弄得我直到今天听到马蹄踏过大地的有力声响时,还会在屋子里坐卧不宁,总想出去看看,是一匹什么样儿的马走过去了。而且我还听不得马嘶,一听到那铜号般高亢、鹰啼般苍凉的声音,我就热血陡涌、热泪盈眶,大有战士出征走上古战场,"风萧萧兮易水寒"的悲壮之慨。

有一次我碰上巩乃斯草原夏日迅疾猛烈的暴雨,那雨来势之快,可以使悠然在晴空盘旋的孤鹰来不及躲避而被击落,雨脚之猛,竟能把牧草覆盖的原野一瞬间打得烟尘滚滚。就在那场暴雨的豪打下,我见到了最壮阔的马群奔跑的场面。仿佛分散在所有山谷里的马都被赶到这儿来了,好家伙,被暴雨的长鞭抽打着,被低沉的怒雷恐吓着,被刺进大地倏忽消逝的闪电激奋着,马,这不肯安全的牲灵从无数谷口、山坡涌出来,山洪奔泻似地在这原野上汇聚了,小群汇成大群,大群在运动中扩展,成为一片喧叫、纷乱、快速移动的集团冲锋!争先恐后,前呼后应,披头散发,淋漓尽致!有的疯狂地向前奔驰,像一队尖兵,要去踏住那闪电;有的来回奔跑,俨然像临危不惧、收拾残局的大将;小马跟着母马认真而紧张地跑,不再顽皮、撒欢,一下子变得老练了许多;牧人在不可收拾的潮水中被携裹,大喊大叫,却毫无声响,喊声像一块小石片跌进奔腾喧嚣的大河。

雄浑的马蹄声在大地奏出鼓点,悲怆苍劲的嘶鸣、叫喊在拥挤的空间碰撞、飞溅,划出一条条不规则的曲线,扭住、缠住漫天雨网,和雷声雨声交织成惊心动魄的大舞台。而这一切,得在飞速移动中展现,几分钟后,马群消失,暴雨停歇,你再看不见了。

我久久地站在那里,发愣、发痴、发呆。我见到了,见过了,这世间罕见的奇景,这无可替代的伟大的马群,这古战场的再现,这交响乐伴奏下的复活的雕塑群和油画长卷!我把这几分钟间见到的记在脑子里,相信,它所给予我的将使我终身受用不尽……

马就是这样,它奔放有力却不让人畏惧,毫无凶暴之相;它优美柔顺却不任人随意欺凌,并不懦弱,我说它是进取精神的象征,是崇高感情的化身,是力与美的巧妙结合恐怕也并不过分。屠格涅夫有一次在他的庄园里说托尔斯泰"大概您在什么时候当过马",因为托尔斯泰不仅爱马、写马,并且坚信"这匹马能思考并且是有感情的"。它们常和历史上的那些伟大的人物、民族的英雄一起被铸成铜像屹立在最醒目的地方。

过去我认为,只有《静静的顿河》才是马的史诗;离开巩乃斯之后,我不这么看了。巩乃斯的马,这些古人称之为骐骥、称之为汗血马的英气勃勃的后裔们,日出而撒欢,日入而哀鸣,它们好像永远是这样散漫而又有所期待,这样原始而又有感知,这样不假雕饰而又优美,这样我行我素而又不会被世界所淘汰。成吉思汗的铁骑作为一个兵种已经消失,六根棍马车作为一种代步工具已被淘汰,但是马却不会被什么新玩艺儿取代,它有它的价值。

牛从辕车变为食用,仍然是实用物;毛驴和骆驼将会成为动物园里的展览品,因为它们只会越来越稀少;而马,当车辆只是在实用意义上取代了它、解放了它时,它从实用物进化为一种艺术品的时候恰恰开始了。

值得自豪的是我们中国有好马。从秦始皇的兵马俑、铜车马到唐太宗的六骏,从马踏飞燕的奇妙构想到大宛汗血马的美妙传说,从关云长的赤兔马到朱德总司令的长征坐骑……纵览马的历史,还会发现它和我们民族的历史紧密相联着。这也难怪,骏马与武士与英雄本有着难以割舍的亲缘关系呢,彼此作用的相互发挥、彼此气质的相互补益,曾创造出多少叱咤风云的壮美形象?纵使有一天马终于脱离了征战这一辉煌事业,人们也随时会从军人的身上发现马的神韵和遗风。我们有多少关于马的故事呵,我们是十分爱马的民族呢。至今,如同我们的一切美好传统都像黄河之水似地遗传下来那样,我们的历代名马的筋骨、血脉、气韵、精神也都遗传下来了。那种"龙马精神",就在巩乃斯的马身上——

　　此马非凡马,
　　房星是本星;
　　向前敲瘦骨,
　　犹自带铜声。

我想,即便我一直固执地对不爱马的人怀一点偏见,恐怕也是可以得到谅解的吧。

1984年5月20日于乌鲁木齐
(原载《解放军文艺》1984年第8期)

汪曾祺

端午的鸭蛋

家乡的端午,很多风俗和外地一样。系百索子。五色的丝线拧成小绳,系在手腕上。丝线是掉色的,洗脸时沾了水,手腕上就印得红一道绿一道的。做香角子。丝线缠成小粽子,里头装了香面,一个一个串起来,挂在帐钩上。贴五毒。红纸剪成五毒,贴在门坎上。贴符。这符是城隍庙送来的。城隍庙的老道士还是我的寄名干爹,他每年端午节前就派小道士送符来,还有两把小纸扇。符送来了,就贴在堂屋的门楣上。一尺来长的黄色、蓝色的纸条,上面用朱笔画些莫名其妙的道道,这就能辟邪么?喝雄黄酒。用酒和的雄黄在孩子的额头上画一个王字,这是很多地方都有的。有一个风俗不知别处有不:放黄烟子。黄烟子是大小如北方的麻雷子的炮仗,只是里面灌的不是硝药,而是雄黄。点着后不响,只是冒出一股黄烟,能冒好一会。把点着的黄烟子丢在橱柜下面,说是可以熏五毒。小孩子点了黄烟子,常把它的一头抵在板壁上写虎字。写黄烟虎字笔画不能断,所以我们那里的孩子都会写草书的"一笔虎"。还有一个风俗,是端午节的午饭要吃"十二红",就是十二道红颜色的菜,十二红里我只记得有炒红苋菜、油爆虾、咸鸭蛋,其余的都记不清,数不出了。也许十二红只是一个名目,不一定真凑足十二样。不过午饭的菜都是红的,这一点是我没有记错的,而且,苋菜、虾、鸭蛋,一定是有的。这三样,在我的家乡,都不贵,多数人家是吃得起的。

我的家乡是水乡。出鸭。高邮大麻鸭是著名的鸭种。鸭多,鸭蛋也多。高邮人也善于腌鸭蛋。高邮咸鸭蛋于是出了名。我在苏南、浙江,每逢有人问我的籍贯,回答之后,对方就会肃然起敬:"哦!你们那里出咸鸭蛋!"上海的卖腌腊的店铺里也卖咸鸭蛋,必用纸条特别标明:"高邮咸蛋"。高邮还出双黄鸭蛋。别处鸭蛋也偶有双黄的,但不如高邮的多,可以成批输出。双黄鸭蛋味道其实无特别处。还不就是个鸭蛋!只是切开之后,里面圆圆的两个黄,使人惊奇不已。我对异乡人称道高邮鸭蛋,是不大高兴的,好像我们那穷地方就出鸭蛋似的!不过高邮的咸鸭蛋,确实是好,我走的地方不少,所食鸭蛋多矣,但和我家乡的完全不能相比!曾经沧海难为水,他乡咸鸭蛋,我实在瞧不上。袁枚的《随园食单·小菜单》有"腌蛋"一条。袁子才这个人我不喜欢,他的《食单》好些菜的做法是听来的,他自己并不会做菜。但是《腌蛋》这一条我看后却觉得很亲切,而且"与有荣焉"。文不长,录如下:

> 腌蛋以高邮为佳,颜色细而油多,高文端公最喜食之。席间,先夹取以敬客,放盘中。总宜切开带壳,黄白兼用;不可存黄去白,使味不全,油亦走散。

高邮咸鸭蛋的特点是质细而油多。蛋白柔嫩,不似别处的发干、发粉,入口如嚼石灰。油多尤为别处所不及。鸭蛋的吃法,如袁子才所说,带壳切开,是一种,那是席间待客的办法。平常食用,一般都是敲破"空头"用筷子挖着吃。筷子头一扎下去,吱——红油就冒出来了。高邮咸蛋的黄是通红的。苏北有一道名菜,叫做"朱砂豆腐",就是用高邮鸭蛋黄炒的豆腐。我在北京吃的咸鸭蛋,蛋黄是浅黄色的,这叫什么咸鸭蛋呢!

端午节,我们那里的孩子兴挂"鸭蛋络子"。头一天,就由姑姑或姐姐用彩色丝线打好了络子。端午一早,鸭蛋煮熟了,由孩子自己去挑一个,鸭蛋有什么可挑的呢!有!一要挑淡青壳的。鸭蛋壳有白的和淡青的两种。二要挑形状好看的。别说鸭蛋都是一样的,细看却不同。有的样子蠢,有的秀气。挑好了,装在络子里,挂在大襟的纽扣上。这有什么好看呢?然而它是孩子心爱的饰物。鸭蛋络子挂了多半天,什么时候孩子一高兴,就把络子里的鸭蛋掏出来,吃了。端午的鸭蛋,新腌不久,只有一点淡淡的咸味,白嘴吃也可以。

孩子吃鸭蛋是很小心的,除了敲去空头,不把蛋壳碰破。蛋黄蛋白吃光了,用清水把鸭蛋里面洗净,晚上捉了萤火虫来,装在蛋里,空头的地方糊一屋薄罗。萤火虫在鸭蛋壳里一闪一闪地亮,好看极了!

小时读囊萤映雪故事,觉得东晋的车胤用练囊盛了几十只萤火虫,照了读书,还不如用鸭蛋壳来装萤火虫。不过用萤火虫照亮来读书,而且一夜读到天亮,这能行么?车胤读的是手写的卷子,字大,若是读现在的新五号字,大概是不行的。

(原载《雨花》1986年5月号,系《故乡的食物》之一)

柯 灵

龙年谈龙

龙年谈龙,根据"×年谈×"的旧例,可以算是历久常新的时髦话题,我不揣浅陋,也想来一次东施效颦。过去历次政治运动揭幕,总要郑重宣称:这个运动是"十分必要的,非常及时的"。龙年谈龙是否必要我不敢担保,但"非常及时"总是无可置疑的了。

自古以来,谁也没有见过龙,却谁都知道龙,龙之所以为龙,就在于此。大概世间伟大而神秘的事物,多半赋有这种特性。

龙神通广大,影响深远,十二生肖中没有一种能和它相比的。尽管龙和人类面熟陌生,其他如牛、马、羊、鸡、猪、狗、兔、猴,倒和被谑称为"两脚兽"的人关系密切。虎要吃人,蛇要咬人,但人也剥虎皮,泡虎骨酒,乃至服食虎鞭(虽然目前假货充斥市场,连虎鞭也有假造的);蛇羹是岭南名菜,蛇皮可以制钱包,蛇胆明目,功效卓著。只有鼠十分差劲,形容猥琐,行动鬼祟,不但贪污盗窃,与人争食,还能传布鼠疫,危害极大,因此我们报刊上的流行语中,有"老鼠过街,人人喊打"这一说。但谚云"咬人的狗不叫",随口嚷嚷,喊打不等于真打。因为我们家大业大,无妨眼开眼闭,犯不着过分认真。所以在十二生肖中,鼠龙安然并坐,高踞一席,从未听说有什么人提出异议。也不知道这十二生肖是谁圈定的,如果改用选举,鼠肯定要落选。

龙代表至尊无上的帝王,君临天下。帝王之宅,龙蟠虎踞,帝王凤目龙睛,穿龙袍、睡龙床、坐龙廷,"日色才临仙掌动,香烟欲傍衮龙浮",是大诗人王维描摹天子早朝的名句。他一高兴,是龙心大悦;一发火,是龙颜大怒,都是非同小可的事。帝王有后有妃,"后宫佳丽三千人",替他生产龙种。他一旦死去,就叫龙驭宾天。而继承王位的,自然非龙种莫属。龙子龙孙,绵延不绝,才能万世一系,系于不隳。终身制和世袭制是封建法统的精髓,但检点二千余年的王朝兴替史,终身制和世袭制都不免有些麻烦。秦二世而斩,开头就开得不吉利。有一首唐诗说:"竹帛烟消帝业虚,关河空锁祖龙居,坑灰未冷山东乱,刘项原来不读书。"把秦祚短促归咎于秦始皇焚书坑儒。这种书生之见,未便认为确论。刘邦心直口快,他的名言是"乃公马上得天下,安用诗书!"抗日战争胜利,由重庆复员的人物,以"老子抗战八年"为口头禅;解放以后,则有"江山是我们打的",同义反复,一脉相沿,来源极古。

　　龙在中国,普及时空,广被万象。天子门下的文臣武将,文的才华出众,称为龙跃凤鸣;武的气概不凡,喻为龙骧虎步;年少有才,那就是龙驹凤雏了。老百姓婚娶,是终身大事,享有点龙凤花烛的特殊待遇,显示皇恩浩荡。舞龙灯、赛龙船,当然是盛世风光的点缀。宝剑中的名器,号为龙泉。马中良材,拥有龙马、龙文、龙媒、龙孙等美称。庭园中有龙柏、龙爪槐、龙舌兰,筵席上有龙虾,果品中有龙眼,香料中有珍贵的龙涎香。还有一种状如蟑螂的龙虱,是广东人酷嗜的美食。这里随手掇拾,已经美不胜收。但列举的只限于龙的"正面形象",还另有些龙,例如小菜场上的长龙,令人谈龙色变的龙卷风,因为可能引起消极影响和不良反应,为了顾及社会效果,恕置不论。

　　文学艺术世界,自然也少不了龙的影子。鸿文巨制、锦心绣口的天才运作,是雕龙高手;等而下之,就属于雕虫小技,壮夫不为了。有关龙的掌故、传说、寓言、神话,瑰奇荟丽,摆起龙门阵来,决不止一千零一夜。有的还很耐人寻味。"叶公好龙"的故事,现已为人所熟知。据说叶公爱龙,满屋子都是龙画、龙雕、龙饰,龙受宠若惊,引为知己,就从天而降,登门拜访。谁知龙头刚在窗口出现,叶公就骇得拔脚而逃。叶公是古人,远在天边,却又近在眼前。例如民主、自由这样的东西,供在玻璃橱窗里,当作政治摆设,或者挂在口边,作为茶余酒后的清谈,是很有趣的,很能装点文明风雅,但一遇到真价实货,就难免步叶公后尘,"失其魂魄,五色无主"了。

　　《封神榜》里对龙王的描写很不严肃。哪吒闹海,不但把东海龙王敖光的水晶宫闹得家翻宅乱,打死龙王三太子,抽了龙筋,还把敖光叫做"老泥鳅",揭了他的龙鳞,打得他大叫"饶命"。哪吒是七岁的孩子,当然不懂得"马克思主义的道理千头万绪,归根结底就是一句话:造反有理"这一条"革命"道理;而因为他不但是陈塘关总兵李靖的公子,地道的高干子弟,而且是乾元山金光洞太乙真人的弟子转世,很有来头的原故。

　　《西游记》更有歪曲龙王英雄形象的嫌疑。原来唐朝长安西门街有个卖卦先生,神机妙算,曾给相识的渔夫卜课,看准在哪里下网能够得鱼。就为这点小事,泾河老龙认定有损水族利益,怀恨在心,乘玉皇大帝下旨降雨的机会,以权谋私,违法作弊,设就圈套,准备狠狠地整那卖卦先生,不想因此触犯天条,害人反害己,第二天午时三刻就要问斩,而监斩官却是唐太宗驾下的丞相魏征。亏得卖卦先生宽厚,以德报怨,指点龙王赶快向人王求情,救他一命。唐太宗王王相护,慨允帮忙,把魏征招来对弈,扣在御前,延误他的监斩时刻。谁知魏征铁面无私,伏在棋桌上打了个瞌睡,灵魂出窍,还是上天把泾河老龙的龙头砍了。这个故事说得神乎其神,大大丑化了龙王,美化了魏征,是很不足为训的。魏征诚然是史书公认的一代名臣,提倡"兼听则明,偏信则暗",不无道理,敢于"犯颜正谏",骨头很硬。为了表示敬老尊贤、安国利民的意向,不妨予以口头表扬,但切不可不知高低轻重,妄想"步武前贤",向魏征学样。须知龙喉下有逆鳞,触犯了,龙要起杀心的。最好学点庄子说的"屠龙术",云里雾里,光说不练。二十年前,有人轻举妄动,在报上鼓吹学习魏征,又有人编演什么《海瑞上疏》《海瑞罢官》,结果引爆了那一场天摇地动、鬼哭神号的大事变。人命关天,总结经验,吸取教训,才是"十分必要"的。《红楼梦》写秦可卿闺中有一副对联,道是"世事洞明皆学问,人情练达即文章",贾宝玉看了大不以为然。这样不通世故,不识时务,难怪贾政认为忤逆不孝,要痛加鞭挞了。

  有些传奇志怪中所写的龙,却颇有些平民化的倾向,龙究竟是什么样子?《柳毅传》中有一段细腻的笔墨:"大声忽发,天拆地裂,宫殿摆簸,云烟沸涌,俄有赤龙长千余尺,电目血舌,朱鳞火鬣,项掣金锁,锁牵玉柱,千雷万霆,激绕其身,霰雪雨雹,一时皆下。"威灵显赫,很有盛气凌人的派势。其实这条龙只是性子暴烈,却讲究人情,嫉恶如仇,很容易亲近的。《柳毅传》里的龙女,婉款缱绻,美貌多情,被薄幸的丈夫所抛弃,悲苦无告,落得牧羊道畔,经过许多曲折,终于下嫁一位曾代她向娘家送信的落第书生柳毅。她认为这段人龙混杂的婚姻是天意,口吻活像个普通听天由命的善良妇女,有失龙君千金风度。柳毅娶了龙女,白日飞升,享用豪华,胜于公卿,而且朱颜长驻,成了神仙。自来龙门难跳,狗洞易钻,黄缘进身,正是终南捷径。古往今来,多少狗苟蝇营的风云人物、火箭干部,就是这样上去的。不久以前,江西就出过一位赫赫有名的副省长。柳毅是正派人,以"义夫"自许,不幸考不上进士,却幸而遇见龙女,一念之善,无意中由攀龙而乘龙,为后世的登龙术多开了一道门路,很值得投机家焚香顶礼,表示感谢。

  虎啸风生,龙腾云涌,在十三大的风云际会中,十亿人翘首长天,祝愿中华民族这条五千年的东方老龙乘时崛起,不要重演神龙见首不见尾的故态,那么草野蚁民,就要欢欣鼓舞,山呼万岁了。

1987 年 12 月 21 日
(原载《文汇月刊》1988 年 1 月号)

萧 乾

京　白

　　五十年代为了听点儿纯粹的北京话,我常出前门去赶相声大会,还邀过叶圣陶老先生和老友严文井。现在除了说老段子,一般都用普通话了。虽然未免有点儿可惜,可我估摸着他们也是不得已。您想,现今北京城扩大了多少倍!两湖两广陕甘宁,真正的老北京早成"少数民族"啦。要是把话说纯了,多少人能听得懂!印成书还能加个注儿。台上演的,台下要是不懂,没人乐,那不就砸锅啦!

　　所以我这篇小文也不能用纯京白写下去啦。我得花搭着来——"花搭"这个词儿,作兴就会有人不懂。它跟"清一色"正相反:就是京白和普通话掺着来。

　　京白最讲究分寸。前些日子从南方来了位愣小伙子来看我。忽然间他问我:"你几岁了?"我听了好不是滋味儿。瞅见怀里抱着的,手里拉着的娃娃才那么问哪。稍微大点儿,上中学的,就得问:"十几啦?"问成人"多大年纪"。有时中年人也问"贵庚",问老年人"高寿",可那是客套了,我赞成朴素点儿。

　　北京话里,三十"来"岁跟三十"几"岁可不是一码事。三十"来"岁是指二十七八快三十了。三十"几"岁就是三十出头了。就是夸起什么来,也有分寸。起码有三档。"挺"好和"顶"好发音近似,其实还差着一档。"挺"相当于文言的"颇"。褒语最低的一档是"不赖",就是现在常说的"还可以"。代名词"我们"和"咱们"在用法上也有讲究。"咱们"一般包括对方,"我们"有时候不包括。"你们是上海人,我们是北京人,咱们都是中国人"。

　　京白最大的特点是委婉。常听人抱怨如今的售货员说话生硬——可那总比待理不理强哪。从前,你只要往柜台前头一站,柜台里头的就会跑过来问:"您来点儿什么?""哪件可您的心意?"看出你不想买,就打消顾虑说:"您随便儿看,买不买没关系。"

　　委婉还表现在使用导语上。现在讲究直来直去,倒是省力气,有好处。可有时候猛孤丁来一句,会吓人一跳。导语就是在说正话之前,先来上半句话打个招呼。比方说，知道你想见一个人，可他走啦。开头先说："您猜怎么着——"要是由闲话转入正题，先说声："喂，说正格的——"就是希望你严肃对待他底下这段话。

委婉还表现在口气和角度上。现在骑车的要行人让路，不是按铃，就是硬闯，最客气的才说声"靠边儿"。我年轻时，最起码也得说声"借光"。会说话的，在"借光"之外，再加上句"溅身泥"。这就替行人着想了，怕脏了您的衣服。这种对行人的体贴往往比光喊一声"借光"来得有效。

京白里有些词儿用得妙。现在夸朋友的女儿貌美，大概都说："长得多漂亮啊！"京白可比那花哨。先来一声"哟"，表示惊讶，然后才说："瞧您这闺女模样儿出落得多水灵啊！"相形之下，"长得"死板了点儿，"出落"就带有"发展中"的含义，以后还会更美；而且"水灵"这个字除了静的形态（五官端正）之外，还包含着雅、娇、甜、嫩等等素质。

名物词后边加"儿"字是京白最显著的特征，也是说得地道不地道的试金石。已故文学翻译家傅雷是语言大师。五十年代我经手过他的稿子，译文既严谨又流畅，连每个标点符号都经过周详的仔细斟酌，真是无懈可击。然而他有个特点：是上海人可偏偏喜欢用京白译书。有人说他的稿子不许人动一个字。我就在稿中"儿"字的用法上提过些意见，他都十分虚心地照改了。

正像英语里冠词的用法，这"儿"字也有点儿捉摸不定。大体上说，"儿"字有"小"意，因而也往往带有爱昵之意。小孩加"儿"字，大人后头就不能加，除非是挖苦一个佯装成人老气横秋的后生，说："喝，你成了个小大人儿啦。"反之，一切庞然大物都加不得"儿"字，比如学校，工厂，鼓楼或衙门。马路不加，可"走小道儿"、"转个弯儿"就加了。当然，小时候也听人管太阳叫过"老爷儿"，那是表示亲热，把它人格化了。问老人"您身子骨儿可硬朗啊"，就比"身体好啊"亲切委婉多了。

京白并不都娓娓动听。北京人要骂起街来，也真不含糊。我小时，学校每年办冬赈之前，先派学生去左近一带贫民家里调查，然后，按贫穷程度发给不同级别的领物证。有一回我参加了调查工作，刚一进胡同，就看见显然在那巡风的小孩跑回家报告了。我们走进那家一看，哎呀，大冬天的，连床被子也没有，几口人全蜷缩在炕角上。当然该给甲级喽。临出门，我多了个心眼儿，朝院里的茅厕探了探头。喝，两把椅子上是高高一叠新棉被。于是，我们就要女主人交出那甲级证。她先是甜言蜜语地苦苦哀求。后来看出不灵了，系了红兜肚的女人就插腰横堵在门坎上，足足骂了我们一刻钟，而且一个字儿也不重，从三姑六婆一直骂到了动植物。

《日出》写妓院的第三幕里，有个家伙骂了一句"我教你养孩子没屁股眼儿",咒得有多狠!

可北京更讲究损人——就是骂人不带脏字儿。挨声骂,当时不好受。可要挨句损,能叫你恶心半年。

有一年冬天,我雪后骑车走过东交民巷,因为路面滑,车一歪,差点儿把旁边一位骑车的仁兄碰倒。他斜着瞅了我一眼说:"嗨,别在这儿练车呀!"一句话就从根本上把我骑车的资格给否定了。还有一回因为有急事,我在人行道上跑。有人给了我一句:"干吗?奔丧哪?"带出了恶毒的诅咒。买东西嫌价钱高,问少点儿成不成,卖主朝你白白眼说:"你留着花吧。"听了有多窝心!

(选自《负笈剑桥》,三联书店1987年版)

宗　璞

燕园石寻

从燕园离去的人,可记得那些石头?

初看燕园景色,只见湖光塔影,秀树繁花,不会注意到石头。回想燕园风光,就会发现,无论水面山基,或是桥边草中,到处离不开石头。

燕园多水,堤岸都用大块石头依其自然形态堆砌而成。走进有点古迹意味的西校门,往右一转,可见一片荷田。夏日花大如巨碗。荷田周围,都是石头。有的横躺,有的斜倚,有的竖立如小山峰,有的平坦可以休憩。岸边垂柳,水面风荷,连成层叠的绿,涂抹在石的堤岸上。

最大的水面是未名湖,也用石做堤岸。比起原来杂草丛生的土岸,初觉太人工化。但仔细看,便可把石的姿态融进水的边缘,水也增加了意味。西端湖水中有一小块不足以成为岛的土地,用大石与岸相连,连续的石块,像是逗号下的小尾巴。"岛"靠湖面一侧,有一条石雕的鱼,曾见它无数次的沉浮。它半张着嘴,有时似在依着水面吐泡儿,有时则高高地昂着头。不知从何时起,它的头不见了,只有向上翘着的尾巴,在测量湖面高低。每一个燕园长大的孩子,都在那石鱼背上坐过,把脚伸在水里,自由自在地幻想未来。等他们长大离开,这小小的鱼岛便成为他们生命中的一个逗号。

不只水边有石,山下也是石。从鱼岛往西,在绿荫中可见隆起的小山,上下都是大石。十几株大树的底座,也用大石围起。路边随时可见气象不一,成为景致的石头,几块石矗立桥边,便成了具有天然意趣的短栏。杂缀着野花的披拂的草中,随意躺卧着大石,那惬意样儿,似乎"稽康晏眠"也不及它。

这些石块数以千万计,它们和山、水、路、桥一起,组成整体的美。燕园中还有些自成一家的石头可以一提,现在看到的七、八块都是太湖石,不知入不入得石谱。

办公楼南两条路汇合处有一角草地,中间摆着一尊太湖石,不及一人高,宽宽的,是个矮胖子。石上许多纹路孔窍,让人联想到老人多皱纹和黑斑的脸,这似乎很丑。但也奇怪,看着看着,竟在丑中看出美来,那皱纹和黑斑都有一种自然的韵致,可以细细观玩。

北面有小路,达镜春园。两边树木郁郁葱葱,绕过楼房,随着曲径,寻石的人会忽然停住脚步。因为浓绿中站着两块大石,都带着湖水激荡的痕迹。两石相挨,似乎你望着我,我望着你。路的另一边草丛中站着一块稍矮的石,斜身侧望,似在看着那两个伴侣。

再往里走,荷池在望,隔着卷舒开合任天真的碧叶红菡萏,赫然有一尊巨石,顶端有洞。转过池面通路,便见大石全貌。石下连着各种形状的较小的石块,显得格外高大。线条挺秀,洞孔诡秘;层峦叠嶂,都聚石上。还有爬上来的藤蔓,爬上来又静静地垂下。那鲜嫩的绿便滴在池水里、荷叶上,这是诸石中最辉煌的一尊。

不知不觉出镜春园,到了朗润园。说实话,我从来没有弄清两园交界究竟在何处。经过一条小村镇般的街道,到得一座桥边,正对桥身立着一尊石。这石不似一般太湖石玲珑多孔,却是大起大落,上下突出,中间凹进,可容童子蹲卧,如同虎口大张,在等待什么。放在桥头,似在守卫之意。

再往北走,便是燕园北墙了。又是一块草地上,有假山和太湖石。这尊石有一人多高,从北面看,宛如一只狼犬举着前腿站立,仰首向天,在大声吼叫。若要牵强附会说它是二郎神的哮天犬,未尝不可。

原以为燕园太湖石尽于此了,晨间散步,又发现两块。一块在数学系办公室外草坪上。这是常看见的,却几乎忽略了。它中等个儿,下面似有底座,仔细看,才知还是它自己。石旁一株棣棠,多年与石为伴,以前依偎着石,现在已遮蔽着石了。还有一块在体育馆西,几条道路交叉处的绿地上,三面有较小的石烘托。回想起来,这石似少特色。但既是太湖石,便有太湖石的品质。孔窍中似乎随时会有云雾涌出,给这错综复杂的世界更添几分迷幻。

燕园若是没有这些石头,很难想像会是什么模样。石头在中国艺术中,占有极重要的地位,无论园林、绘画还是文学。有人画石入迷,有人爱石成癖,而《红楼梦》中那位至情公子,也原不过是一块石头。

很想在我的"风庐"庭院中,摆一尊出色的石头。可能因为我写过《三生石》这小说,来访的友人也总在寻找那块石头。还有人说确实见到了。其实有的只是野草丛中的石块。这庭院屡遭破坏,又屡屡经营,现在多的是野草。野草丛中散有石块。是院墙拆了又修,修了又拆,然后又修时剩下的,在绿草中显出石的纹路,看着也很可爱。

1988年7月7日　雨中
(原载《新地》1990年第1期)

余秋雨

风雨天一阁

一

不知怎么回事,天一阁对于我,一直有一种奇怪的阻隔。照理,我是读书人,它是藏书楼,我是宁波人,它在宁波城,早该频频往访的了,然而却一直不得其门而入。一九七六年春到宁波养病,住在我早年的老师盛钟健先生家,盛先生一直有心设法把我弄到天一阁里去看一段时间书,但按当时的情景,手续颇烦人,我也没有读书的心绪,只得作罢。后来情况好了,宁波市文化艺术界的朋友们总要定期邀我去讲点课,但我每次都是来去匆匆,没有时间逗留,而当地朋友们则万万没想到我竟然没去过天一阁。

是啊,现在大批到宁波作几日游的普通上海市民回来后都在大谈天一阁,而我这个经常钻研天一阁藏本重印书籍、对天一阁的变迁历史相当熟悉的人却总是对之愧然,实在说不过去。直到一九九〇年八月我再一次到宁波讲课,终于在讲完的那一天支支吾吾地向主人提出了这个要求。主人是文化局副局长裴明海先生,天一阁正属他管辖,在对我的这个可怕缺漏大吃一惊之余立即决定,明天由他亲自陪同,进天一阁。

但是,就在这天晚上,台风袭来,暴雨如注,整个城市都在柔弱地颤抖。第二天上午如约来到天一阁时,只见大门内的前后天井、整个院子全是一片汪洋。打落的树叶在水面上翻卷,重重砖墙间透出湿冷冷的阴气。

看门的老人没想到文化局长会在这样的天气陪着客人前来,慌忙从清洁工人那里借来半高统雨鞋要我们穿上,还递来两把雨伞。但是,院子里积水太深,才下脚,鞋统已经进水,惟一的办法是干脆脱掉鞋子,挽起裤管赤脚趟水进去。本来浑身早已被风雨搅得冷飕飕的了,赤脚进水立即通体一阵寒噤。就这样,我和裴明海先生相扶相持,高一脚低一脚地向藏书楼走去。天一阁,我要靠近前去怎么这样难呢?明明已经到了跟前,还把风雨大水作为最后一道屏障来阻拦。我知道,历史上的学者要进天一阁看书是难乎其难的事,或许,我今天进天一阁也要在天帝的主持下举行一个狞厉的仪式?

　　有时,我确实会半信半疑地揣摩某些神秘领域的可能性。我知道,天一阁之所以叫天一阁,是创办人取《易经》中"天一生水"之义,想借水防火,来免去历来藏书者最大的忧患火灾。今天初次相见,上天分明将"天一生水"的奥义活生生地演绎给了我看,同时又逼迫我以最虔诚的形貌投入这个仪式,剥除斯文,剥除参观式的休闲,甚至不让穿着鞋子踏入圣殿,只能卑躬屈膝、哆哆嗦嗦地来到跟前。今天这里再也没有其他参观者,这一切岂不是一种超乎寻常的安排?

二

　　不错,它只是一个藏书楼,但它实际上已成为一种极端艰难、又极端悲怆的文化奇迹。

　　中华民族作为世界上最早进入文明的人种之一,让人惊叹地创造了独特而美丽的象形文字,创造了简帛,然后又顺理成章地创造了纸和印刷术。这一切,本该迅速地催发出一个书籍的海洋,把壮阔的华夏文明播扬翻腾。但是,野蛮的战火几乎不间断地在焚烧着脆薄的纸页,无边的愚昧更是在时时吞食着易碎的智慧。一个为写书、印书创造好了一切条件的民族竟不能堂而皇之地拥有和保存很多书,书籍在这块土地上始终是一种珍罕而又陌生的怪物,于是,这个民族的精神天地长期处于散乱状态和自发状态,它常常不知自己从哪里来,到哪里去,自己究竟是谁,要干什么。

　　只要是智者,就会为这个民族产生一种对书的企盼。他们懂得,只有书籍,才能让这么悠远的历史连成缆索,才能让这么庞大的人种产生凝聚,才能让这么广阔的土地长存文明的火种。很有一些文人学士终年辛劳地以抄书、藏书为业,但清苦的读书人到底能藏多少书,而这些书又何以保证历几代而不流散呢?"君子之泽,五世而斩",功名资财、良田巍楼尚且如此,更遑论区区几箱书?宫廷当然会有一些书,但在清代之前,大多藏得偏于一端,构不成文化规格,又每每毁于改朝换代之际,是不能够去指望的。鉴于这种种情况,历史只能把藏书的事业托付给一些非常特殊的人物了。这种人最好长期为官,有足够的资财可以搜集书籍;这种人为官又最好各地迁移,使他们有可能搜集到散落四处的版本;这种人必须有极高的文化素养,对各种书籍的价值有迅捷的敏感;这种人必须有清晰的管理头脑,从建藏书楼到设计书橱都有精明的考虑,从借阅规则到防火措施都有周密的安排;这种人还必须有超越时间的深入谋划,对如何使自己的后代把藏书保存下去有预先的构想。当这些苛刻的条件全都集于一身时,他才有可能成为古代中国的一名藏书家。

这样的藏书家委实也是出过一些的,但没过几代,他们的事业都相继萎谢。这样的名字,我们可以举出长长一串,但他们的藏书却早已流散得一本不剩了。那么,这些名字也就组合成了一种没有成果的努力,一种似乎实现过而最终还是未能实现的悲剧性愿望。

能不能再出一个人呢,哪怕仅仅是一个,他可以把上述种种苛刻的条件提升得更加苛刻,他可以把管理、保存、继承诸项关节琢磨到极端,让偌大的中国留下一座藏书楼,一座,只是一座!上天,可怜可怜中国和中国文化吧。

这个人终于有了,他便是天一阁的创建人范钦。

清代乾嘉时期的学者阮元说:"范氏天一阁,自明至今数百年,海内藏书家,唯此岿然独存。"

这就是说,自明至清数百年广阔的中国文化界所留下的一部分书籍文明,终于找到了一所可以稍加归拢的房子。

明以前的漫长历史,不去说它了,明以后没有被归拢的书籍,也不去说它了,我们只向这座房子叩头致谢,感谢它为我们民族断残零落的精神史,提供了一个小小的栖脚处。

范钦是明代嘉靖年间人,自二十七岁考中进士后开始在全国各地做官,到的地方很多,北至陕西、河南,南至两广、云南,东至福建、江西,都有他的宦迹。最后做到兵部右侍郎,官职不算小了。这就为他的藏书提供了充裕的财力基础和搜罗空间。像在文化资料十分散乱,又没有在这方面建立起像样的文化市场的当时,官职本身也是搜集书籍的重要依凭。他每到一地做官,总是非常留意搜集当地的公私刻本,特别是搜集其他藏书家不甚重视、或无力获得的各种地方志、政书、实录以及历科试士录。明代各地仕人刻印的诗文集,本是很容易成为过眼烟云的东西,他也搜得不少。这一切,光有搜集的热心和资财就不够了。乍一看,他是在公务之暇把玩书籍,而事实上他已经把人生的第一要务看成是搜集图书,做官倒成了业余,或者说,成了他搜集图书的必要手段。他内心隐潜着的轻重判断是这样,历史的宏观裁断也是这样。好像历史要当时的中国出一个藏书家,于是把他放在一个颠簸九州的官位上来成全他。

一天公务,也许是审理了一宗大案,也许是弹劾了一名贪官,也许是调停了几处官场恩怨,也许是理顺了几项财政关系,衙堂威仪,朝野声誉,不一而足。然而他知道,这一切的重量加在一起也比不过傍晚时分差役递上的那个薄薄的蓝布包袱,那里边几册按他的意思搜集来的旧书,又要汇入他的行箧。他那小心翼翼翻动书页的声音,比开道的鸣锣和吆喝都要响亮。

范钦的选择,碰撞到了我近年来特别关心的一个命题:基于健全人格的文化良知，或者倒过来说，基于文化良知的健全人格。没有这种东西，他就不可能如此矢志不移，轻世人之所重，重世人之所轻。他曾毫不客气地顶撞过当时在朝廷权势极盛的皇亲郭勋，因而遭到廷杖之罚，并下过监狱。后来在仕途上仍然耿直不阿，公然冒犯权奸严氏家族，严世藩想加害于他，而其父严嵩却说：“范钦是连郭勋都敢顶撞的人，你参了他的官，反而会让他更出名。”结果严氏家族竟奈何范钦不得。我们从这些事情可以看到，一个成功的藏书家在人格上至少是一个强健的人。

这一点我们不妨把范钦和他身边的其他藏书家作个比较。与范钦很要好的书法大师丰坊也是一个藏书家，他的字毫无疑问要比范钦写得好，一代书家董其昌曾非常钦佩地把他与文征明并列，说他们两人是"墨池董狐"，可见在整个中国古代书法史上，他也是一个耀眼的星座。他在其他不少方面的学问也超过范钦，例如他的专著《五经世学》，就未必是范钦写得出来的。但是，作为一个地道的学者、艺术家，他太激动，太天真，太脱世，太不考虑前后左右，太随心所欲。起先他也曾狠下一条心变卖掉家里的千亩良田来换取书法名帖和其他书籍，在范钦的天一阁还未建立的时候他已构成了相当的藏书规模，但他实在不懂人情世故，不懂口口声声尊他为师的门生们也可能是巧取豪夺之辈，更不懂得藏书楼防火的技术，结果他的全部藏书到他晚年已有十分之六被人拿走，又有一大部分毁于火灾，最后只得把剩余的书籍转售给范钦。范钦既没有丰坊的艺术才华，也没有丰坊的人格缺陷，因此，他以一种冷峻的理性提炼了丰坊也会有的文化良知，使之变成一种清醒的社会行为。相比之下，他的社会人格比较强健，只有这种人才能把文化事业管理起来。太纯粹的艺术家或学者在社会人格上大多缺少旋转力，是办不好这种事情的。

另一位可以与范钦构成对比的藏书家正是他的侄子范大澈，范大澈从小受叔父影响，不少方面很像范钦，例如他为官很有能力，多次出使国外，而内心又对书籍有一种强烈的癖好；他学问不错，对书籍也有文化价值上的裁断力，因此曾被他搜集到一些重要珍本。他藏书，既有叔父的正面感染，也有叔父的反面刺激。据说有一次他向范钦借书而范钦不甚爽快，便立志自建藏书楼来悄悄与叔父争胜，历数年努力而楼成，他就经常邀请叔父前去做客，还故意把一些珍贵秘本放在案上任叔父随意取阅。遇到这种情况，范钦总是淡淡地一笑而已。在这里，叔侄两位藏书家的差别就看出来了。侄子虽然把事情也搞得很有样子，但背后却隐藏着一个意气性的动力，这未免有点小家子气了。在这种情况下，他的终极性目标是很有限的，只要把楼建成，再搜集到叔父所没有的版本，他就会欣然自慰了。结果，这位作为后辈新建的藏书楼只延续几代就合乎逻辑地流散了，而天一阁却以一种怪异的力度屹立着。

实际上，这也就是范钦身上所支撑着的一种超越意气、超越嗜好、超越才情，因此也超越时间的意志力。这种意志力在很长时间内的表现常常让人感到过于冷漠、严峻，甚至不近人情，但天一阁就是靠着它延续至今的。

三

藏书家遇到的真正麻烦大多是在身后，因此，范钦面临的问题是如何把自己的意志力变成一种不可动摇的家族遗传。不妨说，天一阁真正堪称悲壮的历史，开始于范钦死后。我不知道保住这座楼的使命对范氏家族来说算是一种荣幸，还是一场延绵数百年的苦役。

活到八十高龄的范钦终于走到了生命尽头，他把大儿子和二媳妇（二儿子已亡故）叫到跟前，安排遗产继承事项。老人在弥留之际还给后代出了一个难题，他把遗产两份，一份是万两白银，一份是一楼藏书，让两房挑选。

这是一种非常奇怪的遗产分割法。万两白银立即可以享用，而一楼藏书则除了沉重的负担没有任何享用的可能，因为范钦本身一辈子的举止早已告示后代，藏书绝对不能有一本变卖，而要保存好这些藏书每年又要支付一大笔费用。为什么他不把保存藏书的责任和万两白银都一分为二让两房一起来领受呢？为什么他把权利和义务分割得如此彻底要后代选择呢？

我坚信这种遗产分割法老人已经反复考虑了几十年。实际上这是他自己给自己出的难题：要么后代中有人义无返顾、别无他求地承担艰苦的藏书事业，要么只能让这一切都随自己的生命烟消云散！他故意让遗嘱变得不近情理，让立志继承藏书的一房完全无利可图。因为他知道这时候只要有一丝掺假，再隔几代，假的成分会成倍地扩大，他也会重蹈其他藏书家的覆辙。他没有丝毫意思要讥刺或鄙薄想继承万两白银的那一房，诚实地承认自己没有承接这项历史性苦役的信心，总比在老人病榻前不太诚实的信誓旦旦好得多。但是，毫无疑问，范钦更希望在告别人世的最后一刻听到自己企盼了几十年的声音。他对死神并不恐惧，此刻却不无恐惧地直视着后辈的眼睛。

大儿子范大冲立即开口，他愿意继承藏书楼，并决定拨出自己的部分良田，以田租充当藏书楼的保养费用。

就这样，一场没完没了的接力赛开始了。多少年后，范大冲也会有遗嘱，范大冲的儿子又会有遗嘱……，后一代的遗嘱要比前一代还要严格。藏书的原始动机越来越远,而家族的繁衍却越来越大,怎么能使几代后众多支脉的范氏世族中每一家每一房都严格地恪守先祖范钦的规范呢？这实在是一个值得我们一再品味的艰难课题。在当时,一切有历史跨度的文化事业只能交付给家族传代系列,但家族传代本身却是一种不断分裂、异化、自立的生命过程。让后代的后代接受一个需要终身投入的强硬指令,是十分违背生命的自在状态的;让几百年之后的后裔不经自身体验就来沿袭几百年前某位祖先的生命冲动,也难免有许多憋气的地方。不难想像,天一阁藏书楼对于许多范氏后代来说几乎成了一个宗教式的朝拜对象,只知要诚惶诚恐地维护和保存,却不知是为什么。按照今天的思维习惯,人们会在高度评价范氏家族的丰功伟绩之余随之揣想他们代代相传的文化自觉,其实我可肯定此间埋藏着许多难以言状的心理悲剧和家族纷争,这个在藏书楼下生活了几百年的家族非常值得同情。

　　后代子孙免不了会产生一种好奇,楼上究竟是什么样的呢？到底有哪些书,能不能借来看看？亲戚朋友更会频频相问,作为你们家族世代供奉的这个秘府,能不能让我们看上一眼呢？

　　范钦和他的继承者们早就预料到这种可能,而且预料藏书楼就会因这种点滴可能而崩坍,因而已经预防在先。他们给家族制定了一个严格的处罚规则,处罚内容是当时视为最大屈辱的不予参加祭祖大典,因为这种处罚意味着在家族血统关系上亮出了"黄牌",远比杖责鞭笞之类严重多了。处罚规则标明:子孙无故开门入阁者,罚不与祭三次;私领亲友入阁及擅开书橱者,罚不与祭一年;擅将藏书借出外房及他姓者,罚不与祭三年;因而典押事故者,除追惩外,永行摈逐,不得与祭。

　　在此,必须讲到那个我每次想起都很难过的事件了。嘉庆年间,宁波知府丘铁卿的内侄女钱绣芸是一个酷爱诗书的姑娘,一心想要登天一阁读点书,竟要知府作媒嫁给了范家。现代社会学家也许会责问钱姑娘你究竟是嫁给书还是嫁给人,但在我看来,她在婚姻很不自由的时代既不看重钱也不看重势,只想借着婚配来多看一点书,总还是非常令人感动的。但她万万没有想到,当自己成了范家媳妇之后还是不能登楼。一种说法是族规禁止妇女登楼,另一种说法是她所嫁的那一房范家后裔在当时已属于旁支。反正钱绣芸没有看到天一阁的任何一本书,郁郁而终。

　　今天,当我抬起头来仰望天一阁这栋楼的时候,首先想到的是钱绣芸那忧郁的目光。我几乎觉得这里可出一个文学作品了,不是写一般的婚姻悲剧,而是写在那很少有人文主义气息的中国封建社会里,一个姑娘的生命如何强韧而又脆弱地与自己的文化渴求周旋。

　　从范氏家族的立场来看,不准登楼,不准看书,委实也出于无奈。但是,永远地不准登楼,不准看书,对谁也不例外,这座藏书楼存在于世的意义又何在呢?这个问题,每每使范氏家族陷入困惑。

范氏家族规定,不管家族繁衍到何等程度,开阁门必得各房一致同意。阁门的钥匙和书橱的钥匙由各房分别掌管,组成了一圈一环也不可缺少的连环,如果有一房不到是无法接触到任何藏书的。既然每房都能有效地行使否决权,久而久之,每房也都产生了有关天一阁价值的终极性思考。

就在这时,传来消息,大学者黄宗羲先生想要登楼看书!这对范家各房无疑是一个巨大的震撼。黄宗羲是"吾乡"余姚人,与范氏家族没有任何血缘关系,照理是严禁登楼的,但无论如何他是靠自己的人品、气节、学问而受到全国思想学术界深深钦佩的巨人,范氏各房也早有所闻。尽管当时的信息传播手段非常落后,但由于黄宗羲的行为举止实在是奇崛响亮,一次次在朝野之间造成非凡的轰动效应。他的父亲本是明末东林党重要人物,被魏忠贤宦官集团所杀,后来宦官集团受审,十九岁的黄宗羲在廷质时竟义愤填膺地锥刺和痛殴漏网余党,后又追杀凶手,警告阮大铖,一时大快人心。清兵南下时他与两个弟弟在家乡组织数百人的子弟兵"世忠营"英勇抗清,抗清失败后便潜心学术,边著述边讲学,把民族道义、人格道德融化在学问中启迪世人,成为中国古代学术天域中第一流的思想家和历史学家。他在治学过程中已经到绍兴钮氏"世学楼"和祁氏"淡生堂"去读过书,现在终于想来叩天一阁之门了。他深知范氏家族的禁严规矩,但他还是来了,时间是康熙十二年,即1673年。

出乎意外,范氏家族的各房竟一致同意黄宗羲先生登楼,而且允许他细细地阅读楼上的全部藏书。这件事,我一直看成是范氏家族文化品格的一个验证。他们是藏书家,本身在思想学术界和社会政治领域都没有太高的地位,但他们毕竟为一个人而不是为其他人,交出了他们珍藏严守着的全部钥匙。这里有选择,有裁断,有一个庞大的藏书世家的人格闪耀。黄宗羲先生长衣布鞋,悄然登楼了。铜锁在一具具打开,1673年成为天一阁历史上特别有光彩的一年。

黄宗羲在天一阁翻阅了全部藏书,把其中流通未广者编为书目,并另撰《天一阁藏书记》留世。由此,这座藏书楼便与一位大学者的人格连结起来了。

从此以后,天一阁有了一条可以向真正的大学者开放的新规矩,但这条规矩的执行还是十分苛严,在此后近二百年的时间内,获准登楼的大学者也仅有十余名,他们的名字,都是上得了中国文化史的。

这样一来,天一阁终于显现了本身的存在意义,尽管显现的机会是那样小。封建家族的血缘继承关系和社会学术界的整体需求产生了尖锐的矛盾,藏书世家面临着无可调和的两难境地:要么深藏密裹使之留存,要么发挥社会价值而任之耗散。看来像天一阁那样经过最严格的选择作极有限的开放是一个没有办法中的办法。但是,如此严格地在全国学术界进行选择,已远远超出了一个家族的见识和职能范畴了。

直到乾隆决定编纂《四库全书》,这个矛盾的解决才出现了一些新的走向。乾隆谕旨各省采访遗书,要各藏书家,特别是江南的藏书家积极献书。天一阁进呈珍贵古籍六百余种,其中有九十六种被收录在《四库全书》中,有三百七十余种列入存目。乾隆非常感谢天一阁的贡献,多次褒扬奖赐,并授意新建的南北主要藏书楼都仿照天一阁格局营建。

天一阁因此而大出其名,尽管上献的书籍大多数没有发还,但在国家级的"百科全书"中,在钦定的藏书楼中,都有了它的生命。我曾看到有些著作文章中称乾隆下令天一阁为《四库全书》献书是天一阁的一大浩劫,深觉言之有过。藏书的意义最终还是要让它广泛流播,"藏"本身不应成为终极目的。连堂堂皇家编书都不得不大幅度地动用天一阁的珍藏,家族性的收藏变成了一种行政性的播扬,这证明天一阁获得了大成功,范钦获得了大成功。

四

天一阁终于走到了中国近代。什么事情一到中国近代总会变得怪异起来,这座古老的藏书楼开始了自己新的历险。

先是太平军进攻宁波时当地小偷趁乱拆墙偷书,然后当废纸论斤卖给造纸作坊。曾有一人出高价从作坊买去一批,却又遭大火焚毁。

这就成了天一阁此后命运的先兆,它现在遇到的问题已不是让不让某位大学者上楼的问题了,竟然是窃贼和偷儿成了它最大的对手。

1914年,一个叫薛继渭的偷儿奇迹般地潜入书楼,白天无声无息,晚上动手偷书,每日只以所带枣子充饥,东墙外的河上,有小船接运所偷书籍。这一次几乎把天一阁的一半珍贵书籍给偷走了,它们渐渐出现在上海的书铺里。

薛继渭的这次偷窃与太平天国时的那些小偷不同,不仅数量巨大,操作系统,而且最终与上海的书铺挂上了钩,显然是受到书商的指使。近代都市的书商用这种办法来侵吞一座古老的藏书楼,我总觉得其中蕴含着某种象征意义。把保护藏书楼的种种措施都想到了家的范钦确实没有在防盗的问题上多动脑筋,因为在当时这对这样一个家族的院落来说构不成一种重大威胁。这正像范钦想像不到会有一个近代降临,想像不到近代市场上那些商人在资本的原始积累时期会采取什么手段。一架架的书橱空了,钱绣芸小姐哀怨地仰望终身而未能上的楼板,黄宗羲先生小心翼翼地踩踏过的楼板,现在只留下偷儿吐出的一大堆枣核在上面。

当时主持商务印书馆的张元济先生听说天一阁遭此浩劫,并得知有些书商正准备把天一阁藏本卖给外国人,便立即拨巨资抢救,保存于东方图书馆的涵芬楼里。涵芬楼因有天一阁藏书的润泽而享誉文化界,当代不少文化大家都在那里汲取过营养。但是,如所周知,它最终竟又全部焚毁于日本侵略军的炸弹之下。

这当然更不是数百年前的范钦先生所能预料的了。他"天一生水"的防火秘咒也终于失效。

五

然而毫无疑问,范钦和他后代的文化良知在现代并没有完全失去光亮。除了张元济先生外,还有大量的热心人想努力保护好天一阁这座"危楼",使它不要全然成为废墟。这在现代无疑已成为一个社会性的工程,靠着一家一族的力量已无济于事。幸好,本世纪三十年代、五十年代、六十年代直至八十年代,天一阁一次次被大规模地修缮和充实着,现在已成为重点文物保护单位,也是人们游览宁波时大多要去访谒的一个处所。天一阁的藏书还有待于整理,但在文化信息密集、文化沟通便捷的现代,它的主要意义已不是以书籍的实际内容给社会以知识,而是作为一种古典文化事业的象征存在着,让人联想到中国文化保存和流传的艰辛历程,联想到一个古老民族对于文化的渴求是何等悲怆和神圣。

我们这些人,在生命本质上无疑属于现代文化的创造者,但从遗传因子上考索又无可逃遁地是民族传统文化的孑遗,因此或多或少也是天一阁传代系统的繁衍者,尽管在范氏家族看来只属于"他姓"。登天一阁楼梯时我的脚步非常缓慢,我不断地问自己:你来了吗?你是哪一代的中国书生?

很少有其他参观处所能使我像在这里一样心情既沉重又宁静。阁中一位年老的版本学家颤巍巍地捧出两个书函,让我翻阅明刻本,我翻了一部登科录,一部上海志,深深感到,如果没有这样的孤本,中国历史的许多重要侧面将杳无可寻。由此想到,保存这些历史的天一阁本身的历史,是否也有待于进一步发掘呢?裴明海先生递给我一本徐季子、郑学溥、袁元龙先生写的《宁波史话》的小册子,内中有一篇介绍了天一阁的变迁,写得扎实而清晰,使我知道了不少我原先不知道的史实。但在我看来,天一阁的历史是足以写一部宏伟的长篇史诗的。我们的文学艺术家什么时候能把他们的目光投向这种苍老的屋宇和庭园呢？什么时候能把范氏家族和其他许多家族数百年来的灵魂史袒示给现代世界呢？什么时候能让读者惊喜地发现，在我们这样一个古老的国度，许多事物的真实历史过程本身就具有巨大的艺术魅力呢？

（原载《收获》1991 年第 3 期）

史铁生

我与地坛

一

我在好几篇小说中都提到过一座废弃的古园,实际就是地坛。许多年前旅游业还没有开展,园子荒芜冷落得如同一片野地,很少被人记起。

地坛离我家很近。或者说我家离地坛很近。总之,只好认为这是缘分。地坛在我出生前四百多年就坐落在那儿了,而自从我的祖母年轻时带着我父亲来到北京,就一直住在离它不远的地方——五十多年间搬过几次家,可搬来搬去总是在它周围,而且是越搬离它越近了。我常觉得这中间有着宿命的味道:仿佛这古园就是为了等我,而历尽沧桑在那儿等待了四百多年。

它等待我出生,然后又等待我活到最狂妄的年龄上忽地残废了双腿。四百多年里,它一面剥蚀了古殿檐头浮夸的琉璃,淡褪了门壁上炫耀的朱红,坍圮了一段段高墙又散落了玉砌雕栏,祭坛四周的老柏树愈见苍幽,到处的野草荒藤也都茂盛得自在坦荡。这时候想必我是该来了。十五年前的一个下午,我摇着轮椅进入园中,它为一个失魂落魄的人把一切都准备好了。那时,太阳循着亘古不变的路途正越来越大,也越红。在满园弥漫的沉静光芒中,一个人更容易看到时间,并看见自己的身影。

自从那个下午我无意中进了这园子,就再没长久地离开过它。我一下子就理解了它的意图。正如我在一篇小说中所说的:"在人口密聚的城市里,有这样一个宁静的去处,像是上帝的苦心安排。"

两条腿残废后的最初几年,我找不到工作,找不到去路,忽然间几乎什么都找不到了,我就摇了轮椅总是到它那儿去,仅为着那儿是可以逃避一个世界的另一个世界。我在那篇小说中写道:"没处可去我便一天到晚耗在这园子里。跟上班下班一样,别人去上班我就摇了轮椅到这儿来。""园子无人看管,上下班时间有些抄近路的人们从园中穿过,园子里活跃一阵,过后便沉寂下来。""园墙在金晃晃的空气中斜切下一溜荫凉,我把轮椅开进去,把椅背放倒,坐着或是躺着,看书或者想事,撅一权树枝左右拍打,驱赶那些和我一样不明白为什么要来这世上的小昆虫。""蜂儿如一朵小雾稳稳地停在半空;蚂蚁摇头晃脑捋着触须,猛然间想透了什么,转身疾行而去;瓢虫爬得不耐烦了,累了祈祷一回便支开翅膀,忽悠一下升空了;树干上留着一只蝉蜕,寂寞如一间空屋;露水在草叶上滚动,聚集,压弯了草叶轰然坠地摔开万道金光。""满园子都是草木竞相生长弄出的响动,窸窸窣窣窸窸窣窣片刻不息。"这都是真实的记录,园子荒芜但并不衰败。

　　除去几座殿堂我无法进去,除去那座祭坛我不能上去而只能从各个角度张望它,地坛的每一棵树下我都去过,差不多它的每一米草地上都有过我的车轮印。无论是什么季节,什么天气,什么时间,我都在这园子里呆过。有时候呆一会儿就回家,有时候就呆到满地上都亮起月光。记不清都是在它的哪些角落里了,我一连几小时专心致志地想关于死的事,也以同样的耐心和方式想过我为什么要出生。这样想了好几年,最后事情终于弄明白了:一个人,出生了,这就不再是一个可以辩论的问题,而只是上帝交给他的一个事实;上帝在交给我们这件事实的时候,已经顺便保证了它的结果,所以死是一件不必急于求成的事,死是一个必然会降临的节日。这样想过之后我安心多了,眼前的一切不再那么可怕。比如你起早熬夜准备考试的时候,忽然想起有一个长长的假期在前面等待你,你会不会觉得轻松一点?并且庆幸并且感激这样的安排?

　　剩下的就是怎样活的问题了。这却不是在某一个瞬间就能完全想透的,不是能够一次性解决的事,怕是活多久就要想它多久了,就像是伴你终生的魔鬼或恋人。所以,十五年了,我还是总得到那古园里去,去它的老树下或荒草边或颓墙旁,去默坐,去呆想,去推开耳边的嘈杂理一理纷乱的思绪,去窥看自己的心魂。十五年中,这古园的形体被不能理解它的人肆意雕琢,幸好有些东西是任谁也不能改变它的。譬如祭坛石门中的落日,寂静的光辉平铺的一刻,地上的每一个坎坷都被映照得灿烂;譬如在园中最为落寞的时间,一群雨燕便出来高歌,把天地都叫喊得苍凉;譬如冬天雪地上孩子的脚印,总让人猜想他们是谁,曾在哪儿做过些什么,然后又都到哪儿去了;譬如那些苍黑的古柏,你忧郁的时候它们镇静地站在那儿,你欣喜的时候它们依然镇静地站在那儿,它们没日没夜地站在那儿从你没有出生一直站到这个世界上又没了你的时候;譬如暴雨骤临园中,激起一阵阵灼烈而清纯的草木和泥土的气味,让人想起无数个夏天的事件;譬如秋风忽至,再有一场早霜,落叶或飘摇歌舞或坦然安卧,满园中播散着熨帖而微苦的味道。味道是最说不清楚的,味道不能写只能闻,要你身临其境去闻才能明了。味道甚至是难于记忆的,只有你又闻到它你才能记起它的全部情感和意蕴。所以我常常要到那园子里去。

现在我才想到,当年我总是独自跑到地坛去,曾经给母亲出了一个怎样的难题。

她不是那种光会疼爱儿子而不懂得理解儿子的母亲。她知道我心里的苦闷,知道不该阻止我出去走走,知道我要是老闷在家里结果会更糟,但她又担心我一个人在那荒僻的园子里整天都想些什么。我那时脾气坏到极点,经常是发了疯一样地离开家,从那园子里回来又中了魔似的什么话都不说。母亲知道有些事不宜问,便犹犹豫豫地想问而终于不敢问,因为她自己心里也没有答案。她料想我不会愿意她跟我一同去,所以她从未这样要求过,她知道得给我一点独处的时间,得有这样一段过程。她只是不知道这过程得要多久,和这过程的尽头究竟是什么。每次我要动身时,她便无言地帮我准备,帮助我上了轮椅车,看着我摇车拐出小院;这以后她会怎样,当年我不曾想过。

有一回我摇车出了小院,想起一件什么事又返身回来,看见母亲仍站在原地,还是送我走时的姿势,望着我拐出小院去的那处墙角,对我的回来竟一时没有反应。待她再次送我出门的时候,她说:"出去活动活动,去地坛看看书,我说这挺好。"许多年以后我才渐渐听出,母亲这话实际上是自我安慰,是暗自的祷告,是给我的提示,是恳求与嘱咐。只是在她猝然去世之后,我才有余暇设想。当我不在家里的那些漫长的时间,她是怎样心神不定坐卧难宁,兼着痛苦与惊恐与一个母亲最低限度的祈求。现在我可以断定,以她的聪慧和坚忍,在那些空落的白天后的黑夜,在那不眠的黑夜后的白天,她思来想去最后准是对自己说:"反正我不能不让他出去,未来的日子是他自己的,如果他真的要在那园子里出了什么事,这苦难也只好我来承担。"在那段日子里——那是好几年长的一段日子,我想我一定使母亲作过了最坏的准备了,但她从来没有对我说过:"你为我想想。"事实上我也真的没为她想过。那时她的儿子,还太年轻,还来不及为母亲想,他被命运击昏了头,一心以为自己是世上最不幸的一个,不知道儿子的不幸在母亲那儿总是要加倍的。她有一个长到二十岁上忽然截瘫了的儿子,这是她惟一的儿子;她情愿截瘫的是自己而不是儿子,可这事无法代替;她想,只要儿子能活下去哪怕自己去死呢也行,可她又确信一个人不能仅仅是活着,儿子得有一条路走向自己的幸福;而这条路呢,没有谁能保证她的儿子终于能找到。——这样一个母亲,注定是活得最苦的母亲。

有一次与一个作家朋友聊天,我问他学写作的最初动机是什么?他想了一会说:"为我母亲。为了让她骄傲。"我心里一惊,良久无言。回想自己最初写小说的动机,虽不似这位朋友的那般单纯,但如他一样的愿望我也有,且一经细想,发现这愿望也在全部动机中占了很大比重。这位朋友说:

"我的动机太低俗了吧?"我光是摇头,心想低俗并不见得低俗,只怕是这愿望过于天真了。他又说:"我那时真就是想出名,出了名让别人羡慕我母亲。"我想,他比我坦率。我想,他又比我幸福,因为他的母亲还活着。而且我想,他的母亲也比我的母亲运气好,他的母亲没有一个双腿残废的儿子,否则事情就不这么简单。

在我的头一篇小说发表的时候,在我的小说第一次获奖的那些日子里,我真是多么希望我的母亲还活着。我便又不能在家里呆了,又整天整天独自跑到地坛去,心里是没头没尾的沉郁和哀怨,走遍整个园子却怎么也想不通:母亲为什么就不能再多活两年?为什么在她儿子就快要碰撞开一条路的时候,她却忽然熬不住了?莫非她来此世上只是为了替儿子担忧,却不该分享我的一点点快乐?她匆匆离我去时才只有四十九呀!有那么一会,我甚至对世界对上帝充满了仇恨和厌恶。后来我在一篇题为"合欢树"的文章中写道:"我坐在小公园安静的树林里,闭上眼睛,想,上帝为什么早早地召母亲回去呢?很久很久,迷迷糊糊的我听见了回答:'她心里太苦了,上帝看她受不住了,就召她回去。'我似乎得了一点安慰,睁开眼睛,看见风正从树林里穿过。"小公园,指的也是地坛。

只是到了这时候,纷纭的往事才在我眼前幻现得清晰,母亲的苦难与伟大才在我心中渗透得深彻。上帝的考虑,也许是对的。

摇着轮椅在园中慢慢走,又是雾罩的清晨,又是骄阳高悬的白昼,我只想着一件事:母亲已经不在了。在老柏树旁停下,在草地上在颓墙边停下,又是处处虫鸣的午后,又是鸟儿归巢的傍晚,我心里只默念着一句话:可是母亲已经不在了。把椅背放倒,躺下,似睡非睡挨到日没,坐起来,心神恍惚,呆呆地直坐到古祭坛上落满黑暗然后再渐渐浮起月光,心里才有点明白,母亲不能再来这园中找我了。

曾有过好多回,我在这园子里呆得太久了,母亲就来找我。她来找我又不想让我发觉,只要见我还好好地在这园子里,她就悄悄转身回去,我看见过几次她的背影。我也看见过几回她四处张望的情景,她视力不好,端着眼镜像在寻找海上的一条船,她没看见我时我已经看见她了,待我看见她也看见我了我就不去看她,过一会我再抬头看她就又看见她缓缓离去的背影。我单是无法知道有多少回她没有找到我。有一回我坐在矮树丛中,树丛很密,我看见她没有找到我;她一个人在园子里走,走过我的身旁,走过我经常呆的一些地方,步履茫然又急迫。我不知道她已经找了多久还要找多久,我不知道为什么我决意不喊她——但这绝不是小时候的捉迷藏,这也许是出于长大了的男孩子的倔强或羞涩?但这倔强只留给我痛悔,丝毫也没有骄傲,我真想告诫所有长大了的男孩子,千万不要跟母亲来这套倔强,羞涩就更不必，我已经懂了可我已经来不及了。

儿子想使母亲骄傲，这心情毕竟是太真实了，以致使"想出名"这一声名狼藉的念头也多少改变了一点形象。这是个复杂的问题，且不去管它了罢。随着小说获奖的激动逐日暗淡，我开始相信，至少有一点我是想错了：我用纸笔在报刊上碰撞开的一条路，并不就是母亲盼望我找到的那条路。年年月月我都到这园子里来，年年月月我都要想，母亲盼望我找到的那条路到底是什么。母亲生前没给我留下过什么隽永的哲言，或要我恪守的教诲，只是在她去世之后，她艰难的命运，坚忍的意志和毫不张扬的爱，随光阴流转，在我的印象中愈加鲜明深刻。

有一年，十月的风又翻动起安详的落叶，我在园中读书，听见两个散步的老人说："没想到这园子有这么大。"我放下书，想，这么大一座园子，要在其中找到她的儿子，母亲走过了多少焦灼的路。多年来我头一次意识到，这园中不单是处处都有过我的车辙，有过我的车辙的地方也都有过母亲的脚印。

二

如果以一天中的时间来对应四季，当然春天是早晨，夏天是中午，秋天是黄昏，冬天是夜晚。如果以乐器来对应四季，我想春天应该是小号，夏天是定音鼓，秋天是大提琴，冬天是圆号和长笛。要是以这园子里的声响来对应四季呢？那么，春天是祭坛上空漂浮着的鸽子的哨音，夏天是冗长的蝉歌和杨树叶子哗啦啦地对蝉歌的取笑，秋天是古殿檐头的风铃响，冬天是啄木鸟随意而空旷的啄木声。以园中的景物对应四季，春天是一径时而苍白时而黑润的小路，时而明朗时而阴晦的天上摇荡着串串杨花；夏天是一条条耀眼而灼人的石凳，或阴凉而爬满了青苔的石阶，阶下有果皮，阶上有半张被坐皱的报纸；秋天是一座青铜的大钟，在园子的西北角上曾丢弃着一座很大的铜钟，铜钟与这园子一般年纪，浑身挂满绿锈，文字已不清晰；冬天，是林中空地上几只羽毛蓬松的老麻雀。以心绪对应四季呢？春天是卧病的季节，否则人们不易发觉春天的残忍与渴望；夏天，情人们应该在这个季节里失恋，不然就似乎对不起爱情；秋天是从外面买一棵盆花回家的时候，把花搁在阔别了的家中，并且打开窗户把阳光也放进屋里，慢慢回忆慢慢整理一些发过霉的东西；冬天伴着火炉和书，一遍遍坚定不死的决心，写一些并不发出的信。还可以用艺术形式对应四季，这样春天就是一幅画，夏天是一部长篇小说，秋天是一首短歌或诗，冬天是一群雕塑。以梦呢？以梦对应四季呢？春天是树尖上的呼喊，夏天是呼喊中的细雨，秋天是细雨中的土地，冬天是干净的土地上的一只孤零的烟斗。

因为这园子,我常感恩于自己的命运。

我甚至现在就能清楚地看见,一旦有一天我不得不长久地离开它,我会怎样想念它,我会怎样想念它并且梦见它,我会怎样因为不敢想念它而梦也梦不到它。

三

现在让我想想,十五年中坚持到这园子来的人都是谁呢?好像只剩了我和一对老人。

十五年前,这对老人还只能算是中年夫妇,我则货真价实还是个青年。他们总是在薄暮时分来园中散步,我不大弄得清他们是从哪边的园门进来,一般来说他们是逆时针绕这园子走。男人个子很高,肩宽腿长,走起路来目不斜视,胯以上直至脖颈挺直不动;他的妻子攀了他一条胳膊走,也不能使他的上身稍有松懈。女人个子却矮,也不算漂亮,我无端地相信她必出身于家道中衰的名门富族;她攀在丈夫胳膊上像个娇弱的孩子,她向四周观望似总含着恐惧,她轻声与丈夫谈话,见人走近就立刻怯怯地收住话头。我有时因为他们而想起冉阿让与柯赛特,但这想法并不巩固,他们一望即知是老夫老妻。两个人的穿着都算得上考究,但由于时代的演进,他们的服饰又可以称为古朴了。他们和我一样,到这园子里来几乎是风雨无阻,不过他们比我守时。我什么时间都可能来,他们则一定是在暮色初临的时候。刮风时他们穿了米色风衣,下雨时他们打了黑色的雨伞,夏天他们的衬衫是白色的,裤子是黑色的或米色的,冬天他们的呢子大衣又都是黑色的,想必他们只喜欢这三种颜色。他们逆时针绕这园子一周,然后离去。他们走过我身旁时只有男人的脚步响,女人像是贴在高大的丈夫身上跟着漂移。我相信他们一定对我有印象,但是我们没有说过话,我们互相都没有想要接近的表示。十五年中,他们或许注意到一个小伙子进入了中年,我则看着一对令人羡慕的中年情侣不觉中成了两个老人。

曾有过一个热爱唱歌的小伙子,他也是每天都到这园中来,来唱歌,唱了好多年,后来不见了。他的年纪与我相仿,他多半是早晨来,唱半小时或整整唱一个上午,估计在另外的时间里他还得上班。我们经常在祭坛东侧的小路上相遇,我知道他是到东南角的高墙下去唱歌,他一定猜想我去东北角的树林里做什么。我找到我的地方,抽几口烟,便听见他谨慎地整理歌喉了。他反反复复唱那么几首歌。文化革命没过去的时候,他唱"蓝蓝的天上白云飘,白云下面马儿跑……"我老也记不住这歌的名字。文革后,他唱《货郎与小姐》中那首最为流传的咏叹调。"卖布——卖布嘞,卖布——卖布嘞!"我记得这开头的一句他唱得很有声势,在早晨清澈的空气中,货郎跑遍园中的每一个角落去恭维小姐。"我交了好运气,我交了好运气,我为幸福唱歌曲……"然后他就一遍一遍地唱,不让货郎的激情稍减。依我听来,他的技术不算精到,在关键的地方常出差错,但他的嗓子是相当不坏的,而且唱一个上午也听不出一点疲惫。太阳也不疲惫,把大树的影子缩小成一团,把疏忽大意的蚯蚓晒干在小路上,将近中午,我们又在祭坛东侧相遇,他看一看我,我看一看他,他往北去,我往南去。日子久了,我感到我们都有结识的愿望,但似乎都不知如何开口,于是互相注视一下终又都移开目光擦身而过;这样的次数一多,便更不知如何开口了。终于有一天——一个丝毫没有特点的日子,我们互相点了一下头。他说:"你好。"我说:"你好。"他说:"回去啦?"我说:"是,你呢?"他说:"我也该回去了。"我们都放慢脚步(其实我是放慢车速),想再多说几句,但仍然是不知从何说起,这样我们就都走过了对方,又都扭转身子面向对方。他说:"那就再见吧。"我说:"好,再见。"便互相笑笑各走各的路了。但是我们没有再见,那以后,园中再没了他的歌声,我才想到,那天他或许是有意与我道别的,也许他考上了哪家专业的文工团或歌舞团了吧?真希望他如他歌里所唱的那样,交了好运气。

  还有一些人,我还能想起一些常到这园子里来的人。有一个老头,算得一个真正的饮者;他在腰间挂一个扁瓷瓶,瓶里当然装满了酒,常来这园中消磨午后的时光。他在园中四处游逛,如果你不注意你会以为园中有好几个这样的老头,等你看过了他卓尔不群的饮酒情状,你就会相信这是个独一无二的老头。他的衣着过分随便,走路的姿态也不慎重,走上五六十米路便选定一处地方,一只脚踏在石凳上或土埂上或树墩上,解下腰间的酒瓶,解酒瓶的当儿眯起眼睛把一百八十度视角内的景物细细看一遭,然后以迅雷不及掩耳之势倒一大口酒入肚,把酒瓶摇一摇再挂向腰间,平心静气地想一会什么,便走下一个五六十米去。还有一个捕鸟的汉子,那岁月园中人少,鸟却多,他在西北角的树丛中拉一张网,鸟撞在上面,羽毛敆在网眼里便不能自拔。他单等一种过去很多而现在非常罕见的鸟,其他的鸟撞在网上他就把它们摘下来放掉,他说已经有好多年没等到那种罕见的鸟,他说他再等一年看看到底还有没有那种鸟,结果他又等了好多年。早晨和傍晚,在这园子里可以看见一个中年女工程师,早晨她从北向南穿过这园子去上班,傍晚她从南向北穿过这园子回家。事实上我并不了解她的职业或者学历,但我以为她必是学理工的知识分子,别样的人很难有她那般的素朴并优雅。当她在园子穿行的时刻,四周的树林也仿佛更加幽静,清淡的日光中竟似有悠远的琴声,比如说是那曲《献给艾丽丝》才好。我没有见过她的丈夫,没有见过那个幸运的男人是什么样子,我想像过却想像不出,后来忽然懂了想像不出才好,那个男人最好不要出现。她走出北门回家去,我竟有点担心,担心她会落入厨房,不过,也许她在厨房里劳作的情景更有另外的美吧,当然不能再是《献给艾丽丝》,是个什么曲子呢?还有一个人,是我的朋友,他是个最有天赋的长跑家,但他被埋没了。他因为在文革中出言不慎而坐了几年牢,出来后好不容易找了个拉板车的工作,样样待遇都不能与别人平等,苦闷极了便练习长跑。那时他总来这园子里跑,我用手表为他计时,他每跑一圈向我招一下手,我就记下一个时间。每次他要环绕这园子跑二十圈,大约两万米。他盼望以他的长跑成绩来获得政治上真正的解放,他以为记者的镜头和文字可以帮他做到这一点。第一年他在春节环城赛上跑了第十五名,他看见前十名的照片都挂在了长安街的新闻橱窗里,于是有了信心。第二年他跑了第四名,可是新闻橱窗里只挂了前三名的照片,他没灰心。第三年他跑了第七名,橱窗里挂前六名的照片,他有点怨自己。第四年他跑了第三名,橱窗里却只挂了第一名的照片。第五年他跑了第一名——他几乎绝望了,橱窗里只有一幅环城赛群众场面的照片。那些年我们俩常一起在这园子里呆到天黑,开怀痛骂,骂完沉默着回家,分手时再互相叮嘱:先别去死,再试着活一活看。现在他已经不跑了,年岁太大了,跑不了那么快了。最后一次参加环城赛,他以三十八岁之龄又得了第一名并破了纪录,有一位专业队的教练对他说:"我要是十年前发现你就好了。"他苦笑一下什么也没说,只在傍晚又来这园中找到我,把这事平静地向我叙说一遍。不见他已有好几年了,现在他和妻子和儿子住在很远的地方。

  这些人现在都不到园子里来了,园子里差不多完全换了一批新人。十五年前的旧人,现在就剩我和那对老夫老妻了。有那么一段时间,这老夫老妻中的一个也忽然不来,薄暮时分惟男人独自来散步,步态也明显迟缓了许多,我悬心了很久,怕是那女人出了什么事。幸好过了一个冬天那女人又来了,两个人仍是逆时针绕着园子走,一长一短两个身影恰似钟表的两支指针;女人的头发白了许多,但依旧攀着丈夫的胳膊走得像个孩子。"攀"这个字用得不恰当了,或许可以用"搀"吧,不知有没有兼具这两个意思的字。

四

  我也没有忘记一个孩子——一个漂亮而不幸的小姑娘。十五年前的那个下午,我第一次到这园子里来就看见了她,那时她大约三岁,蹲在斋宫西边的小路上捡树上掉落的"小灯笼"。那儿有几棵大栾树,春天开一簇簇细小而稠密的黄花,花落了便结出无数如同三片叶子合抱的小灯笼,小灯笼先是绿色,继尔转白,再变黄,成熟了掉落得满地都是。小灯笼精巧得令人爱惜，成年人也不免捡了一个还要捡一个。小姑娘咿咿呀呀地跟自己说着话，一边捡小灯笼；她的嗓音很好，不是她那个年龄所常有的那般尖细，而是很圆润甚或是厚重，也许是因为那个下午园子里太安静了。我奇怪这么小的孩子怎么一个人跑来这园子里？我问她住在哪儿？她随便指一下，就喊她的哥哥，沿墙根一带的茂草之中便站起一个七八岁的男孩，朝我望望，看我不像坏人便对他的妹妹说："我在这儿呢"，又伏下身去，他在捉什么虫子。他捉到螳螂，蚂蚱，知了和蜻蜓，来取悦他的妹妹。有那么两三年，我经常在那几棵大栾树下见到他们，兄妹俩总是在一起玩，玩得和睦融洽，都渐渐长大了些。之后有很多年没见到他们。我想他们都在学校里吧，小姑娘也到了上学的年龄，必是告别了孩提时光，没有很多机会来这儿玩了。这事很正常，没理由太搁在心上，若不是有一年我又在园中见到他们，肯定就会慢慢把他们忘记。

那是个礼拜日的上午。那是个晴朗而令人心碎的上午，时隔多年，我竟发现那个漂亮的小姑娘原来是个弱智的孩子。我摇着车到那几棵大栾树下去，恰又是遍地落满了小灯笼的季节；当时我正为一篇小说的结尾所苦，既不知为什么要给它那样一个结尾，又不知何以忽然不想让它有那样一个结尾，于是从家里跑出来，想依靠着园中的镇静，看看是否应该把那篇小说放弃。我刚刚把车停下，就见前面不远处有几个人在戏耍一个少女，作出怪样子来吓她，又喊又笑地追逐她拦截她，少女在几棵大树间惊惶地东跑西躲，却不松手揪卷在怀里的裙裾，两条腿袒露着也似毫无察觉。我看出少女的智力是有些缺陷，却还没看出她是谁。我正要驱车上前为少女解围，就见远处飞快地骑车来了个小伙子，于是那几个戏耍少女的家伙望风而逃。小伙子把自行车支在少女近旁，怒目望着那几个四散逃窜的家伙，一声不吭喘着粗气，脸色如暴雨前的天空一样一会比一会苍白。这时我认出了他们，小伙子和少女就是当年那对小兄妹。我几乎是在心里惊叫了一声，或者是哀号。世上的事常常使上帝的居心变得可疑。小伙子向他的妹妹走去。少女松开了手，裙裾随之垂落了下来，很多很多她捡的小灯笼便洒了一地，铺散在她脚下。她仍然算得漂亮，但双眸迟滞没有光彩。她呆呆地望那群跑散的家伙，望着极目之处的空寂，凭她的智力绝不可能把这个世界想明白吧？大树下，破碎的阳光星星点点，风把遍地的小灯笼吹得滚动，仿佛喑哑地响着无数小铃铛。哥哥把妹妹扶上自行车后座，带着她无言地回家去了。

无言是对的。要是上帝把漂亮和弱智这两样东西都给了这个小姑娘，就只有无言和回家去是对的。

谁又能把这世界想个明白呢？世上的很多事是不堪说的。你可以抱怨上帝何以要降诸多苦难给这人间，你也可以为消灭种种苦难而奋斗，并为此享有崇高与骄傲，但只要你再多想一步你就会坠入深深的迷茫了：假如世界上没有了苦难,世界还能够存在么?要是没有愚钝,机智还有什么光荣呢?要是没了丑陋,漂亮又怎么维系自己的幸运?要是没有了恶劣和卑下,善良与高尚又将如何界定自己又如何成为美德呢?要是没有了残疾,健全会否因其司空见惯而变得腻烦和乏味呢?我常梦想着在人间彻底消灭残疾,但可以相信,那时将由患病者代替残疾人去承担同样的苦难。如果能够把疾病也全数消灭,那么这份苦难又将由(比如说)相貌丑陋的人去承担了。就算我们连丑陋,连愚昧和卑鄙和一切我们所不喜欢的事物和行为,也都可以统统消灭掉,所有的人都一样健康、漂亮、聪慧、高尚,结果会怎样呢?怕是人间的剧目就全要收场了,一个失去差别的世界将是一条死水,是一块没有感觉没有肥力的沙漠。

看来差别永远是要有的。看来就只好接受苦难——人类的全部剧目需要它,存在的本身需要它。看来上帝又一次对了。

于是就有一个最令人绝望的结论等在这里:由谁去充任那些苦难的角色?又有谁去体现这世间的幸福,骄傲和快乐?只好听凭偶然,是没有道理好讲的。

就命运而言,休论公道。

那么,一切不幸命运的救赎之路在哪里呢?

设若智慧的悟性可以引领我们去找到救赎之路,难道所有的人都能够获得这样的智慧和悟性吗?

我常以为是丑女造就了美人。我常以为是愚氓举出了智者。我常以为是懦夫衬照了英雄。我常以为是众生度化了佛祖。

五

设若有一位园神,他一定早已注意到了,这么多年我在这园里坐着,有时候是轻松快乐的,有时候是沉郁苦闷的,有时候优哉游哉,有时候恓惶落寞,有时候平静而且自信,有时候又软弱,又迷茫。其实总共只有三个问题交替着来骚扰我,来陪伴我。第一个是要不要去死?第二个是为什么活?第三个,我干嘛要写作?

现在让我看看,它们迄今都是怎样编织在一起的吧。

你说,你看穿了死是一件无需乎着急去做的事,是一件无论怎样耽搁也不会错过的事,便决定活下去试试?是的,至少这是很关键的因素。为什么要活下去试试呢?好像仅仅是因为不甘心,机会难得,不试白不试,腿反正是完了,一切仿佛都要完了,但死神很守信用,试一试不会额外再有什么损失。说不定倒有额外的好处呢是不是?我说过,这一来我轻松多了,自由多了。为什么要写作呢？作家是两个被人看重的字，这谁都知道。为了让那个躲在园子深处坐轮椅的人，有朝一日在别人眼里也稍微有点光彩，在众人眼里也能有个位置，哪怕那时再去死呢也就多少说得过去了，开始的时候就是这样想，这不用保密，这些现在不用保密了。

  我带着本子和笔，到园中找一个最不为人打扰的角落，偷偷地写。那个爱唱歌的小伙子在不远的地方一直唱。要是有人走过来，我就把本子合上把笔叼在嘴里。我怕写不成反落得尴尬。我很要面子。可是你写成了，而且发表了。人家说我写的还不坏，他们甚至说：真没想到你写得这么好。我心说你们没想到的事还多着呢。我确实有整整一宿高兴得没合眼。我很想让那个唱歌的小伙子知道，因为他的歌也毕竟是唱得不错。我告诉我的长跑家朋友的时候，那个中年女工程师正优雅地在园中穿行；长跑家很激动，他说好吧，我玩命跑，你玩命写。这一来你中了魔了，整天都在想哪一件事可以写，哪一个人可以让你写成小说。是中了魔了，我走到哪儿想到哪儿，在人山人海里只寻找小说，要是有一种小说试剂就好了，见人就滴两滴看他是不是一篇小说，要是有一种小说显影液就好了，把它泼满全世界看看都是哪儿有小说，中了魔了，那时我完全是为了写作活着。结果你又发表了几篇，并且出了一点小名，可这时你越来越感到恐慌。我忽然觉得自己活得像个人质，刚刚有点像个人了却又过了头，像个人质，被一个什么阴谋抓了来当人质，不定哪天被处决，不定哪天就完蛋。你担心要不了多久你就会文思枯竭，那样你就又完了。凭什么我总能写出小说来呢？凭什么那些适合作小说的生活素材能送到一个截瘫者跟前来呢？人家满世界跑都有枯竭的危险，而我坐在这园子里凭什么可以一篇接一篇地写呢？你又想到死了。我想见好就收吧。当一名人质实在是太累了太紧张了，太朝不保夕了。我为写作而活下来，要是写作到底不是我应该干的事，我想我再活下去是不是太冒傻气了？你这么想着你却还在绞尽脑汁地想写。我好歹又拧出点水来，从一条快要晒干的毛巾上。恐慌日甚一日，随时可能完蛋的感觉比完蛋本身可怕多了，所谓不怕贼偷就怕贼惦记，我想人不如死了好，不如不出生的好，不如压根儿没有这个世界的好。可你并没有去死。我又想到那是一件不必着急的事。可是不必着急的事并不证明是一件必要拖延的事呀？你总是决定活下来，这说明什么？是的，我还是想活。人为什么活着？因为人想活着，说到底是这么回事，人真正的名字叫作：欲望。可我不怕死，有时候我真的不怕死。有时候，——说对了。不怕死和想去死是两回事，有时候不怕死的人是有的，一生下来就不怕死的人是没有的。我有时候倒是怕活。可是怕活不等于不想活呀？可我为什么还想活呢？因为你还想得到点什么，你觉得你还是可以得到点什么的，比如说爱情，比如说，价值感之类，人真正的名字叫欲望,这不对吗?我不该得到点什么吗?没说不该。可我为什么活得恐慌,就像个人质?后来你明白了,你明白你错了,活着不是为了写作,而写作是为了活着。你明白了这一点是在一个挺滑稽的时刻。那天你又说你不如死了好,你的一个朋友劝你:你不能死,你还得写呢,还有好多好作品等着你去写呢。这时候你忽然明白了,你说:只是因为我活着,我才不得不写作。或者说只是因为你还想活下去,你才不得不写作。是的,这样说过之后我竟然不那么恐慌了。就像你看穿了死之后所得的那份轻松?一个人质报复一场阴谋的最有效的办法是把自己杀死。我看出我得先把我杀死在市场上,那样我就不用参加抢购题材的风潮了。你还写吗?还写。你真的不得不写吗?人都忍不住要为生存找一些牢靠的理由。你不担心你会枯竭了?我不知道,不过我想,活着的问题在死前是完不了的。

这下好了,您不再恐慌了不再是个人质了,您自由了。算了吧你,我怎么可能自由呢?别忘了人真正的名字是:欲望。所以您得知道,消灭恐慌的最有效的办法就是消灭欲望。可是我还知道,消灭人性的最有效的办法也是消灭欲望。那么,是消灭欲望同时也消灭恐慌呢?还是保留欲望同时也保留人生?

我在这园子里坐着,我听见园神告诉我:每一个有激情的演员都难免是一个人质。每一个懂得欣赏的观众都巧妙地粉碎了一场阴谋。每一个乏味的演员都是因为他老以为这戏剧与自己无关。每一个倒霉的观众都是因为他总是坐得离舞台太近了。

我在这园子里坐着,园神成年累月地对我说:孩子,这不是别的,这是你的罪孽和福祉。

六

要是有些事我没说,地坛,你别以为是我忘了,我什么也没忘,但是有些事只适合收藏。不能说,也不能想,却又不能忘。它们不能变成语言,它们无法变成语言,一旦变成语言就不再是它们了。它们是一片朦胧的温馨与寂寥,是一片成熟的希望与绝望,它们的领地只有两处:心与坟墓。比如说邮票,有些是用于寄信的,有些仅仅是为了收藏。

如今我摇着车在这园子里慢慢走,常常有一种感觉,觉得我一个人跑出来已经玩得太久了。有一天我整理我的旧相册,看见一张十几年前我在这园子里照的照片——那个年轻人坐在轮椅上,背后是一棵老柏树,再远处就是那座古祭坛。我便到园子里去找那棵树。我按着照片上的背景找很快就找到了它,按着照片上它枝干的形状找,肯定那就是它。但是它已经死了,而且在它身上缠绕着一条碗口粗的藤萝。有一天我在这园子里碰见一个老太太,她说:"哟,你还在这儿哪?"她问我:"你母亲还好吗?""您是谁?""你不记得我,我可记得你。有一回你母亲来这儿找你,她问我您看没看见一个摇轮椅的孩子?……"我忽然觉得,我一个人跑到这世界上来玩真是玩得太久了。有一天夜晚,我独自坐在祭坛边的路灯下看书,忽然从那漆黑的祭坛里传出一阵阵唢呐声;四周都是参天古树,方形祭坛占地几百平米空旷坦荡独对苍天,我看不见那个吹唢呐的人,惟唢呐声在星光寥寥的夜空里低吟高唱,时而悲怆时而欢快,时而缠绵时而苍凉,或许这几个词都不足以形容它,我清清醒醒地听出它响在过去,响在现在,响在未来,回旋飘转亘古不散。

必有一天,我会听见喊我回去。

那时您可以想像一个孩子,他玩累了可他还没玩够呢,心里好些新奇的念头甚至等不及到明天。也可以想像是一个老人,无可置疑地走向他的安息地,走得任劳任怨。还可以想像一对热恋中的情人,互相一次次说"我一刻也不想离开你",又互相一次次说"时间已经不早了",时间不早了可我一刻也不想离开你,一刻也不想离开你可时间毕竟是不早了。

我说不好我想不想回去。我说不好是想还是不想,还是无所谓。我说不好我是像那个孩子,还是像那个老人,还是像一个热恋中的情人。很可能是这样:我同时是他们三个。我来的时候是个孩子,他有那么多孩子气的念头所以才哭着喊着闹着要来,他一来一见到这个世界便立刻成了不要命的情人,而对一个情人来说,不管多么漫长的时光也是稍纵即逝,那时他便明白,每一步每一步,其实一步步都是走在回去的路上。当牵牛花初开的时节,葬礼的号角就已吹响。

但是太阳,他每时每刻都是夕阳也都是旭日。当他熄灭着走下山去收尽苍凉残照之际,正是他在另一面燃烧着爬上山巅布散烈烈朝辉之时。那一天,我也将沉静着走下山去,扶着我的拐杖。有一天,在某一处山洼里,势必会跑上来一个欢蹦的孩子,抱着他的玩具。

当然,那不是我。

但是,那不是我吗?

宇宙以其不息的欲望将一个歌舞炼为永恒。这欲望有怎样一个人间的姓名,大可忽略不计。

1989 年 5 月 11 日
1990 年 1 月 7 日改

(原载《上海文学》1991 年第 1 期,选自《史铁生散文、小说选》,中国社会科学出版社 1993 年版)

斯妤

夜　晚

这个城市的夜晚常常令我大惑不解。每天晚上我都忍不住要伫立凉台琢磨它。进入我视野的除了树影幢幢还是树影幢幢。积水在苍白的路灯下泛出白金一样的光芒。本该澄澈深邃的天空除了迷蒙仍旧迷蒙。褚色逐渐掩埋起苍穹。星星是发育不良的童养媳，憔悴并且忍气吞声，似乎渐行渐远，渐行渐远。四合院在夜色的吞噬下无声无息。只有车声如故啸声如故蝉鸣如故。

远近的住宅楼突然门户洞开，顷刻间喧哗起夫妻间的诅咒斥骂来。

从凉台返回，竟发现满室汪洋。书桌站在水里，书柜站在水里，沙发蜷缩在水里，音响踮着脚尖在水里摇晃。更可怕的是那张新买的华丽的昂贵的古中国风度的纯毛地毯正浑身瑟瑟地浸泡在水里。横遭不测的它们一齐茫然地看着我，我则以更加茫然的目光答复它们，不知发生了什么事。

其实事情很偶然也很必然。我惦着这个城市的夜晚，又顾及一家三口的饮食起居，所以刚才是先将全自动洗衣机推进厕所，接好电源水管，放进脏衣脏裤，加了洗衣粉，然后才到凉台上去一边琢磨一边发呆的。奈何发呆的过程开始得早了点，排水管没有架到水池上，我便匆匆奔赴凉台。

所以便有汪洋一片，便有白色泡沫在惨白的日光灯下优美地起舞。

荒谬又一次成为夜晚的客人。

如果说白昼是群体的，夜晚则是个人的。白昼若是紧张的，夜晚就是放松的。白昼劳作，夜晚歇息。白昼做人，夜晚做自己。白昼与敌视怨忿戒备周旋，夜晚与爱意亲情关切携手——白昼烈日炎炎，夜晚微风徐徐。

然而夜晚果真如此吗？

夜晚如此漫长，如此裸露，如此无遮无拦、无处躲闪。

个人的夜晚，放松的夜晚，歇息的夜晚，做爱做自己的夜晚，一经变质，比白昼更严酷，更不堪。

更何况黑暗中众生昏睡，不知所以，不问所以。醒着的灵魂便愈显孤独痛楚。

拷问灵魂的鞭笞声在静夜里声声凄厉,长啸着划破夜空。

一年一度的月明之夜,我和孩子一起出去重温童年心少年梦。

月亮既薄又小,既远又凉。童年时插队时海边那一派月华当顶、金光潋滟当然不复。人与自然的相遇、交融、和谐、共荣更其不复。路灯、车灯都比它明亮。甚至积水倒映出来的残辉也比它耀眼。路人在一派颠簸闪烁呼啸喧闹中形同虚设。机器轰鸣。喇叭轰鸣。圣谕轰鸣。欲望轰鸣。心灵像路旁的小草,在秋风中摇曳,渐渐枯萎。

只有小孩纯真如故,他找到一片小草地,尽管就在喧嚣的立交桥边,尽管草已泛黄,车过如潮,他跑进去便烦恼顿消,笑着叫着蹦着跳着嬉闹起来。

月光如水理所当然成为过往。

雨后的夜晚滑腻如苔。树是晕的。灯是晕的。房舍是晕的。天空的每个角落也是晕的。低矮的平房里传出儿啼阵阵。

街道的泥泞已不算什么,黑暗中张开的网才是狰狞。雨水也打不湿睫毛了,眼泪鼻涕更其滂沱。

漆黑中有苍脆的声音不时划过。电闪雷鸣接踵而来。火辣辣的雷击炸了大半夜,像在提示什么,又像在掩饰什么。晕乎乎的夜晚成了水淋淋的包袱皮。

水淋淋的夜晚像泼在宣纸上的一团团浓墨。夜色如晦。夜色如晦。大头靴响彻每条街道。

"拥抱在一起反抗死亡。"有智者的声音低沉地宣示。

我伸出手去,揽到的却不是爱人的臂膀,而是一阵冰凉雨点。

室内室外一齐漆黑的夜晚越来越多,轮番停电已成为这个城市的标志,我连蜡烛也懒得找,就坐在地毯上张望从屋里连绵到屋外的无边黑暗。

星星连童养媳也不肯当了。它或许已经苍老,变成瞎了眼黑了心的老婆婆?

而那繁星满天的夜晚,葡萄架下月光斑驳的夜晚,海潮徐徐琴声弥漫的夜晚,是不仅仅留在过去的时间里,也留在过去的空间里了。

对面的中学校白天喧哗如闹市,如车水马龙,如海潮汹涌,此刻是黑魅魅如古堡,如暗礁,如无底的深渊了。

我常常疑心白天那些喧哗的生命并没有离开,他们就潜伏在破旧的书桌下,一俟深夜来临,便鱼贯而出,踽踽然欣欣然扮演起魑魅魍魉来了。

否则树影为什么一再参差,墙壁为什么渐渐斑驳,空气中重又弥漫起呛人的焦味来?

而在地毯上张望夜色的我,心绪除了渐渐惶恐不安,渐渐无依无傍外已别无选择了。

清丽如水的夜晚在车水马龙的大都市已成为天方夜谭。我常常在夜半溜出家门,为的是找一份静寂,一份溶入自然的和谐。奈何夜再深街上也仍有汽车电灯和机器的轰鸣。垃圾筒愈发俨然,毫无顾忌地散发着冲天臭气,厕所依旧。积水依旧。斥骂声依旧。我在胡同里游荡,感觉自己是迷途的灵魂。

在这样雾气腾腾、喧嚣烦躁的夜幕掩藏下,多少欲望在滋长,多少谎言在诞生,多少背叛在进行,善、爱、正义沉沉睡去,恶、憎、不义凶猛地苏醒?人类的良知,人性中那可怜的一点精华已敌不过普遍的卑鄙委琐邪恶?

高尚是高尚者的墓志铭,卑鄙是卑鄙者的通行证已成为千定古律?

我穿行在狭长肮脏的胡同里。头上是天穹地上是痰迹,左边是成排的垃圾筒右边是此起彼伏的厕所。我不知道自己什么时候能够走出这盲肠一样的胡同,不知道这一带的胡同在雾气如网的夜幕下是否会突然纠结缠绕到一起,使我永无走出的可能?但我知道我很想回家,虽然家中也没有月光,虽然家中的窗户一样洞开着,雾气臭气如常涌入。我明白我此刻若不回家,我的肉体将会迷失,我的灵魂将会分裂,这无边无际的夜色将会一点一点把我吞没。

1991 年冬
(原载《作家》1992 年 6 月号)

梁　衡

壶口瀑布记

凡世间能容、能藏、能变之物惟有水，其亦硬亦软，或傲或嗔，载舟覆舟，润物毁物，全在一瞬之间。时桃花流水而阴柔，时又裂岸拍天而狂放。凡河川能伸能屈，能收能藏，惟我黄河。其高峡为镜，平原飘带，奔川浸谷，挟雷裹电，即因时势而变。时滔天接地而狂呼，时又拥地抱天而低言。

我曾徘徊于黄河上游的刘家峡水库，惊异于她如泊如镜的沉静；曾生活于河套平原，陶醉于她如虹如带的飘逸；也曾上溯龙门，感奋于她如狮如虎的豪壮。但当我沿河上下求索而见壶口时，便如痴如狂。壶口在山西吉县境内，是黄河上惟一的瀑布。因状如壶口而得名。水流至此急冲沟下，人观瀑布由上俯下，只见烟水迷漫，船行至此得拖出河岸，绕过壶口。即古书上所载"河里冒烟，旱地行船"。原来黄河在这里，先因山逼而势急，后依滩泻而狂放，排山倒海，万马奔腾，喧声蔽天。却正当她得意扬眉之时，突以数里之阔跌入百尺之峡，如水入壶，腾荡急旋。于是飞沫起虹，溅珠落盘，成瀑成漱，如挂如帘。裂坚石而炸雷，飞轻雾而吐烟，虎吼震川，隆隆千里，龙腾搅谷，巍巍地颤。波起涛落，切层岩如豆腐，照徐霞客所记，三百年来竟刳石开沟上剡三百余米。激流飞湍，锉顽石如木铁。据民间所言，有黑猪落水，眨眼之间，退毫拔毛，竟成雪白之豚。黄河于斯于此，聚九天雷霆，凝江海之威，水借裂石之力，轰然辟开大道坦途；沙借波旋之势，细细磨出深沟浅穴。放眼两岸，鬼斧神工，脚下这里面数里之阔的磐石，经黄河涛头这么轻轻一钻一旋，就路从地下出，水从天上来。她顺势一跃，排山推岳，挟一川豪情，裹两岸清风，潇洒而去，再现她的沉静，她的温柔，她的悲壮，她的大度。去路千里缓缓入海。

呜呼，蕴伟力而静持，遇强阻而必摧，绕山岳而顺柔，坦荡荡而存天地。美哉，壮哉，我的黄河。

1993 年 8 月

（选自《名山大川》，东方出版社 1996 年版）

张中行

剥啄声

剥啄是轻轻的叩门声。这是我的领会,辞书只注叩门声,叩门,因人或心情的不同,声音自然也可以不是轻轻的。且说我为什么忽而想起写这个呢?是一年以来,也许越衰老心情反而不能静如止水吧,有时闷坐斗室,面壁,就感到特别寂寞,也就希望听到剥啄声。但希望的实现并不容易,于是这希望就常常带来为人忘却的怅惘。常人,活动于世间,入室卧床,出门坐车,东西南北,南北东西,已经够繁冗够劳累了,却还愿意,哪怕是短时,住在有些人的心里,所以为人忘却,纵使只是自己的想像,也是很难堪的。总之我喜欢剥啄声,就想说说与这有关的一些情况。

叩门,还会牵扯到好不好的问题。这是"推敲"的古典,由韩愈和贾岛来。传说贾作了"僧推月下门"的诗,想换"推"为"敲",自己拿不准,问韩愈,这位文公说是"敲"好。这故事最早见于五代何光远《鉴戒录》,可谓语焉不详。比如此僧确知院内无人,用"敲"字就说不通了。如果有人,且不是自己的小庙,不敲就等于破门而入,何况是僧,惊了内眷,岂不大杀风景?所以为慎重,韩文公的选择是对的。

叩门也可以不用剥啄,用语声代,通常称为叫门。据我所知,这比剥啄适用的范围窄,具体说是要很熟,用不着客气。故友世五大哥有个时期住在宣南某巷,萧长华的隔壁,近午夜常听见萧散戏后叫门,"开门来!开门来!"声音高而清脆。因为这是自己的家。略次一等,很近的朋友,也可照办,如"老李,开门!"主人不以为忤,反而显得亲热。

更常见的是兼用,先剥啄,紧接着叫主名,如老张老李,张先生李先生之类。剥啄而兼发声,有暗示"我是某某"之意,似叠床架屋而并没有浪费。

门有远近,有高低,叫法因而也就有不同,我幼年住在乡村,故家有外、里、后三个院落,外院不住人,所以夜晚回家,就要重掌拍门,以求里院人能够听到。这还可以名为剥啄吗?为了保存剥啄的诗意,我是不愿意它兼差的。高门指富贵人家,照例有司阍人,叩门就要小心谨慎,因为声音过小他会听不见,过大他会不耐烦。幸而多年以来,我间或须叩门,都是近而低的,能否听见,是否耐烦,就可以不费力研讨了。

叩门声大而急,会使人感到是出了什么意外。这不是神经衰弱,有无数事实为证。为了取信于人,甚至可以举自己的,一生总有两三次吧,开门看,不速之客都是携枪的。但幸而都转危为安了。可是杯弓蛇影,就宁可把叩门声分为两类,使剥啄独占轻轻一义。我喜欢的就是这轻轻的剥啄声。

何以故?深追,恐怕仍是,用哲人语说,《庄子》的"天机浅";用常人语说,《世说新语》的"未免有情"。说到情,不只程朱陆王,一些身在今而心在古的人也会小吃一惊。依常习,耳顺以上可以称为老,总当"莫向春风舞鹧鸪"了吧?我的体验不是这样。理由有浅一层的,是,忘情是道和禅的共同理想,而理想总是与实际有距离的,所以庄子过惠子之墓,还有"吾无与言之矣"之叹,六祖慧能说得更入骨,是"烦恼即是菩提"。这是说,忘情非人力所能,或所需。还有深一层的,是就应该安于实际,用旧话说是"天命之谓性,率性之谓道",用新话说是,人生只此一次,矫情不如任情,那就感时溅泪,见月思人,也未尝不好。

溅泪,思人,都是由于爱恋。爱恋会带来苦。想彻底避苦是哲人,听之任之是常人,常人的一部分,觉得苦的味道甚至更值得咀嚼,是诗人。哲人的奢望,我理解,可是不想追随,因为由理方面考虑,大道多歧,由情方面考虑,自知必做不到。这是说,我命定是常人,而且每况愈下,有时想到诗人的梦和泪而见猎心喜。显然,这就会走上反道和禅的一条路,也就是变少思为多有想望。想望什么?总的说是世间的温暖。温暖总是由人来,所以有时读佛书,想到有些出家人的茅棚生活,心里就不免一阵冰冷。我不住茅棚,说冰冷也许太重,那就说是寂寞吧。

不记得是谁的话,说"风动竹而以为故人来",这表述的是切盼之情。终于来了还是没来呢?不知道。杜工部的处境就更下,而是"寻常车马之客,旧雨来,今雨不来",绝望了。这切盼和绝望的心情,我也经历过,而且次数不少。这就又使我想到剥啄声,因为它常常能够化枯寂为温暖。

说常常,因为,限定我自己说,剥啄声也有多种,布衣或寒士范围内的多种。加细说还可以分为人有多种,事有多种。另外还有个大分别,是不速之客和估计会来或约定会来的。不速之客会破除寂寞,而沉重的寂寞总是来于估计会来(包括有约)而至时不来或终于未来的。这估计会引来殷切的期望。期望的是人,但比人先行的是剥啄声。试想,正在苦于不知道究竟来还是不来的时候,忽然听到门外有剥啄声,轻而又轻,简直像是用手指弹,心情该是如何呢?这境界是诗,是梦,借用杜工部的成句,也许正是"此曲只应天上有,人间那得几回闻"吧?

(选自《观照集》,中原农民出版社1994年版)

韩小蕙

为你祝福

题记：
——世间有无真美？
人曰：去问神。
——世间有无永恒？
神示：去看人。

一

初次见你的时候印象不深。那时你大约三十出头，怎样的发型已没印象，何种装扮也记不清。在那十来人的小型会议上，你没什么太突出的举动，比如喝豪酒，抽猛烟，或者喳喳啦啦地赶话头，就像有些强干的女编辑一样。所以我只记住了你美丽的名字，其他，就像三月的江南烟雨，渐迷蒙渐飘逸渐空灵了。

可是今天这第二次见到你，我是太过惊异地愣住了——

你改变得太大了！腰身变苗条了，柔软得像风摆的柳枝；肤色变白皙了，令我想起"肤如凝脂"的古句；脸色变红润了，真正的面若桃花；眼睛变清亮了，宛若深山里的洌泉；眉毛变婀娜了，像两条柔情的芦苇；红唇变温润了，"梨花一枝春带雨"；就连头发也变成一长匹黑亮的软缎，"哗"的一下，自豪地铺散开你的明媚……你浑身上下，流动着一种几乎能看得见的动人的神采，这使你就像从祥云里升起的莲花仙女，变得鲜艳绝伦，美丽无比。一定有什么故事发生了，不然那只有天国才有的气息，怎会莅临这森森大地？

世事真是很奇怪的：大多数人，随着时光的流逝，都必然地走向青春徒唤，容颜老去，可也有人，比如你，反而会乘着岁月的驿车，驶向成熟的美丽。终于，有人为我解开了这个谜底：是爱情使然——噢，是心中熊熊燃烧的爱情之火，使你变得如此超凡。

唉,女人啊,你是为爱情而生的!

二

只有爱情之火的烧炼,能够涅槃女人,使她成为一只神奇的火凤凰。

先前的你,真的很平凡,十来个人当中都显不出你,更何况这万千佳丽、美女如云的世界?因此在你执守的出版行业,在你的单位里,你只是一个默默无闻的普通编辑。没有人对你期望什么。

可是他们错了!那只不过是表面的风声雨声。一俟你寻找到了他,一俟他用倾心的爱点燃了你心中的火种,一俟你熊熊地燃烧起来,看吧:一只通体灼亮的火凤凰,在湛蓝广袤的夜幕中,冲天而舞,清歌婉呖,真真美煞了寰宇,使天地人心都变了一番风景!

啊,爱情可以装扮女人,也可以装点世界!

你的选择绝对是第一流的。你的 A 君虽不是高大英俊的高仓健,但他是中国第一流的人才,堪称男人里面的人杰。他论才气就像开闸之水,论学识犹如深山富矿,论智慧在男人堆里也被服膺,论魅力更可叫淑女倾倒,何况他已著作等身,名传中外,在你和别人眼里,他都是绵绵青草里的一棵大树。这样的男人本不多,在我们身边,尤其难觅。

而命运独独对你无比仁慈,把幸福的花环戴上你的额头。这个别人只能远远仰视的男人,却爱你如醉恋你如痴。听说,他像捧着一颗珍珠一样地捧着你,不仅用双手,而且用火热的心。

女人还求什么呢?于是你跪下来,呜咽着感谢命运之神:发誓一辈子两辈子三辈子地报答他。其实,谁是神呢——在你的心庙里,神不就是你的 A 君!

在爱情的深海里,女人绝对比男人沉沦一千倍。真正的"滴水之恩,涌泉相报";真正的"才下眉头,又上心头";真正的"金风玉露一相逢,便胜却人间无数"。他的随随便便的一个眼神,够你品咂一个星期;他的随意的一句话,够你忙活一年;他的说说而已的一个愿望,你能为之跑遍半个城;他的一声寻常的叹息,会像巫山一样重重地压上你的心头,使你心痛得夜不能寐。唉,有一天你手指上扎得红斑点点,那仅仅是为了他随便问了一句你的女红。还有一阵子你忘我地学弹琴,也是因为他要你为他弹一曲。最最重的奉献,是你毅然褪下了才女的桂冠,放慢了如日中天的奔跑,而把自己的青春、精力、才华、奋斗全都献给了他——只要为了成就他,你舍得割弃自己的事业,心甘情愿默默地埋没自己……女人呀,男人用情感爱你,你回报他的,却是热血和生命,是你生存的全部快乐、全部价值、全部意义……

我也是女人,我十分十分地理解你。女人本就是为爱情而生的,能够得到这倾心的爱恋,已是一生最高的福祉。回首凝眸,天下正有多少哭泣的女人,只为是寻觅不到呀!

所以,你是一个幸福的女人。

至少,你体味到了什么是幸福。

这幸福,使天下所有的女人,都获益匪浅。

三

更何况这份幸福并不失衡,你的A君也爱你。

不是君子好逑的爱;不是沉鱼落雁的爱;不是鬓云香腮的爱;不是怜香惜玉的爱;也不是三从四德的爱;更不是功名富贵的爱,酒色财气的爱,福禄寿喜的爱,传宗接代的爱。

他珍惜的是你能够听懂他的话。

噫!世上人间,谁不会说话?谁又听不懂人说话?雄辩如苏格拉底,巧舌如张仪、苏秦,精辟如孔、孟、老、庄。可是又有几人能听懂你,能与你对上话,能使你想对他说?

不错,男人都是要建功立业的,可是离不开爱情的润泽。再事业的男人,也离不开女人的温情,那才是生命的根。何况他也是历经坎坷,心痕累累,苍苍莽莽,几近绝望。因此当他在无望的沙海之中突然看到希望的绿洲,他的胸腔里奏起了怎样庄严的鸣响啊!你也成为他的神。他把他全部的忧郁、孤寂、感伤、惧怕、委屈,毫无遮掩地向你敞开。也把他的憧憬、热望、夙愿、追求、梦想,点点滴滴化进你的血液里……

所以,他不知道怎样捧着你才更好——轻一些,重一些?松一些,紧一些?虚一些,实一些?梦一些,醒一些?

你也不知道怎样爱他才更深——是给他眼睛?给他双手?给他青春?给他热血?还是给他精神?给他灵魂?给他心?

你们是真正的阳电和阴电。一个霹雳,爆出一道亮彻天下的闪电。

他把一个心酸的故事一遍又一遍讲给你听:好友B君,才高人好,却时乖命蹇,累遭坎坷,内心苦不堪言,又失却红粉知己抆把英雄泪,终至一病不起,撒手人寰……每次说到这伤心处,他都语不成声,痉挛地抱紧你,想把你揉进他的身体里,灵魂里。

他不绝声地叫着你的名字,无论在醒时,在梦时,在虚幻时。即使就在你的身旁,他的眼睛也时不时地找寻你,就像找寻他的自我。他把自己的生命密码锁进你的生命链里,然后就心安理得地对司命神说:"我已把生命交给这个女人。"没有了你,你不知道他还怎样活,他也不知道。

四

然而幸福之门,并没有对你们訇然大开!

爱情是稀世珍宝,不是我们人类能够尽享的。上帝造人不是为了使之享乐,而是为了把这个世界建造好。每个人都必须负载着他的责任,终其一生地探索和劳作。因此千千万万的人,世世代代的人,有多少痴男怨女,寻寻觅觅一辈子,走到天国的门槛下了,却只能遥望着爱情的迷人光彩,力竭而死。

对于爱情的苦行僧来说,降生在这世上的任务,就是为这宗教献身,像西西弗一样,日复一日地向山上推动那无望的巨石。

爱情有多少磨难,你们面前便有多少障碍。

你痛恨他是名人,背后永远追逐着好事的眼睛,挑剔的舌头,男人的闲言碎语,女人的飞短流长。你还痛恨他是成功的男人,不愿招来使他沉溺的鲜花、掌声、美酒,大众面前的曝光,无聊闲人的包围,轻佻女人的追逐诱惑。你尤其痛恨他的男性虚荣心,痛恨他不是温莎公爵,重他的功名追求甚于你的情感……

他呢,也痛恨你是个出众的女人,你的工作必须与其他男性交往,也不可避免地受到其他男性的爱慕。他还痛恨你对他的爱太深沉太浓稠太专一太宗教太过于自我牺牲,你的爱火把他熔铸得太神圣、太纯洁、太累。他尤其痛恨你的爱已把他惯成一个不可忤逆的暴君……

可是所有这些,比起横亘在你们之间的那条不可逾越的万丈深渊,简直连纤尘也算不上了。

人类就是有大悲哀——他的生命中,早就有了一个女人!

他少年离家,在外漂泊了二十来年,是这个比他大三岁、抱金砖的女人,替他赡养老人,哺育幼子,荷锄稼穑,和睦邻里……她本来就不是天仙,岁月的风尘又格外地不留情,早已把她凋敝成一束晚秋的瘦菊,女人的风韵和心气都已离她而去,她活着,只是听凭惯性。她是为他走到今天的,所以,他永不能当陈世美。

情天爱海也是一种宿缘。面对威严的生命法庭,我们只有两种选择:或顺从,或反抗。顺从其生,然而苦海行舟,生命不能畅其流;反抗即死,然而天公地道,可以享受瞬间辉煌。是求其瞬间,还是求其长久,神到底网开了一面,让每个灵魂尽求其寻。

你的不幸也就在这里,他把生死的选择掷给了你:何去何从?全凭你!

五

你的第一个选择,当然是远走高飞。

像倔强的简·爱一样,你犹如一支离弦的箭,头也不回地逃离罗契斯特,孤苦零丁地跋涉在无望的荒野上。一场天火正在熊熊燃烧,红色的火云逐渐势微,黑得发狂的乌云乘机大举进逼,勾画成一幅惊心动魄的《天柱欲折图》。俯首下望,干涸的大地裂开一道道黑深的伤口,绿树、红花、飞禽、走兽,象征生命的存在遍寻无着,只有枯黄的芦苇在狂风的撕扯中呼号。然而你已全然失去了感觉,你的心在淌血,身后留下大朵大朵的血痕。此时此刻,你终于得到了一场痛哭。你呼唤苍天,哀求诸神:"谁来救救我?"

没有谁来教你。

谁也救不了你。

你隐忍着,边走边跑,绝望地呼喊着 A 君的名字。最致命的,就是你此生此世,已不能剜去心中的这朵红玫瑰,它已镌刻在你的生命基因之中,如同普罗米修斯的心脏,即啄即生,永啄永生。除非死,你不能放弃这份爱。至此你终于明白了。只有你自己才能救自己。

你终于顽强地站定了。头颅高高扬起,双手伸向东天,像一尊想要拥抱太阳的神像。你不再顾及天庭的规矩,也不在乎人间的限制,只把你的本质呐喊出来:

"我……不……服……!"

"我……不……认……命……!"

石破天惊……

豪雨如注……

这是上天在羞辱你,还是在歌吟你?你不在乎,因为你没有做坏事,你的爱是世界上最纯真无瑕的真爱——你寻求的只是献身,而不是得到,更不是占有。名分于你,与金钱、功名一样毫无意义。你要给现代女性提供一个全新的参照系:什么是真正的男人和真正的女人之间的爱,是高贵的男人和高贵的女人之间的爱,是好男人和好女人之间的爱。

起风了。风起于青萍之末。吹皱一池春水。卷我屋上三重茅。萧萧风声里,送来一株古柏苍老的叹息:

"当年,就连罗丹大师也铸下了大错。姑娘,你不怕晚境悲惨吗?"

你捧起一大把无名的野花。它们的花瓣很小,形状圆而普通,颜色也不浓烈,只是淡淡的素白。和这个鎏金溢银的世界相比,它们是显得太朴素了。然而从它们小小的身体里,释放出浓烈的香气,看得出来它们是用尽了全部的力量。你把它们的浓香撒向大地……

六

我想为你歌一曲:"风萧萧兮易水寒……"

和你相比,我却是太羞愧了。我恨自己是个懦夫,不敢像你一样,高举起从头越的大纛,勇往直前地穿越五千年的风烟。

但我愿为你做喀戎。喀戎是希腊神岛上的森林精灵,他崇敬普罗米修斯的英雄举动,甘心情愿用自己的身躯,替换下被缚在高加索山上的普罗米修斯神,替他忍受着恶鹰的啄食,也不在乎被遗忘的孤寂,直到天荒地老,直到永恒……

并且,我还比喀戎多了女人的激情,女人的祈盼,女人的力量,女人的呼喊——这呼喊,已积蓄了漫漫溟溟一百万年,此时此刻,涨起了庄严的轰响:

"为——你——祝——福!"

"为——你——呀——祝——福……"

1995年4月1日于北京

(原载《十月》1995年第4期)

王开林

澡　雪

"亲近大自然",这往往只是我们一句不顶真的空谈和一个不切实的心愿,身居闹市,山与水仿佛只是我们久绝来往的远亲,甚至比远亲更为疏离。大自然本是一片可供碌碌众生栖息的憩园,现在却变成了一所专门收治"病号"的医院,"红十字"旗是该当插遍每一座山头的。

在城市的边缘,有一片郁郁的林子,平日我就常来这里散步,于林中听悦耳的鸟喧,那无疑是一味显效的去热(热衷于名利)解表(浮泛于得失)的"退烧药",这样有鸟语可听、有花香可闻、有湖水可望的地方,整座城市也难得找到几处了。炎夏,我也曾带了书来,以为凉风习习,身心清爽,开卷必可得常日所无的奇趣。可是听那些鸟儿的声气,却有些不以为然,好像是在叫我"书呆子"、"书呆子"。且此地清幽之极,游人少至,若得知己携一壶好酒来,虽不善饮,可小酌数杯,只关乎兴味,不计量浅量深;虽不善弈,可闲敲几局,只关乎意趣,不计谁输谁赢,岂不快哉!独自于林中漫步,想尘中人为饮食男女而旷日奔走,只恨路长鞋底薄,又哪有这样清静的地方可以歇脚呢?

人生苦短,而苦短的人生都被《红楼梦》中跛足道人的《好了歌》揭了底牌,"忘不了"这"忘不了"那的,惟独把自家的性灵忘得一干二净。"可知世上万般,好便是了,了便是好。若不了,便不好;若要好,须是了。"跛足道人的一番话说得玄而又玄,与佛家的"色即是空,空即是色"有异曲同工之妙,那些独具慧根与悟性的人自然可以参透玄机。世人总是两眼盯紧那个"好"字——种种快心快意的受用,却不曾瞥见那个"了"字——白茫茫一片真干净的结局。道教与佛教在导引众生的途径上大为歧异,但有一点却达到了共识(应为暗合),即要人勘破眼前的迷障,勿使心为形役。然而,世间事终归是了不了之,了也得了,不了也得了,只在过程中,我们一度或几度或千百度存念的东西就像昔年的旧装那样,随季令更递,一件接着一件,脱掉了就永远脱掉了。这就是说,一个人不经繁华便难以视繁华如幻景,不历富贵便难以等富贵若浮云。道家与佛家急切于度人出"欲海",殊不知槛内槛外仅有一步之隔,若身在槛外,心却在槛内,百年修行也是枉然;反之,若身在槛内，而心在槛外，一念生灭即是菩提。跛足道人把一件件赏心悦目的瓷器摔碎了给我们看，意思是将来结局终归如此，他太有先见之明了，不讨人喜欢。鲁迅先生笔下那位说真话的人，于众多道贺者之后，直说那位刚出生的富人之子"他是要死的"，这不合时宜的真话叫人听了太刺耳，结果是他被富家的奴仆当成疯子，轰出门去。人总是要死的，这话不错，我们站在起点，或站在中途，一点一滴地看清楚，而慢慢达成渐悟，也实属不易。我们怎样才能于电光火石的瞬间达成顿悟呢？非大悲大喜不能将人颠倒，亦非大悲大喜不能将人释放，我们的生活并不缺少一些小小的姿采，所缺者正是大悲大喜的波澜，舍此别求，即便得到万万人所未能得的奇遇，于佛祖莲座下亲聆妙谛，一夕甘露也终究不能润彻枯肠。《红楼梦》开篇不久就让跛足道人唱一曲《好了歌》。的确是寄意良深。那"泥做的骨肉"——贾宝玉先是游历了指点风月迷津的太虚幻境，然后在大观园一群才女和美女中做个快活的多情公子，几回回赏花弄月，只不过为赋新词强说愁。然而，天下没有不散的筵席，黛玉之死，急转哀音，待到元春弃世，贾府抄家，忽喇喇似大厦倾，昏惨惨似灯将尽，便要无语话凄凉了。贾宝玉——这位"天下第一淫人"翻转浮沉于大喜大悲之中，经历了身世的惨变，于此时悟到万有皆空，参透那个"了"字，是再正常不过的事情。红楼一梦的大结局早就被《好了歌》暗示出来，恰是"白茫茫一片真干净"。再没有什么比一场大雪更好的收场，贾宝玉在那场百年不遇的大雪中，找回了久已迷失的真我，昔日的"好"与今日的"了"两相合一，他那样的大痴人也就不再是痴人。

有一句话叫做"感谢生活"，还有一句话叫做"感谢命运"。之所以要感谢生活，是因为生活给了我们表演的舞台；之所以要感谢命运，是因为命运给了我们表演的机会。然而，平时所上演的充其量只是莎士比亚《错误的喜剧》那种虽有五幕却草草收场的短剧。奇就奇在一些喜剧竟可以演到令人挥涕落泪，一些悲剧竟可以演到令人缓颊解颐，我们不是演得不卖力，也不是演得不对劲，而是生活所给的舞台太小，命运所给的机会不多，正因为急切于演好，所以演砸；正因为没有固定的脚本，所以把一些正剧演成了阿尔比的《动物园的故事》那样的荒诞剧，这还不是最糟糕的情形，另有人以"第一名角"的身份粉墨登场，刚一亮相，就被人识破了皇帝的新装，这样的"大丑"出演一千场之后，倒尽了众人的胃口，也就该识趣地躲到后台去认认真真补一回妆，最好是穿一件蔽体的衣服，别着了凉。

"我演得这样辛苦，也没人喝彩，观众都是一些毫无品味的人！"

这样的责难之辞出自他们之口，一点也不新鲜。半老徐娘平日扮靓装娇，你若不肯违心地欣赏她残存的风韵，她必然要骂："你娘白生了你一对招子！"好吧，我冷眼看过之后，干脆不置一评。人生如戏，我先承认自己不是好演员,因此我不会抢镜头,不愿出风头,不想搞噱头。幕启幕落,有的戏竟因某位"大腕"的罢演而一筹莫展,谁来救场呢?于是,乱成一锅粥。其实,说穿了,世间没有非演不可的剧目,从这个意义上讲,也没有不可或缺的演员。太看重自己的表演才赋,非让人仰其鼻息看其眼色不可,就未免有点为戏所误了。

魏晋名士们也喜欢演戏,如阮籍醉卧邻家当垆的美妇之侧;如曹丕带头在王粲坟头作驴鸣;如嵇康在树下锻炼,视前来拜访的贵胄公子钟会蔑然若无物,待其不堪冷遇要离去时,又补刀似地问道:"何所闻而来?何所见而去?";还有王子猷雪夜乘船访戴安道,及门不入,兴尽而返,诸如此类。这些戏极演士子真性情,千年之后,依然追想如画。魏晋人真率与旷达的流风余韵至宋而成绝响,苏东坡是最显眼的回光返照,在他之后,士子们都夹起尾巴做人,《世说新语》便成了"恐龙化石"的展厅,我们看过之后,便会叹惜魏晋风流过早灭绝。我们读这部极生动的古书,竟要疑心魏晋诸子都是外星人,他们的旷放潇洒非常出格,非常离谱,他们服"寒石散",吃得皮肤发绿,成鬼的多,成仙的少,这也说明他们有点走火入魔。今天读《世说新语》,还有什么益处?最实际的功用是澡雪精神(我们的精神积垢太厚),爽一爽心气;或谓之吸氧,也不错。

现代心灵的种种"慢性病"已无显效药可治,当然还可以对症开出一些方子来,比如说,读古典哲学,又比如重回大自然,返朴归真。我曾大剂量地服用过古典哲学,见效甚微;我离名山大川则总有些远,仿佛竟是西天佛界,心向往之而不能至。虽然获准四处游走,但我仍是城市的系囚,偶尔的出门游历,也不过是"放风"而已,但这样放风的机会于我而言不可多得。寻常的囚徒有一个彻底释放的日子可以盼望,我的"服刑"却是遥遥无期。一位朋友见我总在书房枯坐终日,像只书蠹钻在故纸堆中,闷闷然且怏怏然的样子,便出言相讽:

"你这是被谁软禁了吧?"

闻言,我竟有些茫然,是啊,我在这间小小的房子里日复一日地读书写字,好像是被谁驱遣着伏案劳形,那么这个"典狱长"是何方神圣?不知道,也无从得知。如我这般的系囚怕是不少,只不过大家脸上没有黥字,也不是刺配沧州,比豹子头林冲的处境要好得多。

我们最缺乏的究竟是什么?是一种气候,桔生淮南则为桔,生淮北则为枳。话说回来,我们若生在魏晋,也该是风流名士吧。一条鱼在小水洼中想念江湖,能得到那份自由,是福;不能得到那份自由,则是命。但起码我们要有这种渴望,如果想都不去想,想都不敢想,一心一意地安于现状,就恐怕不是一般的慢性病了,可能是"癌症",非化疗和手术不能触动其根本,仅仅按民间验方用几付"草药",可能连病灶的边都挨不着。

澡雪精神只是除垢,并非一种可推广的新式疗法,我不知道世间是否有一部或几部堪与《本草纲目》媲美的精神药典,我的存疑理应得到答案。

(原载《散文》1996 年第 10 期)

刘 郎

苏园六纪(之四)·蕉窗听雨

（一）

在中国的传统文化中,向有"花木移情"之说。

梅、兰、竹、菊,被称为"四君子",松、竹、梅,被称为"岁寒三友",这些植物,以其幽雅、挺拔和傲寒的特点,成为文人雅士们自况的品格。作为风雅之园的苏州园林,对园中植物的选择,便体现了园林主人的意趣与追求。

但是,苏州园林又是自然环境与人工环境艺术的统一。作为理想的人居环境,苏州园林追求的是"天人合一"的境界,诸多的花木都是最能体现大自然生态环境的主体,因此,它在花木营造上就绝不会简单从事,花木品种更没有仅限于梅兰竹菊。事实上,古代造园家已将叠山、理水、园林建筑与栽花植木视为园林的四大要素,并以花木营造的独到创作,体现了人对自然的亲和。

自然界的诸般品类在这里巧妙融合,置身园林,你自会找到王籍的感受:"蝉噪林愈静,鸟鸣山更幽。"自然界的多样景色在这里浑为一体,陶醉其中,你自会产生晏殊的空灵:"梨花院落溶溶月,柳絮池塘淡淡风。"

正因为视觉上有花遮柳护,听觉上有雨落残荷,嗅觉上有暗香浮动,感觉上才有心旷神怡。

可以说,若没有花木精神,便无所谓园林意境。

（二）

苏州园林中的栽花植树,是自有章法的。像苍松、银杏等高大的树木,一棵有一棵的匠心;而如翠竹幽篁之类,则一丛有一丛的用意。

上百年珍贵的古树,是古老生态的象征,是历史园林的标志,也是审美鉴赏的对象。在造园之初,若是已有古树在先,那么,造园家总是给它腾出相应的空间,使其成为园林一景。历史上的造园家,不但为后人留下了一棵棵古树,也留下了"雕梁易构,古树难成"的训条。

在苏州园林里,生机蓬勃的植物对于没有生命的建筑环境至关重要。正因为厅、廊、堂、榭的内外空间,是依靠了植物的衬托才显示了它与自然的呼应,所以,园林中的许多景点,便以植物的品种和寓意来命名,如拙政园的"枇杷园",留园的"花步小筑",网师园的"竹外一枝轩"……

江南水量丰沛,温度湿度都高,可以入园的植物也就品种繁多。据记载,在苏州园林中,树木、花卉和藤萝就有100余科,计250余种。品种虽多,但造园家对园林植物的具体配置,却是十分考究。他们注意植物的造型、色彩,尤其是人赋品格的特点,用以营造环境的情趣与景观的构图。这些植物,或富贵,或简淡,都渲染了深院幽庭的高雅气氛,或瓜棚豆架的田园情调。就连水面栽种的荷花,栽多栽少,栽与不栽,都是着意经营。拙政园占地70亩,三分之一的面积都是水,造园者便养植了大片荷花,而占地只有9亩的网师园,为了保持碧水荡漾的开阔感,就没有栽种那些香远益清的"红粉佳人"。

(三)

荷,一种多年生水生花卉,既可生于旷野湖沼,又可植根芳园宅地,并以悠久的历史,形成了中国的荷文化,包容了丰富的精神内容。

文人说,荷,"出污泥而不染"。

佛陀说:"人与莲没有两样,每人都有自己个别的先天条件。"

因为丰富的寓意,人们栽种了荷花,同时也栽种了自己。

因为当年的园林主人崇尚荷花的品质,荷花便成了一些园林的传统花卉。不过,主人们也爱别的花,像沧浪亭的兰花,留园的牡丹与芍药,早就远近有了名。只因拙政园是著名的山水之园,水生的荷花便成了吴下名园花卉话题的首选。拙政园的荷花向来是一大景观,而与荷花有关连的建筑,竟早就造了许多处,芙蓉榭、远香堂、香洲、荷风四面亭、留听阁、藕香榭等等,串在一起,就像是一根节节相连、段段同体的藕。

采访钱怡(园林工作者):

> 荷花和我们苏州的缘分已经很长,在2500多年之前,我们的灵岩山上,苏州郊外的灵岩山,吴王夫差建造了一个馆娃宫,让越国的美女西施在那里住。娃,在我们苏州话里就是美女的代称。在馆娃宫里面有一个玩花池,这个遗迹现在还在,从这个池塘的取名可以看出,它种的荷花是用于观赏。然后到东晋的时候,就出现了缸荷,到明代的时候就出现了碗莲,这个碗莲首先出现也是在我们苏州的庭院里面,流传了

好几百年。到"文革"以前,我们苏州种碗莲的有一个有名的老先生叫卢彬士,他种的碗莲非常出色。当时我们苏州一个盆景专家周瘦鹃老先生,他家里的一个厅堂叫爱莲堂,这个堂上每年放的碗莲就是卢彬士老先生送去的,但是"文革"开始,卢彬士老先生就下放到苏北去了,苏州呢就没有人种碗莲了,一直就失踪了二三十年。我们拙政园呢,现在已经有碗莲的品种100多个,缸荷的品种100多个,塘荷还有8个品种,一共有300多个品种。它已经成了我们苏州古典园林里最大的一个荷花基地。

苏州的卢彬士老先生所莳弄的碗莲,以前叫钵莲。卢老先生特别重视养莲的器物,讲究要用精细的古碗来养植这种案头清供,碗莲从此得名。由于它是人见人爱的家庭花卉,多年流传吴地,影响遍及江浙。

其实,这种别致的莲花栽培古代就有,清代嘉庆时期,苏州的文人沈三白——即写了《浮生六记》的那位沈复,就曾经做过成功的实验。他是将莲籽磨薄了两头,然后装入蛋壳里,使抱窝的母鸡孵于翼下,待鸡雏们出壳的时候取出来,再埋入钵中之泥。这泥土也特别,它须是燕巢之泥,并加少许天门冬——即一种草药,捣烂,拌匀,再将莲籽置其中,然后灌以河水,晒以朝阳。莲株长成之际,花若酒杯,亭亭可爱。

这似乎是一段闲笔。但是,我们却从中看到了苏州人细腻精巧的性格,与浓郁高雅的生活情趣。其实,碗莲的栽培与园林的建造有着异曲同工之妙,苏州古典园林,不也正是以"小中见大"、"缩龙成寸"的手法,将自己融于天地之间的么?

(四)

植物是融合园林建筑与自然空间的重要因素,室内陈花、案上插瓶固然是一种手段,但还不如使各种花木探窗、翠色倚门更有生趣。

为了达到这种效果,苏州园林的一些厅堂与轩廊之间,在建造的时候,便安排了若干天井并配置花石,让人感到花石在建筑里,建筑在花石中,几无室内室外之分。

说到欣赏园林植物与景色,一定要说到窗户。园林里的窗户,有空窗、漏窗、花窗之别,尤以漏窗为园林创作的点睛之笔。它们构思独到,图案纷呈,绝少同样,具有极强的实用性与装饰性,本身就是一件艺术品。

而可以让人在室内也能够直接观赏园林景色的,便是一方方精美的花窗了。在中国古典诗文中,"绿上窗纱"、"窗间竹影"、"窗前月下"这些词汇,是出现频率极高的字眼。宋代,甚至还有一些将"窗"字直接作为自己字号的词人,如吴文英(梦窗)、周密(草窗),就被人以"二窗"并称。本来是一种出于实用的窗户,因为在视觉上使人产生一种绘画感,所以,它往往成为一方赏心悦目的独特天地。而苏州园林的窗户,更是把这种审美的功能做了艺术的提升。

以园林的窗户为画框,你看不尽桃红柳绿的妩媚,看不尽烟锁重楼的迷蒙,看不尽竹影梅风的爽朗,看不尽冰清玉洁的玲珑。

(五)

透过漏窗,可以欣赏苏州园林在天时变化中的景色,但毕竟还要多少受到造园家当初的规范。苏州园林在艺术欣赏上最大的特点,是移步换景。可以说,以不同的欣赏角度,在不同的欣赏时间所获取的感受,是有千差万别的。因此也可以这样认为,要深入发掘园林之美,就需要有一种独到的眼光。这独到的眼光,便是每个人自己心中的漏窗。

是不是你也留意了这样的光影?

是不是你也留意了这样的构图?

是不是你也留意了这样的视角?

是不是你也留意了这样的景深?

园林,原本是一种精细的艺术。欣赏园林,也原本就是去发现精微。

采访陈健行(摄影家):

苏州园林要拍好,要注意观察它一年四季春夏秋冬的季节变化。除了季节的变化之外,还有一天当中光线的变化。我举个例子,苏州杨树吐芽最好的时间,一般的大都在3月8日左右,2月底杨柳刚刚开始吐芽,但芽长得最好的时候,在3月8日到3月12日之间。像苏州园林里的荷叶,荷叶点点在水面上,效果最好的时候是在5月4日到5月10日这一星期当中,那个初夏的味道就非常好。我拍怡园那个漏窗,投影投在复廊上面,每年要等到11月20日到11月26日,最好是11月25日上午9点40分,拍到9点45分,只有5分钟的时间可以拍。

当然,苏州园林中那些美妙的光影,并不是人人都能遇到的。即使遇到它的人,若要品味出其中的冲和恬淡,也还需要特定的心情。没有心情,便无所谓欣赏,而这种心情,恰与浮躁相对立。

苏州园林的建造,最初只是为了少数人的实用与观赏,今日却成了供人观瞻的古董,游人一多,便显嘈杂,园林也就不幽静。毋庸讳言,生活节奏日益加快的今天,苏州园林之美,失去了很多的知音。世界上的事物往往是这样,相识固然不难,理解未必容易。

(六)

苏州园林,在古代是宅第园林,即文人雅士们的住宅花园。除了历史价值和艺术价值之外,它的"宅"与"园"的有机结合,巧妙地创造了优美的人居环境。

人居环境的理想境界,是人与自然的和谐。使人愉悦的艺术美感与自然情趣,恰就是这种和谐在生活当中的体现。

园林里,几株高树体现它,它便在林梢;围墙内,数张莲叶体现它,它便在荷塘。但是,只要有林梢,便能够看到"明月别枝";只要有荷塘,便可以引来"蛙声一片"。

园林的和谐,曾包容野趣,呼应周边,本就是一种美妙的氛围……

采访陆文夫(著名作家):

我小时候一到苏州,(那时)是十五六岁,我们家有亲眷在苏州,这以后就跟苏州园林搭上关系了。那时候,因为亲戚认识耦园的主人,因为这样的亲戚关系呢,我就住在耦园。我住在那里,那一年是来养病的,后来就整天看书。那个园子当年给我的印象简直好极了,好像一个幻想的世界。特别是到晚上,晚上园子里没有人,园子白天也没有人。园子里有个池塘,耦园的荷花池是很有名的,池塘里边都是青蛙,池塘里还有大鲤鱼,鲤鱼很大。耦园隔一道墙,过去就是护城河,那个时候城墙还在。外面也有青蛙,这个青蛙叫起来很来劲儿,这里青蛙一叫,外面青蛙也吼上来了,就像打雷一样,你什么东西都听不见。但是有时候突然青蛙就停下来了,真奇怪,青蛙一停,所有青蛙全部停掉。这个时候听见鲤鱼在河里边喳喋地吸空气,在荷叶下面听见这种声音。一会儿蛙鼓又起来了,什么声音都听不见。从那个时候开始,苏州园林的艺术就暗暗地影响了自己。网师园我也住过。网师园晚上很漂亮,有好多人不知道,晚上的苏州园林有时候比白天还漂亮,那时候我家里住宿条件很不好,写东西家里很热又吵。那时候我跟园林管理处的人熟悉,他说算了,你住到网师园去吧。网师园有个小姐楼,空在那儿,有桌子有什么的。那个时候游人也很少,我就住上去了,就整天在那儿写东西,晚上网师园里只有我一个,大概住了一个多月,快两个月。我坐在池塘边的石头上,把小姐楼的灯开着,灯开了,小姐楼上的灯光都反映到池塘里面了,房子的倒影就倒在池塘里了。苏州这个城市很奇怪的,它是关起门的一个城市,在外面看破破烂烂,这个门一推开就漂亮极了,里面是一个大花园。

(七)

作为文人山水之园的苏州园林,其创作者最终的用心,是强调一种诗意。这一点,与中国传统的文人画如出一辙。文人画讲究画意,也看重题款,那些画面上的诗句,或是富有诗意的品题,使作品的内涵丰富了许多。

在苏州园林中,也有大量的文人品题。

这些品题,或是匾额,或是楹联,悬挂于厅堂,书刻于亭台,富有浓郁的书卷气。它不仅提高了园林的格调,而且还在意境中具有点题的导向作用。不管是即景自撰而来,还是移花接木之作,它们大都出自名家之手,写景抒情都能寓于哲理,紧扣主题却又意象纵横。实际上,它们既是园林艺术的一种构成,又是景观立意的再度升华。

这些品题有一个共同的特点,即传导了园林主人心目中的花木精神。耦园的一副典型的园林楹联,把这种花木精神与文人品格的融合,几乎推到了极致——

卧石听涛,满衫松色;

开门看雨,一片蕉声。

(八)

芭蕉,一种生长极快的草本植物,有阔长的叶子,高大的身躯,常给人以稳重与沉穆的感觉。假山旁,幽窗下,只栽数本芭蕉,这园林里便添加了许多幽幽的绿。

夏天,暑日炎炎,潺热难当,芭蕉可以给人一片阴凉;冬日,江南是一阵潮湿湿的冷,而这芭蕉的身姿,便又悄悄地包裹着春天的希望。芭蕉,没有红红紫紫的花,只是绿得单纯。单纯之美,原是一种很高的格调,无怪乎许多的艺术作品,都将芭蕉当做了吟唱的主题。

雨打芭蕉,当是最有意味的情境了。造园者充分考虑到了雨中的园林所产生的观赏效果,早就筑就了"留听阁"或"听雨轩"之类。这一派潇潇烟雨,也的确使这一幅写意的画卷,充满了淋漓的气韵。

细雨霏霏,蕉叶上的雨声是轻轻地响,就像人在回忆绵绵往事——那样朦胧,那样淡远;雨下得大了,珠珠点点,又唱出了明明白白的天籁之歌。对于十分专注的蕉窗听雨的人,那蕉叶上滑动的雨水,顺势而滴,就像是一颗颗滚落的心事。

也许,就是在这样的环境中,当年的那些园林主人,在将手中的一方官印换做了几枚闲章之后,也将心中的仕途风雨换成了眼前的蕉窗之雨。

芭蕉,或可就是童年时代嬉戏玩耍的见证,或可就是少年时代寒窗苦读的伴侣,或可就是淹留他乡时回忆故土的念物,或可就是归隐江南后十分亲密的知音……

(九)

人们常常说到园林的意境。园林的意境到底是什么?本片认为,所谓园林的意境,就是在具体的、有限的园林景象之中,融入对古代风雅的体味,融入与自然交流的体验,融入对人生哲理的体察,并取得净化心灵的美感享受,产生多种多样的联翩浮想。

园林意境,依赖景象而存在,这景象,背景是吴门烟水,得来靠分水栽山,形态是深院幽庭。

而要真正品赏园林,又当是蕉窗听雨般的情致。

深化园林的意境,自然就包括超尘涤虑之后的"蕉窗听雨"。

(选自电视文化片《苏园六纪》解说词,
中国广播电视出版社2000年10月版)

莫 言

讲故事的人
—— 诺贝尔文学奖获奖演讲

尊敬的瑞典学院各位院士,女士们、先生们:

通过电视或网络,我想在座的各位对遥远的高密东北乡,已经有了或多或少的了解。你们也许看到了我的九十岁的老父亲,看到了我的哥哥姐姐、我的妻子女儿,和我的一岁零四个月的外孙子。但是有一个此刻我最想念的人,我的母亲,你们永远无法看到了。我获奖后,很多人分享了我的光荣,但我的母亲却无法分享了。

我母亲生于 1922 年,卒于 1994 年。她的骨灰,埋葬在村庄东边的桃园里。去年,一条铁路要从那儿穿过,我们不得不将她的坟墓迁移到距离村子更远的地方。掘开坟墓后,我们看到,棺木已经腐朽,母亲的骨殖,已经与泥土混为一体。我们只好象征性地挖起一些泥土,移到新的墓穴里。也就是从那一时刻起,我感到,我的母亲是大地的一部分,我站在大地上的诉说,就是对母亲的诉说。

我是我母亲最小的孩子。

我记忆中最早的一件事,是提着家里唯一的一把热水壶去公共食堂打开水。因为饥饿无力,失手将热水瓶打碎,我吓得要命,钻进草垛,一天没敢出来。傍晚的时候我听到母亲呼唤我的乳名,我从草垛里钻出来,以为会受到打骂,但母亲没有打我也没有骂我,只是抚摸着我的头,口中发出长长的叹息。

我记忆中最痛苦的一件事,就是跟着母亲去集体的地里拣麦穗,看守麦田的人来了,拣麦穗的人纷纷逃跑,我母亲是小脚,跑不快,被捉住,那个身材高大的看守人扇了她一个耳光,她摇晃着身体跌倒在地,看守人没收了我们拣到的麦穗,吹着口哨扬长而去。我母亲嘴角流血,坐在地上,脸上那种绝望的神情我终生难忘。多年之后,当那个看守麦田的人成为一个白发苍苍的老人,在集市上与我相逢,我冲上去想找他报仇,母亲拉住了我,平静地对我说:"儿子,那个打我的人,与这个老人,并不是一个人。"

我记得最深刻的一件事是一个中秋节的中午,我们家难得的包了一顿饺子,每人只有一碗。正当我们吃饺子时,一个乞讨的老人来到了我们家门口,我端起半碗红薯干打发他,他却愤愤不平地说:"我是一个老人,你们吃饺子,却让我吃红薯干。你们的心是怎么长的?"我气急败坏地说:"我们一年也吃不了几次饺子,一人一小碗,连半饱都吃不了!给你红薯干就不错了,你要就要,不要就滚!"母亲训斥了我,然后端起她那半碗饺子,倒进了老人碗里。

我最后悔的一件事,就是跟着母亲去卖白菜,有意无意的多算了一位买白菜的老人一毛钱。算完钱我就去了学校。当我放学回家时,看到很少流泪的母亲泪流满面。母亲并没有骂我,只是轻轻地说:"儿子,你让娘丢了脸。"

我十几岁时,母亲患了严重的肺病,饥饿、病痛、劳累,使我们这个家庭陷入了困境,看不到光明和希望。我产生了一种强烈的不祥之兆,以为母亲随时都会自己寻短见。每当我劳动归来,一进大门就高喊母亲,听到她的回应,心中才感到一块石头落了地。如果一时听不到她的回应,我就心惊胆战,跑到厨房和磨坊里寻找。有一次找遍了所有的房间也没有见到母亲的身影,我便坐在了院子里大哭。这时母亲背着一捆柴草从外面走进来。她对我的哭很不满,但我又不能对她说出我的担忧。母亲看到我的心思,她说:"孩子你放心,尽管我活着没有一点乐趣,但只要阎王爷不叫我,我是不会去的。"

我生来相貌丑陋,村子里很多人当面嘲笑我,学校里有几个性格霸蛮的同学甚至为此打我。我回家痛哭,母亲对我说:"儿子,你不丑,你不缺鼻子不缺眼,四肢健全,丑在哪里?而且只要你心存善良,多做好事,即便是丑也能变美。"后来我进入城市,有一些很有文化的人依然在背后甚至当面嘲弄我的相貌,我想起了母亲的话,便心平气和地向他们道歉。

我母亲不识字,但对识字的人十分敬重。我们家生活困难,经常吃了上顿没下顿。但只要我对她提出买书买文具的要求,她总是会满足我。她是个勤劳的人,讨厌懒惰的孩子,但只要是我因为看书耽误了干活,她从来没批评过我。

有一段时间,集市上来了一个说书人。我偷偷地跑去听书,忘记了她分配给我的活儿。为此,母亲批评了我,晚上当她就着一盏小油灯为家人赶制棉衣时,我忍不住把白天从说书人那里听来的故事复述给她听,起初她有些不耐烦,因为在她心目中说书人都是油嘴滑舌,不务正业的人,从他们嘴里冒不出好话来。但我复述的故事渐渐地吸引了她,以后每逢集日她便不再给我排活,默许我去集上听书。为了报答母亲的恩情,也为了向她炫耀我的记忆力,我会把白天听到的故事,绘声绘色地讲给她听。

很快的,我就不满足于复述说书人讲的故事了,我在复述的过程中不断地添油加醋,我会投我母亲所好,编造一些情节,有时候甚至改变故事的结局。我的听众也不仅仅是我的母亲,连我的姐姐,我的婶婶,我的奶奶都成为我的听众。我母亲在听完我的故事后,有时会忧心忡忡地,像是对我说,又像是自言自语:"儿啊,你长大后会成为一个什么人呢?难道要靠耍贫嘴吃饭吗?"

我理解母亲的担忧,因为在村子里,一个贫嘴的孩子,是招人厌烦的,有时候还会给自己和家庭带来麻烦。我在小说《牛》里所写的那个因为话多被村子里厌恶的孩子,就有我童年时的影子。我母亲经常提醒我少说话,她希望我能做一个沉默寡言、安稳大方的孩子。但在我身上,却显露出极强的说话能力和极大的说话欲望,这无疑是极大的危险,但我说故事的能力,又带给了她愉悦,这使她陷入深深的矛盾之中。

俗话说"江山易改、本性难移",尽管有父母亲的谆谆教导,但我并没有改掉我喜欢说话的天性,这使得我的名字"莫言",很像对自己的讽刺。

我小学未毕业即辍学,因为年幼体弱,干不了重活,只好到荒草滩上去放牧牛羊。当我牵着牛羊从学校门前路过,看到昔日的同学在校园里打打闹闹,我心中充满悲凉,深深地体会到一个人,哪怕是一个孩子,离开群体后的痛苦。

到了荒滩上,我把牛羊放开,让它们自己吃草。蓝天如海,草地一望无际,周围看不到一个人影,没有人的声音,只有鸟儿在天上鸣叫。我感到很孤独,很寂寞,心里空空荡荡。有时候,我躺在草地上,望着天上懒洋洋地飘动着的白云,脑海里便浮现出许多莫名其妙的幻象。我们那地方流传着许多狐狸变成美女的故事,我幻想着能有一个狐狸变成美女与我来作伴放牛,但她始终没有出现。但有一次,一只火红色的狐狸从我面前的草丛中跳出来时,我被吓得一屁股蹲在地上。狐狸跑没了踪影,我还在那里颤抖。有时候我会蹲在牛的身旁,看着湛蓝的牛眼和牛眼中的我的倒影。有时候我会模仿着鸟儿的叫声试图与天上的鸟儿对话,有时候我会对一棵树诉说心声。但鸟儿不理我,树也不理我。许多年后,当我成为一个小说家,当年的许多幻想,都被我写进了小说。很多人夸我想象力丰富,有一些文学爱好者,希望我能告诉他们培养想象力的秘诀,对此,我只能报以苦笑。

就像中国的先贤老子所说的那样:"福兮祸之所伏,福祸福所倚",我童年辍学,饱受饥饿、孤独、无书可读之苦,但我因此也像我们的前辈作家沈从文那样,及早地开始阅读社会人生这本大书。前面所提到的到集市上去听说书人说书,仅仅是这本大书中的一页。

辍学之后,我混迹于成人之中,开始了"用耳朵阅读"的漫长生涯。二百多年前,我的故乡曾出了一个讲故事的伟大天才——蒲松龄,我们村里的许多人,包括我,都是他的传人。我在集体劳动的田间地头,在生产队的牛棚马厩,在我爷爷奶奶的热炕头上,甚至在摇摇晃晃地行进着的牛车上,聆听了许许多多神鬼故事、历史传奇、逸闻趣事,这些故事都与当地的自然环境、家庭历史紧密联系在一起,使我产生了强烈的现实感。

我做梦也想不到有朝一日这些东西会成为我的写作素材,我当时只是一个迷恋故事的孩子,醉心地聆听着人们的讲述。那时我是一个绝对的有神论者,我相信万物都有灵性。我见到一棵大树会肃然起敬;我看到一只鸟会感到它随时会变化成人;我遇到一个陌生人,也会怀疑他是一个动物变化而成。每当夜晚我从生产队的记工房回家时,无边的恐惧便包围了我,为了壮胆,我一边奔跑一边大声歌唱。那时我正处在变声期,嗓音嘶哑,声调难听,我的歌唱,是对我的乡亲们的一种折磨。

我在故乡生活了二十一年,期间离家最远的是乘火车去了一次青岛,还差点迷失在木材厂的巨大木材之间,以至于我母亲问我去青岛看到了什么风景时,我沮丧地告诉她:什么都没看到,只看到了一堆堆的木头。但也就是这次青岛之行,使我产生了想离开故乡到外边去看世界的强烈愿望。

1976年2月,我应征入伍,背着我母亲卖掉结婚时的首饰帮我购买的四本《中国通史简编》,走出了高密东北乡这个既让我爱又让我恨的地方,开始了我人生的重要时期。我必须承认,如果没有30多年来中国社会的巨大发展与进步,如果没有改革开放,也不会有我这样一个作家。

在军营的枯燥生活中,我迎来了80年代的思想解放和文学热潮,我从一个用耳朵聆听故事、用嘴巴讲述故事的孩子,开始尝试用笔来讲述故事。起初的道路并不平坦,我那时并没有意识到我20多年的农村生活经验是文学的富矿,那时我以为文学就是写好人好事,就是写英雄模范,所以,尽管也发表了几篇作品,但文学价值很低。

1984年秋,我考入解放军艺术学院文学系。在我的恩师著名作家徐怀中的启发指导下,我写出了《秋水》、《枯河》、《透明的红萝卜》、《红高粱》等一批中短篇小说。在《秋水》这篇小说里,第一次出现了"高密东北乡"这个字眼,从此,就如同一个四处游荡的农民有了一片土地,我这样一个文学的流浪汉,终于有了一个可以安身立命的场所。我必须承认,在创建我的文学领地"高密东北乡"的过程中,美国的威廉·福克纳和哥伦比亚的加西亚·马尔克斯给了我重要启发。我对他们的阅读并不认真,但他们开天辟地的豪迈精神激励了我,使我明白了一个作家必须要有一块属于自己的地方。一个人在日常生活中应该谦卑退让,但在文学创作中,必须颐指气使,独断专行。我追随在这两位大师身后两年,即意识到,必须尽快地逃离他们。我在一篇文章中写道:他们是两座灼热的火炉,而我是冰块,如果离他们太近,会被他们蒸发掉。根据我的体会,一个作家之所以会受到某一位作家的影响,其根本是因为影响者和被影响者灵魂深处的相似之处。正所谓"心有灵犀一点通"。所以,尽管我没有很好地去读他们的书,但只读过几页,我就明白了他们干了什么,也明白了他们是怎样干的,随即我也就明白了我该干什么和我该怎样干。

我该干的事情其实很简单,那就是用自己的方式,讲自己的故事。我的方式,就是我所熟知的集市说书人的方式,就是我的爷爷奶奶、村里的老人们讲故事的方式。坦率地说,讲述的时候,我没有想到谁会是我的听众,也许我的听众就是那些如我母亲一样的人,也许我的听众就是我自己,我自己的故事,起初就是我的亲身经历,譬如《枯河》中那个遭受痛打的孩子,譬如《透明的红萝卜》中那个自始至终一言不发的孩子。我的确曾因为干过一件错事而受到过父亲的痛打,我也的确曾在桥梁工地上为铁匠师傅拉过风箱。当然,个人的经历无论多么奇特也不可能原封不动地写进小说,小说必须虚构,必须想象。很多朋友说《透明的红萝卜》是我最好的小说,对此我不反驳,也不认同,但我认为《透明的红萝卜》是我的作品中最有象征性、最意味深长的一部。那个浑身漆黑、具有超人的忍受痛苦的能力和超人的感受能力的孩子,是我全部小说的灵魂,尽管在后来的小说里,我写了很多的人物,但没有一个人物,比他更贴近我的灵魂。或者可以说,一个作家所塑造的若干人物中,总有一个领头的,这个沉默的孩子就是一个领头的,他一言不发,但却有力地领导着形形色色的人物,在高密东北乡这个舞台上,尽情地表演。

自己的故事总是有限的,讲完了自己的故事,就必须讲他人的故事。于是,我的亲人们的故事,我的村人们的故事,以及我从老人们口中听到过的祖先们的故事,就像听到集合令的士兵一样,从我的记忆深处涌出来。他们用期盼的目光看着我,等待着我去写他们。我的爷爷、奶奶、父亲、母亲、哥哥、姐姐、姑姑、叔叔、妻子、女儿,都在我的作品里出现过,还有很多的我们高密东北乡的乡亲,也都在我的小说里露过面。当然,我对他们,都进行了文学化的处理,使他们超越了他们自身,成为文学中的人物。

我最新的小说《蛙》中,就出现了我姑姑的形象。因为我获得诺贝尔奖,许多记者到她家采访,起初她还很耐心地回答提问,但很快便不胜其烦,跑到县城里她儿子家躲起来了。姑姑确实是我写《蛙》时的模特,但小说中的姑姑,与现实生活中的姑姑有着天壤之别。小说中的姑姑专横跋扈,有时简直像个女匪,现实中的姑姑和善开朗,是一个标准的贤妻良母。现实中的姑姑晚年生活幸福美满,小说中的姑姑到了晚年却因为心灵的巨大痛苦患上了失眠症,身披黑袍,像个幽灵一样在暗夜中游荡。我感谢姑姑的宽容,她没有因为我在小说中把她写成那样而生气;我也十分敬佩我姑姑的明智,她正确地理解了小说中人物与现实中人物的复杂关系。

母亲去世后,我悲痛万分,决定写一部书献给她。这就是那本《丰乳肥臀》。因为胸有成竹,因为情感充盈,仅用了83天,我便写出了这部长达50万字的小说的初稿。

在《丰乳肥臀》这本书里,我肆无忌惮地使用了与我母亲的亲身经历有关的素材,但书中的母亲情感方面的经历,则是虚构或取材于高密东北乡诸多母亲的经历。在这本书的卷前语上,我写下了"献给母亲在天之灵"的话,但这本书,实际上是献给天下母亲的,这是我狂妄的野心,就像我希望把小小的"高密东北乡"写成中国乃至世界的缩影一样。

作家的创作过程各有特色,我每本书的构思与灵感触发也都不尽相同。有的小说起源于梦境,譬如《透明的红萝卜》;有的小说则发端于现实生活中发生的事件——譬如《天堂蒜薹之歌》。但无论是起源于梦境还是发端于现实,最后都必须和个人的经验相结合,才有可能变成一部具有鲜明个性的、用无数生动细节塑造出了典型人物的、语言丰富多彩、结构匠心独运的文学作品。有必要特别提及的是,在《天堂蒜薹之歌》中,我让一个真正的说书人登场,并在书中扮演了十分重要的角色。我十分抱歉地使用了这个说书人的真实姓名,当然,他在书中的所有行为都是虚构的。在我的写作中,出现过多次这样的现象,写作之初,我使用他们的真实姓名,希望能借此获得一种亲近感,但作品完成之后,我想为他们改换姓名时却感到已经不可能了,因此也发生过与我小说中人物同名者找到我父亲发泄不满的事情,我父亲替我向他们道歉,但同时又开导他们不要当真。我父亲说:"他在《红高粱》中,第一句就说'我父亲这个土匪种',我都不在意你们还在意什么?"

我在写作《天堂蒜薹之歌》这类逼近社会现实的小说时,面对着的最大问题,其实不是我敢不敢对社会上的黑暗现象进行批评,而是这燃烧的激情和愤怒会让政治压倒文学,使这部小说变成一个社会事件的纪实报告。小说家是社会中人,他自然有自己的立场和观点,但小说家在写作时,必须站在人的立场上,把所有的人都当做人来写。只有这样,文学才能发端事件但超越事件,关心政治但大于政治。

可能是因为我经历过长期的艰难生活,使我对人性有较为深刻的了解。我知道真正的勇敢是什么,也明白真正的悲悯是什么。我知道,每个人心中都有一片难用是非善恶准确定性的朦胧地带,而这片地带,正是文学家施展才华的广阔天地。只要是准确地、生动地描写了这个充满矛盾的朦胧地带的作品,也就必然地超越了政治并具备了优秀文学的品质。

喋喋不休地讲述自己的作品是令人厌烦的,但我的人生是与我的作品紧密相连的,不讲作品,我感到无从下嘴,所以还得请各位原谅。

在我的早期作品中,我作为一个现代的说书人,是隐藏在文本背后的,但从《檀香刑》这部小说开始,我终于从后台跳到了前台。如果说我早期的作品是自言自语,目无读者,从这本书开始,我感觉到自己是站在一个广场上,面对着许多听众,绘声绘色地讲述。这是世界小说的传统,更是中国小说的传统。我也曾积极地向西方的现代派小说学习,也曾经玩弄过形形色色的叙事花样,但我最终回归了传统。当然,这种回归,不是一成不变的回归,《檀香刑》和之后的小说,是继承了中国古典小说传统又借鉴了西方小说技术的混合文本。小说领域的所谓创新,基本上都是这种混合的产物。不仅仅是本国文学传统与外国小说技巧的混合,也是小说与其他的艺术门类的混合,就像《檀香刑》是与民间戏曲的混合,就像我早期的一些小说从美术、音乐甚至杂技中汲取了营养一样。

最后,请允许我再讲一下我的《生死疲劳》。这个书名来自佛教经典,据我所知,为翻译这个书名,各国的翻译家都很头痛。我对佛教经典并没有深入研究,对佛教的理解自然十分肤浅,之所以以此为题,是因为我觉得佛教的许多基本思想,是真正的宇宙意识,人世中许多纷争,在佛家的眼里,是毫无意义的。这样一种至高眼界下的人世,显得十分可悲。当然,我没有把这本书写成布道词,我写的还是人的命运与人的情感,人的局限与人的宽容,以及人为追求幸福、坚持自己的信念所做出的努力与牺牲。小说中那位以一己之身与时代潮流对抗的蓝脸,在我心目中是一位真正的英雄。这个人物的原型,是我们邻村的一位农民,我童年时,经常看到他推着一辆吱吱作响的木轮车,从我家门前的道路上通过。给他拉车的,是一头瘸腿的毛驴,为他牵驴的,是他小脚的妻子。这个奇怪的劳动组合,在当时的集体化社会里,显得那么古怪和不合时宜,在我们这些孩子的眼里,也把他们看成是逆历史潮流而动的小丑,以至于当他们从街上经过时,我们会充满义愤地朝他们投掷石块。事过多年,当我拿起笔来写作时,这个人物,这个画面,便浮现在我的脑海中。我知道,我总有一天会为他写一本书,我迟早要把他的故事讲给天下人听,但一直到了2005年,当我在一座庙宇里看到"六道轮回"的壁画时,才明白了讲述这个故事的正确方法。

我获得诺贝尔文学奖后,引发了一些争议。起初,我还以为大家争议的对象是我,渐渐的,我感到这个被争议的对象,是一个与我毫不相关的人。我如同一个看戏人,看着众人的表演。我看到那个得奖人身上落满了花朵,也被掷上了石块、泼上了污水。我生怕他被打垮,但他微笑着从花朵和石块

中钻出来,擦干净身上的脏水,坦然地站在一边,对着众人说:

对一个作家来说,最好的说话方式是写作。我该说的话都写进了我的作品里。用嘴说出的话随风而散,用笔写出的话永不磨灭。我希望你们能耐心地读一下我的书,当然,我没有资格强迫你们读我的书。即便你们读了我的书,我也不期望你们能改变对我的看法,世界上还没有一个作家,能让所有的读者都喜欢他。在当今这样的时代里,更是如此。

尽管我什么都不想说,但在今天这样的场合我必须说话,那我就简单地再说几句。

我是一个讲故事的人,我还是要给你们讲故事。

上世纪60年代,我上小学三年级的时候,学校里组织我们去参观一个苦难展览,我们在老师的引领下放声大哭。为了能让老师看到我的表现,我舍不得擦去脸上的泪水。我看到有几位同学悄悄地将唾沫抹到脸上冒充泪水。我还看到在一片真哭假哭的同学之间,有一位同学,脸上没有一滴泪,嘴巴里没有一点声音,也没有用手掩面。他睁着大眼看着我们,眼睛里流露出惊讶或者是困惑的神情。事后,我向老师报告了这位同学的行为。为此,学校给了这位同学一个警告处分。

多年之后,当我因自己的告密向老师忏悔时,老师说,那天来找他说这件事的,有十几个同学。这位同学十几年前就已去世,每当想起他,我就深感歉疚。这件事让我悟到一个道理,那就是:当众人都哭时,应该允许有的人不哭。当哭成为一种表演时,更应该允许有的人不哭。

我再讲一个故事:30多年前,我还在部队工作。有一天晚上,我在办公室看书,有一位老长官推门进来,看了一眼我对面的位置,自言自语道:"噢,没有人?"我随即站起来,高声说:"难道我不是人吗?"那位老长官被我顶得面红耳赤,尴尬而退。为此事,我洋洋得意了许久,以为自己是个英勇的斗士,但事过多年后,我却为此深感内疚。

请允许我讲最后一个故事,这是许多年前我爷爷讲给我听过的:有八个外出打工的泥瓦匠,为避一场暴风雨,躲进了一座破庙。外边的雷声一阵紧似一阵,一个个的火球,在庙门外滚来滚去,空中似乎还有吱吱的龙叫声。众人都胆战心惊,面如土色。有一个人说:"我们八个人中,必定有一个人干过伤天害理的坏事,谁干过坏事,就自己走出庙接受惩罚吧,免得让好人受到牵连。"自然没有人愿意出去。又有人提议道:"既然大家都不想出去,那我们就将自己的草帽往外抛吧,谁的草帽被刮出庙门,就说明谁干了坏事,那就请他出去接受惩罚。"

于是大家就将自己的草帽往庙门外抛,七个人的草帽被刮回了庙内,只有一个人的草帽被卷了出去。大家就催这个人出去受罚,他自然不愿出去,众人便将他抬起来扔出了庙门。故事的结局我估计大家都猜到了——那个人刚被扔出庙门,那座破庙轰然坍塌。

我是一个讲故事的人。

因为讲故事我获得了诺贝尔文学奖。

我获奖后发生了很多精彩的故事,这些故事,让我坚信真理和正义是存在的。

今后的岁月里,我将继续讲我的故事。

谢谢大家!

琦 君

髻

　　母亲年轻的时候，一把青丝梳一条又粗又长的辫子，白天盘成了一个螺丝似的尖髻儿，高高地翘起在后脑，晚上就放下来挂在背后。我睡觉时挨着母亲的肩膀，手指头绕着她的长发梢玩儿，双妹牌生发油的香气混合着油垢味直熏我的鼻子。有点儿难闻，却有一份母亲陪伴着我的安全感，我就呼呼地睡着了。

　　每年的七月初七，母亲才痛痛快快地洗一次头。乡下人的规矩，平常日子可不能洗头。如洗了头，脏水流到阴间，阎王要把它储存起来，等你死以后去喝，只有七月初七洗的头，脏水才流向东海去。所以一到七月七，家家户户的女人都要有一大半天披头散发。有的女人披得头发美得跟葡萄仙子一样，有的却像丑八怪。比如我的五叔婆呢，她既矮小又干瘪，头发掉了一大半，却用墨炭画出一个四四方方的额角，又把树皮似的头顶全抹黑了。洗过头以后，墨炭全没有了，亮着半个光秃秃的头顶，只剩后脑勺一小撮头发，飘在背上，在厨房里摇来晃去帮我母亲做饭，我连看都不敢冲她看一眼。可是母亲乌油油的柔发却像一匹缎子似的垂在肩头，微风吹来，一绺绺的短发不时拂着她白嫩的面颊。她眯起眼睛，用手背拢一下，一会儿又飘过来了。她是近视眼，眯缝眼儿的时候格外的俏丽。我心里在想，如果爸爸在家，看见妈妈这一头乌亮的好发，一定会上街买一对亮晶晶的水钻发夹给她，要她戴上，妈妈一定是戴上了一会儿就不好意思地摘下来。那么这一对水钻夹子，不久就会变成我扮新娘的"头面"了。

　　父亲不久回来了，没有买水钻发夹，却带回一位姨娘。她的皮肤好细好白，一头如云的柔发比母亲的还要乌，还要亮。两鬓像蝉翼似的遮住一半耳朵，梳向后面，挽一个大大的横爱司髻，像一只大蝙蝠扑盖着她后半个头。她送母亲一对翡翠耳环。母亲只把它收在抽屉里从来不戴，也不让我玩，我想大概是她舍不得戴吧。

　　我们全家搬到杭州以后，母亲不必忙厨房，而且许多时候，父亲要她出来招呼客人，她那尖尖的螺丝髻儿实在不像样，所以父亲一定要她改梳一个式样。母亲就请她的朋友张伯母给她梳了个鲍鱼头。在当时，鲍鱼头是老太太梳的,母亲才过三十岁,却要打扮成老太太,姨娘看了只是抿嘴儿笑,父亲就直皱眉头。我悄悄地问她:"妈,你为什么不也梳个横爱司髻,戴上姨娘送你的翡翠耳环呢?"母亲沉着脸说:"你妈是乡下人,那儿配梳那种摩登的头,戴那讲究的耳环呢?"

姨娘洗头从不拣七月初七,一个月里都洗好多次头。洗完后,一个小丫头在旁边用一把粉红色大羽毛扇轻轻地扇着,轻柔的发丝飘散开来,飘得人起一股软绵绵的感觉,父亲坐在紫檀木榻床上,端着水烟筒噗噗地抽着,不时偏过头来看她,眼神里全是笑。姨娘抹上三花牌发油,香风四溢,然后坐正身子,对着镜子盘上一个油光闪亮的爱司髻,我站在边上都看呆了。姨娘递给我一瓶三花牌发油,叫我拿给母亲,母亲却把它高高搁在橱背上,说:"这种新式的头油,我闻了就泛胃。"

母亲不能常常麻烦张伯母,自己梳出来的鲍鱼头紧绷绷的,跟原先的螺丝髻相差有限,别说父亲,连我看了都不顺眼,那时姨娘已请了个包梳头刘嫂。刘嫂头上插一根大红签子,一双大脚鸭子,托着个又矮又胖的身体,走起路来气喘呼呼的。她每天早上十点钟来,给姨娘梳各式各样的头,什么凤凰髻、羽扇髻、同心髻、燕尾髻,常常换样子,衬托着姨娘细洁的肌肤,袅袅婷婷的水蛇腰儿,越发引得父亲笑眯了眼。刘嫂劝母亲说:"大太太,你也梳个时髦点的式样嘛。"母亲摇摇头,响也不响,她噘起厚嘴唇走了。母亲不久也由张伯母介绍了一个包梳头陈嫂。她年纪比刘嫂大,一张黄黄的大扁脸,嘴里两颗闪亮的金牙老露在外面,一看就是个爱说话的女人。她一边梳一边叽哩呱啦地从赵老太爷的大少奶奶,说到李参谋长的三姨太,母亲像个闷葫芦似的一句也不搭腔,我却听得津津有味,有时刘嫂与陈嫂一起来了,母亲和姨娘就在廊前背对着背同时梳头。只听姨娘和刘嫂有说有笑,这边母亲只是闭目养神。陈嫂越梳越没劲儿,不久就辞工不来了。我还清清楚楚地听见她对刘嫂说:"这么老古董的乡下太太,梳什么包梳头呢?"我都气哭了,可是不敢告诉母亲。

从那以后,我就垫着矮凳替母亲梳头,梳那最简单的鲍鱼头。我踮起脚尖,从镜子里望着母亲。她的脸容已不像在乡下厨房里忙来忙去时那么丰润亮丽了,她的眼睛停在镜子里,望着自己出神,不再是眯缝眼儿的笑了。我手中捏着母亲的头发,一绺绺地梳理,可是我已懂得,一把小小黄杨木梳,再也理不清母亲心中的愁绪。因为在走廊的那一边,不时飘来父亲和姨娘琅琅的笑语声。

我长大出外读书,寒暑假回家,偶然给母亲梳头,头发捏在手心,总觉得愈来愈少。想起幼年时,每年七月初七看母亲乌亮的柔发飘在两肩,她脸上快乐的神情,心里不禁一阵阵酸楚。母亲见我回来,愁苦的脸上却不时展开笑容。无论如何,母女相依的时光总是最最幸福的。

在上海求学时,母亲来信说她患了风湿病,手膀抬不起来,连最简单的螺丝髻儿都盘不成样,只好把稀稀疏疏的几根短发剪去了。我捧着信,坐在寄宿舍窗口凄淡的月光里,寂寞地掉着眼泪。深秋的夜风吹来,我有点冷,披上母亲为我织的软软的毛衣,浑身又暖和起来。可是母亲老了,我却不能随侍在她身边,她剪去了稀疏的短发,又何尝剪去满怀的悲绪呢!

不久,姨娘因事来上海,带来母亲的照片。三年不见,母亲已白发如银。我呆呆地凝视着照片,满腔心事,却无法向眼前的姨娘倾诉。她似乎很体谅我思母之情,絮絮叨叨地和我谈着母亲的近况。说母亲心脏不太好,又有风湿病,所以体力已不大如前。我低头默默地听着,想想她就是使我母亲一生郁郁不乐的人,可是我已经一点都不恨她了。因为自从父亲去世以后,母亲和姨娘反而成了患难相依的伴侣,母亲早已不恨她了。我再仔细看看她,她穿着灰布棉袍。鬓边戴着一朵白花,颈后垂着的再不是当年多彩多姿的凤凰髻或同心髻,而是一条简简单单的香蕉卷。她脸上脂粉不施,显得十分哀戚,我对她不禁起了无限怜悯。因为她不像我母亲是个甘自淡泊的女性,她随着父亲享受了近二十年的富贵荣华,一朝失去了依傍,她的空虚落寞之感,将更甚于我母亲吧。

来台湾以后,姨娘已成了我惟一的亲人,我们住在一起有好几年。在日式房屋的长廊里,我看她坐在玻璃窗边梳头。她不时用拳头捶着肩膀说:"手酸得很,真是老了。"老了,她也老了。当年如云的青丝,如今也渐渐落去,只剩了一小把,且已夹有丝丝白发。想起在杭州时,她和母亲背对着背梳头,彼此不交一语的仇视日子,转眼都成过去。人世间,什么是爱,什么是恨呢?母亲已去世多年,垂垂老去的姨娘,亦终归走向同一个渺茫不可知的方向,她现在的光阴,比谁都寂寞啊。

我怔怔地望着她,想起她美丽的横爱司髻,我说:"让我来替你梳个新的式样吧。"她愀然一笑说:"我还要那样时髦干什么,那是你们年轻人的事了。"

我能长久年轻吗?她说这话,一转眼又是十多年了,我也早已不年轻了。对于人世的爱、憎、贪、痴,已木然无动于衷。母亲去我日远,姨娘的骨灰也已寄存在寂寞的寺院中。这个世界,究竟有什么是永久的,又有什么是值得认真的呢?

(选自《红纱灯》,台北三民出版社1969年版)

王鼎钧

那　　树

　　那棵树立在那条路边上已经很久很久了。当那路还只是一条泥泞的小径时,它就立在那里,当路上驶过第一辆汽车之前,它就立在那里,当这一带只有稀稀落落几处老式平房时,它就立在那里。

　　那树有一点佝偻,露出老态,但是坚固稳定,树顶像刚炸开的焰火一样繁密。认识那棵树的人都说:有一年,台风连吹两天两夜,附近的树全被吹断,房屋也倒坍了不少,只有那棵树屹立不摇,而且据说,连一片树叶都没有掉下来。这真令人难以置信。可是,据说,当这一带还没有建造新式公寓之前,陆上台风紧急警报声中,总有人到树干上旋涡形的洞里插一炷香呢。

　　那的确是一株坚固的大树,霉黑潮湿的皮层上,有隆起的筋和纵裂的纹,像生铁铸就的模样。几丈以外的泥土下,还看出有树根的伏脉。在夏天的太阳下挺着颈子急走的人,会像猎犬一样奔到树下,吸一口浓荫,仰脸看千掌千指托住阳光,看指缝间漏下来的碎汞。有时候,的确连树叶也完全静止。

　　于是鸟来了,鸟叫的时候,几丈外幼稚园里的孩子也在唱歌。

　　于是情侣止步,夜晚,树下有更黑的黑暗,于是那树,那沉默的树,暗中伸展它的根,加上它所能荫庇的土地,一厘米一厘米地向外。

　　但是,这世界上还有别的东西,别的东西延伸得更快,柏油一里一里铺过来,高压线一千米一千米架过来,公寓楼房一排一排挨过来。所有原来在地面上自然生长的东西都被铲除,被连根拔起。只有那树被一重又一重死鱼般的灰白色包围,连根须都被压路机碾进灰色之下,但树顶仍在雨后滴翠,经过速成的新建筑物衬托,绿得很深沉。公共汽车在树旁插下站牌,让下车的人好在树下从容撑伞。入夜,毛毛细雨比猫步还轻,跌进树叶里汇成敲响路面的点点滴滴,泄漏了秘密,很湿,也很诗。那树被工头和工务局里的科员端详过计算过无数次,任它依然绿着。

　　计程车像饥蝗拥来。"为什么这儿有一棵树呢?"一个司机喃喃。"而且是这么老这么大的树。"乘客也喃喃。在车轮扬起的滚滚黄尘里,在一片焦躁恼怒的喇叭声里,那一片清荫不再有用处。公共汽车站搬了,搬进候车亭。水果摊搬了,搬到行人能悠闲地停住的地方。幼稚园也要搬,看何处能属于孩子。只有那树屹立不动,连一片叶子也不落下。那一蓬蓬叶子照旧绿,绿得很问题。

啊,啊,树是没有脚的。树是世袭的土著,是春泥的效死者。树离根根离土树即毁灭。它们的传统是引颈受戮,即使是神话作家也不曾说森林逃亡。连一片叶也不逃走,无论风力多大。任凭头上已飘过十万朵云,地上叠过二十万个脚印,任凭在那枝桠间跳远的鸟族已换了五十代子孙,任凭鸟的子孙已栖息每一座青山。当幼苗长出来,当上帝伸手施洗,上帝曾说:"你绿在这里,绿着生,绿着死,死复绿。"啊!所以那树,冒死掩覆已失去的土地,作徒劳无用的贡献,在星空下仰望上帝。

这天,一个喝醉了的驾驶者,以100里的速度,对准树干撞去。于是人死。于是交通专家宣判那树要偿命。于是这一天来了,电锯从树的踝骨咬下去,嚼碎,撒了一圈白森森的骨粉。那树仅仅在倒地时呻吟了一声。这次屠杀安排在深夜进行,为了不影响马路上的交通。夜很静,像树的祖先时代,星临万户,天象庄严,可是树没有说什么,上帝也没有。一切预定,一切先有默契,不再多言。与树为邻的一位老太太偏说她听见老树叹气,一声又一声,像严重的气喘病。伐树的工人什么也没听见,树缓缓倾斜时,他们只发现一件事:本来藏在叶底下的那盏路灯格外明亮,马路豁然开旷,像拓宽了几尺。

尸体的肢解和搬运连夜完成。早晨,行人只见地上有碎叶,叶上每一平方厘米仍绿。绿世界的残存者已不复存,它果然绿着生、绿着死。缓缓的,路面染上旭辉,缓缓的,清道妇一路挥帚出现。她们戴着斗笠,包着手臂,是都市的寄生者,是树的亲戚。扫到树根,她们围着年轮站定,看那一圈又一圈的风雨图,估计根有多大,能分裂成多少斤木柴。一个她说:昨天早晨,她扫过这条街,树仍在,住在树干里的蚂蚁大搬家,由树根到马路对面,流成一条细细的黑河。她用作证的语气说,她从没有见过那么多蚂蚁,那一定是一个蚂蚁国。她甚至说,有几个蚂蚁像苍蝇一般大。她一面说,一面用扫帚划出大移民的路线,汽车的轮胎几次将队伍切成数段,但秩序毫不紊乱。对着几个睁大眼睛的同伴,她表现了乡间女子特有的丰富见闻。老树是通灵的,它预知被伐,将自己的灾祸先告诉体内的寄生虫。于是小而坚韧的民族,决定远征,一如当初它们远征而来。每一个黑斗士在离巢后,先在树干上绕行一周,表示了依依不舍。这是那个乡下来的清道妇说的。这就是落幕了,她们来参加了树的葬礼。

两星期后,根被挖走了,为了割下这颗生满虬须的大头颅,刽子手贴近它做成陷阱,切断所有的动脉静脉,时间仍然是在夜间,这一夜无星无月,黑得像一块仙草冰。他们带利斧和美制的十字镐来,带工作灯来,人造的强光把举镐的挥斧的影子投射在路面上,在公寓二楼的窗帘上,跳跃奔腾如巨无霸。汗水超过了预算数,有人怀疑已死未朽之木还能顽抗。在陷阱未填平之前,车辆改道,几个以违规为乐的摩托车骑士跌进去,抬进医院。不过这一切都过去了,现在,日月光华,周道如砥,已无人知道有过这么一棵树,更没有人知道几千条断根压在一层石子一层沥青又一层柏油下闷死。

(原载《情人眼》,台北大林书店1970年版)

余光中

听听那冷雨

惊蛰一过,春寒加剧。先是料料峭峭,继而雨季开始,时而淋淋漓漓,时而淅淅沥沥,天潮潮地湿湿,即使在梦里,也似乎把伞撑着。而就凭一把伞,躲过一阵潇潇的冷雨,也躲不过整个雨季。连思想也都是潮润润的。每天回家,曲折穿过金门街到厦门街迷宫式的长巷短巷,雨里风里,走入霏霏令人更想入非非。想这样子的台北凄凄切切完全是黑白片的味道,想整个中国整部中国的历史无非是一张黑白片子,片头到片尾,一直是这样下着雨的。这种感觉,不知道是不是从安东尼奥尼那里来的。不过那一块土地是久违了,二十五年,四分之一的世纪,即使有雨,也隔着千山万山,千伞万伞。二十五年,一切都断了,只有气候,只有气象报告还牵连在一起。大寒流从那块土地上弥天卷来,这种酷冷吾与古大陆分担。不能扑进她怀里,被她的裙边扫一扫吧,也算是安慰孺慕之情。

这样想时,严寒里竟有一点温暖的感觉了。这样想时,他希望这些狭长的巷子永远延伸下去,他的思路也可以延伸下去,不是金门街到厦门街,而是金门到厦门。他是厦门人,至少是广义的厦门人,二十年来,不住在厦门,住在厦门街,算是嘲弄吧,也算是安慰。不过说到广义,他同样也是广义的江南人,常州人,南京人,川娃儿,五陵少年。杏花春雨江南,那是他的少年时代了。再过半个月就是清明。安东尼奥尼的镜头摇过去,摇过去又摇过来。残山剩水犹如是。皇天后土犹如是。纭纭黔首纷纷黎民从北到南犹如是。那里面是中国吗?那里面当然还是中国,永远是中国。只是杏花春雨已不再,牧童遥指已不再,剑门细雨渭城轻尘也都已不再。然则他日思夜梦的那片土地,究竟在哪里呢?

在报纸的头条标题里吗?还是香港的谣言里?还是傅聪的黑键白键马思聪的跳弓拨弦?还是安东尼奥尼的镜底勒马洲的望中?还是呢,故宫博物院的壁头和玻璃柜内,京戏的锣鼓声中太白和东坡的韵里?

杏花。春雨。江南。六个方块字,或许那片土就在那里面。而无论赤县也好神州也好中国也好,变来变去,只要仓颉的灵感不灭美丽的中文不老,那形象,那磁石一般的向心力当必然长在。因为一个方块字是一个天地。太初有字,于是汉族的心灵他祖先的回忆和希望便有了寄托。譬如凭空写一个"雨"字,点点滴滴,滂滂沱沱,淅沥淅沥淅沥,一切云情雨意,就宛然其中了。视觉上的这种美感,岂是什么 rain 也好 pluie 也好所能满足?翻开一部《辞源》或《辞海》,金木水火土,各成世界,而一入"雨"部,古神州的天颜千变万化,便悉在望中,美丽的霜雪云霞,骇人的雷电霹雹,展露的无非是神的好脾气与坏脾气,气象台百读不厌门外汉百思不解的百科全书。

听听,那冷雨。看看,那冷雨。嗅嗅闻闻,那冷雨,舔舔吧,那冷雨。雨在他的伞上,这城市百万人的伞上,雨衣上,屋上,天线上。雨下在基隆港,在防波堤,在海峡的船上,清明这季雨。雨是女性,应该最富于感性。雨气空濛而迷幻,细细嗅嗅,清清爽爽新新,有一点点薄荷的香味。浓的时候,竟发出草和树沐发后特有的淡淡土腥气,也许那竟是蚯蚓和蜗牛的腥气吧,毕竟是惊蛰了啊。也许地上的地下的生命,也许古中国层层叠叠的记忆皆蠢蠢而蠕,也许是植物的潜意识和梦吧,那腥气。

第三次去美国,在高高的丹佛他山居了两年。美国的西部,多山多沙漠,千里干旱,天,蓝似安格罗·萨克逊人的眼睛,地,红如印第安人的肌肤,云,却是罕见的白鸟,落矶山簇簇耀目的雪峰上,很少飘云牵雾。一来高,二来干,三来森林线以上,杉柏也止步,中国诗词里"荡胸生层云",或是"商略黄昏雨"的意趣,是落矶山上难睹的景象。落矶山岭之胜,在石,在雪。那些奇岩怪石,相叠互倚,砌一场惊心动魄的雕塑展览,给太阳和千里的风看。那雪,白得虚虚幻幻,冷得清清醒醒,那股皑皑不绝一仰难尽的气势,压得人呼吸困难,心寒眸酸。不过要领略"白云回望合,青霭入看无"的境界,仍须回中国。台湾湿度很高,最饶云气氤氲雨意迷离的情调。两度夜宿溪头,树香沁鼻,宵寒袭肘,枕着润碧湿翠苍苍交叠的山影和万籁都歇的岑寂,仙人一样睡去。山中一夜饱雨,次晨醒来,在旭日未升的原始幽静中,冲着隔夜的寒气,踏着满地的断柯折枝和仍在流泻的细股雨水,一径探入森林的秘密,曲曲弯弯,步上山去。溪头的山,树密雾浓,蓊郁的水气从谷底冉冉升起,时稠时稀,蒸腾多姿,幻化无定,只能从雾破云开的空处,窥见乍现即隐的一峰半壑,要纵览全貌,几乎是不可能的。至少入山两次,只能在白茫茫里和溪头诸峰玩捉迷藏的游戏,回到台北,世人问起,除了笑而不答心自闲,故作神秘之外,实际的印象,也无非山在虚无之间罢了。云缭烟绕,山隐水迢的中国风景,由来予人宋画的韵味。那天下也许是赵家的天下,那山水却是米家的山水。而究竟,是米氏父子下笔像中国的山水,还是中国的山水上纸像宋画,恐怕是谁也说不清楚了吧?

雨不但可嗅,可亲,更可以听。听听那冷雨。听雨,只要不是石破天惊的台风暴雨，在听觉上总是一种美感。大陆上的秋天，无论是疏雨滴梧桐，或是骤雨打荷叶，听去总有一点凄凉，凄清，凄楚。于今在岛上回味，则在凄楚之外，更笼上一层凄迷了。饶你多少豪情侠气，怕也经不起三番五次的风吹雨打。一打少年听雨，红烛昏沉。二打中年听雨，客舟中，江阔云低。三打白头听雨在僧庐下。这便是亡宋之痛，一颗敏感心灵的一生：楼上，江上，庙里，用冷冷的雨珠子串成。十年前，他曾在一场摧心折骨的鬼雨中迷失了自己。雨，该是一滴湿湿的灵魂，在窗外喊谁。

雨打在树上和瓦上，韵律都清脆可听。尤其是铿铿敲在屋瓦上，那古老的音乐，属于中国。王禹偁在黄冈，破如橡的大竹为屋瓦。据说住在竹楼上面，急雨声如瀑布，密雪声比碎玉。而无论鼓琴，咏诗，下棋，投壶，共鸣的效果都特别好。这样岂不像住在竹筒里面，任何细脆的声响，怕都会加倍夸大，反而令人耳朵过敏吧。

雨天的屋瓦，浮漾湿湿的流光，灰而温柔，迎光则微明，背光则幽黯，对于视觉，是一种低沉的安慰。至于雨敲在鳞鳞千瓣的瓦上，由远而近，轻轻重重轻轻，夹着一股股的细流沿瓦漕与屋檐潺潺泻下，各种敲击音与滑音密织成网，谁的千指百指在按摩耳轮。"下雨了，"温柔的灰美人来了，她冰冰的纤手在屋顶抚弄着无数的黑键啊灰键，把响午一下子奏成了黄昏。

在古老的大陆上，千屋万户是如此。二十多年前，初来这岛上，日式的瓦屋亦是如此，先是天暗了下来，城市像罩在一块巨幅的毛玻璃里，阴影在户内延长复加深。然后凉凉的水意弥漫在空间，风自每一个角落里旋起，感觉得到，每一个屋顶上呼吸沉重都覆着灰云。雨来了，最轻的敲打乐敲打这城市，苍茫的屋顶，远远近近，一张张敲过去，古老的琴，那细细密密的节奏，单调里自有一种柔婉与亲切，滴滴点点滴滴，似幻似真，若孩时在摇篮里，一曲耳熟的童谣摇摇欲睡，母亲吟哦鼻音与喉音。或是江南的泽国水乡，一大筐绿油油的桑叶被啃于千百头蚕，细细琐琐屑屑，口器与口器咀咀嚼嚼。雨来了，雨来的时候瓦这么说，一片瓦说千亿片瓦说，说轻轻地奏吧沉沉地弹，徐徐地叩吧挞挞地打，间间歇歇敲一个雨季，即兴演奏从惊蛰到清明，在零落的坟上冷冷奏挽歌，一片瓦吟千亿片瓦吟。

在日式的古屋里听雨，听四月霏霏不绝的黄梅雨，朝夕不断，旬月绵延，湿粘粘的苔藓从石阶下一直侵到他舌底，心底。到七月，听台风台雨在古屋顶上一夜盲奏，千寻海底的热浪沸沸被狂风挟来，掀翻整个太平洋只为向他的矮屋檐重重压下，整个海在他的蜗壳上哗哗泻живoy。不然便是雷雨夜，白烟一般的纱帐里听羯鼓一通又一通，滔天的暴雨滂滂沛沛扑来，强劲的电琵琶忐忑忐忑忐忐忑忑，弹动屋瓦的惊悸腾腾欲掀起。不然便是斜斜的西北雨斜斜，刷在窗玻璃上，鞭在墙上打在阔大的芭蕉叶上，一阵寒濑泻过，秋意便弥漫日式的庭院了。

在日式的古屋里听雨,从春雨绵绵听到秋雨潇潇,从少年听到中年,听听那冷雨。雨是一种单调而耐听的音乐是室内乐是室外乐,户内听听,户外听听,冷冷,那音乐。雨是一种回忆的音乐,听听那冷雨,回忆江南的雨下得满地是江湖,下在桥上和船上,也下在四川在秧田和蛙塘,下肥了嘉陵江下湿了布谷咕咕的啼声。雨是潮潮润润的音乐下在渴望的唇上,舐舐吧那冷雨。

因为雨是最最原始的敲打乐从记忆的彼端敲起。瓦是最最低沉的乐器灰濛濛的温柔覆盖着听雨的人,瓦是音乐的雨伞撑起。但不久公寓的时代来临,台北你怎么一下子长高了。瓦的音乐竟成了绝响。千片万片的瓦翩翩,美丽的灰蝴蝶纷纷飞走,飞入历史的记忆。现在雨下下来下在水泥的屋顶和墙上,没有音韵的雨季。树也砍光了,那月桂,那枫树,柳树和擎天的巨椰,雨来的时候不再有丛叶嘈嘈切切,闪动湿湿的绿光迎接。鸟声减了啾啾,蛙声沉了阁阁,秋天的虫吟也减了卿卿。七十年代的台北不需要这些,一个乐队接一个乐队便遣散尽了。要听鸡叫,只有去诗经的韵里寻找。现在只剩下一张黑白片,黑白的默片。

正如马车的时代去后,三轮车的时代也去了。曾经在雨夜,三轮车的油布篷挂起,送她回家的途中,篷里的世界小得多可爱,而且躲在警察的辖区以外。雨衣的口袋越大越好,盛得下他的一只手里握一只纤纤的手。台湾的雨季这么长,该有人发明一种宽宽的双人雨衣,一人分穿一只袖子,此外的部分就不必分得太苛。而无论工业如何发达,一时似乎还废不了雨伞。只要雨不倾盆,风不横吹,撑一把伞在雨中仍不失古典的韵味。任雨点敲在黑布伞或是透明的塑料伞上,将骨柄一旋,雨珠向四方喷溅,伞缘便旋成了一圈飞檐。跟女友共一把雨伞,该是一种美丽的合作吧。最好是初恋,有点兴奋,更有点不好意思,若即若离之间,雨不妨下大一点。真正初恋,恐怕是兴奋得不需要伞的,手牵手在雨中狂奔而去,把年轻的长发和肌肤交给漫天的淋淋漓漓,然后向对方的唇上颊上尝凉凉甜甜的雨水。不过那要非常年轻且激情,同时,也只能发生在法国的新潮片里吧。

大多数的雨伞想不会为约会张开。上班下班,上学放学,菜市来回的途中,现实的伞,灰色的星期三。握着雨伞,他听那冷雨打在伞上。索性更冷一些就好了,他想。索性把湿湿的灰雨冻成干干爽爽的白雨,六角形的结晶体在无风的空中回回旋旋地降下来,等须眉和肩头白尽时,伸手一拂就落了。二十五年,没有受故乡白雨的祝福,或许头发上下一点白霜是一种变相的自我补偿吧。一位英雄,经得起多少次雨季?他的额头是水成岩削成还是火成岩?他的心底究竟有多厚的苔藓?厦门街的雨巷走了二十年与记忆等长,一座无瓦的公寓在巷底等他,一盏灯在楼上的雨窗子里,等他回去,向晚餐后的沉思冥想去整理青苔深深的记忆。前尘隔海。古屋不再。听听那冷雨。

1974年春分之夜

(选自《听听那冷雨》,台北纯文学出版社1974年版)

张晓风

一个女人的爱情观

忽然发现自己的爱情观很土气,忍不住自笑了起来。

对我而言,爱一个人就是满心满意要跟他一起"过日子",天地鸿蒙荒凉,我们不能妄想把自己扩充为六合八方的空间,只希望以彼此的火烬把属于两人的一世时间填满。

客居岁月,暮色里归来,看见有人当街亲热,竟也视若无睹,但每看到一对人手牵手提着一把青菜一条鱼从菜场走出来,一颗心就忍不住恻恻地痛了起来,一蔬一饭里的天长地久原是如此味永难言啊!相拥的那一对也许今晚就分手,但一鼎一镬里却有其朝朝暮暮的恩情啊!

爱一个人原来就只是在冰箱里为他留一只苹果,并且等他归来。

爱一个人就是在寒冷的夜里不断在他的杯子里斟上刚沸的热水。

爱一个人就是喜欢两人一起收尽桌上的残肴,并且听他在水槽里刷碗的音乐——事后再偷偷把他不曾洗干净的地方重洗一遍。

爱一个人就有权利霸道地说:

"不要穿那件衣服,难看死了,穿这件,这是我新给你买的。"

爱一个人就是一本正经地催他去工作,却又忍不住躲在他身后想捣几次小小的蛋。

爱一个人就是在拨通电话时忽然不知道要说什么,才知道原来只是想听听那熟悉的声音,原来真正想拨通的,只是自己心底的一根弦。

爱一个人就是把他的信藏在皮包里,一日拿出来看几回、哭几回、痴想几回。

爱一个人就是在他迟归时想上一千种坏可能,在想象中经历万般劫难,发誓等他回来要好好罚他,一旦见面却又什么都忘了。

爱一个人就是在众人暗骂:"讨厌!谁在咳嗽!"你却急道:"唉,唉,他这人就是记性坏啊,我该买一瓶川贝枇杷膏放在他的背包里的!"

爱一个人就是上一刻钟想把美丽的恋情像冬季的松鼠秘藏坚果一般,将之一一放在最隐秘最安妥的树洞里,下一刻钟却又想告诉全世界这骄傲自豪的消息。

爱一个人就是在他的头衔、地位、学历、经历、善行、劣迹之外，看出真正的他不过是个孩子——好孩子或坏孩子——所以疼了他。

也因此，爱一个人就喜欢听他儿时的故事，喜欢听他有几次大难不死，听他如何淘气惹厌，怎样善于玩弹珠或打"水漂漂"，爱一个人就是忍不住替他记住了许多往事。

爱一个人就不免希望自己更美丽，希望自己被记得，希望自己的容颜体貌在极盛时于对方如霞光过目，永不相忘，即使在繁花谢树的残冬，也有一个人沉如历史典册的瞳仁可以见证你的华采。

爱一个人总会不厌其烦地问些或回答些傻问题，例如："如果我老了，你还爱我吗？""爱！""我的牙都掉光了呢？""我吻你的牙床！"

爱一个人便忍不住迷上那首白发吟：

  亲爱的，我年已渐老
 白发如霜银光耀
 唯你永是我爱人
 永远美丽又温柔……

爱一个人常是一串奇怪的矛盾，你会依他如父，却又怜他如子，尊他如兄，又复宠他如弟，想师事他，跟他学，却又想教导他把他俘虏成自己的徒弟，亲他如友，又复气他如仇，希望成为他的女皇，他唯一的女主人，却又甘心做他的小丫鬟小女奴。

爱一个人会使人变得俗气，你不断地想：晚餐该吃牛舌好呢？还是猪舌？蔬菜该买大白菜？还是小白菜？房子该买在三张犁呢？还是六张犁？而终于在这份世俗里，你了解了众生，你参与了自古以来匹夫匹妇的微不足道的喜悦与悲辛，然后你发觉这世上有超乎雅俗之上的情境，正如日光超越调色盘上的色样。

爱一个人就是喜欢和他拥有现在，却又追记着和他在一起的过去。喜欢听他说，那一年他怎样偷偷喜欢你，远远地凝望着你。爱一个人又总期望着未来，想到地老天荒的他年。

爱一个人便是小别时带走他的吻痕，如同一幅画，带着鉴赏者的朱印。

爱一个人就是横下心来，把自己小小的赌本跟他合起来，向生命的大轮盘去下一番赌注。

爱一个人就是让那人的名字在临终之际成为你双唇间最后的音乐。

爱一个人，就不免生出共同的、霸占的欲望。想认识他的朋友，想了解他的事业，想知道他的梦。希望共有一张餐桌，愿意同用一双筷子，喜欢轮饮一杯茶，合穿一件衣，并且同衾共枕，奔赴一个命运，共寝一个墓穴。

前两天,整收房间,理出一只提袋,上面赫然写着"××孕妇服装中心",我愕然许久,既然这房子只我一人住,这只手提袋当然是我的了,可是,我何曾跑到孕妇店去买衣服?于是不甘心地坐下来想,想了许久,终于想出来了。我那天曾去买一件斗篷式的土褐色短褛,便是用这只绿色袋子提回来的,我是的确闯到孕妇店去买衣服了。细想起来那家店的模特儿似乎都穿着孕妇装,我好像正是被那种美丽沉甸的繁殖喜悦所吸引而走进去的。这样说来,原来我买的那件宽松适意的斗篷式短褛竟真是给孕妇设计的。

这里面有什么心理分析吗?是不是我一直追忆着怀孕时强烈的酸苦和欣喜而情不自禁地又去买了一件那样的衣服呢?想多年前冬夜独起,灯下乳儿的寒冷和温暖便一下子涌回心头,小儿吮乳的时候,你多么希望自己的生命就此为他竭泽啊!

对我而言,爱一个人,就不免想跟他生一窝孩子。

当然,这世上也有人无法生育,那么,就让共同作育的学生,共同经营的事业,共同爱过的子侄晚辈,共同谱成的生活之歌,共同写完的生命之书来作他们的孩子。

也许还有更多更多可以说的,正如此刻,爱情对我的意义是终夜守在一盏灯旁,听车声退潮再复涨潮,看淡紫的天光愈来愈明亮,凝视两人共同凝视过的长窗外的水波,在矛盾的凄凉和欢喜里,在知足感恩和渴切不足里细细体会一条河的韵律,并且写一篇叫《爱情观》的文章。

(选自《晓风吹起》,作家出版社1992年版)

梁实秋

台北家居

"长安米贵,居大不易",原是调侃白居易名字的戏语。台北米不贵,可是居也不易。四九年左右来台北定居的人,大概都有一个共同的感觉,觉得一生奔走四方,以在台北居住的这一段时间为最长久,而且也最安定。不过台北家居生活,三十多年中,也有不少变化。

我幸运,来到台北三天就借得一栋日式房屋。约有三十多坪,前后都有小小的院子,前院有两棵香蕉,隔着窗子可以窥视累累的香蕉长大,有时还可以静听雨打蕉叶的声音。没有围墙,只有矮矮的栅门,一推就开。室内铺的是榻榻米,其中吸收了水气不少,微有霉味,寄居的蚂蚁当然密度很高。没有纱窗,蚊蚋出入自由,到了晚间没有客人敢赖在我家久留不去。"衡门之下,可以栖迟"。不久,大家的生活逐渐改良了,铁丝纱、尼龙纱铺上了窗栏,很多人都混上了床,藤椅、藤沙发也广泛的出现,榻榻米店铺被淘汰了。

在未装纱窗之前,大白昼我曾眼看着一个穿长衫的人推我栅门而入,他不敲房门,迳自走到窗前伸手拿起窗台上放着的一只闹钟,扬长而去。我追出去的时候,他已经一溜烟地跑了。这不算偷,也不算抢,只是不告而取,而且取后未还。好在这种事起初不常有。窃贼不多的原因之一是一般人家里没有多少值得一偷的东西,我有一位朋友一连遭窃数次,都是把他床上铺盖席卷而去,对于一个身无长物的人来说,这也不能不说是损失惨重了。我家后来也蒙梁上君子惠顾过一回,他闯入厨房搬走一只破旧的电锅。我马上买了一只新的,因为要吃饭不可一日无此君。不是我没料到拿去的破锅不足以厌其望,并且会受到师父的辱骂,说不定会再来找补一点甚么;而是我大意了,没有把新锅藏起来,果然,第二天夜里,新锅不翼而飞。此后我就坚壁清野,把不愿被人携去的东西妥为收藏。

中等人家不能不雇佣人,至少要有人负责炊事。此间乡间少女到城市帮佣,原来很大部分是想借此摄取经验,以为异日主持中馈的准备,所以主客相待以礼,各如其分。这和雇用三河县老妈子就迥异其趣了。可是这种情况急遽变化,工厂多起来了,商店多起来了,到处都需要女工,人孰无自尊,谁也不甘长久的为人"断苏切脯,筑肉臞芋"。于是供求失调,工资暴涨，而且服务的情形也不易得到雇主的满意。好多人家都抱怨，佣人出去看电影要为她等门；她要交男友，不胜其扰；她要看电视，非看完一切节目不休；她要休假、返乡、借支；她打破碗盏不作声；她敞开水管洗衣服。在另一方面，她也有她的抱怨：主妇碎嘴唠叨，而且服务项目之多恨不得要向王褒的"僮约"看齐，"不得辰出夜入，交关伴偶"。总之，不久缘尽，不欢而散的居多。如今局面不同了。多数人家不用女工，最多只用半工，或以钟点计工。不少妇女回到厨房自主中馈。懒的时候打开冰箱取出陈年剩菜或是罐头冷冻的东西，不必翻食谱，不必起油锅，拼拼凑凑，即可度命。馋的时候，阖家外出，台北餐馆大大小小一千四百余家，平津、宁浙、淮扬、川、粤，任凭选择，牛肉面、自助餐，也行。妙在所费不太多，孩子们皆大欢喜，主妇怡然自得，主男也无须拉长驴脸站在厨房水槽前面洗盘碗。

　　台北的日式房屋现已难得一见，能拆的几乎早已拆光。一般的人家居住在四楼的公寓或七楼以上的大厦。这种房子实际上就像是鸽窝蜂房。通常前面有个几尺宽的小洋台，上面摆列几盆尘灰渍染的花草，恹恹无生气；楼上浇花，楼下落雨，行人淋头。后面也有个更小的洋台，悬有衣裤招展的万国旗。客人来访，一进门也许抬头看见一个倒挂着的"福"字，低头看到一大堆半新不旧的拖鞋——也许要换鞋，也许不要换，也许主人希望你换而口里说不用换，也许你不想换而问主人要不要换，也许你硬是不换而使主人瞪你一眼。客来献茶？没那么方便的开水，都是利用热水瓶。盖碗好像早已失传，大部分是使用玻璃杯。其实正常的人家，客已渐渐稀少，谁也没有太多的闲暇串门子闲磕牙，有事需要先期电话要约。杜甫诗："但使残年饱吃饭，只愿无事长相见"，现在不行，无事为甚么还要长相见？

　　"千金买房，万金买邻"，话是不错，但是谈何容易？谁也料不到，楼上一家偶尔要午夜跳舞，篷拆之声盈耳；隔壁一家常打麻将，连战通宵；对门一家养哈巴狗，不分晨夕的吠影吠声，一位新来的住户提出抗议，那狗主人忿然作色说："你搬来多久？我的狗在此已经吠了两年多。"街坊四邻不断的有人装修房屋，而且要装修得像是电视综艺节目的背景，敲敲打打历时经旬不止。最可怕的是楼下开了一家汽车修理厂，日夜服务，不但叮叮当当响起敲打乐，而且漆髹焊接一概俱全，马达声、喇叭声不绝于耳。还有葬车出殡，一路上有音乐伴奏，不时的燃放爆竹，更不幸的是邻近有人办白事，连夜的唪经放焰口，那就更不得安生了。"大隐隐朝市"，我有一位朋友想"小隐隐陵薮"，搬到乡野，一走了之，但是立刻就有好心的人劝阻他说："万万不可，乡下无医院，万一心脏病发，来不及送院急救，怕就要中道崩殂！"我的朋友吓得只好客居在红尘万丈的闹市之中。

　　家居不可无娱乐。卫生麻将大概是一些太太的天下。说它卫生也不无道理，至少上肢运动频数，近似蛙式游泳。只要时间不太长、输赢不大，十圈八圈的通力合作，总比在外面为非作歹、伤风败俗要好得多。公务人员与知识分子也有乐此不疲者。梁任公先生说过："只有打麻将能令我忘却读书，只有读书能令我忘却打麻将。"我们觉得饱学如梁先生者，不妨打打麻将。也许电视是如今最受欢迎的家庭娱乐了，只要具有初高中程度，或略识之无，甚至文盲，都可以欣赏。当然，胃口需要相当强健，否则看了一些狞眉皱眼怪模怪样而自以为有趣的面孔，或是奇装异服不男不女蹦蹦跳跳的人妖，岂不要作呕？年轻的一代，自有他们的天地，郊游、露营、电影院、舞厅、咖啡馆，都是赏心悦目的胜地，家庭有娱乐，对他们而言，恐怕是渐渐的认为不大可能了。

五十多年前，丁西林先生对我说，他理想中的家庭具备五个条件：一是胡涂的老爷，二是能干的太太，三是干净的孩子，四是和气的佣人，五是二十四小时的热水供应。这是他个人的理想，但也并非是笑话。他所谓胡涂，当然是"小事胡涂，大事不胡涂"；所谓能干是指里里外外上上下下一喝足之后所自然流露出来的一股温暖。至于热水供应，则是属于现代设备的问题。如果丁先生现住台北，他会修正他的理想。旧时北平中上之家讲究"天棚、鱼缸、石榴树、先生、肥狗、胖丫头"，那理想更简单了。台北家居，无所谓天棚，中上人家都有冷气，热带鱼和金鱼缸各有情趣，石榴树不见得不如兰花，家里请先生则近似恶补，养猫养狗更是稀松平常，病了还有猫狗专科医院可以就诊（在外国见到的猫狗美容院此地尚付阙如），胖丫头则丫头制度已不存在，遑论胖与不胖？说不定胖了还要设法减肥。

台北家居是相当安全的。舞动长刀扁钻杀人越货的事常有所闻，不过独行盗登门抢劫的事是少有的。像某些国家之动辄抢银行、劫火车，则此地之安谧甚为显然。夜不闭户是办不到的，好多人家窗上装了栅栏甘愿尝受铁窗风味，也无非是戒慎预防之意。至于流氓滋事，无地无之，是非之地少去便是。台北究竟是一个住家的好地方。

（原载 1981 年 5 月 27 日台北《联合报·联合副刊》，选自《雅舍小品三集》，台北正中书局 1982 年版）

梁锡华

漫语慢蜗牛

敝寓周围的林木草地间,蜗牛不时出没。以外壳做标准,一般长约两三寸。所以,读者可以想像,当某夜我发现一头五寸大牛时,忽然间心跳到什么程度。对着这庞然巨物,不禁念到牛族的命运。他们慢爬漫爬,方向尽管胡涂,但魂牵梦萦的明确目标倒有一个,就是觅食。然而,它们沉甸甸地背负求存的重担在分寸间搏一点默默的挪移,却往往遭人在有心或无意的残暴下一脚踹瘪。生之惨伤,亦无过于此了。本来从觅食到寻死,不限蜗牛,其他动物也差不多,包括人类,但面前这头大蜗牛无疑是祖父母辈的了,若说年轻力壮的动物谋生已觉艰难,耆耋的又怎样呢……我把那老牛捡起带回家去。

养宠物我完全外行,因为我一生似乎都是自顾不暇的。这次因缘际会,人牛共处,第一个难题就是吃。我的面包乳酪似乎不合牛性,而在灯下看它延颈伸角,很有求哺之意,使我惶急到连手指都冒汗了。那时,忽然想及农人最痛恨蜗牛,于是灵机一动,翻倒垃圾桶捡出几片白菜的败叶权充救济粮。哈!果然所料不差,菜叶原来正合那位老人家的胃口。不过看它疯噬狂啮的吃态,自己倒有点惊怕,因为它用膳时实在凶相毕呈,而且齿牙间轧轧作响。我想,要是扩音百倍或千倍,跟鳄鱼吃人时的吞肉嚼骨声应该相同——多恐怖啊!又假如我是小人国的一员,瞧见这巨无霸的老丑上下左右见菜即咬,怕不吓得晕倒地上?

膳之后,问题当然是宿了。蜗牛若跟我共榻,虽然大家都不至犯异性恋或同性恋,但总有说不出的那个。何况偶一不慎,不是它冷黏黏的尊体把我全人化作鸡皮,就是我一翻身把它压扁。不过这问题并不恼我。一个投闲置散经年的空金属罐,正好作它铜墙铁壁的安乐窝。事实上我大错特错了。它虽然上了年纪,但看来很讲究摄生,因为饭后要散步观夜色以助消化。住碉堡式的住宅吗?庄子说得好:"神虽王,不喜也。"

两天后,我已懂得老牛的习性了。它在黄昏后便为口腹勉力慢"跑",饱餐了便稍舒筋骨,接着找个阴暗的角落休息。白天是死人一样不吃不动的,最爱贴在略湿的砖头旁边,有点青苔的更妙。每天照例拉屎一回,尿好像没有,屁没听过。最惬意的食物是青菜。西瓜、香蕉、苹果也受欢迎,果肉最好,万一为势所迫,皮也可以勉强将就。淀粉质的东西不合肠胃,猪鸡等肉更不敢领教。这位素食主义者,生活节奏既然缓慢,又善养它浩然之气,看光景活一百岁也不希奇。

　　一周过去,人牛关系,正如外交官的口头禅,空前良好。我顾念它的寂寞,于是找了两只小家伙给它作伴,算是为它收养了一对孩子。其中较大的,有点不良少年倾向,饭前饭后照例在露台它们的家园内外闲荡。它的食量最大,这也是意中事了。一次它失踪了一整天才回家,是私约了女朋友还是男朋友干其不可告人之事呢,还是参与黑社会活动呢?这事至今没查明,不过,此后它也规矩下来了。在外头谋生,总不容易吧。小的那一只食少睡多,大概属娃娃级,且不哭不闹,乖得可人。老蜗牛对于二少者,不打骂、不教导、不呵护、不理睬,表现得既无亲情,也无代沟。我看这家道未符理想,于是着意为老的找伴侣,半月后,成功了,是雨后的一夜无意得之的。新蜗牛四寸多,以人龄换算,约四五十岁吧,配个六十岁汉子,也不致太委屈。可是,一转念,心下立刻没把握了。我怎知道它们的性别呢?要是我想错了,其他的可能有三个:第一,老中两蜗牛俱属雄性。这会生意见或闹不道德之恋。第二,同是女身。那更糟了,因为吵起来,一定更凶。第三,老的雌,中的雄。那会弄成老妻少夫的局面,不合中华国情。唉,一提到终身伴侣,没有的,失神;已有的,失色。这世界,莫说终身大事,就算非终身大事的露水姻缘,也难搓捏得美满,除非是所谓天作之合,或那种超露水,名为人作之合的闪电式撞击。我面对困扰,智谋尽丧,最后只好用愚人之法,让这四口之家混一个时期再作打算。

　　但牛家形势之大好,实在出乎意料。它们不吵架、不打斗、不抢吃、不偷盗、不嫉忌,而且脾气好得像棉花软糖。它们偶尔在"食桌"边缘碰上了,大家就用触角打个招呼,然后各吃其吃,或各游其游。它们固然不非礼,不强奸,但好像也不屑恋爱。彼此君子淑女到这个直追梁山伯祝英台的境界,虽然很有《圣经》所示在地若天的新耶路撒冷风味,但在人间,或牛间,总有点遗憾。不过,稍后我失笑了!原来,我现在知道了,蜗牛是雌雄同体的,功能自生自灭,意能自满自足,情能自收自放,一切正如它们的贵体,自伸自缩,所谓用舍自如,行藏在我者是。哲学到如斯神妙入化,我们,一大堆自命万物之灵的愚男蠢女,能不愧死?

　　苏东坡才高气迈,下笔无所不透,他写过《蜗牛》诗,但其言差矣,且听:"腥涎不满壳,聊足以自濡,升高不知回,竟作黏壁枯。"蜗牛固然自濡,但也相濡,绝不像自私的人类那么鄙陋。至于"升高",那是少之又少的。牛性谦卑自牧,干时冒进,拼命求升的事,它们才不干!它们最不奉承那炙壳可热的太阳。当这位高高在上,万人瞻仰,光辉烈烈的阿波罗以满身金光的威势出现,它们就赶紧躲起来了。怎能"黏壁枯"?蜗牛的美德,上面已顺笔提及,然而尚不止此。你看它们行进的步伐:慢,不错,但谁及它们稳重?它们两对触角作先锋探路,遇物必缩。你说它们畏这畏那么?非也。它们其实是步步为营,却又锲而不舍。缩,是的,但绝非一缩永缩,而是缩后必伸。壳内坚定的信念只有一个:再探头舒颈时,外边世界又是一番新意了,至少所呼吸的空气已经不是半分钟前那一股旧流。它们在前进的道上,即使遇阻遇挫,还是一分分、一寸寸地力爬。此路不通则彼,彼路不通则此,哪里像我们人类中的一类,失败了就骂,就哭,就赌气,就怨天,就尤人,就寻死!人不如牛,我们难道还有什么可辩的?卡洛尔(Lewis Carroll)写《阿丽思漫游记》,称蜗牛为"可爱的"。他的胸襟和见识,在这一点上就超过了苏东坡。莎士比亚对蜗牛也敬礼有加。他在《空爱一场》(*Love's Labour's Lost*)一剧中,称赏爱情的感觉,是以蜗角的柔细灵敏作陪衬的。苏东坡在这方面亦未见友善,他说"蜗角虚名,蝇头微利,算来着甚乾忙"(《满庭芳》)。把爱情样美丽的蜗角牵上"虚名",不免损害蜗牛的实名,但要怪东坡居士不如骂庄周,后者大概是开损毁蜗牛形象之先河的。他在《则阳》一文内,有所谓蜗角左右各有一国而"时相与争地而战,伏尸数万"。这种浪漫的想法,和蜗牛本性,相去远矣。

养蜗牛已差不多有三个月了。我给它们的,只是一些菜叶果皮,但它们惠我的启迪,却是意味深长的。世人只要略效蜗牛,什么明枪暗箭,大小打斗,就可以消弭了,但拈酸呷醋,爱恨情仇一类恶事恐怕是不免的,除非造物主可怜我们,全部来一个大变性,让我们人人雌雄同体,自得其乐且同享遐龄。最后,我要发一则讣闻:我最小的一头婴牛,前数天失足从九层楼跌到水泥地上,壳破牛死了。想到这小乖乖的意外夭折,不免凄然,谨借用上引卡洛尔"可爱的"三个字作吊辞,以表示那难挂在林木草地,却永挂在眉间心上的一缕萦念。

1982 年

(选自《梁锡华选集》,香港山边社 1984 年版)

许达然

回　　家

中国人自古以来就嚷着要回家。有乡思的地方就有中国人,连没老家的也要返乡间。

西方人的乡情虽也诗意,却不如中国的丰富深刻。希腊史诗《奥德塞》叙述伟大的回家旅程,但自荷马以后,西方人漂泊更远了。英国作家却斯特顿(Cilbert Keith Chesterton)认为英诗里最美的一行是"遥远的在山那边"。有些诗人,像格雷、朋斯、丁尼生,也写过类似的诗句。一直到当代小说里,海明威的老人在鱼被吃后,想起究竟什么打败他时,他大声自答:"没有,是我走得太远了。"然而走远后,西方人并不一定像中国人感到"无奈归心暗随流水到天涯"(秦观)。这归心在温庭筠的"鸡声茅店月,人迹板桥霜"上,也在马致远的"枯藤老树昏鸦,小桥流水人家,古道西风瘦马"上;无动词,因诗意已被乡思贯通了。乡思扩展了民族与历史意识。英文里的"父土"、"母土",或"家土",我们叫"祖国",把时间推得更远,感情拉得更近了。英文里的"生地"或"家镇"我们叫"故乡",把时空亲切地连在一起。中国诗人甚至把空间概念"旧家"或"故家"当作时间概念"从前"用,仿佛提到过去就想起家。

家与孝牵住中国人,照礼不许远离。然而留在家有时更要挣扎。唐朝王建有首诗写被官吏差遣的水夫,胸被纤索擦破了,脚被石砾割裂了,曾想溜掉算了,却又觉得"父母之乡去不得";孝思使他忍痛拉船。离家既然出于不得已,出门前就拜祖宗,保佑早回来;有的还从井里挖出一把土,在异地生病时当灵丹服,想家时当亲人抚,而识字的就写诗了。

开始是离开后,偶尔忆起的浓甘薯香;逐渐是流浪中,时常遇见的薄人情味;后来是泥泞思路上,一踏就滑倒的激情;再后来是拥抱祖乡的意识。结束前,惨的是归不得:"我已无家,君归何里?"(宋,刘辰翁);悲的是不得归:"天涯岂是无归意,争奈归期未可期"(晏殊);妄的是不得归,被江南迷住的韦庄甚至还吓别人"未老莫还乡,还乡须断肠"。但一般人的肠很有韧性,由于谋生、灾难、做官、放逐、当兵、亡国而离乡的,即使空肠也要回家。

出外谋生的盼望回去团圆。只因拒绝补破网而出去,回来就不愿是补破梦。虽然无地,仍要生儿女,自己只好出去,留下怨妇望君早归,硬望成石头了。即使有地,也不够儿女耕,儿女只好出去,想出头天。同样奋斗,不同遭遇,以至有敦煌抄卷提到的富不归贫不归,再贫下去就死不归了。为生活,甚至不得不出国也已几百年了。在异邦,用筷子,怎样夹都不如家乡味;思想起,怎样卧都不像长城;捧唐诗,怎样吟都不成黄河。再不如,不像,不成也要精神上认同;然而身在国外嚷叫心爱国内,口再响亮头顶的仍是别人的天空。不愿空做烟囱冒烟,袅袅,了了,乡思却变成精神分析家艾利克生(Erik H. Erikson)所指的自责,责备自己脱离了把自己踢出的土地,良知吵着要回去。

逃难为的是结束流离。从前灾难多了,天大吹大淋大干大摇外,人还大打大压大抢大捞,搞得大家无家。替人做稼的,一遇天灾,要抛妻儿都不一定有人家要。有家的,一遇人祸,就可能剩一条命。汉末蔡琰被匈奴掳去,与酋长结婚生子,后来虽然伊父亲的朋友曹操赎伊,但儿女须留在匈奴,伊回到老家已几乎什么都没了。

即使几乎什么都有,做官的也叫不如归。中国的官僚制度一向发达,为了公正防私,不准在故乡当官。当官的在外,因大家不认识反而歪哥。他们被罚怀乡,偶尔圣贤起来学在陈国时的孔子吵着要回家。清朝来台湾当官的大多要尽快捞回家,像凤山教谕吴周祯苦吟"落落意忘归"是例外,连少数好官像孙元衡都哼"他乡莫望远"。从前好官也被功名误,慨叹"故乡回首已千山"(陆游),但也有不全为功名的被放逐后更发愿回去服务。屈原早就用很多"兮"标点实话了,以后敢说实话建议或抗议的,都不怕到荒野想家。

到比荒野还恐怖的战场打仗的士兵数着归期。不像西方个人主义的反战诗很少提起家,从前中国诗反战的一个原因是要回家,早在《诗经》里就表达得很凄楚。回乡"行道迟迟,载渴载饥";"我徂东山"归来的士兵,段段"零雨其濛",回到家却发现妻已改嫁了。未婚的木兰从军,听到黄河鸣咽,胡骑叫嘶,就听不到父母叮咛;凯旋后天子要把官衔给伊,伊毫无兴趣,因要快回去!人民防守边疆为的不是争功名而是保乡土。唐朝征战繁多,边塞也苍凉了。听到芦管,"一夜征人尽望乡"(李益),"日日双眸滴清血"(贯休)。战士流血未死还流泪,只因要回家。

亡国失土的更期盼凯旋。不争气的是只叫国仇家恨的君臣。生活糜烂的南唐李煜被逮后,竟问我们有几多愁,自答"恰似一江春水向东流"。宋太宗嫌他向东流回家的哼声太噪,就把他毒死了。到了南京,帝王不想恢复失土,使江南到处繁荣着乡愁,"故乡何处是,忘了除非醉"(李清照);不肯醉忘的志士"凄凉回顾,慷慨生哀"(刘克庄)。辛弃疾慷慨生气,自己睡不着却埋怨"老僧夜半误鸣钟";钟声挽不住乡情,回荡更远了。

　　既然想家就振作回去。归途心情"百尺风中旗"(孟郊),行路更难,"近乡情更怯,不敢问来人"(宋之问)。终于回到祖地,有的用胡语胡吹,乡人越听不懂,他越得意。有的乡音依旧,但未离乡的孩童不认识老头,"笑问客从何处来?"(贺知章)幸亏仍讲乡音,没被撵出去。从前吴越王钱镠回乡后,也学刘邦把酒给乡亲喝并唱歌;但歌文雅得没人听懂,他改用乡音唱山歌时,大家才欢快地合唱。回乡有的只唱唱,有的要长住。陶潜住下后,比喻自己是失群鸟飞回孤松潜起来,并不想服务乡土;他一大早出去耕种,晚上才"带月荷锄归",穷得开心。回乡有的满怀壮志,发现早已无家了,但总坚信家是自己创造的,最好在故乡。

　　　　　　　　　(选自《吐》,台北林白出版社1984年版)

简　媜

四月裂帛

三月的天书都印错，竟无人知晓。

近郊山头染了雪迹，山腰的杜鹃与瘦樱仍然一派天真地等春。三月本来无庸置疑，只有我关心瑞雪与花季的争辩，就像关心生活的水潦能否允许生命的焚烧。但，人活得疲了，转烛于锱铢，或酒色，或一条百年老河养不养得起一只螃蟹？于是，我也放胆地让自己疲着，圆滑地在言语厮杀的会议之后，用寒鸦的音色赞美："这世界多么有希望啊！"然后，走。

直到一本陌生的诗集飘至眼前，印了一年仍然初版的冷诗，（我们是诗的后裔！）诗的序写于两年以前，若洄溯行文走句，该有四年，若还原诗意至初孕的人生，或则六年、八年。于是，我做了生平第一件快事，将三家书店摆饰的集子买尽——原谅我卤莽啊！陌生的诗人，所有不被珍爱的人生都应该高傲地绝版！

然而，当我把所有的集子同时翻到最后一页题曰最后一首情诗时，午后的雨丝正巧从帘缝蹑足而来。三月的驼云倾倒的是二月的水谷，正如薄薄的诗舟盛载着积年的乱麻。于是，我轻轻地笑起来，文学，真是永不疲倦的流刑地啊！那些黥面的人，不必起解便自行前来招供、画押，因为，唯有此地允许罪愆者徐徐地申诉而后自行判刑，唯有此地，宁愿放纵不愿错杀。

原谅我把冷寂的清官朝服剪成合身的寻日布衣，把你的一品丝绣裁成放心事的暗袋，你娴熟的三行连韵与商籁体，到我手上变为缝缝补补的百衲图。安静些，三月的鬼雨，我要翻箱倒箧，再裂一条无汗则拭泪的巾帕。

　　我不断漂泊，
　　因为我害怕一颗被囚禁的心
　　终于，我来到这一带长年积雨的森林

你把七年来我写给你的信还我，再也没有比这更轻易的事了。

约在医院门口见面，并且好好地晚餐。你的衣角仍飘荡着辛涩的药味，这应是最无菌的一次约会。可惜的，惨淡夜色让你看起来苍白，仿佛生与死的演绎仍鞭笞着你瘦而长的身躯。最高的纪录是，一个星期见十三名儿童死去，你常说你已学会在面对病人死亡之时，让脑子一片空白，继续做一个饱餐、沐浴、睡眠的无所谓的人。在早期，你所写的那首《白鹭鸶》诗里，曾雄壮地要求天地给你这一袭白衣；白衣红里，你在数年之后《关渡手稿》这样写：

> 恐怕
> 我是你的尸体衣裳
> 非婚礼华服

并且悄悄地后记着："每次当病人危急时，我们明知无用，仍勉强做些急救的工作。其目的并非要救病人，而是来安慰家属。"

你早已不写诗了，断腕只是为了编织更多美丽的谎言喂哺垂死病人绝望的眼神。也好让自己无时无刻沉浸于谎言的绚丽之中，悄然忘记四面楚歌的现实。你更瘦些，更高些，给我的信愈来愈短，我何尝看不出在急诊室、癌症病房的行程背后，你颤抖而不肯落墨讨论的，关于生命这一条理则。

终于，我们也来到了这一刻，相见不是为了圆谎为了还清面目，七年了，我们各自以不同的手法编织自己的谎，的确也毫发未损地避过现实的险滩。唯独此刻，你愿意在我面前诚实，正如我唯一不愿对你假面。那么，我们何其不幸，不能被无所谓的美梦收留，又何等幸运，历劫之后，单刀赴会。

穿过新公园，魅魅魑魑都在黑森林里游荡，一定有人殷勤寻找"仲夏夜之梦"，有人临池摹仿无弦钓。我们安静地各走各的，好像相约要去探两个挚友的病，一个是七年前的你，一个是七年前的我，好像他们正在加护病房苟延残喘，死而不肯瞑目，等亲人去认尸。

"为什么走那么快？"你喊着。

"冷啊！而且快下雨了。"

灯光飘浮着，钢琴曲听来像粗心的人踢倒一桶玻璃珠。餐前酒被洁净的白手侍者端来，耶稣的最后晚餐是从哪儿开始吃的？

"拿来吧，你要送我的东西。"

你腼腆着，以迟疑的手势将一包厚重的东西交给我。

"可以现在拆吗？"我狡诈地问。

"不行，你回去再看，现在不行。"

"是什么？书吗？是圣经？……还是……真重哩！"我掂了又掂，七年的重量。

"你……回去看，唯一、唯一的要求。"

于是，我装作什么都不知道，继续与你晚餐，我痛恨自己的灵敏，正如厌烦自己总能在针毡之上微笑应对。而我又不忍心拂袖，多么珍贵这一席晚宴。再给你留最后一次余地,你放心,凄风苦雨让我挡着,你慢慢说。

"后来,我遇到第二个女孩子,她懂得我写的、想的,从来没有人像她那样……"你说。

"我察觉在不知道的地方,有一种东西,好像遥远不可及,又像近在身边;似在身外,又似在身内,一直在吸引我。我无法形容那是什么——或许是使得风景美丽的不可知之力量;或许是从小至今,推动我不断向前追求的不能拒绝之力量;或许是每时刻我心中最深处的一种呼唤、一种喜悦、一种梦;或许是考娄芮基(Coleridge)在他的《文学传记》所述的'自然之本质',这本质事先便肯定了较高意义的自然与人的灵魂之间,存在着一种'关联'……想着,想着,《关渡手稿》就在这种心境写下来。……"年轻的习医者在信上写着。

"她懂你像你懂自己一样深刻吗?"我问。

"我试着让她知道,我为什么而活。"你说。

"来此两个多星期,天天看病人,跟在医院无两样。空间多,看海与观星成了忘我的消遣。我很高兴能走入'时间'里面去体会时间的分秒之悸动,圣经写说,人生若经过炼金之人的火及漂布之人的碱,必能尝到丰溢的酒杯,于是我更能体会濒死病人的呻吟,可以真实地走过病眼深水的波浪洪涛。在'你的瀑布发声,深渊就与深渊响应'之际,虽然长夜仍然漫漫,我仍旧守候在病人的身旁,守候着风雨之中的花蕾,守候着天发亮的晨星……这是我衷心想告诉你的……"在东引海边的军营里,有一封信这么写。

"为了她我拒绝所有的交往,我告诉另一个女孩子,我在等人;她哭了,她嫁人了。"你颓唐起来。

"啊!"我说:"这个女孩子真是铜墙铁壁啊! 是你不能接受她是个非基督徒,还是她不能接受你的主?"

"我曾由只要去爱不是去同情的初学者,变成现在差不多以 make money 为主的医匠。我甚至陷在希望借研究与学术发表演讲来满足内心好大喜功之欲望里而不可自拔,我甚至怕自己突因某种原因而死亡(很多医师因工作太累,开车打瞌睡而撞死)。目前,我正在钻研一种'内生性类似毛地黄之因子',我渴求能在两年内把它分析出来公诸于世,以满足一己暂时的快感……我不知道我是谁?

"我渴望婚姻,但也害怕婚姻带来的角色改变,我是痛苦的空城。直到,我碰到了一位'女作家',我非常喜欢和她做朋友,但我的直觉和教会及所有的人认为我不能和一个非基督徒结婚。我相信我有能力做她的好朋友,但我不知道能否做她的好丈夫? 我不能接受夫妻因信仰所发生的任何冲突,我又很希望这位女作家过着幸福快乐的日子,我当然希望结婚的对象也是基督徒……我可能选择独身,我是矛盾的人。"第四十二封信写着。

"的确,"我啜饮着烫舌的咖啡:"天上的父必然要选择他地上的媳,如同平凡的妇人也想选择她天上的父。"

"我不懂她心中真正的想法,她真是铜墙铁壁!"你说。

"她或许了解你的坚持,你却不一定进得去她固执的内野。你们都航行于真理的海,沿着不同的鲸路。你只希望她到你的船上,你知道她的舟是怎么空手造成的?她爱她的扁舟甚于爱你,犹如你爱你的船甚于爱她。如果你为她而舍船,在她的眼中你不再尊贵,如果她为你而弃舟,她将以一生的悔恨磨折自己。的确,隐隐有一种存在远远超过爱情所能掩盖的现实,如果不是基于对永恒生命衷心寻觅而结缡的爱,它不比一介微尘骄傲。你们曾经欢心惊叹,发现彼此航行于同一座海洋;现在,却相互争辩,只为了不在同一条船上。假设,她愿意将你的缆绳结在她的舟身,不要求你弃船,那么你能否接受她的绳,不要求她覆舟?如果比身并航也不为你的宗教所允许,你只有失去她,永远的失去她。"

"我是一个失败的证道者!"你喟然着。

"不!"我说:"如果你不曾成功地摊开你的内心,她早就成为你痛苦的妻。当你朗诵诗篇二十三给她:'耶和华是我的牧者,我必不致缺乏。他使我躺卧在青草地上,领我在可安歇的水边。他使我的灵魂甦醒,为自己的名引导我走义路。'你要相信,她才答应自己去寻找另一处无人到过的迦南美地。如果她在你心中仍然美丽,就是因为这一身永不妥协的探索与敢于迎战的清白足以美丽。她一生不曾侍奉任何的主,而她赞美你,等同赞美了上帝。你信仰了主,你当终生仰望,你既然住着耶和华的殿,享有他赐予的粮,你何苦再寻一座婚姻的空壳?我只听说有人千方百计将他的茅屋改成宫殿,未曾闻过在宫殿里另筑茅屋。你成全了她走自己的义路,这是你赐她最大的福音。她住在她那寒伧的磨坊,无一日不在负轭、磨粮,你要体会,不是为了她自己,为了不可指认、不能执著的万有——让虚空遍满琉璃珍珠,让十五之后日日是好日,让一介生命甘心以粉身碎骨的万有;如同你活着为了光耀上帝。你要眼睁睁看她怎么粉碎,正如她眼睁睁看你七年。"

最后一封信这样落笔:"在我心目中,你一直是个尊贵的灵魂,为我所景仰。认识你愈久,愈觉得你是我人生行路中一处清喜的水泽。

"为了你,我吃过不少苦,这些都不提。我太清楚存在于我们之间的困难,遂不敢有所等待,几次想忘于世,总在山穷水尽处又悄然相见,算来即是一种不舍。

"我知道,我是无法成为你的伴侣,与你同行。在我们眼所能见耳所能听的这个世界,上帝不会将我的手置于你的手中。这些,我都已经答应过了。

"这么多年,我很幸运成为你最大的分享者,每一次见面,你从不吝惜把你内心丰溢的生息倾注于我的杯。像约书亚等人从以实各谷砍了葡萄树的一枝,上头有一挂葡萄,又带了些石榴和无花果来……你让我不致变成一个盲从的所知障者,你激励我追求无上自由的意志,如果有一天我终能找到我的迦南之野,我得感谢你给我翅膀。

"请相信,我尊敬你的选择,你也要心领神会,我的固执不是因为对你任何一桩现实的责难,而是对自己个我生命忠贞不二的守信。你甚美丽,你一向甚我美丽。

"你也写过诗的,你一定了解创作的磨坊一路孤绝与贫瘠,没有一日,我卑微的灵不在这里工作、学习。若我有任何贪恋安逸,则将被遗弃。走惯贫沙,啃过粗粮,吞咽之时意也有蜜汁之感,或许,这是我的迦南地。

"不幻想未来了。你若遇着可喜的姊妹,我当祈福祝祷。你真是一个令人欢喜的人,你的杯不应该为我而空。

"就这样告别好了,信与不信不能共负一轭。"

  且让我们以一夜的苦茗
  诉说半生的沧桑
  我们都是执著而无悔的一群,
  以飘零作归宿

在你年轻而微弱的生命时辰里,我记载这一卷诘屈聱牙的经文,希望有朝一日,你为我讲解。

如果笔端的回忆能够一丝丝一缕缕再绕个手,我都已经计算好了,当我们学着年轻的比丘尼入舍卫大城乞食,于其城中次第乞已,还至本处时,我要把钵中最大最美的食物供养你,再不准你像以前软硬兼施趁人不备地把一片冰心掷入我的壶。

我们真的因为寻常饮水而认识。

那应该是个薄夏的午后,我仍记得短短的袖口沾了些风的纤维。在课与课交接的空口,去文学院天井边的茶水房倒杯麦茶,倚在砖砌的拱门觑风景。一行樱瘦,绿扑扑的,倒使我怀念冬樱冻唇的美,虽然那美带着凄清,而我宁愿选择绝世的凄艳,更甚于平铺直叙的雍容。门墙边,老树浓荫,曳着天风;草色釉青,三三两两的粉蝶梭游。我轻轻叹了气,感觉有一个不知名的世界在我眼前幻生幻化,时而是一段佚诗,时而变成幽幽的浮烟,时而是一声惋惜——来自于一个人一生中最精致的神思……这些交错纷叠的灵羽最后被凌空而来的一声鸟啼啄破,然后,另一个声音这么问:

"你,就是简媜吗?"

我紧张起来,你知道的,我常忘记自己的名字,并且抗拒在众人面前承认自己,那一天我一定很无措吧!迟顿了很久才说:"是。"又以极笨拙的对话问:"那,你是什么人?"

知道你也学中文的,又写诗,好像在遍野的三瓣酢浆中找四瓣的幸运草:"唷,还有一棵躲在这!"我愉快起来就会吃人:"原来是学弟,快叫学姊!"你面有难色,才吐露从理学院辗转到文学殿堂的行程,倒长我二岁有余。我看你温文又亲和,分明是邻家兄弟,存心欺负你到底:"我是论辈不论岁的!"你露齿而笑,大大地包容了我这目中无人的草莽性情。那一午后我归来,莫名地,有一种被生命紧紧拥住的半疼半喜,我想,那道拱门一定藏有一座世界的回忆。

毕竟,我只善于口头称霸,在往后与你书信嬗递,才发觉你瘦弱的身躯底下,凝炼了多少雄奇悲壮的天质,而你深深懂得韬光养晦,只肯凿一小小的孔,让琢磨过的生命以童子的姿势嬉嬉然到我眼前来。我们不谈身世只论性命,更多时候在校园道上相遇,也只是一语一笑作别,但我坚信:"这人是个大寂寞过的人!"

那时候,你的面目早已因潜伏的病灶难靖,稍稍地倾斜着,反正已经割过了而且是个慢性子的瘤,就不必管吧,只在你心力用瘁的时候,才憔悴起来,我叫你当心,你复来的信不痛不痒地说:"今早文心课见你挽抱书本飘然而去,霎时间萌生一种远飐的感觉,没来得及跟你说。有回上声韵,下了课,正见你倦极而伏案,其时感觉也是一惊。记得有次夜深,与你不期然遇,你说从总图出来,回宿舍去。夜色下的你步履决定,却透着层弱倦后的苍白。一直没能多问候你,反而是你看出我的憔悴。"你始终不愿意称我"简媜",说这二字太坚奇铿锵,带了点刀兵,你宁愿正正经经地写下"敏媜",说有了这"敏"字,行云流水起来,不遭忌的。我深深动容,你一片片莲灿,都为我惜生,而我能为你做什么?性格里横槊赋诗的草莽气质,总让我对最亲近的人杀伐征讨。难得有一回清清淡淡的小聚,临别时,我不经心窜出那头兽,那忘情负义恩将仇报的猛禽:"保重哟,下一次见面或许九天,或九年。"你清和的面容浮掠一丝秋瑟,宽怀地笑纳这些语锋契机,你报平安的信通常这么作结:"写信、说话,欢喜日复一日。看你什么时候有空,小谈。我担心一语成谶。"

尔后,我离了学院,日复日载饥载渴,过的是牛饮而后快的星夜。偶有不死的诗心,才写些哀哀怨怨的信给亲近的人,你总是快快地回:"外出三天,深夜踏雨归来,檐前出现一小叠信。中有你亲切的字迹,你的信柬自然令我喜欢。……我的病情,好好坏坏,终须挨上一刀才见分晓。近两个月来的抱病自守,旦夕之间,情知对于生命底千般流转,尽须付与无尽的忍爱。我想,他朝小痊,如你之奔驰,亦须这样。一步一履,无非修行。至此,我依然深心乐观,来日或聚,愿其时你的事业大势底定,我亦澡雪精神。"

我们深心乐观着未来,几次击掌切磋,暗暗以创格自许,不屑袭调。负气使才如我,滔滔洒墨,似欲与千夫万夫一拚。你见我清瘦异常,只吩咐我不可太夜太累,我委屈了,说:"就活这么一次,我要飞扬跋扈!"你语重心长地说:"早慧,难享天年的,古来如此。"

你珍贵我这顽桀的生命,大大地甚于你自己的。那一回生日,你特地去寻玉送我,一龙一凤绕着净瓶(啊!会是观音的净瓶吗?),你说鬻玉的老者称这块玉的肌理具荷质,返家的途中经过南海路,你去植物园的荷花池,轻轻地轻轻地将这玉沁了又沁……你说:"生命恒有繁华落尽的感觉,只不过,不染淤泥!"

病魔却与你弄斧耍戗,你的眼开始不自觉地泪,夜半常因拭泪而难以入眠,你谦称这是宿业使然。在你卜居的深山穷野,你宛若处子与生灭大化促膝而谈,抱病独居的信,不改涓涓细流的字迹:"有天半夜不能安睡,出至阳台。山间天象澄明,月光大片大片洒落一地。忽然间,我看见自己月下的影子,细细瘦瘦,怯怯地,触目竟十分眼熟,但那分明不是日光中的'我'。我呆呆地忖忖想想,啊,是了——是童话时候的'我'!我好感动地望着那片身影,然后牵他入梦。偶得一悟,心情愿如庄周,处于病与不病之间。"

你第二度开刀,除去右颜面突变的肉瘤,我将一串琥珀念珠赠你,那是寺里一名师父突然脱下赠我的,我欢喜生命中"突然"的意象。你认真地戴在手腕,虚弱地在病榻上闭目。我又天真起来了,仿佛一名间谍,在你短兵相接的战场之前,先给你解药,你此后可以大胆地无惧地去迎喂毒的流箭。病后,你说:"我渐渐愿意把所有的悲沉、蒙昧、大痛、无明都化约到一种素朴的乐观上,我认为它是生命某种终极的境界。你知我知。"

最珍贵而美丽的,应该是你赴港念比较文学之前的半年。你诗写得少了,专志狼吞文学批评的典籍,你戏谑这是一桩"反美"的工程,但要我千万注意,你并非不爱美。我说:"管你家的什么美不美,天天念原文书,把一个人念得豆芽菜似的,这种美简直王八蛋!"你每星期总要回长庚医院追踪病情,我们相约在中午,趁我歇班的时刻,你教我念书。常常在市嚣流矢的小咖啡店里,你取出一叠白纸、一支钢笔,在喝了一口微冷的红茶之后,开始以沙哑沉浊的声音,为我唤来"福寇"(Michel Foucault),我静静地抱膝听着,进入神思所能触摸的最壮阔与最阴柔的空间,你的话幽浮起来:"……如今,书写已和献祭发生关联,甚至和生命的献祭发生关联……"我幡然有悟:"等等,我下一本书的架构出来了,你要不要听!"知识的考掘通常转化为创作的考掘,我是锈刀,拿你当磨刀石。你不也说了吗,我的生命太千军万马,终究不会听你这座"紫微"。实而言之,你是一则遥远的和平,为了你,我必须不断地战争。

有一回,茶冷言尽,你取出一张泛黄的黑白照片让我瞧:一名十岁男童倚在漫画书店的租台边,白白净净的怯生生的,眼睛里有一股神秘的招引与微燃的悲喜,静静地与世界相看。我惊叹起来:"多美啊!是你吗?"你欢喜地说:"是!"

那一回,你送我回报社上班,沿着木棉击掌、槭实落墨的砖道,你微微地喟叹:"天!给我时间!"

香港一年,你终因病发大量出血而辍学,从中正机场直奔林口长庚,医师已开了病危通知书。你却幽幽转醒,看着病床边来来往往的友好、同窗,或者,你还在等,当养育的父母双亡,亲生的父母待寻。你那时已不能进食,肉瘤塞住口舌,话也不能说了。你见我来,兀自挣身下床,从杂乱的行李中掏出一块精致的香皂,多少年前,我说过一日三浴更甚于心头欢喜,你在纸上写着:"多洗澡!"那一刹——那百千万亿年只可能有一回的一刹,我想狠狠地置你于死。

半年来,我抗拒着再去看你,想给你七七四十九遍的经诵终于不能尽读,我压抑每一丝丝一缕缕一角角关于你的挂念。只有两回梦见,一次你以赤子形象从半空掠过,我仰首不复寻踪;一次你款款而来,白白净净的面目,我大喜,问:"你好了?"你笑而不答,许久许久才说:"还没开始生病啦!"梦醒后,深深地痛恨自己,现世里的大欢大美被解构得还不够吗?连在可以作主的梦土,也要懦怯地缴械。我终究是个懦夫,不配英雄谈吐。

那么,敬爱的兄弟,我们一起来回忆那一日午后,所有已死的神鬼都应该安静敷座,听我娓娓诉说。

那一日,我借了轮椅,推你到医院大楼外的湖边,秋阳绵绵密密地散装,轮转空空,偶尔绞尽砖岸的莽草。我感觉到你的瘦骨宛若长河落日,我的浮思如大漠孤烟。当我们面湖静坐,即将忘却此生安在,突然,遥远的湖岸跃出一行白鹭,扶摇直上掠湖而去,不复可寻。湖水仍在,如沉船后,静静的海面,没有什么风,天边有云朵堆聚着。

你在纸上问我:"几只?"

我答:"十二只。"你平安地颔首。

也许,不再有什么诘屈聱牙的经卷难得了你我。当你恒常以诗的悲哀征服生命的悲哀,我试图以小说的悬崖瓦解宿命的悬崖;当我无法安慰你,或你不再关怀我,请千万记住,在我们菲薄的流年,曾有十二只白鹭鸶飞过秋天的湖泊。

> 犹似存在主义,
> 或是老庄,
> 或是一杯下午茶,
> 或两本借来的书。

百般凌虐你,你都不生气,或,只生一小会儿气。好似在你那里存了一笔巨款,我尽情挥霍,总也不光。有时失了分寸,你肃起一张沧桑后的脸,像一个塞途者思索不可测的驿站,我就知道该道歉了,摸摸你深锁的额头说:"什法子,谁叫你欠我。不生气,生气还得付我利息。"

常常在早餐约会,或入了夜的市集。热咖啡、双面煎荷包蛋、烘酥了的土司,及三分早报。你总替我放糖、一圈白奶,还打了个不切实际的哈欠。我喜欢晨光、翻报、热咖啡的烟更甚于盘中物,你半哄半骗,说瘦了就丑,我说:"喂,就吃!"你果真叉起蛋片进贡而来,我从不吝惜给予最直接的礼赞:"今天表现不错,记小功一支。"

早晨恒常令我欢心,仿佛摄取日出的力量,从睡眼沉静射入惊蛰的流动,有了奔驰的野性及征服的欲望。早晨对你却是苛责的,你雾着一张脸,听我意兴风发地擘画每一桩工作,帮你整理当日的行程及争辩的重点,战役的成果未必留给我们,但我们联手打过漂亮的仗。

入夜的城市更显得蠢蠢欲动,入夜的我通常是一只安静的软体动物,容易认错、善于俯役,不扎别人的自尊。你活跃于墨色的时空,以锐利的精神带着我游走于市集。一碗卤肉饭、石斑鱼汤、水煮虾也是令人难忘的饮食起居。我擅于剥虾、剔无刺的鱼肉,伺候你。你尽管放心地细数我的不对,定谳白日的蛮悍,我一向从善如流,乖乖地向你忏悔。

当市集悄悄撤退,夜也怢了,我打起一枚长长的呵欠,你说:"走吧!回家。"你走你的路,我走我的归途。这城市无疑是我们巨构的室家,要各自走过冗长的通道,你回你的卧室,我有我的睡榻。

那么,的确必须用更宽容的律法才能丈量你我的轨道。你不曾因为我而放弃熟悉的生命潮汐——不管是过往的情涛、现实的波澜,或即将逼近的浪潮;我也不必为你而修改既定的秩序——我有我不能割舍的人际、工作的程序,及关于未来的编排。当我们相约,其实是趁机将自己从曲曲折折的轨道释放出来,以大而无当的姿势携手、寻路。你四十过二的音色里仍留有不肯成熟的童话;(要不,你怎么老是叉橡皮筋偷袭我!)我二十又七的华容仍忘怀不去初为儿女的姿意;(挺喜欢捧你的大手,一支一支地唷你的指头!)你时而化童时而老迈,我时而为人时而原兽,我们生动地演出内心被禁锢的角色,以城市为舞台,行人当盲目的观众。那些令人疲惫的典章制度不容推翻总可以暂忘,你虽然抱怨半生颠踬无以转圜,我却不曾怂恿你或然言弃——那些包袱早已变成心头肉，在我们分手后仍然继续由你背负的。如是，我期望每一次相聚，透过理智的剖析与情感之疏浚，更助益你昂然驼行。我深知，情会淡爱会薄，但作为一个坦荡的人，通过情枷爱锁的鞭笞之后，所成全的道义，将是生命里最昂贵的碧血。因而，你可以原始地坦露，常常促膝一夜，谈你孑然成长的大江南北，谈梦幻与现实互灭，谈你云烟过眼的诸多女人，谈你远去的妻与儿女……常常，我看到那一颗三十多年未落的噙泪。

　　同等地，我得以在你身上复习久违的伦常，属于父执与兄长的渴望。过于阴柔的家境，促使我必须不断训练自己雄壮、摹仿男系社会的权威；而我生命的基调，却是要命的抒情传统，三秋桂子十里芰荷的那种，遂拿你砌湖，我得以歌尽舞影，临水照镜（啊！我终究必须恋父情结）。实则如此，每一桩生命的垦拓，须要吮取各式情爱的果实，凡是亏空的滋味，人恒以内在的潜力去做异次元的再造。你在不知不觉中已被我修改，按着我心中的形象发音；正如我愿意为你而俯身，将自己捏成宽口的　　，以盛住你酒后崩塌的块垒——任何一桩情缘，如果不能激励出另一种角色与规则，以弥补梦土与现实之间的断崖，终究不易被我珍爱。

　　于是，我们很理智地辩论着婚姻。

　　你说，不曾歇息的情涛，总难免落得一身萧索，过往的女人不是不爱，却发现愈爱得深愈陷泥淖；我说，这是剥夺，爱情之中藏有看不见的手。你说，如果我们结婚如何？我问，你视我为何？难道纷落的情锁不曾令你却步？你说，我在你心中不等同于女人，属于一种透明的中性——像白昼与黑夜，时而如男人清楚，时而如女性张皇，你能充分享受诉说，从最崔嵬的男峰吐露至最婉柔的女泽（你有时细心得像一名婢女），我欢愉你所陈述的，那表示，一个人对他（她）内在生命做多元创造的无限可能。而我开始叙述，关于多年来我们另辟蹊径，如今俨然一条轨道的情爱（请注意，放弃世俗轨道的通常要花更多心血为自己领航，且不再有回头的可能）。我们成就一种无名的名分，住在无法建筑的居室，我不要求你成为我的眷属如同我厌烦成为任何人的局部，你不必放弃什么即能获得我的灌注，我亦有难言的顽固却能被你呵护，我们积极相聚也品尝不得不的舍离，遂把所能拥有的辰光化成分分秒秒的惊叹。如果爱情是最美的学习，我愿意作证，那是因为我们学到了布施胜于占取，自由胜于收藏，超越胜于厮守，生命道义胜于世俗的华居。想必你了解，婚姻只是情爱之海的一叶方舟，如果我们愿意乘桴浮于海，何必贪恋短暂的晴朗——要纵浪就纵浪到底吧！我已拍案下注，你敢不敢作庄？

　　我们还要一座壳吗？让壳内众所皆知的游戏规则逐渐吞噬我们的章

法。以我不靖的个性,难以避免对你层层剥夺;以你根深柢固的男系角色,终究会逐步对我干涉。原有我深沉的悲观,婚姻也有雄壮的大义,但不适合于我——我喜于实验,易于推翻,遂有不断地、不断地裂帛。

我情愿把这城市当成无人的旷野,那一夜,我爬上大厦广场的花台,你一把攫住,将我驮在肩上,哼着歌儿,凛凛然走过两条街;被击溃之后如果有内伤,那内伤也带着目中无人的酣畅。有一日,深夜作别,我内心击打着滔滔逝水的悲切,不忍责怨你什么,只想一个人把漫漫长夜走完,你说起风了,脱下外衣披我,押我上车,在站牌旁频频向我挥手,然后孤独地走向你候车的街口。那一刹,我又剑拔弩张,想狠狠刺大化的心脏,遂在下一站下车,拚命地跑,越过城市将灭的灯色,汗水淋漓地回到你的背后,你多么单薄,掏烟、点火,长长地向夜空喷雾,像一名手无寸铁的人!我倏地蒙住你的眼睛,重重地咬你的耳朵:"不许动!"你回头,看我,错愕的神情转化成放纵的狂笑,我胜利了,我说。

在借来的时空,我们散坐于城市中最凌乱的蓬壁,抽莫名其妙的烟,喝冷言热语的酒,我将烟灰弹入你的鞋里,问:

"欸,你也不说清楚,嫁给你有什么好处?"

你脱鞋,将灰烬敲出,说:"一日三顿饭吃,两件花衣裳嘛,一把零用钱让你使。"

我又把烟灰弹进去:"那我吃饱了做什么?"

你捏着我的颈子:"这样吆,你写书我读——再弹一次看看!"

我又把烟灰弹进去。

> 我随手抽了把单刀
> 走了趟雪花掩月
> 无声的月夜
> 只有鸽子簌簌地飞起

你怎么来了?

明明将你锁在梦土上,经书日月、粉黛春秋,还允许你闲来写诗,你却飞越关岭,趁着行岁未晚,到我面前说:"半生飘泊,每一次都雨打归舟。"

我只能说:"也好,坐坐!"

关于你生命中的山盟与水逝,我都听说。在茶余饭后,你的身世竟令我思谋,什么样的人,才能与秋水换色,什么样的情,才能百炼钢化成绕指柔。我似乎看到年幼时的你,已然为自己想象海市蜃楼,你愿意成为执戟侍卫,为亘古仅存的一枚日,奉献你绚霞一般的初心。

那么,请不要再怪罪生命之中总有不断的流星,就算大化借你朱砂御笔,你终究不会辜负悲沉的宿命,击倒的人宁愿刎颈,不屑偷生。这次见你,虽然你的眉目仍未能廓然朗清,倒也在一苇航之后,款款立命。你要日复日吐哺,不吐哺焉能归心。

把我当成你回不去的原乡,把我的挂念悬成九月九的茱萸,还有今年春末大风大雨,这些都是你的,总有一日,我会打理包袱前去寻你。但你要答应,先将梦泽填为壑,再伐桂为柱,滚石奠基,并且不许回头望我,这样,我才能听到来世的第一声鸡啼。

你走的时候,留下一把钥匙,说万一你月迷津渡,我可以去开你书中的小屋。我把指环赠你,尽管流离散落,恒有一轮守护你的红日,等候于深夜的山头。

你说:"还要去庙里烧香,像凡夫凡妇。"

那日,我独自去碧山岩,为你拈香,却什么话都没说。

这就是了,所有季节的流转永不能终止。三世一心的兴观群怨正在排练,我却有点冷,也许应该去寻松针,有朝一日,或许要为自己修改征服。

四月的天空如果不肯裂帛,五月的袷衣如何起头?

(选自《八十年代台湾散文选》,
中国友谊出版公司 1981 年版)

董　桥

藏书家的心事

爱书越痴,孽缘越重;注定的,避都避不掉。瑟帛(James Thurber)有一幅漫画画书房,四壁是书,妻子气冲冲指着丈夫说:"这屋子里有老娘就不能有文学,有文学就没老娘!"可怕之极。西摩·德·利奇(Seymour de Ricci)家里珍藏三万多本书籍拍卖行编印的书目,堆得满满的;有客人来,妻子忍不住抓着客人说:"全是书!你想看看我在哪儿挂我的衣服吗?"客人跟她进卧房,她打开大衣橱给客人看,里头堆满一幢幢的书目,连挂一件衣服的空当都没有。"到处是书!"妻子说完掉头走开。爱丁堡的沙洛利亚(Charles Sarolea)藏书之富出了名,不能不想办法应付"内忧",老劝太太出门旅行;太太不在家的那几天里,他不断打电话请各书商把他订下来的那一大堆书都运回来。太太回来心里总觉得家里的书多了好多,只是本来就有十几万册,现在多了多少她实在不敢说。沙洛利亚有钱,还不至于自己买书弄得家里没米。钱不多,又爱书,更烦了。多年前,英国有个穷藏书家,每买一本书,总是先照定价付钱给书商,再请书商帮帮忙,在那本书的扉页上写个很便宜的假价钱,最好不超过三英镑六便士。这种安排妥当得很,他过世之后,太太变卖那批藏书过日子,发现所得甚丰,不禁伤心起来,怪自己过去整天埋怨丈夫买书浪费金钱。这段故事格外伤感:那位藏书家活得太痛苦,也活得太有味道了。布鲁克(G. L. Brook)那本 *Books and Book Collecting* 里录了不少这些藏书家轶事,实在不忍读下去。

去年,跟伦敦一位老书商谈起贝森(Fred Bason)的事,或可一录。贝森爱书,但家里穷,一辈子到处搜购旧书,装满一大布袋分批卖给旧书铺,解决吃饭问题,再回去编书著书,编过一册《好书待售一览表》,还编过毛姆的书目;著作则有四册《日志》。早年,他母亲硬是要他去当理发师,他偏去买卖旧书。母亲说:"只要你每星期给我赚三十先令回来,我准你去买卖旧书。赚不到三十先令给我,你休想去做旧书生意,快给我滚到理发店去。"贝森从此为了那三十先令什么卑微的生意都做过。幸好他还会弹钢琴,一度每个星期六下午到一家卖旧家具旧钢琴的铺子里去弹钢琴,用琴声引诱顾客来买旧钢琴,卖出一架琴他可以分到两三先令,弹一个下午琴则赚十先令。

贝森跟毛姆既是老朋友，当年不少美国人愿意高价购买毛姆亲笔题款签名的初版书，贝森接到"订单"后就带着那些初版书去找毛姆，毛姆一一照写照签，而且规定所得"润笔"一律分为两份，一份给贝森，一份捐给他当年学医的圣汤玛斯医院。都说毛姆生性凉薄，贝森竟得其独厚，也算缘分。贝森晚年爱说自己一生跟书有缘，到老不悔。痴情到这个地步，难怪女人受不了爱书藏书的男人。但是，《藏书家季刊》(*The Book collector*) 一九七六年有一期登了这样一封读者来信："内人酷爱收藏图书。她有好多书翻都没翻过。我再三劝她申请公立图书馆的借书证，希望从此治好她的藏书病，她硬是不肯。"爱藏书而称之为"病"，甚妙！"爱"字害苦了太多人；买书无罪，爱书其罪，还有什么好说？

把书当工具的人，家里虽有几架子书，都不算"藏书家"。一九七三年五月十一日的《泰晤士报文学增刊》刊登曼比（A. N. L. Munby）的"*Book Collecting in the 1930's*"，家里明明剪存了这篇好文章，后来在书店里看到加州书商印刷的单行小册，限印六百七十五本，每本编号，纸质印工都算一流，虽贵，还是忍不住买了下来，这样的人藏书未必太多，却是真正的"藏书家"。自己明明不懂园艺学，对种花种菜兴趣也不大，看到 Sara Midda 的精装本"*In and Out the Garden*"，全书百多页文字和插图都是七彩手写手绘，装帧考究，想都不想就买下来，这个人必是"书痴"！

"痴"跟"情"是分不开的；有情才会痴。中国人还有"书淫"之说，指嗜书成癖、整天耽玩典籍的人。此处的"淫"字也会惹起很多联想。"耽玩"迹近"纵欲"。人对书真的会有感情，跟男人和女人的关系有点像。字典之类的参考书是妻子，常在身边为宜，但是翻了一辈子未必可以烂熟。诗词小说只当是可以迷死人的艳遇，事后追忆起来总是甜的。又长又深的学术著作是半老的女人，非打点十二分精神不足以深解；有的当然还有点风韵，最要命是后头还有一大串注文，不肯罢休！至于政治评论、时事杂文等集子，都是现买现卖，不外是青楼上的姑娘，亲热一下也就完了，明天再看就不是那么回事了。倒过来说，女人看书也会有这些感情上的区分：字典、参考书是丈夫，应该可以陪一辈子；诗词小说不是婚外关系就是初恋心情，又紧张又迷惘；学术著作是中年男人，婆婆妈妈，过分周到，临走还要殷勤半天怕你说他不够体贴；政治评论、时事杂文正是外国酒店房里的一场春梦，旅行完了也就完了。

最糟糕是"藏书家"（book collector）给人的印象是个阳性词，古今中外都一样。事实上，藏书家里头的确是男人多女人少——少得很少。藏书家对书既有深情，访书也掺了几分追求女性的"欲望"，弄得爱书和爱女人都混起来了，结果，西方藏书家所用的藏书票，不少竟以仕女图作主题、作装饰。这里面必有原因。藏书家的妻子十之八九不藏书,又反对丈夫买书藏书爱书;藏书家的母亲大概多少都有贝森母亲的想法,宁可儿子当理发师也不要他跟那些破书缠绵;藏书家没有母亲没有妻子而有女朋友的话,想来女朋友也不太会理解他的爱书心理。曼比妙想无穷,说是藏书家应该趁早教育妻子,蜜月期间以每日逛一家书店为上策。此议恐怕也不甚实际。书和红袖太不容易衬在一起;"添香"云云,才子佳人的故事而已。藏书家不能自释,只好寄情藏书票上的仕女;有些更激进,竟把春宫镌入藏书票里;年前美国还有好事者编出一部《春宫藏书票》。

  西方仕女图藏书票上画的女人,漂亮不必说,大半还带几分媚荡或者幽怨的神情,仕女身边偶有几本书,流露出藏书家心里要的是什么。这当然又是后花园幽会的心态在作祟!伦敦旧书商威尔逊的藏书票藏品又多又精,自己还印制好几款仕女图藏书票,有一次问他为什么一款又一款尽是仕女图?他低声反问:"你不觉得她们迷人吗?"

  爱书藏书已经是"痴",是"病",是"淫",是"罪",藏书家还要在藏书票上寄托心事,罪孽更重,殊为多事!

(选自《跟中国的梦赛跑》,花城出版社1992年版)

林燿德

鱼　梦

公元前三世纪，秦始皇东巡到琅邪，梦中遇见海神幻化人形，操戈与他大战。秦始皇醒来，召唤占梦博士解梦，占梦博士对答："人类的肉眼无法目睹海神，但是他常常化身为大鱼蛟龙。天子平时谨慎祝祷天地，竟然夜梦如此恶神，那么只有把它除掉，善神才会降临。"

于是秦始皇下诏，命令工匠赶制巨大的网具，并且备妥连弩。沿着绵亘万里的蓝色海岸，在黑夜中张帆点灯，秦帝国的舰艇像是泼洒在黑色绒布上的珍珠，南北梭巡，寻捕海神化身的鱼怪。

一

浪涛翻搅，无尽无底的深蓝色水域，一波又一波的海流在涨潮退潮的节奏中，反复拍动着地球的脊背。

谁也不知道海神是不是真的化身鱼怪。但是在那规律起伏的海面下，必然潜藏着比人类历史更为荒老的生命冲动。正是那股无以名之的神秘冲动，将鱼群自汪洋中释放到大地的边缘。

五亿年前，那些滚动、挣扎在沙滩和沼泽间的鱼群，长出了肺、长出了脚，困难地向陆地爬行，它们一条条枯涸、风干在荒凉的太古纪元。万中择一的幸存者，在大地上爬着爬着，爬出了万头攒动的生物，爬成了横霸白垩纪的恐龙家族。在那些人类远来不及参与的岁月里，一座座火山喷溅出遮蔽天空的灰烬，大陆和大陆互相推挤，闪电、鸣雷、洪水和宏伟的地壳改造运动，亿万种类的族群分分秒秒向衰亡接近，又有亿万新生的品种在冰雪、沙漠、莽原、丛林或者肥沃的冲积三角洲中不断诞生。

时间和海洋同样都趋近永恒。不知经过多少日出日没，这段漫长的光阴，银河系爆发出来的新星比恒河沙的数目还要来得多，那些爬上岸的古代鱼类终于辗转进化成了人类，而那些留在湖海中的鱼仍旧世世代代浸泡在生命的故乡。

二

新石器时代的中国河姆渡遗址,出土了六支木桨、若干骨质织网器、木鱼、陶鱼和陶舟。原始的河姆渡人,他们肯定是内行于渔获的;当然,他们并不知道那些被食用的鱼是因为来不及进化只好将种族保留在河海之中。

鱼群被河姆渡人的网拖出水面,它们无手无足,咄咄翻动尾鳍,用阖不起来的眼愣愣望着荒原上空的烈日火轮。没有人有足够的证据显示:河姆渡人已经开始崇拜鱼的图腾,但是他们遗留下来的雕塑,那些布满玄幻斑纹的陶鱼和木鱼,却见证了中国原始住民简单而朴实的世界观。

到了二十世纪,台湾离岛上的雅美族人依旧保存着人和鱼之间的对应关系:老人吃黑鱼,男子吃灰绿色的鱼,女子则食用红黑纹和白色鱼类;雅美族不吃掉落地上的飞鱼,在飞鱼汛期忌讳土葬,凡有丧事都改为崖葬。在他们的宇宙中,人的生命与鱼的生态紧密地缠结成索。

人类的历史犹如沉积岩,一层黑暗覆盖上另一层黑暗,时间经过,万物在寂灭中复苏,在兴盛时衰亡;鱼的生态,成为古老陆地上住民们观测生命循环的指标。

鱼是生命的象征,也是战争和死亡的象征。

太极的构图由黑白两尾互相追逐的鱼所组成,两尾鱼的追逐是阴阳两极的循环,推动整个宇宙的变化。

秦始皇东巡时梦见海神。对于这个生长在内陆的一世霸主而言,当他第一次看见传说中的海洋时,必然被惊涛裂岸的雄浑气势所震撼,因此他的梦预示着帝国版图的终极已经展现在海洋之前。始皇崇拜统治大地的岳神而敌视汪洋里的鱼龙,正预言着大陆文明对于原始欲望的压抑倾向。

三

浪涛翻搅,无尽无底的深蓝色水域,一波又一波的海流在涨潮退潮的节奏中,反复拍动着地球的脊背。……

浪,浮沉的鱼群,我泅泳在它们之间,亮闪闪的鳞片在四面八方晃动。阳光折射进浅海域,水中展现北极光一般的帘幕,更深的海域中是一片又一片,无数蓝色和寂静所叠积起来的空洞。

我是鱼。泅泳在鱼群之中,左右两侧的眼珠子可以映现三百六十度的世界,这是人类所无法体验的辽阔视野,周遭的海景以无法言说的逼真立体向我包围过来。我身在其中的鱼群,和那些同伴们生得一模一样,以同样的身姿扭摆腰肢,朝向同一个方向前进,它们身上斑斓七彩的鳞片喷放出寒冷的火焰。

当然,以上的叙述必定是一场梦,一个化身为鱼的残梦。一旦我在梦中化身为鱼,才开始体会丧失了手足的悲哀,才开始了解:为什么在地球五亿年前的奥陶纪,那些太古鱼类要拼死爬向干旱的岸上;因为冥冥中它们的基因里产生了生长手足的欲望,产生了语言的欲望;它们想要抬起头来看清楚不被水幕遮蔽的星空,它们艰难地尝试在大气中嚎啸,死而无悔。

四

我醒来的时候,脸上布满晶莹的水珠。

床头柜旁的鱼缸水花激泼,一尾三十厘米长,俗名"红珠"的红鱼,正以纤巧的侧姿扭转它粗拙的腰身。我自床上坐起,分不清楚脸上的水珠究竟来自鱼缸还是我自己的眼眶。

揉揉眼睛,忆起残梦中的涛声。

对于从小生长在玻璃缸中的红珠而言,它和童年的秦始皇一样,绝不明白海洋为何物。三尺长、二尺高、尺半宽的长方形鱼缸是它惟一的世界。它的世界单纯而严苛:两英寸高的白沙石,终年不断的马达声,自隐藏式气孔释放出来的气泡,一支温度计,一套净水过滤系统,保持着十几条供它食用的小鲫鱼。

在摆尾三次就得回身的水域中,它不停地对着我的脸庞冲撞而来,但是它懂得谨慎地避开玻璃,它已经习惯于被透明的墙所束缚。红珠总是尽了最大的努力来亲善我,任何富有养鱼经验的人都知道这种鱼的智商高得足以认得它的主人。隔着一层穿不透的玻璃,红珠灵活旋转的眼珠凝望着我的表情;因为这层玻璃,它无法亲吻我的脸庞,因为这层玻璃,我成为红珠心目中可以信仰却无法了解的神祇,我出没在红珠的生命所无法抵达的神秘空间。

有时候,我深信它为了讨好我而表演捉弄小鲫鱼的趣味。它若无其事地瞪着鲫鱼们滑过它庞硕的体侧,直到时机成熟,一扭身,便张口衔住一尾无辜的鲫鱼,它并不急于一口吞下活生生的食料,让鲫鱼张阖圆唇的头部露出它的大口之外,然后转向我游来。这时,面对我的是两双鱼目:红珠满足的眼神,以及它口中那鲫鱼充满无助的目光。

因为红珠习惯向我表演这个动作,我相信它正反复进行一种仪式,它或许产生了一种关于神的模糊观念。在鱼缸的长方体水域中必定有某种文化诞生,而且是在鱼缸中才会诞生的文化。

如果红珠有手，必定也会将我的脸庞雕刻在某一块白石上；而且会因为我喂食的勤快与否，决定了我的雕像是具备了慈祥的笑容，还是一副冷酷阴狠的嘴脸。

从另一角度来看，红珠又是一个先知，因为它的生态使我相信人类的世界之外，可能存在着一个或者一群超越名相超越人类想像力的"神"。

五

每个星期，我都得花费新台币一百元为红珠购买食用的鲫鱼。它理直气壮地活着，仿佛有天地以来就有它的存在。有时候，它甚至让我觉得人类的世界根本上就是失败的。

在红珠居住的鱼缸旁边，是一整排木书架。

游动的鱼是音乐，一排排静止无言的书籍是另一种音乐。

它们的音乐都是时间的艺术。

比"神"要来得更抽象，又比"神"和我们更接近的正是时间。

时间有时也会冻结，尤其正当我打开一个沙丁鱼罐头，特别感受到那种失去时间的惆怅感。

拉开白铁罐盖，沙丁鱼银灰色的身体沉默地堆积在里头，餐厅粉红色的百叶窗斜斜射进一道道平行的金色阳光，那些银灰色的躯干逆反着百叶窗的投影，漫射出纤细的光晕。它们的时间被冰藏在死亡里。很难想像它们曾经生存在永恒的海洋，它们没有表情、没有幻想也没有梦，它们好像是自月球的宁静海跌落下来的陨石碎片，它们是浸渍在油腻腥气中的化石。

在沙丁鱼罐头里，时间和冰冷的鱼尸凝结成块。

当我们的生命再也无法越过下一个峰头的时候，我们也学习沙丁鱼静静地蛰伏，让一切的记忆都卷藏起来，沉寂为一无所有的镜面。

六

在某一种生物还没有进化出自我意识之前，它们穿越时间的方法是生殖。

巨大的雄鲸就是如此，为了十秒钟的性爱，把生命的膏脂燃尽。发情期降临，它以重达一吨的胸鳍拨动海水，采取奇异的舞姿环绕着雌鲸；它跃出海面，拍击声惊传千里。直到雌鲸心花怒放，和它一齐垂直降潜海底，逆向分开，继而双双浮上海面，相向而驰，在互撞的刹那，同时跃出海面，半空中心腹相连，在不及十秒钟的极乐间，完成繁殖的梦想。数百吨的庞硕躯体，为了性爱的瞬间而存在。

人类为了更复杂的原因而追求毁灭。

在印度支那半岛,无数细小曲折的运河通向湄公河的主干。开航,向南方,在鸦片的收成季。小舟成群,舟身沉甸甸地覆盖着黝黑的梦魇。船夫们沿岸收集阿芙蓉叶片,每张叶片都寄生着梦的使者。船夫们撑动船桨,烈日下,河面如碎钻闪亮,沿岸的森林隐隐骚动。河水永不回头,一艘艘的鸦片船背负着死亡,像待产的鱼顺流而下。

我想到了这样诡谲的画面,发现这个世界拥有许多隐秘的"负空间",它们永远不会被时间涮洗得更苍白,也不曾改变黑暗的色泽,它们的内部从不被岁月入侵。这种晦暗的、獉狉未启的心智,贯穿人类祸乱的历史,它们存在于人类诞生之前,也存在于人类灭亡之后。

七

一亿三千万年前的白垩纪,处处布满古老的菊石,爬行着海生爬虫类的地球浅海域,生育着一种和抹香鲸体积相似的海龙。

海龙拥有四支肉鳍,一排如同正在燃烧的赤色背翅;当然,它也拥有大蜥蜴的长尾,细密锋锐如锯齿的排齿,浑身凸露着灰绿相间的鳞块。在我自己手绘《末世恐龙图鉴》第七十七页上,海龙的想像图,正以一个华丽的华尔兹身段滑翔深蓝色水域,穿越一群愚呆的头足类生物,这幅图我复制自一本正式出版的《恐龙事典》。海龙令我震撼的倒不是它瑰奇的造型,而是考古学家给它的名字,它叫做"时间龙"。

秦始皇梦中的海神一旦化身为大鱼,就该是一尾"时间龙"吧。几亿年的地壳变迁、海洋翻覆,不可计数的事物生灭,鱼的意象就是永恒的音乐、穿越时间的时间龙,就是生殖和死亡的欲望图腾。

八

在晋朝干宝所著的《搜神记》卷十二,记载着南海之外生存着鲛人。鲛人水居如鱼,不废编织,他们哭泣的时候,便自眼眶滴落珍珠。

鲛人的形象令人悱恻,泪眼流珠的绮思更拥有神秘魔幻的浪漫色彩。要是鲛人真的存在,他们到底是人类堕落的变种,还是生灵返璞归真的进化、升华?

在我的潜意识中正隐伏着一群鱼,它们通过我的心灵,又自我的生命再度启航。

它们曾经凝聚成海神的化身,在梦中和秦始皇交战。

它们曾经出现在汉代画像石上,拖拉沉重的车辆,伴随辘轳般的轮轴声,横空扇动它们透明的鳍翅。

它们来自没有语言的复古,经历变化万千的时空,目睹了恐龙一族的灭绝。有一日,它们是不是也将在残敝的、失去了臭氧层的地球上见证人类死亡的寂静。

那时,它们也只是一群巨大的黑影,经过变形的山河、经过颓圮的都会;它们依贴着楼房和街道空洞的棱线游动,穿越无声的建筑和铜像,穿越废弃的绳缆、地铁和核电厂,穿越望不着边际的荒凉田野,穿越融解的极地。它们环行地球,吞食人类灭亡的哀泣。

是的,我悄悄释放它们。

那群扭摆腰杆前进的鱼影,朝向银河深处潜航,去寻找重生的欲望。

(选自《都市抒怀》,中国友谊出版公司 1996 年版)

林清玄

光之四书

光之色

当塞尚把苹果画成蓝色以后,大家对颜色突然开始有了奇异的视野,更不要说马蒂斯蓝色的向日葵,毕加索鲜红色的人体,夏卡尔绿色的脸了。

艺术家们都在追求绝对的真实,其实这种绝对往往不是一种常态。

我是真正见过蓝色苹果的人。有一次去参加朋友的舞会,舞会不免有些水果点心,我发现就在我坐的位子旁边一个摆设得精美的果盘,中间有几只梨山的青苹果,苹果之上一个色纸包扎的蓝灯,一束光正好打在苹果上,那苹果的蓝色正是塞尚画布上的色泽。那种感动竟使我微微地颤抖起来,想到诗人里尔克称赞塞尚的画:"是法国式的雅致与德国式的热情之平衡。"

设若有一个人,他从来没有见过苹果,那一刻,我指着那苹果说:苹果是蓝色的。他必然要相信不疑。

然后,灯光变了,是一支快速度的舞,七彩的光在屋内旋转,打在果盘上,所有的水果顿时成为七彩的斑点流动。我抬头看到舞会男女,每个人脸上的肤色隐去,都是霓虹灯一样,只是一些活动的碎点,像极了秀拉用细点的描绘。当刻,我不仅理解了马蒂斯、毕加索、夏卡尔种种,甚至看见了除去阳光以外的真实。

在阳光下,所有的事物自有它的颜色,当阳光隐去,在黑暗里,事物全失去了颜色。设若我们换了灯,同样是灯,灯泡与日光灯会使色泽不同,即使同是灯泡,百烛与十烛间相去甚巨,不要说是一支蜡烛了。我们时常说在黑夜的月光与烛光下就有了气氛,那是我们多出一种想像的空间,少去了逼人的现实,即使在阳光艳照的天气,我们突然走进树林,枝叶掩映,点点丝丝,气氛仿佛滤过,就围绕了周边。什么才是气氛呢?因为不真实,才有气有氛,令人迷惑。或者说除去直接无情的真实,留下迂回间接的真实,那就是一般人口里的气氛了。

有一回在乡下,听到一位农夫说到现今社会风气的败坏,他说:"都是电灯害的,电灯使人有了夜里的活动,而所有的坏事全是在黑暗里进行的。"想想,人在阳光的照耀下,到底还是保持着本色,黑暗里本色失去,一只苹果可以蓝,可以七彩,人还有什么不可为呢?

这样一想,阳光确实是无情,它让我们无所隐藏,它的无情在于它的无色,也在于它的永恒,又在于它的自然。不管人世有多少沧桑,阳光总不改变它的颜色,所以仿佛也不值得歌颂了。熟知中国文学的人应该发现,中国诗人词家少有写阳光下的心情,他们写到的阳光尽是日暮(天寒翠袖薄,日暮倚修竹),尽是黄昏(月上柳梢头,人约黄昏后),尽是落日(大漠孤烟直,长河落日圆),尽是夕阳(去年天气旧亭台,夕阳西下几时回),尽是斜阳(斜阳外,寒鸦数点,流水绕孤村),尽是落照(家住苍烟落照间,丝毫尘事不相关)……阳光的无所不在,无地不照,反而只有离去时最后的照影,才能勾起艺术家诗人的灵感,想起来真是奇怪的事。

一朝唐诗、一代宋词,大部分是在月下、灯烛下进行,你说奇怪不奇怪?说起来就是气氛作怪,如果是日正当中,仿佛都与情思、离愁、国仇、家恨无缘,思念故人自然是在月夜空山才有气氛,怀忧边地也只有在清风明月里才能服人,即使饮酒作乐,不在有月的晚上,难道是在白天吗?其实天底下最大的痛苦不是在夜里,而是在大太阳下也令人战栗,只是没有气氛,无法描摹罢了。

有阳光的天色,是给人工作的,不是给人艺术的,不是给人联想和忧思的。有阳光的艺术不是诗人词家的,是画家的专利,中国一部艺术史大部分写着阳光,西方的艺术史也是亮灿照耀,到印象派的时候更是光影辉煌,只是现代艺术家似乎不满意这样,他们有意无意地改变光的颜色。抽象自不必说了,写实也不要俗人都看得见的颜色,而要透过画家的眼睛,他们说这是"超脱",这是"真实",这是"爱怎么画就怎么画才是创作"。

我常说艺术家是上帝的错误设计,因为他们要在阳光的永恒下,另外做自己永恒,以为这样就成为永恒的主宰,艺术背叛了阳光的原色,生活也是如此。我们的黑夜愈来愈长,我们的屋子越来越密,谁还在乎有没有阳光呢?现在我如果批评塞尚的蓝苹果,一定引来一阵乱棒,就像齐白石若画了蓝色的柿子也会挨骂一样;其实前后还不过是百年的时间,一百年,就让现代人相信没有阳光,日子一样自在;让现代人相信艺术家的真实胜过阳光的真实。

阳光本色的失落是现代人最可悲的一种,许多人不知道在阳光下,稻子可以绿成如何,天可以蓝到什么程度,玫瑰花可以红到透明,那是因为过去在阳光下工作的占人类的大部分,现在变成小部分了;即使是在有光的日子,推窗究竟看的是什么颜色呢?

我常在都市热闹的街路上散步,有时走过长长的一条路,找不到一根小草,有时一年看不到一只蝴蝶,这时我终于知道:我们心里的小草有时候是黑的,而在繁屋的每一面窗中,埋藏了无数苍白没有血色的蝴蝶。

光之香

我遇见一位年轻的农夫,在南方一个充满阳光的小镇。

那时是春末了,一期稻作刚刚收成,春日阳光的金线如雨倾盆地泼在温暖的土地上,牵牛花在篱笆上缠绵盛开,苦苓树上鸟雀追逐,竹林里的笋子正纷纷胀破土地。细心地想着植物突破土地,在阳光下成长的声音,真是人间里非常幸福的感觉。

农夫和我坐在稻埕旁边,稻子已经铺平张开在场上。由于阳光的照射,稻埕闪耀着金色的光泽,农夫的皮肤染了一种强悍的铜色。我在农夫家做客,刚刚是我们一起把谷包的稻子倒出来,用犁耙推平的,也不是推平,是推成小小山脉一般,一条棱线接着一条棱线,这样可以让山脉两边的稻谷同时接受阳光的照射,似乎几千年来就是这样晒谷子,因为等到阳光晒过,八爪耙把棱线推进原来的谷底,则稻谷翻身,原来埋在里面的谷子全翻到向阳的一面来——这样晒谷比平面有效而均衡,简直是一种阴阳的哲学了。

农夫用斗笠扇着脸上的汗珠,转过脸来对我说:"你深呼吸看看。"

我深深地吸了一口气,缓缓吐出。

他说:"你吸到什么没有?"

"我吸到的是稻子的气味,有一点香。"我说。

他开颜地笑了,说:"这不是稻子的气味,是阳光的香味。"

阳光的香味? 我不解地望着他。

那年轻的农夫领着我走到稻埕中间,伸手抓起一把向阳一面的谷子,叫我用力地嗅,那时稻子成熟的香气整个扑进我的胸腔,然后,他抓起一把向阴的埋在内部的谷子让我嗅,却是没有香味了。这个实验我深深地吃惊,感觉到阳光的神奇,究竟为什么只有晒到阳光的谷子才有香味呢? 年轻的农夫说他也不知道,是偶然在翻稻谷晒太阳时发现的,那时他还是大学生,暑假偶尔帮忙农作,想像着都市里多彩多姿的生活,自从晒谷时发现了阳光的香味,竟使他下决心要留在家乡。我们坐在稻埕边,漫无边际地谈起阳光的香味来,然后我几乎闻到了幼时刚晒干的衣服上的味道,新晒的棉被、新晒的书画,光的香气就那样淡淡地从童年中流泻出来。自从有了烘干机,那种衣香就消失在记忆里,从未想过竟是阳光的关系。

农夫自有他的哲学,他说:"你们都市人可不要小看阳光,有阳光的时候,空气的味道都是不同的。就说花香好了,你有没有分辨过阳光下的花与屋里的花,香气不同呢?"

我说:"那夜来香、昙花香又作何解呢?"

他笑得更得意了:"那是一种阴香,没有壮怀的。"

我便那样坐在稻埕边,一再地深呼吸,希望能细细品味阳光的香气,看我那样正经庄重,农夫说:"其实不必深呼吸也可以闻到,只是你的嗅觉在都市退化了。"

光之味

在澎湖访问的时候,我常在路边看渔民晒鱿鱼,发现晒鱿鱼有两种方式:一种是把鱿鱼放在水泥地上,隔一段时间就翻过身来。在没有水泥地的土地,为了怕蒸起的水气,渔民把鱿鱼像旗子一样,一面面挂在架起的竹竿上——这种景观是在澎湖、兰屿随处可见的,有的台湾沿海也看得见。

有一次一位渔民请我吃饭,桌子上就有两盘鱿鱼,一盘是新鲜的刚从海里捕到的鱿鱼,一盘是阳光晒干以后,用水泡发,再拿来煮的。渔民告诉我,鱿鱼不同于其他的鱼,其他的鱼当然是新鲜最好,鱿鱼则非经过阳光烤炙,不会显出它的味道来。我仔细地吃起鱿鱼,发现新鲜虽脆,却不像晒干的那样有味、有劲,为什么这样,真是没什么道理。难道阳光真有那样大的力量吗?

渔民见我不信,捞起一碗鱼翅汤给我,说:"你看这鱼翅好了,新鲜的鱼翅,卖不到什么价钱的,因为一点也不好吃,只有晒干的鱼翅才珍贵,因为香味百倍。"

为什么鱿鱼、鱼翅经过阳光曝晒以后会特别好吃呢?确是不可思议,其实不必说那么远,就是一只乌鱼子,干的乌鱼子价钱何止是新鲜乌鱼卵的十倍?

后来我在各地旅行的时候,特别留意这个问题,有一次在南投竹山吃东坡肉油焖笋尖,差一点没有吞下盘子。主人说那是今年的阳光特别好,晒出了最好吃的笋干,阳光差的时候,笋干也显不出它的美味,嫩笋虽自有它的鲜美,经过阳光,却完全不同了。

对鱿鱼、鱼翅、乌鱼子、笋干等等,阳光的功能不仅让它干燥、耐于久藏,也仿若穿透它,把气味凝聚起来,使它发散不同的味道。我们走入南货行里所闻到的干货聚集的味道,我们走进中药铺子扑鼻而来的草香药香,在从前,无一不是经由阳光的凝结。现在毋需阳光的干燥方法,据说味道也不如从前了。一位老中医师向我描述从前"当归"的味道,说如今怎样熬炼也不如昔日,我没有吃过旧日当归,不知其味,但这样说,让我感觉现今的阳光也不像古时有味了。

不久前,我到一个产制茶叶的地方,茶农对我说,好天气采摘的茶叶与阴天采摘的,烘焙出来的茶就是不同,同是一株茶,春茶与冬茶也全然两样,则似乎一天与一天的阳光味觉不同,一季与一季的阳光更天差地别了,而它的先决条件,就是要具备一只敏感的舌头。不管在什么时代,总有一些人具备好的舌头能辨别阳光的壮烈与阴柔——阳光那时刻像是一碟精心调制的小菜,差一些些,在食宾口中已自有高下了。

这样想,使我悲哀,因为盘中的阳光之味在时代的进程中似乎日渐清淡起来。

光之触

八月的时候,我在埃及,沿着尼罗河自北向南,从开罗逆流而溯,一直往路克索、帝王谷、亚斯文诸地经过。那是埃及最热的天气,晒两天,就能让人换过一层皮肤。

由于埃及阳光可怕的热度,我特别留心到当地人的穿着,北非各地,夏天的衣着也是一袭长袍长袖的服装,甚至头脸全包扎起来。我问一位埃及人:"为什么太阳这么大,你们不穿短袖的衣服,反而把全身包扎起来呢?"他的回答很妙:"因为太阳实在太大,短袖长袖同样热,长袖反而可以保护皮肤。"

在埃及八天的旅行,我在亚斯文旅店洗浴时,发现皮肤一层一层地凋落,如同干去的黄叶。埃及经验使我真实感受到阳光的威力,它不只是烧炙着人,甚至是刺痛、鞭打、揉搓着人的肌肤,阳光热烘烘地把我推进一个不可回避的地方,每一秒的照射都能真实地感应。

后来到了希腊,在爱琴海滨,阳光也从埃及那种磅礴波澜里进入一个细致的形式,虽然同样强烈地包围着我们。海风一吹,阳光在四周汹涌,有浪大与浪小的时候,我感觉希腊的阳光像水一样推涌着,好像手指的按摩。

再来是意大利,阳光像极文艺复兴时代米开朗基罗的雕像,开朗、强壮,但给人一种美学的感应,那时阳光是轻拍着人的一双手,让我们面对艺术时真切的清醒着。

到了中欧诸国,阳光简直成为慈和温柔的怀抱,拥抱着我们。我感到相当的惊异,因为同是八月盛暑,阳光竟有着种种变化的触觉:或狂野、或壮朗、或温和、或柔腻,变化万千,加以欧洲空气的干燥,更触觉到阳光直接的照射。

那种触觉简直不只是肌肤的,也是心灵的,我想起中国的一个寓言:

有一个瞎子,从来没有见过太阳,有一天他问一个好眼睛的人:"太阳是什么样子呢?"

那人告诉他:"太阳的样子像个铜盘。"

瞎子敲了敲铜盘,记住了铜盘的声音,过了几天,他听见敲钟的声音,以为那就是太阳了。

后来又有一个好眼睛的人告诉他:"太阳是会发光的,就像蜡烛一样。"

瞎子摸摸蜡烛,认出了蜡烛的形式,又过了几天,他摸到一支箫,以为这就是太阳了。

他一直无法搞清太阳是什么样子。

瞎子永远不能看见太阳的样子,自然是可悲的,但幸而瞎子同样能有阳光的触觉。寓言里只有手的触觉,而没有心灵的触觉,失去这种触觉,就是好眼睛的人,也不能真正知道太阳的。

冬天的时候,我坐在阳台上晒太阳,同一个下午的太阳,我们能感觉到每一刻的触觉都不一样,有时温暖得让人想脱去棉衫,有时一片云飘过,又冷得令人战栗。晒太阳的时候,我觉得阳光虽大,它却是活的,是宇宙大心灵的证明,我想只要真正地面对过阳光,人就不会觉得自己是神,是万物之主宰。

只要晒过太阳,也会知道,冬天里的阳光是向着我们,但走远了,夏天则又逼近,不管什么时刻,我们都触及了它的存在。

记得梭罗在华尔腾湖畔,清晨吸到新鲜空气,希望将那空气用瓶子装起,卖给那些迟起的人。我在晒太阳时则想,是不是有一种瓶子可以装满阳光,卖给那些没有晒过太阳的人呢?

每一天出门的时候,我们对阳光有没有触觉呢?如果没有,我们的感官能力正在消失,因为当一个人对阳光竟能无感,如果说他能对花鸟虫鱼、草木山河有观,都是自欺欺人的了。

(选自《林清玄散文》,浙江文艺出版社1997年版)

钟怡雯

垂钓睡眠

一定是谁下的咒语，拐跑了我从未出走的睡眠。闹钟的声音被静夜显微数十倍，清清脆脆的鞭挞着我的听觉。凌晨三点十分了，六点半得起床，我开始着急，精神反而更亢奋，五彩缤纷的意念不停地在脑海走马灯。我不耐烦的把枕头又掐又捏。陪伴我快五年的枕头，以往都很尽责的把我送抵梦乡，今晚它似乎不太对劲，柔软度不够？凹陷的弧度异常？它把那个叫睡眠的家伙藏起来还是赶走了？

我耍起性子狠狠的挤压它。枕头依旧柔软而丰满，任搓任槌，雍容大度地容忍我的鲁莽和欺凌。此时无数野游的睡眠都该已带着疲惫的身子各就其位，独有我的不知落脚何处。它大概迷路了，或者误入别人的梦土，在那里生根发芽而不知归途。静夜的狗嗥在巷子里远远近近的此起彼落，那声音隐藏着焦躁不安，夹杂几许兴奋。像遇见猫儿蓬毛挑衅，我突发奇想，它们遇见我那跷家的坏小孩了吧！

我便这样迷迷糊糊的半睡半醒，间中偶尔闪现浅薄的梦境，像一湖涟漪被一阵轻风吹开，慢慢的扩散开来。然而风过水无痕，睡意只让我浅尝即止，就像舐了一下糖果，还没有尝出滋味就无端消失。然后，天亮了。闹钟催命似地鬼嚎。

我从此开始与失眠打起交道，一如以往与睡眠为伍。莫名所以的就突然失去了它，好像突然丢掉了重要零件的机器。事先没有任何预兆，它又不是病，不痛不痒，严重可以吃药打针；既不是伤口，抹点软膏耐心等一等，总有新皮长出完好如初的时候。它不知为何而来，从何处降。压力、病变、环境太亮太吵、杂念太多，在医学资料上，这些列举为失眠的诸多可能性都被我否定了。然而不知缘起，就不知如何灭缘。可惜不清楚睡眠爱吃什么，否则就像钓鱼那样用饵诱它上钩，再把它哄回意识的牢笼关起来。失眠让我错觉身体的重心改变，头部加重，而脚下踩的却是海绵。感觉也变得迟钝，常常以血肉之躯去顶撞家具玻璃，以及一切有形之物。不过两三天的时间，我的身体变成了小麦町——小小的瘀伤深情而脆弱，一碰就呼痛，一如我极度敏感的神经。那些伤痛是出走的睡眠留给我的纪念，同时提醒我它的重要性。它用这种磨人脾性损人体肤的方式给我"颜色"好看,多像情人乐此不疲的伤害。然而情人分手有因,而我则莫名的被遗弃了。

每当夜色翻转进入最黑最浓的核心,灯光逐窗灭去,声音也愈来愈单纯,只剩婴啼和狗吠的时候,我总能感受到萎缩的精神在夜色中发酵,情绪也逐渐高昂,于是感官便更敏锐起来。远处细微的猫叫,在听觉里放大成高分贝的厮杀;机车的引擎特别容易发动不安的情绪;甚至迁怒风动的窗帘,它惊吓了刚要莅临的胆小睡意。一只该死的蚊子,发出丝毫没有美感和品味的鼓翅声,引爆我积累的敌意,于是干脆起床追杀它。蚊子被我的掌心夹成了肉饼,榨出无辜的鲜血。我对着那美丽的血色发呆,习惯性的又去瞄一瞄闹钟。失眠的人对时间总是特别在意,哎!三点半了!时间行走的声音让我反应过度,对分分秒秒无情的流失尤其小心眼。我想阅读,然而书本也充满睡意,每一粒文字都是蠕动的睡虫,开启我哈欠和泪腺的闸门。难怪我掀开被子,脚跟着地的刹那,恍惚听见一个似曾相识的声音在冷笑:"认输了吧!"原来失眠并不意味着拥有多余的时间,它要人安静而专心的陪伴它,一如陪伴专横的情人。

我趿上拖鞋,故意拖出叭哒叭哒的响声,不是打地板的耳光,而是拍打暗夜的心脏。心有不甘的旋亮桌灯,温暖的灯光下两只猫儿在桌底下的篮子里相拥酣眠。多幸福啊!能够这样拥抱对方也拥抱睡眠。我不由十分羡慕此刻正安眠的众生、脚下的猫儿,以及那个一碰枕头就能接通梦境的"以前的我"。眼皮挂了十斤五花肉般快提不起来了,四天以来它们阖眼的时间不超过十二个小时,工作量确实太重了。黄色的桌灯令春夜分外安静而温暖。这样的夜晚适宜窝在床上,和众生同在睡海里载浮载沉。

或许粗心的我弄丢了开启睡门的钥匙吧!又或者我突然失去了泅泳于深邃睡海的能力;还是我的梦呓干犯众怒,被逐出梦乡。总而言之,睡眠成了生活的主题,无时无刻都纠缠着我,因为失去它,日子像塌陷的蛋糕疲弱无力。此刻我是猎犬,而睡眠是兔子,它不知去向,我则四处搜寻它的气味和踪迹,于是不免草木皆兵,声色俱疑。众人皆睡我独醒本就是痛苦,更何况睡意都已悉数凝聚在前额,它沉重得让我的脖子无法负荷,当然那睡意极可能是假象,尽管如此,我仍乖乖地躺回床上。模糊中感到钝重的意识不断压在身上,甜美的春夜吻遍我每一寸肌肤,然而我不肯定那是不是"睡觉",因为心里明白身心处在昏迷状态,但同时又听到隐隐的穿巷风声游走,不知是心动还是风动,或是二者皆非,只是被睡眠制造的假象蒙骗了。那浓稠的睡意蒸发成丝丝缕缕从身上的孔窍游离,融入众多沉睡者煮成的无边浓汤里。

就这样意志模糊的过了六天,每天像拖个重壳的蜗牛在爬行。那天对镜梳头时,赫然发现一具近似吸血僵尸的惨白面容,立时恍然大悟,原来别人说我是熊猫只是善意的谎言。此时刚洗过的头发纠结成条,额上垂下的刘海悬一排晶亮的水珠,面目只有"狰狞"二字可形容。头发嫌长了,短些是否较易入眠？太长太密或许睡意不易渗透,也不易把过多的睡意排放出去,所以这才失眠的吧!

到第七天,我暗忖这命定的数字或会赐我好眠,连上帝都只工作六天,第七天可怜的脑袋也该休息了。我听到每一个细胞都在喊困,便决定用诱饵把兔子引回来。那是四颗粉红色、每颗直径不超过零点五公分的梦幻之丸,散发着甜美的睡香,只要吃下一粒,即能享有美妙的好梦。

然而我有些犹豫,原是自然本能的睡眠竟然可以廉价购得。小小的一颗化学药物变成高明的锁匠,既然睡眠之钥可以打造,以后是否连梦境也能够一并复制,譬如想要回味初恋酸酸甜甜的滋味,就可以买一瓶青苹果口味的梦幻之水;那瓶红艳如火的液体可以让梦飞到非洲大草原看日落;淡黄色的是月光下的约会;蓝色的呢! 是重回少年那段岁月,尝尝早已遗忘的忧郁少年那种浪漫情怀吧!

我对那几颗小小的东西注视良久。连自己的睡眠都要仰仗外力,那我还残存多少自主,这样活着凭的是什么？然而我极想念那只柔顺可爱的兔子,多想再度感受梦的花朵开放在黑夜的沃土。睡眠是个舒服的网,躲进去可以暂时离开黏身的现实,在梦工场修复被现实利刃划开的伤口。我疲弱的神经再也无法承受时间行走在暗夜的声音。醒在暗夜如死刑犯坐困牢房,尤其月光令人发狂地恐慌。阳光升起时除了一丝凉淡淡的希望,伴随而来是身心俱累的悲观,仿佛刑期更近了,而我要努力撑起钝重的脑袋,去和永无止尽的日子打仗。

我掀开窗帘,从没看过那么刺眼的阳光,狠狠刺痛我充血的眼睛,便刷的一声又把帘子拉上。习惯了苍白的月光和温润微凉的夜露,阳光显得太直接明亮。黑夜来临,我站在阳台眺望灯火灭尽的巷子,仿佛一粒泄气的气球,精神却不正常的亢奋起来,如服食过兴奋剂,甚至可以感觉到充血的眼球发光,像嗜血的兽。

我想起大二时那位仙风道骨的书法老师。上课第一节照例是讲理论,第二节习作。正当同学把浓黑的注意力化作墨汁流淌到纸上,笔尖和宣纸作无声的讨论时,突然听到老师低沉的声音说:"唉! 我足足失眠两个星期了。"我讶然抬头,还撇坏了一笔。老师厚重镜片后的眼神闪现异光,那是一头极度渴睡的兽。我正好和他四目相接,立刻深深为那燃烧着强烈睡欲的眼神所慑,那是被睡意腌渍浸透、形神都沦陷的空洞,或许是吸收了太多太多的夜气,以致充满阴冷的寒意。然而他上起课来仍是有条有理,风格流变讲得井然有序,而我现在终于明白他不时用力敲打自己的脑部、揉太阳穴,一副巴不得戳出个洞来的狠劲,其实是一种极度无奈的沮丧。他是在叩一扇生理本能的门,那道门的钥匙因为芸芸众生各持一把,丢掉了借来别人的也无济于事,便那么自责的又敲又戮起来。

然则如今我终于能体会他的无奈了。可怕的是我从自己日趋空洞的眼神,看到当年那瞬间的一瞥复又出现。昼伏夜出的朋友对夜色这妖魅迷恋不已,而愿此生永为夜的奴仆。他们该试一试永续不眠的夜色,一如被绑在高加索山上,日日夜夜被鹫鹰啄食内脏的普罗米修斯,承受不断被撕裂且永无结局的痛苦。然而那是偷火种的代价和惩罚,若是为不知名的命运所诅咒,这永无止境的折难就成了不甘的怨怼而非救赎,如此,普罗米修斯的怨魂将会永生永世盘桓。

失眠就是不知缘由的惩罚。那四颗梦幻之丸足以终止它吗?我听上瘾的人说它是吗啡,让人既爱又恨,明知伤身,却又拒绝不了,因为无它不成眠。这样听来委实令人心寒,就像自家的钥匙落入贼子手里,每晚还要他来给自己开门。于是我便一直犹豫,害怕自己软弱的意志一旦首肯,便坠入深渊永劫不复了。

睡眠的欲望化成气味充斥整个房间,和经过一冬未晒的床垫、棉被浓稠地混合,在久闭的室内滞留不去,形成房间特有的气息。我以为是自己因失眠而嗅觉失灵的缘故。一日朋友来访,我关上房门后问:"你有没有闻到睡眠的味道?"他露出不可思议、似被惊吓的眼神,我才意识到自己言重了。

就像我没有想到会失眠一样,睡眠突然倦鸟知返。事先也没有任何预示,我回避镜子许久了,一如忘了究竟有多少日子是与夜为伴,以免吓着自己,也害怕一直叨念这一点也不稀罕的文明病,终将为人所唾弃。何况失眠不能称为"病"吧!如此身旁的人会厌恶我一如睡眠突然离去。而朋友一旦离开就像逝去的时间永不回头,他们不是身体的一部分,亦非血浓于水的亲密关系,更不会像丢失的狗儿会认路回家。

那天清晨,自深沉香醇的梦海泅回现实,急忙把那四颗粉红色的梦幻之丸埋入昙花的泥土里。也许,它们会变成香喷喷的钓饵,有朝一日再度诱回迷路的睡眠;也可能长出嫩芽,抽叶绽放黑色的夜之花,像昙花一样,以它短暂的美丽温暖晴夜的心脏。

(原载1997年10月7日、8日台北《中国时报》)

戏 剧

(1949—2012)

老舍

茶　馆

第一幕

时　间　一八九八年(戊戌)初秋,康梁等的维新运动失败了。早半天。
地　点　北京,裕泰大茶馆。
人　物　王利发　刘麻子　庞太监　唐铁嘴　康　六　小牛儿　松二爷
　　　　黄胖子　宋恩子　常四爷　秦仲义　吴祥子　李　三　老　人
　　　　康顺子　二德子　乡　妇　茶客甲、乙、丙、丁　马五爷　小　妞
　　　　茶房一二人

〔幕启:这种大茶馆现在已经不见了。在几十年前,每城都起码有一处。这里卖茶,也卖简单的点心与菜饭。玩鸟的人们,每天在蹓够了画眉、黄鸟等之后,要到这里歇歇腿,喝喝茶,并使鸟儿表演歌唱。商议事情的,说媒拉纤的,也到这里来。那年月,时常有打群架的,但是总会有朋友出头给双方调解;三五十口子打手,经调人东说西说,便都喝碗茶,吃碗烂肉面(大茶馆特殊的食品,价钱便宜,作起来快当),就可以化干戈为玉帛了。总之,这是当日非常重要的地方,有事无事都可以来坐半天。

〔在这里,可以听到最荒唐的新闻,如某处的大蜘蛛怎么成了精,受到雷击。奇怪的意见也在这里可以听到,像把海边上都修上大墙,就足以挡住洋兵上岸。这里还可以听到某京戏演员新近创造了什么腔儿,和煎熬鸦片烟的最好的方法。这里也可以看到某人新得到的奇珍——一个出土的玉扇坠儿,或三彩的鼻烟壶。这真是个重要的地方,简直可以算作文化交流的所在。

〔我们现在就要看见这样的一座茶馆。

〔一进门是柜台与炉灶——为省点事,我们的舞台上可以不要炉灶;后面有些锅勺的响声也就够了。屋子非常高大,摆着长桌与

方桌,长凳与小凳,都是茶座儿。隔窗可见后院。高搭着凉棚,棚下也有茶座儿。屋里和凉棚下都有挂鸟笼的地方。各处都贴着"莫谈国事"的纸条。

〔有两位茶客,不知姓名,正眯着眼,摇着头,拍板低唱。有两三位茶客,也不知姓名,正入神地欣赏瓦罐里的蟋蟀。两位穿灰色大衫的——宋恩子与吴祥子,正低声地谈话,看样子他们是北衙门的办案的(侦缉)。

〔今天又有一起打群架的,据说是为了争一只家鸽,惹起非用武力解决不可的纠纷。假若真打起来,非出人命不可,因为被约的打手中包括着善扑营的哥儿们和库兵,身手都十分厉害。好在,不能真打起来,因为在双方还没把打手约齐,已有人出面调停了——现在双方在这里会面。三三两两的打手,都横眉立目,短打扮,随时进来,往后院去。

〔马五爷在不惹人注意的角落,独自坐着喝茶。

〔王利发高高地坐在柜台里。

〔唐铁嘴踏拉着鞋,身穿一件极长极脏的大布衫,耳上夹着几张小纸片,进来。

王利发　唐先生,你外边蹓蹓吧!
唐铁嘴　(惨笑)王掌柜,捧捧唐铁嘴吧!送给我碗茶喝,我就先给您相相面吧!手相奉送,不取分文!(不容分说,拉过王利发的手来)今年是光绪二十四年,戊戌。您贵庚是……
王利发　(夺回手去)算了吧,我送给你一碗茶喝,你就甭卖那套生意口啦!用不着相面,咱们既在江湖内,都是苦命人!(由柜台内走出,让唐铁嘴坐下)坐下!我告诉你,你要是不戒了大烟,就永远交不了好运!这是我的相法,比你的更灵验!

〔松二爷和常四爷都提着鸟笼进来,王利发向他们打招呼。他们先把鸟笼子挂好,找地方坐下。松二爷文绉绉的,提着小黄鸟笼;常四爷雄赳赳的,提着大而高的画眉笼。茶房李三赶紧过来,沏上盖碗茶。他们自带茶叶。茶沏好,松二爷、常四爷向邻近的茶座让了让。

松二爷　您喝这个!(然后,往后院看了看)
常四爷
松二爷　好像又有事儿?
常四爷　反正打不起来!要真打的话,早到城外头去啦;到茶馆来干吗?

〔二德子,一位打手,恰好进来,听见了常四爷的话。

二德子　（凑过去）你这是对谁甩闲话呢？

常四爷　（不肯示弱）你问我哪？花钱喝茶,难道还教谁管着吗？

松二爷　（打量了二德子一番）我说这位爷,您是营里当差的吧？来,坐下喝一碗,我们也都是外场人。

二德子　你管我当差不当差呢？

常四爷　要抖威风,跟洋人干去,洋人厉害！英法联军烧了圆明园,尊家吃着官饷,可没见您去冲锋打仗！

二德子　甭说打洋人不打,我先管教管教你！（要动手）

〔别的茶客依旧进行他们自己的事。王利发急忙跑过来。

王利发　哥儿们,都是街面上的朋友,有话好说。德爷,您后边坐！

〔二德子不听王利发的话,一下子把一个盖碗搂下桌去,摔碎。翻手要抓常四爷的脖领。

常四爷　（闪过）你要怎么着？

二德子　怎么着？我碰不了洋人,还碰不了你吗？

马五爷　（并未立起）二德子,你威风啊！

二德子　（四下扫视,看到马五爷）喝,马五爷,您在这儿哪？我可眼拙,没看见您！（过去请安）

马五爷　有什么事好好地说,干吗动不动地就讲打？

二德子　嗻！您说的对！我到后头坐坐去。李三,这儿的茶钱我候啦！（往后面走去）

常四爷　（凑过来,要对马五爷发牢骚）这位爷,您圣明,您给评评理！

马五爷　（立起来）我还有事,再见！（走出去）

常四爷　（对王利发）邪！这倒是个怪人！

王利发　您不知道这是马五爷呀？怪不得您也得罪了他！

常四爷　我也得罪了他？我今天出门没挑好日子！

王利发　（低声地）刚才您说洋人怎样,他就是吃洋饭的。信洋教,说洋话,有事情可以一直地找宛平县的县太爷去,要不怎么连官面上都不惹他呢！

常四爷　（往原处走）哼,我就不佩服吃洋饭的！

王利发　（向宋恩子、吴祥子那边稍一歪头,低声地）说话请留点神！（大声地）李三,再给这儿沏一碗来！（拾起地上的碎磁片）

松二爷　盖碗多少钱？我赔！外场人不作老娘们事！

王利发　不忙,待会儿再算吧！（走开）

〔纤手刘麻子领着康六进来。刘麻子先向松二爷、常四爷打招呼。

刘麻子　您二位真早班儿？（掏出鼻烟壶，倒烟）您试试这个！刚装来的，地道英国造，又细又纯！
常四爷　唉！连鼻烟也得从外洋来！这得往外流多少银子啊！
刘麻子　咱们大清国有的是金山银山，永远花不完！您坐着，我办点小事！
（领康六找了个座儿）
〔李三拿过一碗茶来。
刘麻子　说说吧，十两银子行不行？你说干脆的！我忙，没工夫专伺候你！
康　六　刘爷！十五岁的大姑娘，就值十两银子吗？
刘麻子　卖到窑子去，也许多拿一两八钱的，可是你又不肯！
康　六　那是我的亲女儿！我能够……
刘麻子　有女儿，你可养活不起，这怪谁呢？
康　六　那不是因为乡下种地的都没法子混了吗？一家大小要是一天能吃上一顿粥，我要还想卖女儿，我就不是人！
刘麻子　那是你们乡下的事，我管不着。我受你之托，教你不吃亏，又教你女儿有个吃饱饭的地方，这还不好吗？
康　六　到底给谁呢？
刘麻子　我一说，你必定从心眼里乐意！一位在宫里当差的！
康　六　宫里当差的谁要个乡下丫头呢？
刘麻子　那不是你女儿的命好吗？
康　六　谁呢？
刘麻子　庞总管！你也听说过庞总管吧？侍候着太后，红的不得了，连家里打醋的瓶子都是玛瑙作的！
康　六　刘大爷，把女儿给太监作老婆，我怎么对得起人呢？
刘麻子　卖女儿，无论怎么卖，也对不起女儿！你胡涂！你看，姑娘一过门，吃的是珍馐美味，穿的是绫罗绸缎，这不是造化吗？怎样，摇头不算点头算，来个干脆的！
康　六　自古以来，哪有……他就给十两银子？
刘麻子　找遍了你们全村儿，找得出十两银子找不出？在乡下，五斤白面就换个孩子，你不是不知道！
康　六　我，唉！我得跟姑娘商量一下！
刘麻子　告诉你，过了这个村可没有这个店，耽误了事别怨我！快去快来！
康　六　唉！我一会儿就回来！
刘麻子　我在这儿等着你！

康　六　（慢慢地走出去）
刘麻子　（凑到松二爷、常四爷这边来）乡下人真难办真，永远没有个痛痛快快！
松二爷　这号生意又不小吧？
刘麻子　也甜不到哪儿去，弄好了，赚个元宝！
常四爷　乡下是怎么了？会弄得这么卖儿卖女的！
刘麻子　谁知道！要不怎么说，就是一条狗也得托生在北京城里嘛！
常四爷　刘爷，您可真有个狠劲儿，给拉拢这路事！
刘麻子　我要不分心，他们还许找不到买主呢！（忙岔话）松二爷，（掏出个小时表来）你看这个！
松二爷　（接表）好体面的小表！
刘麻子　您听听，嘎登嘎登地响！
松二爷　（听）这得多少钱？
刘麻子　您爱吗？就让给您！一句话，五两银子，您玩够了，不爱再要了，我还照数退钱！东西真地道，传家的玩艺！
常四爷　我这儿正唖摸这个味儿：咱们一个人身上有多少洋玩艺儿啊！老刘，就看你身上吧：洋鼻烟，洋表，洋缎大衫，洋布裤褂……
刘麻子　洋东西可是真漂亮呢！我要是穿一身土布，像个乡下脑壳，谁还理我呀！
常四爷　我老觉乎着咱们的大缎子，川绸，更体面！
刘麻子　松二爷，留下这个表吧，这年月，戴着这么好的洋表，会教人另眼看待！是不是这么说，您哪？
松二爷　（真爱表，但又嫌贵）我……
刘麻子　您先戴两天，改日再给钱！
　　　　〔黄胖子进来。
黄胖子　（严重的沙眼，看不清楚，进门就请安）哥儿们，都瞧我啦！我请安了！都是自己弟兄，别伤了和气呀！
王利发　这不是他们，他们在后院哪！
黄胖子　我看不大清楚啊！掌柜的，预备烂肉面。有我黄胖子，谁也打不起来！（往里走）
二德子　（出来迎接）两边已经见了面，您快来吧！
　　　　〔二德子同黄胖子入内。
　　　　〔茶房们一趟又一趟地往后面送茶水。老人进来，拿着些牙签、胡梳、耳挖勺之类的小东西，低着头慢慢地挨着茶座儿走；没人买他的东西。他要往后院去，被李三截住。

李　三　老大爷,您外边蹓蹓吧!后院里,人家正说和事呢,没人买您的东西!
　　　　(顺手儿把剩茶递给老人一碗)
松二爷　(低声地)李三!(指后院)他们到底为了什么事,要这么拿刀动杖的?
李　三　(低声地)听说是为一只鸽子。张宅的鸽子飞到了李宅去,李宅不肯交还……唉,咱们还是少说话好,(问老人)老大爷您高寿啦?
老　人　(喝了茶)多谢!八十二了,没人管!这年月呀,人还不如一只鸽子呢!唉!(慢慢走出去)
　　　　〔秦仲义,穿得很讲究,满面春风,走进来。
王利发　哎哟!秦二爷,您怎么这样闲在,会想起下茶馆来了?也没带个底下人?
秦仲义　来看看,看看你这年轻小伙子会作生意不会!
王利发　唉,一边作一边学吧,指着这个吃饭嘛。谁叫我爸爸死的早,我不干不行啊!好在照顾主儿都是我父亲的老朋友,我有不周到的地方,都肯包涵,闭闭眼就过去了。在街面上混饭吃,人缘儿顶要紧。我按着我父亲遗留下的老办法,多说好话,多请安,讨人人的喜欢,就不会出大岔子!您坐下,我给您沏碗小叶茶去!
秦仲义　我不喝!也不坐着!
王利发　坐一坐!有您在我这儿坐坐,我脸上有光!
秦仲义　也好吧!(坐)可是,用不着奉承我!
王利发　李三,沏一碗高的来!二爷,府上都好?您的事情都顺心吧?
秦仲义　不怎么太好!
王利发　您怕什么呢?那么多的买卖,您的小手指头都比我的腰还粗!
唐铁嘴　(凑过来)这位爷好相貌,真是天庭饱满,地阁方圆,虽无宰相之权,而有陶朱之富!
秦仲义　躲开我!去!
王利发　先生,你喝够了茶,该外边活动活动去!(把唐铁嘴轻轻推开)
唐铁嘴　唉!(垂头走出去)
秦仲义　小王,这儿的房租是不是得往上提那么一提呢?当年你爸爸给我的那点租钱,还不够我喝茶用的呢!
王利发　二爷,您说的对,太对了!可是,这点小事用不着您分心,您派管事的来一趟,我跟他商量,该长多少租钱,我一定照办!是!嗻!
秦仲义　你这小子,比你爸爸还滑!哼,等着吧,早晚我把房子收回去!
王利发　您甭吓唬着我玩,我知道您多么照应我,心疼我,决不会叫我挑着大茶壶,到街上卖热茶去!

秦仲义　你等着瞧吧!

〔乡妇拉着个十来岁的小妞进来。小妞的头上插着一根草标。李三本想不许她们往前走,可是心中一难过,没管。她们俩慢慢地往里走。茶客们忽然都停止说笑,看着她们。

小　妞　(走到屋子中间,立住)妈,我饿!我饿!

〔乡妇呆视着小妞,忽然腿一软,坐在地上,掩面低泣。

秦仲义　(对王利发)轰出去!

王利发　是!出去吧,这里坐不住!

乡　妇　哪位行行好?要这个孩子,二两银子!

常四爷　李三,要两个烂肉面,带她们到门外吃去!

李　三　是啦!(过去对乡妇)起来,门口等着去,我给你们端面来!

乡　妇　(立起,抹泪往外走,好像忘了孩子;走了两步,又转回身来,搂住小妞吻她)宝贝!宝贝!

王利发　快着点吧!

〔乡妇、小妞走出去。李三随后端出两碗面去。

王利发　(过来)常四爷,您是积德行好,赏给她们面吃!可是,我告诉您:这路事儿太多了,太多了!谁也管不了!(对秦仲义)二爷,您看我说的对不对?

常四爷　(对松二爷)二爷,我看哪,大清国要完!

秦仲义　(老气横秋地)完不完,并不在乎有人给穷人们一碗面吃没有。小王,说真的,我真想收回这里的房子!

王利发　您别那么办哪,二爷!

秦仲义　我不但收回房子,而且把乡下的地,城里的买卖也都卖了!

王利发　那为什么呢?

秦仲义　把本钱拢在一块儿,开工厂!

王利发　开工厂?

秦仲义　嗯,顶大顶大的工厂!那才救得了穷人,那才能抵制外货,那才能救国!(对王利发说而眼看着常四爷)唉,我跟你说这些干什么,你不懂!

王利发　您就专为别人,把财产都出手,不顾自己了吗?

秦仲义　你不懂!只有那么办,国家才能富强!好啦,我该走啦。我亲眼看见了,你的生意不错,你甭再耍无赖,不长房钱!

王利发　您等等,我给您叫车去!

秦仲义　用不着,我愿意蹓跶蹓跶!

〔秦仲义往外走,王利发送。
小牛儿搀着庞太监走进来。小牛儿提着水烟袋。

庞太监　哟!秦二爷!
秦仲义　庞老爷!这两天您心里安顿了吧?
庞太监　那还用说吗?天下太平了,圣旨下来,谭嗣同问斩!告诉您,谁敢改祖宗的章程,谁就掉脑袋!
秦仲义　我早就知道!
〔茶客们忽然全静寂起来,几乎是闭住呼吸地听着。
庞太监　您聪明,二爷,要不然您怎么发财呢!
秦仲义　我那点财产,不值一提!
庞太监　太客气了吧?您看,全北京城谁不知道秦二爷!您比作官的还厉害呢!听说呀,好些财主都讲维新!
秦仲义　不能这么说,我那点威风在您的面前可就施展不出来了!哈哈哈!
庞太监　说得好,咱们就八仙过海,各显其能吧!哈哈哈!
秦仲义　改天过去给您请安,再见!(下)
庞太监　(自言自语)哼,凭这么个小财主也敢跟我逗嘴皮子,年头真是改了!(问王利发)刘麻子在这儿哪?
王利发　总管,您里边歇着吧!
〔刘麻子早已看见庞太监,但不敢靠近,怕打搅了庞太监、秦仲义的谈话。
刘麻子　喝,我的老爷子!您吉祥!我等了您好大半天了!(搀庞太监往里面走)
〔宋恩子、吴祥子过来请安,庞太监对他们耳语。
〔众茶客静默了一阵之后,开始议论纷纷。
茶客甲　谭嗣同是谁?
茶客乙　好像听说过!反正犯了大罪,要不,怎么会问斩呀!
茶客丙　这两三个月了,有些作官的,念书的,乱折腾乱闹,咱们怎能知道他们捣的什么鬼呀!
茶客丁　得!不管怎么说,我的铁杆庄稼又保住了!姓谭的,还有那个康有为,不是说叫旗兵不关钱粮,去自谋生计吗?心眼多毒!
茶客丙　一份钱粮倒叫上头克扣去一大半,咱们也不好过!
茶客丁　那总比没有强啊!好死不如赖活着,叫我去自谋生,非死不可!
王利发　诸位主顾,咱们还是莫谈国事吧!
〔大家安静下来,都又各谈各的事。
庞太监　(已坐下)怎么说?一个乡下丫头,要二百银子?

刘麻子　（侍立）乡下人，可长得俊呀！带进城来，好好地一打扮、调教，准保是又好看，又有规矩！我给您办事，比给我亲爸爸作事都更尽心，一丝一毫不能马虎！

〔唐铁嘴又回来了。

王利发　铁嘴，你怎么又回来了？
唐铁嘴　街上兵荒马乱的，不知道是怎么回事！
庞太监　还能不搜查搜查谭嗣同的余党吗？唐铁嘴，你放心，没人抓你！
唐铁嘴　嗻，总管，您要能赏给我几个烟泡儿，我可就更有出息了！

〔有几个茶客好像预感到什么灾祸，一个个往外溜。

松二爷　咱们也该走啦吧！天不早啦！
常四爷　嗻！走吧！

〔二灰衣人——宋恩子和吴祥子走过来。

宋恩子　等等！
常四爷　怎么啦？
宋恩子　刚才你说"大清国要完"？
常四爷　我，我爱大清国，怕它完了！
吴祥子　（对松二爷）你听见了？他是这么说的吗？
松二爷　哥儿们，我们天天在这儿喝茶。王掌柜知道：我们都是地道老好人！
吴祥子　问你听见了没有？
松二爷　那，有话好说，二位请坐！
宋恩子　你不说，连你也锁了走！他说"大清国要完"，就是跟谭嗣同一党！
松二爷　我，我听见了，他是说……
宋恩子　（对常四爷）走！
常四爷　上哪儿？事情要交代明白了啊！
宋恩子　你还想拒捕吗？我这儿可带着"王法"呢！（掏出腰中带着的铁链子）
常四爷　告诉你们，我可是旗人！
吴祥子　旗人当汉奸，罪加一等！锁上他！
常四爷　甭锁，我跑不了！
宋恩子　量你也跑不了！（对松二爷）你也走一趟，到堂上实话实说，没你的事！

〔黄胖子同三五个人由后院过来。

黄胖子　得啦，一天云雾散，算我没白跑腿！
松二爷　黄爷！黄爷！

黄胖子　（揉揉眼）谁呀？
松二爷　我！松二！您过来,给说句好话！
黄胖子　（看清）哟,宋爷、吴爷,二位爷办案哪？请吧！
松二爷　黄爷,帮帮忙,给美言两句！
黄胖子　官厅儿管不了的事,我管！官厅儿能管的事呀,我不便多嘴！（问大家）是不是？
　众　　嘘！对！
〔宋恩子、吴祥子带着常四爷、松二爷往外走。
松二爷　（对王利发）看着点我们的鸟笼子！
王利发　您放心,我给送到家里去！
〔常四爷、松二爷、宋恩子、吴祥子同下。
黄胖子　（唐铁嘴告以庞太监在此）哟,老爷在这儿哪？听说要安份儿家,我先给您道喜！
庞太监　等吃喜酒吧！
黄胖子　您赏脸！您赏脸！（下）
〔乡妇端着空碗进来,往柜上放。小妞跟进来。
小　妞　妈！我还饿！
王利发　唉！出去吧！
乡　妇　走吧,乖！
小　妞　不卖妞妞啦？妈！不卖啦？妈！
乡　妇　乖！（哭着,携小妞下）
〔康六带着康顺子进来,立在柜台前。
康　六　姑娘！顺子！爸爸不是人,是畜生！可你叫我怎办呢？你不找个吃饭的地方,你饿死,我不弄到手几两银子,就得叫东家活活地打死！你呀,顺子,认命吧,积德吧！
康顺子　我,我……（说不出话来）
刘麻子　（跑过来）你们回来啦？点头啦？好！来见见总管！给总管磕头！
康顺子　我……（要晕倒）
康　六　（扶住女儿）顺子！顺子！
刘麻子　怎么啦？
康　六　又饿又气,昏过去了！顺子！顺子！
庞太监　我要活的,可不要死的！
〔静场。
茶客甲　（正与乙下象棋）将！你完啦！

——幕落

第三幕

时　间　抗日战争胜利后,国民党特务和美国兵在北京横行的时候。秋,清晨。

地　点　同前幕。

人　物　王大拴　明师傅　于厚斋　周秀花　邹福远　小宋恩子　王小花　卫福喜　小吴祥子　康顺子　方　六　常四爷　丁　宝　车当当　秦仲义　王利发　庞四奶奶　小心眼　茶客甲、乙　春梅　沈处长　小刘麻子　老　杨　宪兵四人　取电灯费的　小二德子　小唐铁嘴　谢勇仁

　　〔幕启:现在,裕泰茶馆的样子可不像前幕那么体面了。藤椅已不见,代以小凳与条凳。自房屋至家具都显着暗淡无光。假若有什么突出惹眼的东西,那就是"莫谈国事"的纸条更多,字也更大了。在这些条子旁边还贴着"茶钱先付"的新纸条。

　　〔一清早,还没有下窗板。王利发的儿子王大拴,垂头丧气地独自收拾屋子。

　　〔王大拴的妻周秀花,领着小女儿王小花,由后面出来。她们一边走一边说话儿。

王小花　妈,晌午给我作点热汤面吧!好多天没吃过啦!

周秀花　我知道,乖!可谁知道买得着面买不着呢!就是粮食店里可巧有面,谁知道咱们有钱没有呢!唉!

王小花　就盼着两样都有吧!妈!

周秀花　你倒想得好,可哪能那么容易!去吧,小花,在路上留神吉普车!

王大拴　小花,等等!

王小花　干吧?爸!

王大拴　昨天晚上……

周秀花　我已经嘱咐过她了!她懂事!

王大拴　你大力叔叔的事万不可对别人说呀!说了,咱们全家都得死!明白吧?

王小花　我不说,打死我也不说!有人问我大力叔叔回来过没有,我就说:他走了好几年,一点消息也没有!

　　〔康顺子由后面走来。她的腰有点弯,但还硬朗。她一边走一边叫王小花。

康顺子　小花！小花！还没走哪？
王小花　康婆婆，干吗呀？
康顺子　小花,乖！婆婆再看你一眼！（抚弄王小花的头）多体面哪！吃的不足啊，要不然还得更好看呢！
周秀花　大婶,您是要走吧？
康顺子　是呀！我走,好让你们省点嚼谷呀！大力是我拉扯大的,他叫我走,我怎能不走呢？当初,我刚到这里的时候,他还没有小花这么高呢！
王小花　看大力叔叔现在多么壮实,多么大气！
康顺子　是呀,虽然他只在这儿坐了一袋烟的工夫呀,可是叫我年轻了好几岁！我本来什么也没有,一见着他呀,好像忽然间我什么都有啦！我走,跟着他走,受什么累,吃什么苦,也是香甜的！看他那两只大手,那两只大脚,简直是个顶天立地的男子汉！
王小花　婆婆,我也跟您去！
康顺子　小花,你乖乖地去上学,我会回来看你！
王大拴　小花,上学吧,别迟到！
王小花　婆婆,等我下了学您再走！
康顺子　哎！哎！去吧,乖！（王小花下）
王大拴　大婶,我爸爸叫您走吗？
康顺子　他还没打好了主意。我倒怕呀,大力回来的事儿万一叫人家知道了啊,我又忽然这么一走,也许要连累了你们！这年月不是天天抓人吗？我不能作对不起你们的事！
周秀花　大婶,您走您的,谁逃出去谁得活命！喝茶的不是常低声儿说:想要活命得上西山①吗？
王大拴　对！
康顺子　小花的妈,来吧,咱们再商量商量！我不能专顾自己,叫你们吃亏！老大,你也好好想想！（同周秀花下）
　　　　〔丁宝进来。
丁　宝　嗨,掌柜的,我来啦！
王大拴　你是谁？
丁　宝　小丁宝！小刘麻子叫我来的,他说这儿的老掌柜托他请个女招待。
王大拴　姑娘,你看看,这么个破茶馆,能用女招待吗？我们老掌柜呀,穷得乱出主意！

---

① 西山,当时是八路军的游击区。

〔王利发慢慢地走出来,他还硬朗,穿的可很不整齐。

王利发　老大,你怎么老在背后褒贬老人呢?谁穷得乱出主意呀?下板子去!什么时候了,还不开门!

〔王大拴去下窗板

丁　宝　老掌柜,你硬朗啊?

王利发　嗯!要有炸酱面的话,我还能吃三大碗呢,可惜没有!十几了?姑娘!

丁　宝　十七!

王利发　才十七?

丁　宝　是呀!妈妈是寡妇,带着我过日子。胜利以后呀,政府硬说我爸爸给我们留下的一所小房子是逆产,给没收啦!妈妈气死了,我作了女招待!老掌柜,我到今天还不明白什么叫逆产,您知道吗?

王利发　姑娘,说话留点神!一句话说错了,什么都可以变成逆产!你看,这后边呀,是秦二爷的仓库,有人一瞪眼,说是逆产,就给没收啦!就是这么一回事!

〔王大拴回来。

丁　宝　老掌柜,您说对了!连我也是逆产,谁的胳膊粗,我就得侍候谁!他妈的,我才十七,就常想还不如死了呢!死了落个整尸首,干这一行,活着身上就烂了!

王大拴　爸,您真想要女招待吗?

王利发　我跟小刘麻子瞎聊来着!我一辈子老爱改良,看着生意这么不好,我着急!

王大拴　您着急,我也着急!可是,您就忘记老裕泰这个老字号了吗?六十多年的老字号,用女招待?

丁　宝　什么老字号啊!越老越不值钱!不信,我现在要是二十八岁,就是叫小小丁宝,小丁宝贝,也没人看我一眼!

〔茶客甲、乙上。

王利发　二位早班儿!带着叶子哪?老大拿开水去!(王大拴下)二位,对不起,茶钱先付!

茶客甲　没听说过!

王利发　我开过几十年茶馆,也没听说过!可是,您圣明:茶叶、煤球儿都一会儿一个价钱,也许您正喝着茶,茶叶又长了价钱!您看,先收茶钱不是省得麻烦吗?

茶客乙　我看哪,不喝更省事!(同茶客甲下)

王大拴　(提来开水)怎么?走啦?

王利发　这你就明白了!
丁　宝　我要是过去说一声:"来了?小子?"他们准给一块现大洋!
王利发　你呀,老大,比石头还顽固!
王大拴　(放下壶)好吧,我出去蹓蹓,这里出不来气!(下)
王利发　你出不来气,我还憋得慌呢!
　　　　〔小刘麻子上,穿着洋服,夹着皮包。
小刘麻子　小丁宝,你来啦?
丁　宝　有你的话,谁敢不来呀!
小刘麻子　王掌柜,看我给你找来的小宝贝怎样?人材、岁数、打扮、经验,样样出色!
王利发　就怕我用不起吧?
小刘麻子　没的事!她不要工钱!是吧,小丁宝?
王利发　不要工钱?
小刘麻子　老头儿,你都甭管,全听我的,我跟小丁宝有我们一套办法!是吧,小丁宝?
丁　宝　要是没你那一套办法,怎会缺德呢!
小刘麻子　缺德?你算说对了!当初,我爸爸就是由这儿绑出去的;不信,你问王掌柜。是吧,王掌柜?
王利发　我亲眼得见!
小刘麻子　你看,小丁宝,我不乱吹吧?绑出去,就在马路中间,磕喳一刀!是吧,老掌柜?
王利发　听得真真的!
小刘麻子　我不说假话吧?小丁宝!可是,我爸爸到底差点事,一辈子混的并不怎样。轮到我自己出头露面了,我必得干的特别出色。(打开皮包,拿出计划书)看,小丁宝,看看我的计划!
丁　宝　我没那么大的工夫!我看哪,我该回家,休息一天,明天来上工。
王利发　丁宝,我还没想好呢?
小刘麻子　王掌柜,我都替你想好啦!不信,你等着看,明天早上,小丁宝在门口儿歪着头那么一站,马上就进来二百多茶座儿!小丁宝,你听听我的计划,跟你有关系。
丁　宝　哼!但愿跟我没关系!
小刘麻子　你呀,小丁宝,不够积极!听着……
　　　　〔取电灯费的进来。
取电灯费的　掌柜的,电灯费!
王利发　电灯费?欠几个月的啦?

取电灯费的　三个月的!

王利发　再等三个月,凑半年,我也还是没办法!

取电灯费的　那像什么话呢?

小刘麻子　地道真话嘛!这儿属沈处长管。知道沈处长吧?市党部的委员,宪兵司令部的处长!您愿意收他的电费吗?说!

取电灯费的　什么话呢,当然不收,对不起,我走错了门儿!(下)

小刘麻子　看,王掌柜,你不听我的行不行?你那套光绪年的办法太守旧了!

王利发　对!要不怎么说,人要活到老学到老呢!我还得多学!

小刘麻子　就是嘛!

〔小唐铁嘴进来,穿着绸子夹袍,新缎鞋。

小刘麻子　哎哟,他妈的是你,小唐铁嘴!

小唐铁嘴　哎哟,他妈的是你,小刘麻子!来,叫爷爷看看!(看前看后)你小子行,洋服穿的像那么一回事,由后边看哪,你比洋人还更像洋人!老王掌柜,我夜观天象,紫微星发亮,不久必有真龙天子出现,所以你看我跟小刘麻子,和这位……

小刘麻子　小丁宝,九城闻名!

小唐铁嘴　……和这位小丁宝,才都这么才貌双全,文武带打,我们是应运而生,活在这个时代,真是如鱼得水!老掌柜,把脸转正了,我看看,好,好,印堂发亮,还有一步好运!来吧,给我碗喝吧!

王利发　小唐铁嘴!

小唐铁嘴　别再叫唐铁嘴,我现在叫唐天师!

小刘麻子　谁封你作了天师?

小唐铁嘴　待两天你就知道了。

王利发　天师,可别忘了,你爸爸白喝了我一辈子的茶,这可不能世袭!

小唐铁嘴　王掌柜,等我穿上八卦仙衣的时候,你会后悔刚才说了什么!你等着吧!

小刘麻子　小唐,待会儿我请你去喝咖啡,小丁宝作陪,你先听我说点正经事,好不好?

小唐铁嘴　王掌柜,你就不想想,天师今天白喝你点茶,将来会给你个县知事作作吗?好吧,小刘你说!

小刘麻子　我这儿刚跟小丁宝说,我有个伟大的计划!

小唐铁嘴　好!洗耳恭听!

小刘麻子　我要组织一个"拖拉斯"。这是个美国字,也许你不懂,翻成北京话就是"包圆儿"。

小唐铁嘴　我懂！就是说，所有的姑娘全由你包办。
小刘麻子　对！你的脑力不坏！小丁宝，听着，这跟你有密切关系！甚至于跟王掌柜也有关系！
王利发　我这儿听着呢！
小刘麻子　我要把舞女、明娼、暗娼、吉普女郎和女招待全组织起来，成立那么一个大"拖拉斯"。
小唐铁嘴　（闭着眼问）官方上疏通好了没有？
小刘麻子　当然！沈处长作董事长，我当总经理！
小唐铁嘴　我呢？
小刘麻子　你要是能琢磨出个好名字来，请你作顾问！
小唐铁嘴　车马费不要法币！
小刘麻子　每月送几块美钞！
小唐铁嘴　往下说！
小刘麻子　业务方面包括：买卖部、转运部、训练部、供应部，四大部。谁买姑娘，还是谁卖姑娘；由上海调运到天津，还是由汉口调运到重庆；训练吉普女郎，还是训练女招待；是供应美国军队，还是各级官员，都由公司统一承办，保证人人满意。你看怎样？
小唐铁嘴　太好！太好！在道理上，这合乎统制一切的原则。在实际上，这首先能满足美国兵的需要，对国家有利！
小刘麻子　好吧，你就给想个好名字吧！想个文雅的，像"柳叶眉，杏核眼，樱桃小口一点点"那种诗那么文雅的！
小唐铁嘴　嗯——"拖拉撕"，"拖拉撕"……不雅！拖进来，拉进来，不听话就撕成两半儿，倒好像是绑票儿撕票儿，不雅！
小刘麻子　对，是不大雅！可那是美国字，吃香啊！
小唐铁嘴　还是联合公司响亮、大方！
小刘麻子　有你这么一说！什么联合公司呢？
丁　宝　缺德公司就挺好！
小刘麻子　小丁宝，谈正经事，不许乱说！你好好干，将来你有作女招待总教官的希望！
小唐铁嘴　看这个怎样——花花联合公司？姑娘是什么？鲜花嘛！要姑娘就得多花钱，花呀花呀，所以花花！"青是山，绿是水，花花世界"，又有典故，出自《武家坡》！好不好！
小刘麻子　小唐，我谢谢你，谢谢你！（热烈握手）我马上找沈处长去研究一下，他一赞成，你的顾问就算当上了！（收拾皮包，要走）
王利发　我说，丁宝的事到底怎么办？

小刘麻子　没告诉你不用管吗？"拖拉撕"统办一切，我先在这里试验试验。

丁　宝　你不是说喝咖啡去吗？

小刘麻子　问小唐去不去？

小唐铁嘴　你们先去吧，我还在这儿等个人。

小刘麻子　咱们走吧，小丁宝！

丁　宝　明天见，老掌柜！再见，天师！（同小刘麻子下）

小唐铁嘴　王掌柜，拿报来看看！

王利发　那，我得慢慢地找去。二年前的还许有几张！

小唐铁嘴　废话！

〔进来三位茶客：明师傅、邹福远和卫福喜。明师傅独坐，邹福远与卫福喜同坐。王利发都认识，向大家点头。

王利发　哥儿们，对不起啊，茶钱先付！

明师傅　没错儿，老哥哥！

王利发　唉！"茶钱先付"，说着都烫嘴！（忙着沏茶）

邹福远　怎样啊？王掌柜！晚上还添评书不添啊？

王利发　试验过了，不行！光费电，不上座儿！

邹福远　对！您看，前天我在会仙馆，开三侠四义五霸十雄十三杰九老十五小，大破凤凰山，百鸟朝凤，棍打凤腿，您猜上了多少座儿？

王利发　多少？那点书现在除了您，没有人会说！

邹福远　您说的在行！可是，才上了五个人，还有俩听蹭儿的！

卫福喜　师哥，无论怎么说，你比我强！我又闲了一个多月啦！

邹福远　可谁叫你跳了行，改唱戏了呢？

卫福喜　我有嗓子，有扮相嘛！

邹福远　可是上了台，你又不好好地唱！

卫福喜　她的唱一出戏，挣不上三个杂合面饼子的钱，我干吧卖力气呢？我疯啦？

邹福远　唉！福喜，咱们哪，全叫流行歌曲跟《纺棉花》给顶垮喽！我是这么看，咱们死，咱们活着，还在其次，顶伤心的是咱们这点玩艺儿，再过几年都得失传！咱们对不起祖师爷！常言道：邪不侵正。这年头就是邪年头，正经东西全得连根儿烂！

王利发　唉！（转至明师傅处）明师傅，可老没来啦！

明师傅　出不来喽！包监狱里的伙食呢！

王利发　您！就凭您，办一、二百桌满汉全席的手儿，去给他们蒸窝窝头？

明师傅　那有什么办法呢，现而今就是狱里人多呀！满汉全席？我连家伙都卖喽!

〔方六拿着几张画儿进来。

明师傅　六爷,这儿!六爷,那两桌家伙怎样啦?我等钱用!
方　六　明师傅,您挑一张画儿吧!
明师傅　啊?我要画儿干吗呢?
方　六　这可画的不错!六大山人、董弱梅画的!
明师傅　画的天好,当不了饭吃啊!
方　六　他把画儿交给我的时候,直掉眼泪!
明师傅　我把家伙交给你的时候,也直掉眼泪!
方　六　谁掉眼泪,谁吃炖肉,我都知道!要不怎么我累心呢!你当是干我们这一行,专凭打打小鼓就行哪?
明师傅　六爷,人总有颗人心哪,你还能坑老朋友吗?
方　六　一共不是才两桌家伙吗?小事儿,别再提啦,再提就好像不大懂交情了!

〔车当当敲着两块洋钱,进来。

车当当　谁买两块?买两块吧?天师,照顾照顾?(小唐铁嘴不语)
王利发　当当!别处转转吧,我连现洋什么模样都忘了!
车当当　那,你老人家就细细看看吧!白看,不用买票!(往桌上扔钱)

〔庞四奶奶进来,带着春梅。庞四奶奶的手上戴满各种戒指,打扮得像个女妖精。卖杂货的老杨跟进来。

小唐铁嘴　娘娘
方　六
车当当　娘娘

庞四奶奶　天师!
小唐铁嘴　侍候娘娘!(让庞四奶奶坐,给她倒茶)
庞四奶奶　(看车当当要出去)当当,你等等!
车当当　嗻!
老　杨　(打开货箱)娘娘,看看吧!
庞四奶奶　唱唱那套词儿,还倒怪有个意思!
老　杨　是!美国针、美国线、美国牙膏、美国消炎片。还有口红、雪花膏、玻璃袜子细毛线。箱子小,货物全,就是不卖原子弹!
庞四奶奶　哈哈哈!(挑了两双袜子)春梅,拿着!当当,你跟老杨算账吧!
车当当　娘娘,别那么办哪!
庞四奶奶　我给你拿的本钱,利滚利,你欠我多少啦?天师,查帐!
小唐铁嘴　是!(掏小本)

车当当　天师,你甭操心,我跟老杨算去!

老　杨　娘娘,您行好吧!他能给我钱吗?

庞四奶奶　老杨,他坑不了你,都有我呢!

老　杨　是!(向众)还有哪位照顾照顾?(又要唱)美国针……

庞四奶奶　听够了!走!

老　杨　是!美国针、美国线,我要不走是混蛋!走,当当(同车当当下)

方　六　(过来)娘娘,我得到一堂景泰蓝的五供儿,东西老,地道,也便宜,坛上用顶体面,您看看吧?

庞四奶奶　请皇上看看吧!

方　六　是!皇上不是快登基了吗?我先给您道喜!我马上取去,送到坛上!娘娘多给美言几句,我必有份人心!(往外走)

明师傅　六爷,我的事呢?!

方　六　你先给我看着那几张画!(下)

明师傅　你等等!坑我两桌家伙,我还有把切菜刀呢!(追下)

庞四奶奶　王掌柜,康妈妈在这儿哪?请她出来!

小唐铁嘴　我去!(跑到后门)康老太太,您来一下!

王利发　什么事?

小唐铁嘴　朝廷大事!

　　　　〔康顺子上。

康顺子　干什么呀?

庞四奶奶　(迎上去)婆母!我是您的四侄媳妇,来接您,快坐下吧!(拉康顺子坐下)

康顺子　四侄媳妇?

庞四奶奶　是呀,您离开庞家的时候,我还没过门哪。

康顺子　我跟庞家一刀两断啦,找我干吗?

庞四奶奶　您的四侄子海顺呀,是三皇道的大坛主,国民党的大党员,又是沈处长的把兄弟,快作皇上啦,您不喜欢吗?

康顺子　快作皇上?

庞四奶奶　啊!龙袍都作好啦,就快在西山登基!

康顺子　在西山?

小唐铁嘴　老太太,西山一带有八路军。庞四爷在那一带登基,消灭八路,南京能够不愿意吗?

庞四奶奶　四爷呀都好,近来可是有点贪酒好色。他已经弄了好几个小老婆!

小唐铁嘴　娘娘,三宫六院七十二嫔妃,可有书可查呀!

庞四奶奶　你不是娘娘,怎么知道娘娘的委屈!老太太,我是这么想:您要是跟我一条心,我叫您作老太后,咱们俩一齐管着皇上,我这个娘娘不就好作一点了吗?老太太,您跟我去,吃好的喝好的,兜儿里老带着那么几块当当响的洋钱,够多么好啊!

康顺子　我要是不跟你去呢?

庞四奶奶　啊?不去?(要翻脸)

小唐铁嘴　让老太太想想,想想!

康顺子　用不着想,我不会再跟庞家的人打交道!四媳妇,你作你的娘娘,我作我的苦老婆子,谁也别管谁!刚才你要瞪眼睛,你当我怕你吗?我在外边也混了这么多年,磨练出来点了,谁跟我瞪眼,我会伸手打!(立起,往后走)

小唐铁嘴　老太太!老太太!

康顺子　(立住,转身对小唐铁嘴)你呀,小伙子,挺起腰板来,去挣碗干净饭吃,不好吗?(下)

庞四奶奶　(移怒于王利发)王掌柜,过来!你去跟那个老婆子说说,说好了,我送给你一袋子白面!说不好,我砸了你的茶馆!天师,走!

小唐铁嘴　王掌柜,我晚上还来,听你的回话!

王利发　万一我下半天就死了呢?

庞四奶奶　呸!你还不该死吗?(与小唐铁嘴、春梅同下)

王利发　哼!

邹福远　师弟,你看这算哪一出?哈哈哈!

卫福喜　我会二百多出戏,就是不懂这一出!你知道那个娘儿们的出身吗?

邹福远　我还能不知道!东霸天的女儿,在娘家就生过……得,别细说,咱们积点口德吧!

(王大拴回来。

王利发　看着点,老大。我到后面商量点事!(下)

小二德子　(在外边大吼一声)闪开了!(进来)大拴哥,沏壶顶好的,我有钱!(掏出四块现洋,一块一块地放下)给算算,刚才花了一块,这儿还有四块,五毛打一个,我一共打了几个?

王大拴　十个。

小二德子　(用手指算)对!前天四个,昨天六个,可不是十个!大拴哥,你拿两块吧!没钱,我白喝你的茶;有钱,就给你!你拿吧!(吹一块,放在耳旁听听)这块好,就一块当两块吧,给你!

王大拴　(没接钱)小二德子,什么生意这么好啊?现大洋不容易看到啊!

小二德子　念书去了!

王大拴　把"一"字都念成扁担,你念什么书啊?

小二德子　(拿起桌上的壶来,对着壶嘴喝了一气,低声说)市党部派我去的,法政学院。没当过这么美的差事,太美,太过瘾!比在天桥好的多!打一个学生,五毛现洋!昨天揍了几个来着?

王大拴　六个。

小二德子　对!里边还有两个女学生!一拳一拳地下去,太美,太过瘾!大拴哥,你摸摸,摸摸!(伸臂)铁筋洋灰的!用这个揍男女学生,你想想,美不美?

王大拴　他们就那么老实,乖乖地叫你打?

小二德子　我专找老实的打呀!你当我是傻子哪?

王大拴　小二德子,听我说,打人不对!

小二德子　可也难说!你看教党义的那个教务长,上课先把手枪拍在桌上,我不过抡抡拳头,没动手枪啊!

王大拴　什么教务长啊,流氓!

小二德子　对!流氓!不对,那我也是流氓喽!大拴哥,你怎么绕着脖子骂我呢?大拴哥,你有骨头!不怕我这铁筋洋灰的胳臂!

王大拴　你就是把我打死,我不服你还是不服你,不是吗?

小二德子　喝,这么绕脖子的话,你怎么想出来的?大拴哥,你应当去教党义,你有文才!好啦,反正今天我不再打学生!

王大拴　干吗光是今天不打?永远不打才对!

小二德子　不是今天我另有差事吗?

王大拴　什么差事?

小二德子　今天打教员!

王大拴　干吗打教员?打学生就不对,还打教员?

小二德子　上边怎么交派,我怎么干!他们说,教员要罢课。罢课就是不老实,不老实就得揍!他们叫我上这儿等着,看见教员就揍!

邹福远　(嗅出危险)师弟,咱们走吧!

卫福喜　走!(同邹福远下)

小二德子　大拴哥,你拿着这块钱吧!

王大拴　打女学生的钱,我不要!

小二德子　(另拿一块)换换,这块是打男学生的,行了吧!(看王大拴还是摇头)这么办,你替我看着点,我出去买点好吃的,请请你,活着还不为吃点喝点老三点吗?(收起现洋,下)

〔康顺子提着小包出来。王利发与周秀花跟着。

康顺子　王掌柜,你要是改了主意,不让我走,我还可以不走!

王利发　我……
周秀花　庞四奶奶也未必敢砸茶馆!
王利发　你怎么知道?三皇道是好惹的?
康顺子　我顶不放心的还是大力的事!只要一走漏了消息,大家全完!那比砸茶馆更厉害!
王大拴　大婶,走!我送您去!爸爸,我送送她老人家,可以吧?
王利发　嗯——
周秀花　大婶在这儿受了多少年的苦,帮了咱们多少忙,还不应当送送?
王利发　我并没说不叫他送!送!送!
王大拴　大婶,等等,我拿件衣服去。(下)
周秀花　爸,您怎么啦?
王利发　别再问我什么,我心里乱!一辈子没这么乱过!媳妇,你先陪大婶走,我叫老大追你们!大婶,外边不行啊,就还回来!
周秀花　老太太,这儿永远是您的家!
王利发　可谁知道也许……
康顺子　我也不会忘了你们!老掌柜,你硬硬朗朗的吧!(同周秀花下)
王利发　(送了两步,立住)硬硬朗朗的干什么呢?
　　〔谢勇仁和于厚斋进来。
谢勇仁　(看看墙上,先把茶钱放在桌上)老人家,沏一壶来。(坐)
王利发　(先收钱)好吧。
于厚斋　勇仁,这恐怕是咱们末一次坐茶馆了吧?
谢勇仁　以后我倒许常来。我决定改行,去蹬三轮儿!
于厚斋　蹬三轮一定比当小学教员强!
谢勇仁　我偏偏教体育,我饿,学生们饿,还要运动,不是笑话吗?
　　〔王小花跑进来。
王利发　小花,怎么这么早就下了学呢?
王小花　老师们罢课啦!(看见于厚斋、谢勇仁)于老师,谢老师!你们都没上学去,不教我们啦?还教我们吧!见不着老师,同学们都哭啦!我们开了个会,商量好,以后一定都守规矩,不招老师们生气!
于厚斋　小花!老师们也不愿意耽误了你们的功课。可是,吃不上饭,怎么教书呢?我们家里也有孩子,为教别人的孩子,叫自己的孩子挨饿,不是不公道吗?好孩子,别着急,喝完茶,我们开会去,也许能够想出点办法来!
谢勇仁　好好在家温书,别乱跑去,小花!
　　〔王大拴由后面出来,夹着个小包。

王小花　爸,这是我的两位老师!
王大拴　老师们,快走!他们埋伏下了打手!
王利发　谁?
王大拴　小二德子!他刚出去,就回来!
王利发　二位先生,茶钱退回,(递钱)请吧!快!
王大拴　随我来!
　　　　〔小二德子上。
小二德子　街上有游行的,他妈的什么也买不着!大拴哥,你上哪儿?这俩是谁?
王大拴　喝茶的!(同于厚斋、谢勇仁往外走)
小二德子　站住!(三人还走)怎么?不听话?先揍了再说!
王利发　小二德子!
小二德子　(拳已出去)尝尝这个!
谢勇仁　(上面一个嘴巴,下面一脚)尝尝这个!
小二德子　哎哟!(倒下)
王小花　该!该!
谢勇仁　起来,再打!
小二德子　(起来,捂着脸)喝!喝!(往后退)喝!
王大拴　快走!(扯二人下)
小二德子　(迁怒)老掌柜,你等着吧,你放走了他们,待会儿我跟你算帐!打不了他们,还打不了你这个糟老头子吗?(下)
王小花　爷爷,爷爷!小二德子追老师们去了吧?那可怎么好!
王利发　他不敢!这路人我见多了,都是软的欺,硬的怕!
王小花　他要是回来打您呢?
王利发　我?爷爷会说好话呀。
王小花　爸爸干什么去了?
王利发　出去一会儿,你甭管!上后边温书去吧,乖!
王小花　老师们可别吃了亏呀,我真不放心!(下)
　　　　〔丁宝跑进来。
丁　宝　老掌柜,老掌柜!告诉你点事!
王利发　说吧,姑娘!
丁　宝　小刘麻子呀,没安着好心,他要霸占这个茶馆!
王利发　怎么霸占?这个破茶馆还值得他们霸占?
丁　宝　待会儿他们就来,我没工夫细说,你打个主意吧!
王利发　姑娘,我谢谢你!

丁　宝　我好心好意来告诉你,你可不能卖了我呀!
王利发　姑娘,我还没老胡涂了!放心吧!
丁　宝　好!待会儿见!(下)
〔周秀花回来
周秀花　爸,他们走啦。
王利发　好!
周秀花　小花的爸说,叫您放心,他送到了地方就回来。
王利发　回来不回来都随他的便吧!
周秀花　爸,您怎么啦?干吗这么不高兴?
王利发　没事!没事!看小花去吧。她不是想吃热汤面吗?要是还有点面的话,给她做一碗吧,孩子怪可怜的,什么也吃不着!
周秀花　一点白面也没有!我看看去,给她作点杂合面疙瘩汤吧!(下)
〔小唐铁嘴回来。
小唐铁嘴　王掌柜,说好了吗?
王利发　晚上,晚上一定给你回话!
小唐铁嘴　王掌柜,你说我爸爸白喝了一辈子的茶,我送你几句救命的话,算是替他还帐吧。告诉你,三皇道现在比日本人在这儿的时候更厉害,砸你的茶馆比砸个砂锅还容易!你别太大意了!
王利发　我知道!你既买我的好,又好去对娘娘表表功!是吧?
〔小宋恩子和小吴祥子进来,都穿着新洋服。
小唐铁嘴　二位,今天可够忙的?
小宋恩子　忙得厉害!教员们大暴动!
王利发　二位,"罢课"改了名儿,叫"暴动"啦?
小唐铁嘴　怎么啦?
小吴祥子　他们还能反到天上去吗?到现在为止,已经抓了一百多,打了七十几个,叫他们反吧!
小宋恩子　太不知好歹!他们老老实实的,美国会送来大米、白面嘛!
小唐铁嘴　就是!二位,有大米、白面,可别忘了我!以后,给大家的坟地看风水,我一定尽义务!好!二位忙吧!(下)
小吴祥子　你刚才问,"罢课"改叫"暴动"啦?王掌柜!
王利发　岁数大了,不懂新事,问问!
小宋恩子　哼!你就跟他们是一路货!
王利发　我?您太高抬我啦!
小吴祥子　我们忙,没工夫跟你费话,说干脆的吧!
王利发　什么干脆的?

小宋恩子　教员们暴动,必有主使的人!

王利发　谁?

小吴祥子　昨天晚上谁上这儿来啦?

王利发　康大力!

小宋恩子　就是他!你把他交出来吧!

王利发　我要是知道他是哪路人,还能够随便说出来吗?我跟你们的爸爸打交道多少年,还不懂这点道理?

小吴祥子　甭跟我们拍老腔,说真的吧!

王利发　交人,还是拿钱,对吧!

小宋恩子　你真是我爸爸教出来的!对啦,要是不交人,就把你的金条拿出来!别的铺子都随开随倒,你可混了这么多年,必定有点底!

〔小二德子匆匆跑来。

小二德子　快走!街上的人不够用啦!快走!

小吴祥子　你小子管干吗的?

小二德子　我没闲着,看,脸都肿啦!

小宋恩子　掌柜的,我们马上回来,你打主意吧!

王利发　不怕我跑了吗?

小吴祥子　老梆子,你真逗气儿!你跑到阴间去,我们也会把你抓回来!
　　　　　(打了王利发一掌,同小宋恩子、小二德子下)

王利发　(向后叫)小花!小花的妈!

周秀花　(向王小花跑出来)我都听见了!怎么办?

王利发　快走!追上康妈妈!快!

王小花　我拿书包去!(下)

周秀花　拿上两件衣裳,小花!爸,剩您一个人怎么办?

王利发　这是我的茶馆,我活在这儿,死在这儿!

〔王小花挎着书包,夹着点东西跑回来。

周秀花　爸爸!

王小花　爷爷!

王利发　都别难过,走!(从怀中掏出所有的钱和一张旧相片)媳妇,拿着这点钱,小花,拿着这个,老裕泰三十年前的相片,交给你爸爸!走吧!

〔小刘麻子同丁宝回来。

小刘麻子　小花,教员罢课,你住姥姥家去呀?

王小花　对啦!

王利发　(假意地)媳妇,早点回来!

周秀花　爸,我们住两天就回来!(同王小花下)

小刘麻子　王掌柜,好消息!沈处长批准了我的计划!

王利发　大喜,大喜!

小刘麻子　您也大喜,处长也批准修理这个茶馆!我一说,处长说好!他呀老把"好"说成"蒿",特别有个洋味儿!

王利发　都是怎么一回事?

小刘麻子　从此你算省心了!这儿全属我管啦,你搬出去!我先跟你说好了,省得以后你麻烦我!

王利发　那不能!凑巧,我正想搬家呢。

丁　宝　小刘,老掌柜在这儿多少年啦,你就不照顾他一点吗?

小刘麻子　看吧!我办事永远厚道!王掌柜,我接处长去,叫他看看这个地方。你把这儿好好收拾一下!小丁宝,你把小心眼找来,迎接处长!带点香水,好好喷一气,这里臭哄哄的!走!(同丁宝下)

王利发　好!真好!太好!哈哈哈!

　　〔常四爷提着小筐进来,筐里有些纸钱和花生米。他虽年过七十,可是腰板还不太弯。

常四爷　什么事这么好哇,老朋友!

王利发　哎哟!常四哥!我正想找你这么一个人说说话儿呢!我沏一壶顶好的茶来,咱们喝喝!(去沏茶)

　　〔秦仲义进来。他老的不像样子了,衣服也破旧不堪。

秦仲义　王掌柜在吗?

常四爷　在!您是……

秦仲义　我姓秦。

常四爷　秦二爷。

王利发　(端茶来)谁?秦二爷?正想去告诉您一声,这儿要大改良!坐!坐!

常四爷　我这儿有点花生米,(抓)喝茶吃花生米,这可真是个乐子!

秦仲义　可是谁嚼得动呢?

王利发　看多么邪门,好容易有了花生米,可全嚼不动!多么可笑!怎样啊?秦二爷!(都坐下)

秦仲义　别人都不理我啦,我来跟你说说,我到天津去了一趟,看看我的工厂!

王利发　不是没收了吗?又物归原主啦?这可是喜事!

秦仲义　拆了!

常四爷	拆了？
王利发	
秦仲义	拆了！我四十年的心血啊，拆了！别人不知道，王掌柜你知道：我从二十多岁起，就主张实业救国。到而今……抢去我的工厂，好，我的势力小，干不过他们！可倒好好地办哪，那是富国裕民的事业呀！结果，拆了，机器都当碎铜烂铁卖了！全世界，全世界找得到这样的政府找不到？我问你！
王利发	当初，我开的好好的公寓，您非盖仓库不可。看，仓库查封，货物全叫他们偷光！当初，我劝您别把财产都出手，您非都卖了开工厂不可！
常四爷	还记得吧！当初，我给那个卖小妞的小媳妇一碗面吃，您还说风凉话呢。
秦仲义	现在我明白了！王掌柜，求你一件事吧：(掏出一二机器小零件和一支钢笔管来)工厂拆平了，这是我由那儿捡来的小东西。这支笔上刻着我的名字呢，它知道，我用它签过多少张支票，写过多少计划书。我把它们交给你，没事的时候，你可以跟喝茶的人们当个笑话谈谈，你说呀：当初有那么一个不知好歹的秦某人，爱办实业。办了几十年，临完他只由工厂的土堆里捡回来这点小东西！你应当劝告大家，有钱哪，就该吃喝嫖赌，胡作非为，可千万别干好事！告诉他们哪，秦某人七十多岁了才明白这点大道理！他是天生来的笨蛋！
王利发	您自己拿着这支笔吧，我马上就搬家啦！
常四爷	搬到哪儿去？
王利发	哪儿不一样呢！秦二爷，常四爷，我跟你们不一样，二爷财大业大心胸大，树大可就招风啊！四爷你，一辈子不服软，敢作敢当，专打抱不平。我呢，作了一辈子顺民，见谁都请安、鞠躬、作揖。我只盼着呀，孩子们有出息，冻不着，饿不着，没灾没病！可是，日本人在这儿，二拴子逃跑啦，老婆想儿子想死啦！好容易，日本人走啦，该缓一口气了吧？谁知道，(惨笑)哈哈，哈哈，哈哈！
常四爷	我也不比你强啊！自食其力，凭良心干了一辈子啊，我一事无成！七十多了，只落得卖花生米！个人算什么呢，我盼哪，盼哪，只盼国家像个样儿，不受外国人欺侮。可是……哈哈！
秦仲义	日本人在这儿，说什么合作，把我的工厂就合作过去了。咱们的政府回来了，工厂也不怎么又变成了逆产。仓库里(指后边)有多少货呀，全完！还有银号呢，人家硬给加官股，官股进来了，我出来

了！哈哈！

王利发　改良，我老没忘了改良，总不肯落在人家后头。卖茶不行啊，开公寓。公寓没啦，添评书！评书也不叫座儿呀，好，不怕丢人，想添女招待！人总得活着吧？我变尽了方法，不过是为活下去！是呀，该贿赂的，我就递包袱。我可没作过缺德的事，伤天害理的事，为什么就不叫我活着呢？我得罪了谁？谁？皇上，娘娘那些狗男女都活得有滋有味的，单不许我吃窝窝头，谁出的主意？

常四爷　盼哪，盼哪，只盼谁都讲理，谁也不欺侮谁！可是，眼看看老朋友们一个个的不是饿死，就是叫人家杀了，我呀就是有眼泪也流不出来喽！松二爷，我的朋友，饿死啦，连棺材还是我给他化缘化来的！他还有我这么个朋友，给他化了一口四块板的棺材；我自己呢？我爱咱们的国呀，可是谁爱我呢？看，（从筐中拿出些纸钱）遇见出殡的，我就捡几张纸钱。没有寿衣，没有棺材，我只好给自己预备下点纸钱吧，哈哈，哈哈！

秦仲义　四爷，让咱们祭奠祭奠自己，把纸钱撒起来，算咱们三个老头子的吧！

王利发　对！四爷，照老年间出殡的规矩，喊喊！

常四爷　（立起，喊）四角儿的跟夫，本家赏钱一百二十吊！（撒起几张纸钱）①

秦仲义
王利发　　一百二十吊！

秦仲义　（一手拉住一个）我没的说了，再见吧！（下）

王利发　再见！

常四爷　再喝你一碗！（一饮而尽）再见！（下）

王利发　再见！

〔丁宝与小心眼进来。

丁　宝　他们来啦！老大爷！（往屋中喷香水）

王利发　好，他们来，我躲开！（捡起纸钱，往后边走）

小心眼　老大爷，干吧撒纸钱呢？

王利发　谁知道！（下）

---

①　三四十年前，北京富人出殡，要用三十二人、四十八人或六十四人抬棺材，也叫抬杠。另有四位杠夫拿着拨旗，在四角跟随。杠夫换班须注意拨旗，以便进退有序；一班也叫一拨儿。起杠时和路祭时，领杠者须喊"加钱"——本家或姑奶奶当给杠夫酒钱。加钱数目须夸大地喊出来。在喊加钱时，有人撒起纸钱来。

〔小刘麻子进来。

小刘麻子　来啦？一边一个站好！
　　　　〔丁宝、小心眼分左右在门内立好。
　　　　〔门外有汽车停住声,先进来两上宪兵。沈处长进来,穿军便服；高靴；带马刺；手执小鞭。后面跟着二宪兵。

沈处长　（检阅似的,看丁宝、小心眼,看完一个说一声）好（蒿）！
　　　　〔丁宝摆上一把椅子,请沈处长坐。

小刘麻子　报告处长,老裕泰开了六十多年,九城闻名,地点也好,借着这个老字号,作我们的一个据点,一定成功！我打算照旧卖茶,派（指）小丁宝和小心眼作招待。有我在这儿监视着三教九流,各色人等,一定能够得到大量的情报！

沈处长　好（蒿）！
　　　　〔丁宝由宪兵手里接过骆驼牌烟,上前献烟；小心眼接过打火机,点烟。

小刘麻子　后面原来是仓库,货物已由处长都处理了,现在空着。我打算修理一下,中间作小舞厅,两旁布置几间卧室,都带卫生设备。处长清闲的时候,可以来跳跳舞,玩玩牌,喝喝咖啡。天晚了,高兴住下,您就住下。这就算是处长个人的小俱乐部,由我管理,一定要比公馆里更洒脱一点,方便一点,热闹一点！

沈处长　好（蒿）！
丁　宝　处长,我可以请示一下吗？
沈处长　好（蒿）！
丁　宝　这儿的老掌柜怪可怜的。好不好给他作一身制服,叫他看看门,招呼贵宾们上下汽车？他在这儿几十年了,谁都认识他,简直可以算是老头儿商标！
沈处长　好（蒿）！传！
小刘麻子　是！（往后跑）王掌柜！老掌柜！我爸爸的老朋友,老大爷！（入。过一会儿又跑回来）报告处长,他也不是怎么上了吊,吊死啦！
沈处长　好（蒿）！好（蒿）！

——幕落·全剧终

（选自《老舍文集》第11卷,人民文学出版社1987年版）

田 汉

关汉卿

第六场

玉仙楼后台。

〔关汉卿跟卸了装的马二、燕山秀、赛帘秀们从绣幕的门帘后面紧张地窥着前台的表演和观客席的情况。他们偶然低声说一两句话。后台的管事们和蒙古的卫士们不时走动。
〔场上正演唱着《窦娥冤》的第四折末段:
魂旦:(唱尾声)你将那滥官污吏都杀坏,敕赐金牌势剑吹毛快,与一人分忧,万民除害。(观众席发出的喝采声。有人叫"与万民除害!")
魂旦:(白)父亲,俺婆婆年纪高大,无人奉养。
天章:好孝顺孩儿也!
魂旦:(唱)嘱咐你个爷爷,迁葬了奶奶,恩养俺婆婆,可怜见她年纪高大。后将文卷舒开,将俺屈死的于伏罪名儿改。(外场喝彩声。)
天章:天色明了。你将那扬州府官吏那几个是问窦娥的,都与我拿上来!
张千:理会的……
〔台上还是进行末场戏,朱帘秀作窦娥魂子装下场。
〔关汉卿感动地扶着她进后台。徒弟们拥上去,香桂给她茶喝。

关汉卿　快歇会儿,四姐!你演得真好。我自己也没想到这戏有这么大力量。
朱帘秀　(一面卸去魂串)好像有人叫起来了。
关汉卿　有人叫"与万民除害"。
　　　　〔王和卿与何总管兴奋地赶到后台。

王和卿　哎呀,帘秀,演得真好。这么短的日子赶出这么好的戏!(向关汉卿)汉卿,你还真是了不起的悲剧作者。不过,话又说回来了,不抓这样的机会,这戏也真没法儿演出。

关汉卿　真是得谢谢你。

王和卿　不用谢了,以后再到你府上,别下逐客令就不错了。

〔大家大笑。

关汉卿　四姐,快下装吧,你真累坏了。

何总管　别卸了,就这样换上第一折的衣裳,同我见老太太去。老太太今天可高兴呐,黄手绢都搭湿好几块儿啦。她老人家说:"从没瞧过这么好的戏。一定得见见那个可怜的小媳妇儿,赏她点什么,别太委屈这孩子了!"伯颜夫人见老太太高兴,也说:"这戏不错。"我这戏提调这回算当上了。

〔蒙装侍卫急上。

侍　卫　快点儿吧,老太太等急了。

何总管　这就来了,再插几朵花儿,擦上点儿粉吧,老太太不喜欢太素净的小媳妇儿。

〔朱帘秀在徒弟们的帮助下匆匆再化妆。

〔后台管事上来。

后台管事　(向何总管)总管,王千户要见见朱大姐跟关解元。

何总管　就是那位益州千户王著吗?请他进来!(管事将下,对关汉卿)一个挺爽快挺热情的人,刚才台底下"为万民除害"就是他叫的,见见他吧。

关汉卿　好。

〔王著,一个魁伟的军官,随管事进来。

王　著　(向何总管)何总管,哪一位是刚才演窦娥的?

何总管　(指正在薄施脂粉的朱帘秀)就是这一位。

王　著　你演得真好。你说出了我们心里的话。"官吏们无心正法,使百姓有口难言。"

朱帘秀　谢谢您,这是关解元他写得好。(指关汉卿)

王　著　不过,也亏你唱得那么有情感,有力量,每个字都打进了我们的心。

侍　卫　(向朱帘秀)快去吧,老太太等着哩。

朱帘秀　(向王著)您多指教,我见老太太去,不陪您了。

(再对镜整整衣,对徒弟们)你们先回去吧!

〔何总管、侍卫们拥朱帘秀下。徒弟们拾掇东西,有的走了。

王　著　(向关汉卿)关先生,看过您好些戏。这出戏最感动我,今天也感动了好些人。恕我冒昧问一声,您这出戏是不是从朱小兰的案子想起来的?

关汉卿　(很窘)哦,不,我是写一件历史故事。

王　著　是。您真该多写这样的历史故事。

〔后台管事和叶和甫引左丞郝祯大模大样地走进来。

郝　祯　朱帘秀在哪儿啦?

后台管事　回郝大人,刚才何总管领她见老太太去啦。

郝　祯　唔,哪一位是关汉卿呐?

关汉卿　……

叶和甫　(指关汉卿)这位就是。

郝　祯　(打量关汉卿)你就是打本子的关汉卿?你认识我吗?

关汉卿　……

叶和甫　左丞郝祯郝大人。

关汉卿　哦,郝——

郝　祯　你不是在太医院吗?还会写戏?

关汉卿　写得不好。

郝　祯　何必过谦呢。写得不错啊,老太太们都给感动了。哈哈哈,咱们阿合马老大人也看了半场。明儿个还要烦一场。《望江亭》不要了,换《窦娥冤》了。知道吗?

关汉卿　……

郝　祯　换可是换,好些地方得请尊驾给修改一下。(向叶和甫)刚才老大人吩咐下来的几个地方都记下来了?

叶和甫　都记下来了。

郝　祯　条儿呢?

叶和甫　在这儿哩。

郝　祯　(顺手接过,交关汉卿)照条儿上记的都给改一改,行吗?

关汉卿　(接过匆匆看了一下)这恐怕不行,把这些全改了,就不成一个戏了。

〔王和卿也接过去看。

郝　祯　本来就不成一个戏嘛。咱们当官的不算,连天地鬼神都骂起来了,还成个戏吗?要不是碍着老太太,我们老大人早动火了,还是我——

叶和甫　对,还是郝大人在旁边说好说歹的,老大人才吩咐"叫关汉卿改一改,明晚再演"。

关汉卿　不,不好改。

郝　　祯　"不好改"？回答得挺干脆。可是老大人吩咐："不改好,不许演！"
王和卿　汉卿,那就改一改吧！
关汉卿　不行,宁可不演,不好改。
郝　　祯　瞧你这死心眼儿,你们的孔圣人不也说："过则勿惮改"吗？
关汉卿　那是说有过——
郝　　祯　难道说你还无过？——
　　　　〔何总管拥朱帘秀抱了好些赏赐回来。
何总管　哎呀,老太太今天可高兴呐。瞧,赏多少东西！这是从来没有过的事啊！
郝　　祯　(向何总管)老何,你听着！
何总管　(见形势不对)是、是,郝大人。
郝　　祯　明天还是这个时候。
何总管　是。
郝　　祯　还是这个园子。
何总管　是。
郝　　祯　还是这个戏,咱老大人再烦一场,知道吗？
何总管　是,知道了。
郝　　祯　可是本子得全按改过的唱,条儿已经交给关汉卿了。
关汉卿　(决然地)郝大人,请您上复阿合马大人,说这出戏宁可不再演了,不好改动,照那样改动,面目全非,就不是原来的《窦娥冤》了。
郝　　祯　哈哈,关汉卿你也够傻的了。你当咱老大人愿意看你原来的《窦娥冤》吗？没有什么说的了,戏是既得改,又得演。不改不演,要你们的脑袋！
　　　　〔侍卫们拥着郝祯怫然下场。
　　　　〔叶和甫留下来。
叶和甫　己斋,我早说过这戏会有麻烦不是？好汉不吃眼前亏,改一改吧！刚才忽辛少座把你戏里头骂他的话都告诉老大人了。你那些词儿有的就简直刺痛了老大人自己,他有个不生气的？咱们搞这行的左不过是"逢场作戏"嘛。马马虎虎修改几条,少说几句,一场天大的风险不就过去了？好,己斋,听听老朋友的话吧！
关汉卿　(忍耐不住)你是什么老朋友,你是奸细！
王和卿　(怕他失言)汉卿！
叶和甫　瞧,人家好心好意地帮你的忙,你还是这样老脾气。
王和卿　老叶,你别说了,汉卿正在火头上。
叶和甫　老大人也正在火头上,那就看谁的火烧谁了。再见吧。(原形毕

露地下去)
王和卿　(目送叶和甫)真没想到他会是这样的家伙!
　　　〔王著走出来,热情地拉着关汉卿的手。
王　著　关先生,今天真有幸,不止看了您的好戏,还看了您的为人。您这样爱重自己的戏,用性命保护自己的戏,真叫我们更感动、更爱您。对的,宁可不演,断不能改。再一说,这样的好戏还得大大地演。大都不能演,可以到别的地方去演;北方不能演,可以到南方去演;中国还大得很哩。你们什么时候到我们益州去演呢?我一定款待你们。看了你们的戏,我忍不住叫了起来。你到老百姓中间去演,叫人一定会更多。是的,我们一定得"为万民除害",一定不能同滥官污吏们善罢甘休。你们多多保重,我告辞了。(跟大家招呼之后昂然地走了)
王和卿　比起来这就算个人,叶和甫只能算个耗子。
朱帘秀　汉卿,那么怎么办呢,听得台底下叫起来,我就知道一定要出乱子。还有赛帘秀今天也冒上了,她好像又加了几句词儿,我心里直打哆嗦。
何总管　关先生,没别的,您多受累,今天就照条儿上的给改一改吧,明天上半天帘秀他们还得对一对词,晚上还不能演砸了,是不是,刚才老叶也说得对。有的也不用改,少说几句得了。像"官吏们无心正法"什么的,就干脆免了吧。至于骂天骂地,我看唱顺了就唱唱也死不了人。老实说,这些大人、老爷们就怕刺痛当官的,至于怨天恨地,他们觉得事不关己,也就带过去了。
王和卿　您说得对极了。
何总管　好,大家回去吧!帘秀这几天赶出这么个大戏真够累的了。早点回去歇歇,还得养息点气力对付明天的戏。虽说有了这场风波,可是老太太赏给你那么些好东西,还那样疼你,甚至说要收你做干闺女,够你高兴的了。好,明儿见。
大　家　明儿见。
何总管　(回过头来)关先生,大丈夫能屈能伸,改一改吧,吓?
　　　〔何总管领管事们同下。场上剩下卸好了装的朱帘秀和关汉卿、王和卿。
朱帘秀　那么,汉卿、和卿先生,快拿个主意吧。
王和卿　(暂时沉默之后)今天的戏演得真动人。官儿们中间也有感动的,王千户就是一个例子。可是越演得动人,心里有毛病的就越受不了。阿合马在朝势压群僚,多少人倒在他手里,怎么肯轻轻放过咱们？幸而汉卿毕竟是当今名士，他们还不敢轻易动手。再加伯颜老太太又欢喜这个戏，接见了帘秀，不然，真不堪设想。汉卿很坚决是好的。可是于今戏不改就不能演，人家定了场子，不演也不成。生死祸福就看我们自己决定了。

关汉卿　我已经决定了，宁可不演，断然不改。
王和卿　可是刚说的，已经不能够不演啊。
朱帘秀　（决心）那么，照样演，不改。
王和卿　那怎么能瞒得过这些老奸巨猾？你没有听得郝祯说"不改不演，要你们脑袋"吗？
朱帘秀　（想了一下）这么办吧，和卿先生，请您设法让汉卿连夜离开大都。（对关汉卿）汉卿，你走吧。这里的事由我承担，你放心，我宁可不要这颗脑袋，也不让你的戏受一点损失。
关汉卿　那怎么成，不要脑袋就都不要吧！

第八场

元至元十九年（1282）三月末的大都狱中。

〔深夜，狱吏设案问供，狱卒狰狞分列，虽在暮春，气象严冷。
〔狱吏翻案件后，望望管牢房的禁子和禁婆。

狱　吏　这几天关汉卿还安静吗？
禁　子　还好。
狱　吏　谁来看过他？
禁　子　他的家人关忠。
狱　吏　就他吗？
禁　子　还有杨显之、梁进之等人，王实甫也托人送了些吃用的东西。还有一位刘大娘跟她女儿带东西来要见他，没有让她们见。
狱　吏　东西都给了关汉卿吗？
禁　子　照您吩咐的，都给了他。
狱　吏　以后，谁也不让见，也不许人家送东西给他。（望禁婆）朱帘秀也是一样，知道吗？
禁　子
禁　婆　知道了。
狱　吏　有谁来看过朱帘秀？
禁　婆　她的徒弟燕山秀也来过，何总管也托人送了些东西。

狱　　吏　还有呢？
禁　　婆　没有了。
狱　　吏　从今天起多留点儿神！
禁　　婆　是了。
狱　　吏　那个赛帘秀呢？还骂吗？
禁　　婆　还骂，可是也安静些了。只是眼睛里还出血，给她医吗？
狱　　吏　说不定上面要提她，不要死在咱们这里，找个大夫给她擦点儿药吧。有人来看她吗？
禁　　婆　一个唱戏的欠要俏儿乎每隔两天就来看她一次。
狱　　吏　唔，以后也不让看了。来，提关汉卿！
狱　　卒　提关汉卿！
　　　　〔禁子下，不一时，闻铁链镣铐相击声。关汉卿上。
禁　　子　跪下！
　　　　〔关汉卿昂然不跪，禁子拿棒要敲他的腿。
狱　　吏　（制止）别难为他。（向关汉卿）关汉卿，你坐下吧。
　　　　（向狱卒）给他一条小凳。
　　　　〔狱卒给凳，关汉卿坐下。
狱　　吏　怎么样？这些日子还好吗？
关汉卿　唔，日月照肝胆，霜雪添须眉，可还死不了。
狱　　吏　是啊，真是不愿你死啊，你的文章我不懂，可是你的医道真高明，我娘吃了你的药好多了。她是多年的风湿，真没有想到好得那么快，已经能拄着拐杖自己走道儿了。
关汉卿　走走有好处，老年人可也不能太累。
狱　　吏　是是，真是谢谢你。可是，关汉卿，你的案情越扯越大了。说老实的，恐怕很难救你，怎么办呢？
　　　　〔狱卒中也有人交头接耳。
关汉卿　（诧异）"越扯越大"了？
狱　　吏　对。大得够瞧的了。你认识一个叫王著的吗？
关汉卿　王著？
狱　　吏　对。当益州千户的王著，记得吗？你跟他什么交情？
关汉卿　唔，记起来了，有这么个人，在玉仙楼演《窦娥冤》的时候，他到后台来看过我们。
狱　　吏　他看了你们的戏，很受感动，对吗？
关汉卿　他那么说，他很兴奋，还在场子里喊过"与万民除害"。我们就见过那一次，没有什么交情。

狱　　吏　是啊,他后来就当真干起来了!祸闯得不小。你有一位老朋友叫叶和甫的吗?

关汉卿　唔,有那么一个人,不是什么老朋友。

狱　　吏　他要来跟你谈谈。

关汉卿　我跟他没有什么可谈的。

狱　　吏　谈谈吧,对你许有些好处。(向内)叶先生,请吧!

〔叶和甫从里面走出来,对关汉卿很关切的口气。

叶和甫　哎呀,老朋友,真想不到在这样的地方跟你见面。当初你不听我的话,我害怕总会有这么一天,所以我说,《窦娥冤》最好别写,要写必定是祸多福少,现在怎么样?不幸而言中了吧。

关汉卿　(鄙夷地)你要跟我谈什么,快说吧。

叶和甫　瞧你,还这么急性子,不是应该熬炼得火气小一点儿吗?

关汉卿　(不耐)有话快说吧!

叶和甫　(跟狱吏耳语)……

狱　　吏　(对狱卒们)你们都走开。

〔狱卒们走开。

叶和甫　(低声)好,汉卿,先告诉你一个极可怕的消息,你那位朋友王著跟妖僧高和尚同谋,上个月初十晚上,在上都,把阿合马老大人和郝祯大人都给刺了!

关汉卿　唔,真的?

叶和甫　千真万确的,现在大元朝上上下下都为这事件发抖。你看这是国家多么大的不幸!

关汉卿　你还想告诉我什么呢?

叶和甫　我就是想告诉你,你不听我的劝告,闯出了多么大的乱子!逆臣王著就因为看过你的戏才起意要杀阿合马老大人的。

关汉卿　(怒)怎见得呢?

叶和甫　许多人听见他在玉仙楼看《窦娥冤》的时候,喊过"为万民除害",后来他在上都伏法的时候又喊:"我王著为万民除害",而且你的戏里居然还有"把滥官污吏都杀坏"的词儿——

关汉卿　(按捺住怒火)你觉得"滥官污吏"应不应该杀呢?

叶和甫　这——"滥官污吏"当然应该杀。

关汉卿　我们应不应该"与万民除害"呢?

叶和甫　唔,当然应该。可是王著把刺杀阿合马老大人当作"与万民除害"就不对了。

关汉卿　杀阿合马是否与万民除害,天下自有公论。若说王著看了我的戏才起意要杀阿合马,那么高和尚没有看过我的戏,何以也要杀阿合马呢?

叶和甫　这——

关汉卿　我们写戏的离不开褒贬两个字。拿前朝的人说,我们褒岳飞,贬秦桧。看戏的人万一在什么时候激于义愤杀了像秦桧那样的人,能说是写戏的人教唆的吗?

叶和甫　汉卿,你这话何尝没有一些道理,可是于今正在风头上,皇上和大臣们怎么会听你的?再说,我今晚来看你,倒也不是为了跟你争辩《窦娥冤》的后果如何,(又低声)我是奉了忽辛大人的面谕来跟你商量一件大事的。你的案情虽说是十分严重,可是只要你答应这件事,还是可以减等甚至释放你的。

关汉卿　我跟忽辛没有什么好商量的!

叶和甫　别这么火气大,老朋友,这事你也吃不了什么亏。反正王著已经死了,没有对证,只要你在大臣问你的时候,供出王著刺杀阿合马大人是想除掉捍卫大元朝的忠臣,联合各地金汉愚民图谋不轨。只要你肯这样招供,不只你的案子可以减轻,忽辛大人为了酬劳你,还预备送你中统钞一百万。这不少哇,老朋友。

关汉卿　(怒火难遏)你还有什么说的?

叶和甫　没有别的了。今晚就为的跟你谈这件大事来的。

关汉卿　你过来我跟你商量商量。

叶和甫　你答应了吗?(过去)

关汉卿　我答应了。(他重重的一记耳光,竟把叶和甫打倒在地下)

叶和甫　汉卿,我好好跟你商量,你怎么动起粗来了?

关汉卿　狗东西,你是有眼无珠,认错了人了。我关汉卿是有名的蒸不烂、煮不熟、捶不扁、炒不爆、响当当的铜豌豆,你想替忽辛那赃官来收买我?我们中间竟然出了你这样无耻的禽兽,我恨不能吃你的肉!

叶和甫　(狰狞无耻的面目毕露)你不答应,好,那你等着死吧。

关汉卿　死也不跟这无耻的禽兽说话了!狱官,让我回号子去。

狱　吏　那么,(对叶和甫)叶先生,您回去吧!

〔叶和甫溜下。狱卒再集合。

狱　吏　关汉卿,你对。你若真照他说的招供了,我们汉人又该倒霉了。姓叶的回去,必然报告忽辛,忽辛必然追你的案子。你是个好人,又承你医好我娘,只恨我官小力微,帮不到你别的忙,给你送个信儿吧:你也就是这一两天的事了。没有别的,有什么要料理的,或是有什么话要告诉人家的,只要没有什么大关碍,我都可以跟你效劳

关汉卿	（兴奋之后,定了定有些乱的心）谢谢你。我什么也不要吃,也没有什么要料理的。看你倒是挺疼你母亲的,这里有一封信,等我的事完了,请转给我母亲吧。千万别吓着她老人家,这也是像窦娥不愿走前街一样的心愿吧！
狱　吏	（接信收好）好,我一定照你的意思送到,你可以放心。
关汉卿	明天可以让关忠来一趟吗？
狱　吏	对不起,办不到了。
关汉卿	那也好。
狱　吏	还有什么要对人家说的话吗？
关汉卿	话很多,此时不知从哪里说起,也不知该对谁说。 （忽然想起）能不能让我跟朱帘秀再见一面呢？
狱　吏	这——也好吧。我可以担待一下。不过你跟她说有什么用呢？她的情形跟你一样。
关汉卿	这也叫"涸渴之鱼,相濡以沫"吧。你能担待一下,就请费心。
狱　吏	（对禁婆）来！提朱帘秀。
禁　婆	是。

〔禁婆下去不久,领朱帘秀罪衣罪裙,铁锁锒铛地上来。

朱帘秀	（跪）给老爷叩头。
狱　吏	起来吧。关汉卿有话跟你谈。给你们半刻。（对禁子）谈完了送他们回号子,留心着点儿！（对狱卒）我们撤了吧。

〔他们下。场上只有关汉卿、朱帘秀两人。

朱帘秀	咱们总算又见面了,汉卿。
关汉卿	（沉重地）恐怕也就是这一面吧。
朱帘秀	（受感染地）是吗？
关汉卿	你还记得那位王千户吗？
朱帘秀	玉仙楼后台见过的那位王著？
关汉卿	就是他。
朱帘秀	我只跟他说过两句话,就觉得他是个挺爽快的人,可没想到他能做出这样感天动地的大事,他真不愧是我们《感天动地窦娥冤》的好看客啊。
关汉卿	你还说得这样带劲儿,他杀了阿合马你知道了？
朱帘秀	知道了。昨天来了个同号子的,是王千户住在大都的婶娘。她告诉我王千户临刑的时候还喊着说："我王著与万民除害,我现在死了,将来一定有人把我的事写上一笔的。"他真了不起！

关汉卿　是啊,就有人把这和我们的戏词儿"与一人分忧,万民除害"附会在一起,说我们教唆王著杀害朝廷大臣,所以我们的案情就加重了。

朱帘秀　可不是"与万民除害"吗?阿合马好狠的心,把我徒弟的眼睛都给挖了。

关汉卿　没想到王著给她报了仇,也给我们报了仇。我真想写他一笔,咳,可惜没有时候了。

朱帘秀　没有时候了?

关汉卿　刚才狱官给我送信来了。一两天之内我就完了,你只怕也跟我一样。他要我们趁早把该料理的事,该嘱咐人家的话告诉他,他可以给我们转达。你有什么要他转达的吗?还有,想吃些什么他也可以代买。(见她紧张)哎呀,四姐,你你你不害怕吗?

朱帘秀　(变色,但力自镇定)不害怕。

关汉卿　四姐,真是对不起,为了我的著作,竟然把你连累到这个地步。

朱帘秀　什么话?我不说过你敢写我就敢演吗?说这话的时候,我就打算有今天的。

关汉卿　可是哪知道这一天来得这么快。

朱帘秀　迟早反正一样。我从没有像这些日子这样活得有意思,我觉得我越来越跟大伙儿在一块了。不是吗?老百姓恨阿合马,我们也恨阿合马,而且敢于跟他们斗!王著替大伙儿除害,他死了,我们也站在王著这一边,跟坏人一直斗到死。窦娥不正是这样的女人吗?她至死也不向坏人低头。我喜欢这样的女人,我也愿意像她一样的死去。瞧我还穿着窦娥的行头,跟窦娥一样的打扮,回头还要跟窦娥一样的倒下去。我一定也不会轻易倒下去的,汉卿,在倒下去以前我一定像窦娥一样的喊着,不,也许像王著一样的喊着:"与万民除害呀!"你看行吗?我现在真不知道是在过日子,还是在台上。我要像在台上一样,对着成千上万的看的人一点也不胆怯。说真的,你刚才告诉我我们快要死的消息,我心里还有点乱。这会儿好多了,我会像窦娥那样坚强的,你放心。

关汉卿　你也放心,四姐。我姓关,现在虽算是大都人了,我原籍却是蒲州解良,我也会像我祖宗那样英雄地死去的。"玉可碎而不可改其白,竹可焚而不可毁其节",这也正是我今天的心胸。

朱帘秀　咳,我最不能瞑目的是玉仙楼那天晚上,我托和卿设法让你连夜逃走,你怎么不走,反而第二天晚上来看戏呢?你那样爱看戏吗?

关汉卿　我怎么能走？我怎么能让你一个人承担那样重的担子？

朱帘秀　我有什么？大不了一个唱杂剧的歌妓，怎么能比得你？你是一代作者，你替我们杂剧开了一条路，歌台舞榭没有你的戏，人家就不高兴。你正应该替大伙儿多写些好东西，多替"有口难言"的百姓们说话，多替负屈衔冤的女子们伸冤，可是，可是于今你也跟我一样，就这么完了，那怎么行？叫他们杀了我吧，千万把你给留下……（她哭了）

关汉卿　四姐，谢谢你的好心。我们的死不就是为了替百姓们说话吗？人家说血写的文字比墨写的要贵重，也许，我们死了，我们的话说得更响亮。可是你不像我，我已经快五十的人了，你还年轻，工夫好，那么早就成了名角儿，你死了人家要埋怨我的。不是伯颜老太太那样疼你，还说要认你做干闺女吗？干嘛不写封信给她，求求她，我想一定有好处的。信可以托何总管转去，准能收到，快点写吧。要不，我给你代笔也成。

朱帘秀　那么你呢？你也求求她吧。

关汉卿　我怎么能求她？

朱帘秀　那为什么我就应该求她呢？她还不是杀人不眨眼的伯颜丞相的老太太吗？她疼我无非我这个女戏子把她给逗乐了。她也不是真懂我们的戏的，她不过让人家说她是多么慈悲，瞧戏都流眼泪。其实呢，伯颜丞相今天在这里屠城，明天在那里杀降，她半点眼泪也没有流过。我就恨这样的女人，我还去求她？死也不求她！

关汉卿　不求她那就得——

朱帘秀　就得死。跟关大爷这样的人一道死，我还有什么不足呢！我修不到跟你生活在一块儿，就让我们俩死在一块儿吧，汉卿！（她紧握着关汉卿的手）

关汉卿　四姐，我觉得我们的心没有比这个时候靠得再紧的了。入狱的时候，我就打算有今天。前天晚上，我写了一个曲子叫〔双飞蝶〕，想给你看看，他们害怕，不给传递，我也没有勉强。现在我亲自交给你吧。要是你能唱唱该多好。

朱帘秀　给我。（接过去）

关汉卿　写得很乱，你看得清楚吗？

朱帘秀　看得清楚。（她半朗诵，半歌唱地）

　　　　将碧血、写忠烈，
　　　　作厉鬼、除逆贼，

这血儿啊,化作黄河扬子浪千叠,
长与英雄共魂魄!
强似写佳人绣户描花叶;
学士锦袍趋殿阙;
浪子朱窗弄风月;
虽留得绮词丽语满江湖,
怎及得傲干奇枝斗霜雪?
念我汉卿啊,
读诗书,破万册,
写杂剧,过半百,
这些年风云改变山河色,
珠帘卷处人愁绝,
都只为一曲《窦娥冤》,
俺与她双沥苌弘血;
差胜那孤月自圆缺,
孤灯自明灭;
坐时节共对半窗云,
行时节相应一身铁;
各有这气比长虹壮,
哪有那泪似寒波咽!
提什么黄泉无店宿忠魂,
争说道青山有幸埋芳洁。
俺与你发不同青心同热;
生不同床死同穴;
待来年遍地杜鹃花,
看风前汉卿四姐双飞蝶。
相永好,不言别!(她十分感动)

哦,汉卿!(她拥抱关汉卿)
〔禁子、禁婆上。

禁　子　半刻完了。回去吧。(分开他们)
禁　婆　听你们说得怪可怜的,以后只怕没有见面的时候了。容你们一别吧。
朱帘秀　不。
关汉卿　我们不告别,我们永久在一起的。
禁　婆　那么回号子吧。

〔禁子牵着关汉卿,禁婆牵着朱帘秀,铁锁锒铛地各归狱室。

——暗转

(选自《田汉文集》第 7 卷,中国戏剧出版社 1983 年版)

高行健　刘会远

绝对信号

人　物　黑子　二十一岁　待业青年
　　　　小号　二十一岁　见习车长
　　　　蜜蜂姑娘　二十岁　待业青年
　　　　车长　五十六岁
　　　　车匪　三十七岁
　　　　车匪的同伙一人（此人在戏中无台词）
时　间　一个春天的黄昏和夜晚
地　点　一列普通货车的最后一节守车上

〔舞台上是货车的一节守车车厢，暮色中远近亮着火车站上的红、蓝、绿、黄的各色信号灯。守车的左右两头各有一个带铁扶栏的小平台。右面是列车运行的方向。车厢内，正中向外突出部分是了望列车运行的窗口，一张固定在车厢里的靠背椅对着朝右开的了望窗口。靠背椅的右边两步远，有一张固定的硬席铺位，是供押车人员休息用的。车厢的左右两头各有一扇可以关闭的门，通往平台。每扇车门的右手各有个小窗口，窗口下各有一小块突出的工作台，工作台前各有一张固定的靠背椅。左边椅子的靠背和坐椅已经被人拆除了，只剩下个铁架子，使人感觉到这节车厢也刚刚经过一个动乱的时代。列车的紧急制动阀在左边小窗户的上方。

黑子上。这是个高大结实的小伙子，长得很神气，皮肤黧黑，一头蓬松的头发，留着绒毛般的小胡子，穿着朴素，一副满不在乎的样子。个性倔犟，又带着几分野性。他在守车前后转了一圈，又没人，轻声吹了声口哨。车匪从他背后上。这人中等身材，精瘦，行动敏捷，是个专搞投机倒把、盗窃走私的惯犯，手狠心毒。

车　匪　（低声）黑子，得了？
黑　子　就这趟车，六点二十五分发车。有两节车皮，全是装的羊绒衫和毛料子，都是高档货，扒不上这节车扒那节，哪节都行。
车　匪　（拍拍他的肩膀）小兄弟，够意思的，做得了是笔大的。

黑　子　我可等着钱用。

车　匪　你小子真性急，要得一万，有你两千。推五箱下来就有你一箱子，干好了还少得了你花的？没弄错吧？

黑　子　我在货场装货时看见的，车皮号是七五一三一四，七五二六一八，不信你自己看去，从守车倒数第三、第四位两节车皮。

车　匪　(嘀咕了一下)这离守车太近，到曹家铺扒车的时候，弄不好会叫人看见。

黑　子　到曹家铺都半夜了，两边又是高山，从了望窗口看不见的。

车　匪　这么着，你跟车遛一趟。

黑　子　不行！说好了我只通个气。

车　匪　就这胆子，你还玩女人呢？(眨眨眼)这趟得手了，下回带你上福建、广州再弄批洋货，什么彩电、录音机，从女人手上戴的金表到穿在大腿根上的尼龙丝袜，娘儿们要的你就全有啦！

黑　子　咱够娶房媳妇的就得。

车　匪　不就迷上了养蜂队的那个丫头片子？好对付，全包在我身上了。辛苦了，先跟车遛一趟吧！等到曹家铺我们的人上去了，你找个机会就下呗。

黑　子　(固执地)这太玄，我不干。

车　匪　你小了也太精，又要捞鱼吃，又想不湿鞋，便宜都叫你占了。上个车你怕什么的？又不要你动手。到时候你只要给车长递根烟，别叫他盯住窗口，不就过去了？别他妈把运气放跑了。(黑子不言语。车匪进一步盯住他)你不就这一锤子买卖吗？大不了一根烟的功夫。

黑　子　(下狠心)就这么着！

车　匪　(给他一把匕首)给你个家伙。

黑　子　(疑虑地)干什么？

车　匪　壮胆子。其实用不上的，这些跑车的，几根过滤嘴就打倒了。(笑)我跑的趟数多了，跟玩儿一样。

〔黑子接过匕首。昏暗中闪过个人影——车匪的同伙，打了个响榧。

车　匪　来人了。

〔黑子连忙把匕首插在腰里。车匪同黑子下。车长和小号背着车长包上。小号还提着圆号。他身材不高，长得还不如黑子神气，很贫嘴，但重友谊，品格高尚。车长矮胖，但挺壮实，为人刻板，老于心计，但心地善良。他拿着一卷货票，提着信号灯。

小　号　（接过车长的背包）师傅，您这徒弟够勤快的吧？
车　长　勤快不在嘴皮子上。
小　号　哟，又拍错地方了。
车　长　小伙子，在家对你老子也这么讲话？要不是看在你父亲的面上，象你这样的徒弟，我早就叫他一边去了。你父亲让我好好管教你，要是以我在家的脾气，我早把你的号一脚踩扁了，有你这样外出作业还带把号的？
小　号　得，师傅，咱给您也解解闷呀。
车　长　别贫了，行车时不准吹号。
小　号　不吹就不吹呗。（上车把两个背包和圆号放在铺位上）
车　长　我验车去了。你看左边。（下）
　　　　〔车匪和黑子上。
车　匪　快上去！
黑　子　（犹豫地）他们都认识我。
车　匪　能把你吃了？真孙子！
黑　子　（烦恼地）孙子就不干了。跟车的是我同学，平时挺哥儿们的。
车　匪　你还怕把他们的饭碗砸了！（冷笑）他们也没分碗饭给你吃。熟人更好办，别他妈犯傻，把到手的买卖砸了。
　　　　〔小号拿个手电筒从车上下来。
小　号　谁呀？黑子，哪儿去？
　　　　〔车匪走开，下。
黑　子　小号，真有门呀！当上车长了。
小　号　见习的，跟师傅屁股后头听呵儿。
黑　子　再听呵不也是车长吗？
小　号　嗨，没劲，全天走车，星期天都没有，连场电影都难得看上，不是什么好差事。
黑　子　可总也是个差事，人想捞还捞不着呢。
小　号　你还在货场干装卸工？
黑　子　卖块儿，也是临时的，有一天没一天，还不是混呗。
小　号　喂，见到蜜蜂没有？听说她回来过几天又走了，你没见到她？
黑　子　（支吾地）路上照了个面。
小　号　她怎么样了？
黑　子　没怎么样！黑了些，瘦了，风吹的。
小　号　真的是天南海北，长年在野地里，睡的是帐篷，这哪是女孩子们干的活！心情肯定不好，她没说去找过我？

黑　子　你那两天大概出车了。
小　号　她没提到我？
黑　子　(绕开)我们随便扯了扯。
小　号　我那意思你点给她了？
黑　子　什么意思？
小　号　老伙计,甭装蒜了。旁敲侧击,火力侦察呀。
黑　子　咱打不到点上。
小　号　你说你打了没有吧？
黑　子　你还是自己上阵吧!
小　号　你这块头儿换给我就成了。
黑　子　咱卖了,换你那工作!
小　号　(好心地)我给你凑点钱,黑子,做小买卖去吧,我有工资啦。
黑　子　(自嘲)挤小脚老太太的生意,卖大碗茶去？再不,沾偷车的光,到商店门口拦根绳子,找骑车的主儿讨钱？这都不要本。(不胜烦恼,吹了声口哨)
〔车匪和同伙上。
车　匪　(对同伙)就这趟车,六点二十五分发车。货在守车前第三、第四位两节车上,离守车太近。妈的,这小子怕湿鞋,得推他一把。我得陪他遛一趟。传话叫曹家铺上人。
〔车匪的同伙下。车匪从暗中走出来。
车　匪　(对小号)师傅,这车哪里去？(递上香烟)
小　号　不抽。
黑　子　来一支。(递上烟盒,自己用嘴叼上一支,掏出电子打火机,给小号点烟)
小　号　还真挣呢!
黑　子　过一天是一天,不抽白不抽。
车　匪　这师傅,行个好吧,我脚歪了。(有意瞟黑子一眼)
黑　子　(装做漫不经心的样子)三河坝站吗？我上采石场找个放炮的活儿去。
小　号　快上去吧,别叫我师傅看见了,老头特别死板。
车　匪　这师傅,麻烦您关照一下,我脚歪了。
小　号　打客票去,守车上不准带闲杂人员,这是制度。
车　匪　小兄弟,帮个忙嘛!我钱包儿叫小偷摸了,脚又不能走,都是出门在外的人……
黑　子　让他上吧。

车　　匪　（立刻）哎,(对小号)多谢兄弟您了!
小　　号　（对黑子)不是,我师傅特教条。
黑　　子　甭听他扯蛋了,他就不带人? 跟他有关系、有油水可捞的,还不一句话!
车　　匪　（对黑子)搭把手,噢,多谢了,世上好人不多哇。(对小号嘻笑地)这师傅您买发菜不?
小　　号　什么菜?
车　　匪　发菜,象头发丝那么细,放在汤里可有味呢。香港人就爱吃,出在青海,不容易搞到,这东西到了广州就得出高价。
小　　号　我不跑买卖!（对黑子)老头儿来了,你待着别动,我验车去了。(下)
车　　匪　（恼怒地)你刚才耗什么劲儿?
黑　　子　谁耗来着?
车　　匪　你怎么不扒车就上?
黑　　子　这不上来了!
车　　匪　不是我顶着,你就泡汤了!
黑　　子　咱还不是那号人。
车　　匪　（轻蔑地,故意刺激他)还他妈玩女人,就这两下子!
黑　　子　（止不住发火)得啦!
车　　匪　（命令地)坐到窗口去!
黑　　子　这不还早吗?
车　　匪　你是不是腿肚子已经哆嗦了?
黑　　子　（烦躁地)你还要我怎么的?
车　　匪　要问起,一口咬死了你我谁也不认识谁! 你小子把得住吗?
黑　　子　你也太小看人了。你怎么下车?
车　　匪　你就甭管了,我陪你一程。一回生,二回熟,三回呀,跨过死人你也就不哆嗦了。
黑　　子　你是放心不下我?
车　　匪　我惦着的是那笔到手的货别叫你砸了。到时候你瞟着这小子,那老的我来对付。你听着,捉奸拿双,捉贼拿赃,就是砸锅了,咱两袖清风,你不认,我不认,能拿住咱个屁! 懂吗?
黑　　子　（不耐烦地)你歇着吧。
车　　匪　走着瞧吧。
　　　　　〔车长和小号从车厢后面上。
车　　长　怎么磨蹭到这会儿?

小　　号　　碰上了一个同事。

车　　长　　这是在作业,工作呢!(生硬地)看看风管。

小　　号　　(用手电筒照看车厢底部)都接上了。

车　　长　　(不满意地)看表去,压力够不够数?

小　　号　　(上守车,向黑子挤眼)别出声,老头又毛啦。
　　　　　　(用手电筒照制动阀上的风表,大声地)够啦!

车　　长　　(没好气地)什么叫够了?

小　　号　　每平方厘米六公斤呀!

车　　长　　(大声地)你得回答我六公斤!要不我知道你够了是多少?你得
　　　　　　回答准确。"够了"!你倒来得省事。压力不够,制动阀就得
　　　　　　失灵。

小　　号　　知道。

车　　长　　知道,你知道什么时候使用紧急制动?什么时候不能使用?你知
　　　　　　道怎样使用制动阀?知道,知道,你知道多少?你知道动一次制动
　　　　　　阀就算是一次事故?动用制动阀是为了避免出大的事故。一个车
　　　　　　长不是到站送送货票的,他身上担着整趟列车的行车安全!看出
　　　　　　发信号机!

小　　号　　亮了!

车　　长　　(挑剔地)红灯也是亮的?

小　　号　　绿灯。

车　　长　　这叫"出发信号良好",叫"出发信号良好"!

小　　号　　(大声重复)出发信号良好!

车　　长　　这叫自我应和。都要出声,为加深印象,免得自己走神,发错了信
　　　　　　号。你手上这盏灯关系到铁路线的安全,不是三斤、五两、十块、八
　　　　　　块的,就是把命搭上,你也赔不起!给司机发车信号。
　　　　　　〔小号把白色信号灯拨成绿色,举起,划圈。车长上守车。

车　　长　　(看见黑子)有乘车证吗?

黑　　子　　张师傅,您好。

车　　长　　我问你有乘车证吗?

黑　　子　　我父亲认识您,他是车辆段的列检工陈守善。

车　　长　　我不认识你。

黑　　子　　(站起来)我是他儿子。
　　　　　　〔小号上守车。

车　　长　　我知道你是他儿子,你父亲退休,你顶替了?

黑　　子　　我姐姐顶替了,我在货场上打临时工。

车　长　没证件就下去！

黑　子　(嘻笑地掏烟)我敬您一支还不行？

车　长　年纪轻轻的,什么不学,就学会了这个。谁让你上车的？(对小号)你不知道守车的规章？不准带闲杂人员！

黑　子　是我自己扒上来的。

车　长　怎么扒上来的,怎么下去。

小　号　师傅,人家去三河坝采石场找工作,都是铁路职工的子弟。

车　长　铁路职工有几十万,谁没有子女、亲戚、朋友？你带得了？

小　号　我们是老同学,您也不是不认识,您也太……那个了。

车　长　我就只认证件不认人。我当车长二十六年来,就凭这条,还没出过一次重大责任事故！

小　号　得,您就通融这一回吧,人要有个饭碗,谁吃饱了撑的,上这守车上受这份洋罪？

车　长　(转身见车门后面坐在角落的车匪)这也是你让上的？

小　号　我没看见。(对车匪)你下去吧！

车　匪　(一副可怜相)这老师傅,我提包叫人偷了……

车　长　找派出所去,我不是民警。

车　匪　(仍然蹲着,乞求地)说实在的,没钱打票了,钱和粮票都叫人偷了,我把包儿搁在柜台上,一转身就……

车　长　下去,叫你下去！

车　匪　(抱脚)哎！

车　长　你再不起来,别怪我不客气了,(对小号)把他赶下去！

小　号　(吓唬他)你再不起来,我可踹你啦！

车　匪　师傅,脚歪了,人都有个背气的时候……〔车厢晃动了一下,列车起动。

车　长　这车成收容所、医务站啦！(对小号)赶明儿你别跟我的班。

车　匪　您别怪这位小兄弟,我实在走不了,难为您了。人出门在外,遇上个急难就靠的这一面之交。咱不是那号白乘车的主儿,咱跑采购的,这条线路上常来常往,赶下回,一定找您补票。您要是捎个山货海味,就包在咱身上了,这师傅,您贵姓呀？

车　长　别同我臭贫啦,你们这号人我见多了。让开！到铺位上坐着去。

车　匪　多谢您了,师傅！(坐到铺位上)

车　长　没有区间通行证和押运证,不准上守车,这都有规章。正经的办事人也不会扒守车。上来的不是揩公家的油的,就是搞歪门邪道的。你不沾他,他要沾你。这句话,规章上没有,可你记住了没错。大的不说，那跑单帮做买卖的，师傅长，师傅短，塞你两斤花生米，你收不收？你独立作业，车上就你一个人，心想不收白不收，有了二斤就有四斤，四十斤，小伙子，这你辈子就干净不了了！你就想点子捞外快，你就算栽在这上头啦！

小　号　您讲的太邪乎了。
车　长　还是讲的邪乎点儿好。（掏出行车记录本，在左边窗前坐下，作记录，自言自语）六点二十五分正点发车。
　　　　〔静场。天渐渐黑了，车厢内光线渐暗，列车缓慢的、单调的行驶声。
小　号　你长年累月，白天黑夜，总一个人在守车上待着，没个伴儿不寂寞？
车　长　我同我的心作伴，我问它答。小伙子，你这才几天？倒感到寂寞了。这车上我都干了二十六年了，还不算这以前在铁路上干的别的差事。二十六年来，我没有一天在家超过十二小时的。除了我结婚那嗒，请过三天的婚假，我就再没请过假，有点头疼脑热的也都扛着，要补假就更难过了。好在我一身的骨头还硬朗。一年三百六十五天，干我们这行，没有节假日一说。年三十晚上都总在跑车，我跟我的老伴经常是不照面的，她工厂里也三班倒。习惯了，也就不觉得怎样了。我天天就这么蹲在守车里，冬天对着火炉子，夏天迎着风。有月亮的时候看月亮，没月亮看山的影子和灯光。我从三十岁干到如今五十六岁，大半辈子就这么过来的，象根生锈的道钉，还算牢实。小伙子，这就是工作。
小　号　（对黑子）你听到没有？象个机器一样，一辈子就这样交待了，这哪是人干的活儿。
车　长　别身在福中不知福，你这才二十冒头，刚工作就当上了见习车长，还挑三拣四！你是亏了有个当局长的好老子，我不是说你父亲怎样，哪个不指望他孩子有个好工作？早先，要是当个车长，从挂钩到提钩的制动员，到连接员，调度员，一步一步的，不熬个十年八年的，压根儿没门儿。
小　号　您这是老皇历了，都象您这样，年轻人就甭活了。时代变啦，人家外国早都电器机车了，自动化了，这提钩挂钩都不用人，连蒸汽机车都该进博物馆了。
车　长　我倒是想进博物馆，咱这行五十五岁就该退休，我都五十六了，剩下的日子，也该守老伴了。我要有儿子，早把这位置让出来了。
　　　　〔静场。列车单调的振荡声。
黑　子　（不自在，找话题）小号，你还拔你的号吗？

小　号　行车的时候咱师傅不让。到了住勤点，人都睡觉的睡觉，休息的休息，也没法练。其实，这一点儿也不碍行车，(朝黑子挤挤眼，故意气车长)都是大野地里，没作业的时候，吹吹多解闷儿。

黑　子　(唆使地)来一段听听。

车　匪　(闷声地)好！

〔小号拿起号，拔音。"叭，叭——"，车长打断了他。

车　长　(满肚子不高兴)进站啦。

〔列车摇晃着。

小　号　(扫兴地)知道。

车　长　知道，知道，都给我滚下车去！(自己拿信号灯到车门口去)

黑　子　(不安地)他火了？

小　号　甭管他。就他穷规矩多，年轻人没他顺眼的。他就要你跟在他后面抬举他，装孙子，他就高兴，同我老子一样，真没劲，等会儿捧他两句。这活儿我最多干一年，一转正，我就想法子调到文工团，吹我的号去。

黑　子　我说你也别不知足。

〔列车减速。……〕

小　号　不是知足不知足的问题，号是我的第二生命，这你还不理解？只有运足了气，拔到高音阶上，吹出你自己的旋律，"打打的打——"那份痛快，你才忘了你自己。老伙计，那才叫生活！你得找到你自己的旋律，能把自己全身心投进去，做一番事业。要不，人活着没一点追求，没一点激情，多窝囊，那才憋气呢！

黑　子　(挖苦他)别吹那高调了，你有你的处境。

〔静场。列车停车，车厢连接部位的撞击声。

黑　子　停车了？

〔蜜蜂拎着一串铝制的饭盒子跑上。这是个单纯而热情的姑娘，诗一般的气质，非常敏感，而个性又很软弱。

小　号　(张望了一下)临时停车，线路叫客车占着呢。

蜜　蜂　(对站在车门外的车长)师傅，我赶我的蜜蜂车去！我去给大伙买饭，排了半天的队，漏乘了，捎一个吧。

〔黑子闻声一惊，注意地听。

车　长　不行。

蜜　蜂　我有押运证。

车　长　有押运证也不行，我这车不带女的。

蜜　蜂　师傅，您看，这押运证，麻烦您了。

车　长　不行就是不行。
蜜　蜂　给您说句好话,求求您也不行吗?
小　号　(闻声)蜜蜂姑娘!(跳起,跑到车厢的右边,打开车门)蜜蜂,这边上!
　　　　〔黑子站起又无处躲避。
车　匪　你怎么了,没见过女人是怎么的?坐下!
　　　　〔黑子坐下,十分不安。
蜜　蜂　哟,小号,给我接一下饭盒子。(跳上车)
车　匪　(看了一眼蜜蜂,对黑子)你弄钱敢情就为这丫头片子?
黑　子　这不关你的事。
车　匪　看你丧魂落魄的,什么也别对她说,别叫她坏了事!
　　　　〔列车起动。黑子侧身,面朝窗外,车匪把脚搁在铺位上,注意着黑子。
车　长　(对小号)是我说了算,还是你说了算?
小　号　(嘻笑地)当然您是车长。
蜜　蜂　喏,给您看押运证!
车　长　夜间行车不准上单身妇女。
蜜　蜂　真逗。
小　号　师傅,您这是哪条规定!人家有押运证。
车　长　我的规矩,是在我车上,我在作业。
小　号　您看着办吧,车开了,您总不能叫人跳车吧!
车　长　这守车成什么了?我要找你老子去,别跟我的班了!
小　号　(顶撞地)甭管跟谁的班,人家有押运证也得让人家上车。
蜜　蜂　(低声地)真讨厌。
车　长　姑娘,我是为你好!你这样乱扒车是早晚要吃亏的!"人心是恶的",话不中听,比"人心都是肉长的"要管用。
小　号　看您说到哪儿去了,我们是同学。
车　长　我也是为你好!要不是你老子亲自托付给我,我管你这些?这是我们老车长多年行车的经验,过去夜间行车不是没出过那种事儿。
小　号　行啦,那您说该怎么办吧。
车　长　姑娘,你听着,不是我老了招人讨厌,往后不能单身一个人夜间随便见车就上。
蜜　蜂　(点头,等车长走后,立刻低声地)真想不到,我高兴死了。
小　号　我在路上碰上你弟弟,说你回来过,你怎么招呼也不打一个?
蜜　蜂　(抿嘴笑)这不是见到了吗?

小　　号　　蜜蜂,你可不怎么样啊!

蜜　　蜂　　怎么不怎么样?

小　　号　　不怎么仗义……

蜜　　蜂　　哟,真对不起!(调皮地)可咱们在这儿见到了还不一样?不是更有意思?(立刻收敛地)真的,见到你我很高兴。

小　　号　　我也是,非常荣幸。

蜜　　蜂　　(转话题)告诉我,你的工作一定很有意思吧?当车长啦?

小　　号　　见习的。

蜜　　蜂　　同我们到处流浪的,总不一样啊!穿上一身制服,等胸前再挂上个车长的牌子,就该不认识咱们啦!

小　　号　　算了吧,蜜蜂,别对我来这副腔调。

蜜　　蜂　　怎么啦,我可没有挖苦你的意思呀!

小　　号　　(对车匪)一边去,别躺在铺位上!(把蜜蜂的饭盒放在铺位上,对蜜蜂)你坐呀!

　　　　　　〔车匪从铺位上下来,蹲在左边的车门边,把自己隐藏在昏暗中。

小　　号　　你看,还有谁在?

蜜　　蜂　　(惊喜地)黑子!

黑　　子　　(转过脸,抑制着自己失措的神情,尽量平淡地)你好!

蜜　　蜂　　(声音更轻,象回声)你好!

小　　号　　我们有半年没见面了。

蜜　　蜂　　(摆出大姑娘矜持的样子)是的。秋天,冬天,又是春天。

黑　　子　　(冷冷地)春天也是人家的。

小　　号　　黑子,别煞风景了。

蜜　　蜂　　黑子,你哪去呀?

黑　　子　　找饭碗去!

小　　号　　(依然热情地)养蜂队的姑娘们都好吗?过得惯这种流浪生活?

蜜　　蜂　　(情绪低落,心不在焉地)老爷子很高兴,有这群快活的姑娘整天围着他转。

小　　号　　我问的是蜜蜂姑娘们,就那么个干老头子,没有小伙子,你们不寂寞吗?

蜜　　蜂　　我们有蜜蜂作伴。我们把蜜蜂叫做流浪汉,我们就是流浪姐儿们,真逗。(止不住又恢复了热情的天性,兴奋地)喔,你们不知道春天有多美,我们在山谷里整整待了二十天,满山都是映山红,在阳光下,红的象胭脂,红得叫人心醉。喔,有花儿的地方就有蜜蜂;蜜蜂飞到的地方,就有我们蜂姐儿。我们姑娘们在一起可疯呢,真是

		疯姐儿,我们自己编歌儿,想到什么就唱什么,说话也唱,干活也唱。
小　号	唱一个吧。
蜜　蜂	别价。都是我们蜂姐儿们的歌儿,你们不知道,顶风吆喝就得唱,声音才送得出去,在山谷里有回声,啊,你们听见过回声吗?象是自己的声音,又不全象,你能听见自己的声音!喔,小号,你还吹号吗?给我们伴奏那才棒哪,不象你们家单元房,左邻右舍,前楼后楼,关着门窗人家也嫌吵,跟我们吹号去吧。
小　号	可惜你们不收,收我就去!
蜜　蜂	咱们容得下你这位车长吗!
小　号	又来了!
蜜　蜂	那是我们姑娘们的天地。
小　号	小伙子也不要?
蜜　蜂	不要,一个也不要!
小　号	只要老爷儿们?
蜜　蜂	就要老爷儿们。说真的,咱们带队的关大爷可真是个好老大爷,他还教我们念唐诗来着。
小　号	你们这又哪里去?
蜜　蜂	赶花期去呀!油菜花开了,金黄的一片,嘤嘤的蜜蜂声,在耳边转,真醉人,油菜花酿的蜜可香呢!
小　号	你们够浪漫的啊!
蜜　蜂	当然浪漫。这广大的世界,都叫咱们碰到一起了,茫茫的夜色中,在一节守车的车厢里,(说给黑子听)您这位车长,捎带两个乘客,一位是打货票的流浪姐儿,一位是兴许不打票的流浪汉……
小　号	蜜蜂,你的嘴可真不饶人。
蜜　蜂	谁叫咱们是蜂姐儿呢?蜜蜂可是会蛰人的啊!
小　号	别忘了,蜂蜜是甜的。
蜜　蜂	别腻味了。
		〔迎面来车,列车交会时的轰响。
车　长	(对小号)守车上不是谈情说爱的地方!要说,赶明儿个到公园里去。这会儿在作业。会车去!
		〔小号拿信号灯走到车门口,等着会车,列车交会时快速的节奏和巨大的轰响,蜜蜂凝视着黑子。一束光照着蜜蜂的脸,列车交会的声音突然减弱,蜜蜂急速的心跳声越来越响。以下是他们俩的心声,演员在表演时应使注意力高度集中,同时用眼神说话,对话可

以用气声、画外音,以区别这以前的表演。

蜜　蜂　(内心的话,画外音)黑子,你怎么啦?你不高兴见到我?

〔这束白光又移到黑子的脸上,黑子躲避蜜蜂的目光。黑子强劲的心跳声。

黑　子　(内心的话,画外音)你来的真不是时候,(立刻又柔情地)蜜蜂……

〔两人都在白色的光圈中,互相凝视,两颗心"砰砰"跳动的巨大的声音。

蜜　蜂　(内心的话,画外音)你为什么不说话?

黑　子　(内心的话,画外音)不要问!(爆发地)啊,蜜蜂,什么也别问,就这么看着我!

蜜　蜂　(内心的话,闭上眼睛,画外音)你想我吗?

黑　子　(内心的话,点头,画外音)想。

蜜　蜂　(内心的话,缓缓睁开眼睛,画外音)我也是,想极了,没有一天不想,每时每刻……

黑　子　(内心的话,画外音)真想拥抱你。

蜜　蜂　(内心的话,画外音)别这样,对我说点什么吧!

黑　子　(内心的话,画外音)真想你!

蜜　蜂　(内心的话,画外音)你说出来呀,小号不在,他听不见的,这么响,谁也听不见,你说话呀!

黑　子　(内心的话,痛苦地,画外音)你为什么偏这时候来?

蜜　蜂　(内心的话,画外音)朝我笑一笑。

黑　子　(内心的话,转过脸,画外音)真捉弄人,这就是我的命。

蜜　蜂　(内心的话,祈求地,画外音)你笑一笑!

黑　子　(内心的话,望着她,画外音)我笑不起来。

蜜　蜂　(内心的话,画外音)你一丝笑容也没有……

黑　子　(内心的话,画外音)蜜蜂……(不自然地苦笑)

〔蜜蜂忍受不了,把头扭过去,白色的光圈跟着消逝。交会的列车驶过,心跳声也骤然消失,两人恢复常态,依然坐着,谁也不望着谁,列车行驶的节奏声比这之前行车节奏多了一个停顿,即半拍的休止。

车　长　姑娘,你是待业青年养蜂队的?

蜜　蜂　(心不在焉)噢,多谢您关照,我去给姑娘们打饭,咱的蜜蜂车就跑了。

车　长　你也是铁路职工子弟?

蜜　蜂　我父亲是跑客车的。

车　长　当个列车员,女孩子倒挺合适的,你怎么没顶替呢?

蜜　蜂　他今年才五十。

车　长　那是顶替不了。养蜂这活儿得长年在野外,可不是女孩子们干的活呀。

蜜　蜂　有人说马路上摆个摊子,做小买卖去,成天见人就吆喝,更寒碜。(望黑子一眼)咱不愿现这个眼。

车　长　一个姑娘家,长年在外,风餐露宿的,总不是事。你家里放心得下吗?

蜜　蜂　家里还有弟妹三个,我这么大的人了,总不能待在家里吃闲饭,您说呢?

车　长　倒也是。

蜜　蜂　人吃的是这份志气。

车　长　可话说回来了,一个姑娘家早晚总得成个家吧?

蜜　蜂　师傅,看样子您要给我说对象呢!(笑)

车　长　已经有了?

蜜　蜂　远在天边,近在眼前。(笑)您真逗!

车　长　要是看中了,就别逗着玩,得认认真真的。

蜜　蜂　是得认认真真的。先得看有没有个正经工作;再问问有没有房子——过日子总得有地方住呀;房里也不能空荡荡,好歹说得过去,有那么几件家具。要不就那么点工资,过日子都凑合,往后怎么置得起?

车　长　是呀,现今娶个媳妇没个千儿八百的,还真娶不起。

蜜　蜂　您还说少了呢,还有手表、自行车、缝纫机、录音机、电视机呢。关键是有个好丈人。丈母娘呐,要能伺候人、当老妈子!(笑)说相声呢。(正经地)不是所有的姑娘都这么贱气,千儿八百的就能买得来的。没有真正的感情是什么也白搭!师傅,您说是吗?

车　长　是这话,姑娘,象你这样的姑娘不多见啊!

蜜　蜂　那您是收音机里听来的,您并不了解我们。(说给黑子听)一个女孩子真要爱上了一个小伙子,就是住帐篷、喝白菜汤,也照样能过。您信不信?

车　长　干吗喝白菜汤呀!这么好的姑娘,盼着你碰上个好小伙子,配得上你。(对小号)都听见啦?有那么半年下来,顺顺当当的,就能正经当上个车长了。这可是个正正经经的工作啊!进站了,回信号。
〔小号走上平台。车站上的灯光从了望窗口照在黑子脸上,黑子眯起眼。列车进岔道,摇晃着。令人烦躁的撞击声,行车的节奏仿佛破碎了,小号站在平台上,向站上回信号,列车出站,车箱里立刻变得昏暗了。黑子靠在椅子上,闭上眼睛,仿佛要入睡的样子,舞台上全黑。以下是黑子的回忆。舞台中央,蓝色的光圈中,黑子拥抱着蜜蜂,闭着眼睛。以下的表演,尤其是前面的一段,是有节制的,声音遥远,动作也较少,以便同现实相区别。

蜜　蜂　(推开黑子)你听,鱼跳水的声音。
黑　子　太静了!我更喜欢海。
蜜　蜂　我们将来到海边上去玩吧!
黑　子　我们结婚的那天,向大海宣布我们的婚礼!
蜜　蜂　(偎依着他)你真好。
黑　子　(陶醉地抱住她)我要娶你。
蜜　蜂　唔。
黑　子　你相信吗?
蜜　蜂　(点头)相信。
黑　子　我们也得有个家。
蜜　蜂　等你找到了工作,我想那时候我也会有工作的,那时候我们就可以结婚。
黑　子　可我不知道还要等多久,我已经等了三年多了。我不应该让我姐姐顶替。
蜜　蜂　别这么说。这都已经过去了。
黑　子　我也得自私点,为什么就该着我牺牲?
蜜　蜂　我不愿意你怨恨你姐姐,她怪可怜的。
黑　子　谁可怜我们?
蜜　蜂　你不是说你最讨厌人可怜你吗?只要你爱我,我就幸福极了。
黑　子　傻丫头,我们得活下去呀!我不该把工作让给她,她的朋友已经有工作了,他们可以过得下去!
蜜　蜂　我也可以挣钱去,合作摊贩不知道还要不要人?你去不去?
黑　子　见人就吆喝,"卖了!卖了!"寒碜,我不干那事儿。我想象得出你父亲是一副什么脸色。我到车站货场上去卖块儿,也比这强。
蜜　蜂　咱们俩的事,咱们自己做主。
黑　子　你父亲绝不会同意的,他已经说了,不让我再跨进你家门槛。
蜜　蜂　(立刻)他没这么说过……
黑　子　(打断她)他说了。他还叫周师傅传话给我老子听:叫他们家黑子别再上我们家串门了。他娶得起我们家姑娘吗?我不能叫我们家姑娘喝西北风去！我真想弄把钱朝他砸过去！

蜜　　蜂　（偎依着，轻声地）无论如何，我已经是你的人了。

黑　　子　你不后悔吗？

蜜　　蜂　不后悔。

黑　　子　可我要找不到工作呢？

蜜　　蜂　那我也等你一辈子。

黑　　子　那不耽误了你一辈子，叫你太痛苦了……

蜜　　蜂　你怎么说这样的话？你还不相信？我什么都给你了……

黑　　子　（沉思地）我得弄到一笔钱，等我弄到这笔钱，我们就结婚，我们得像个样地结婚！也让你老子看看……

蜜　　蜂　你别提他了。

黑　　子　我不能委屈了你，让你跟着我受苦。

蜜　　蜂　黑子，别这么说，我愿意。

黑　　子　不！我不愿意。（捧着她的脸颊，凝视着她）这之前，你不要把我们的关系告诉小号。

蜜　　蜂　（闭上眼睛，撒娇地）我要让他明白，让他死了那份心。

黑　　子　（急躁地）不要告诉他！

蜜　　蜂　（也凝视着他）为什么？

黑　　子　（和缓地）等我们结婚的时候再告诉他。你答应我。

蜜　　蜂　（固执地摇头）我不！

黑　　子　（抓住她的胳膊，摇着她）你答应我！你明白吗？

蜜　　蜂　（猛烈地摇头）不明白！

黑　　子　（迟疑地）小号对我说过……

蜜　　蜂　（扬起眉头）说什么？

黑　　子　说他爱你……

蜜　　蜂　别说了！

黑　　子　（发狠地）你同他在一起会比跟我幸福的！

蜜　　蜂　你不应该说这样的话！不应该说这样的话！（使劲挣脱他，呜咽着跑下）

〔黑子呆望着她消失在黑暗中。车匪进入光圈，从背后一巴掌猛拍黑子的肩膀。

黑　　子　（把他的手从肩上扳开）你认错人了。

车　　匪　你不在发愣？

黑　　子　碍你什么事？

车　　匪　喝一杯去。

黑　子　我不认识你。
车　匪　交个朋友嘛。
黑　子　我同你没说的。
车　匪　陪我喝一杯总行吧,我请客也请不动?
黑　子　你喝多了吧?
车　匪　海量。找个酒伴。
黑　子　我不喝酒。
车　匪　是不喝,还是不能喝?
黑　子　不少喝,你请得起吗?
车　匪　走,输赢都我掏了。你货场上没活儿吧?
黑　子　你怎么知道我在货场上?
车　匪　你不是扛大个、卖块儿的?小兄弟,找你帮个忙。
黑　子　没白喝的?
车　匪　(掏香烟,递给他一支,自己叼一支,把剩下的一盒烟往黑子口袋里一塞)不瞒你说,我看中了你这个劲,是个可以交朋友的。
黑　子　替你扛包?拉排子车?倒脚?消赃?
车　匪　(替他点烟)比这轻快。
黑　子　溜门撬锁,摸兜儿,咱不干。
车　匪　缺钱花吗?
黑　子　(想了想)少了不干。
车　匪　千儿八百的干不干?
黑　子　(犹豫了一下)好象还少了点儿。
车　匪　你好大的胃口啊。
黑　子　有这么个块儿在。
车　匪　你说个数!
黑　子　够娶个媳妇的。
车　匪　想玩女人啦?够你玩的。(笑)不止一个。这朋友交得吗?喝一杯去。
黑　子　(停顿一下)走!
　　　　〔蓝色的光圈骤灭。昏黄的光线中,黑子仍坐在椅子上,手扶着头。蜜蜂低头坐着。蹲在车门边上的车匪,伸直了两腿,摆出更舒服的样子。小号拿灯从平台上进入车厢,碰着车匪伸直的腿。
小　号　(心情烦躁,对车匪)你堵在门口,妨碍作业。
车　匪　(立即)哎。(蹲坐起,仍懒洋洋地待在车门口边上。)
小　号　(挑剔地)叫你里面待着去!

车　匪　　哎,这师傅,我脚不好使。

车　长　　你懂不懂规矩?让你坐车就算已经便宜你了。

车　匪　　就过去,就过去。(立刻站起,乖顺地让过车长)

车　长　　(走到车门口了望,对小号)快要进入山区了。当好一个车长,不光是发发信号,还要熟悉地形和线路,特别是夜间作业,外面看不清楚,就要凭脑子算时间。要知道哪里有个多大的弯道,哪里有岔道。就是闭上眼睛,走到哪里也心中有数,遇到情况,就知道该怎样处理。直线看装载,弯道看运行。咱们这些货车都还没有轴承,摩擦生热,弄不好油箱就会起火。第八位上是一节"角八"——"角八"是爆炸物的代号,特别要注意!(发现车匪站在车门边上听,瞟了他一眼)不是叫你送去,里面坐着?(车匪向车厢里走去)减速了。姑娘,扶好!当心,岔道!

〔列车剧烈地摇晃着,车匪利索地倒脚,八字步伐,这表明他脚并没毛病,而且是懂得跑车的门道的。

车　长　　(打量着车匪)你脚下挺好使的嘛!

〔车匪立刻站住不动了,突然意识到露了马脚,便就地蹲坐下去。

车　长　　(接过小号手上的灯,小号愣了一下,尚未明白其意)给我。(对车匪)到那头坐着去!拿灯照着车匪。车匪一瘸一拐地走到车厢里,扶着板壁坐下。车长又拿灯晃了一下黑子,黑子手扶着头)撞脑袋了?

黑　子　　(愣了一下)没有,有点困。

车　长　　(开始有意识地观察黑子)这才几点钟,你倒困了?

黑　子　　没吃晚饭。

车　长　　有钱抽高级香烟,倒没钱吃饭。你别在了望窗口坐着,司机撂把闸,能叫你把脑袋撞出玻璃外面去。不死也弄个满脸血。

黑　子　　(头离开窗口)您真会吓人。

车　长　　我总是把话说在头里,什么事情都有个开头的。小口子一破,大口子难补。

黑　子　　(说笑地)大叔,您可真有说的。

车　长　　到铺位上坐着去,了望窗口是工作位置。(黑子不得已站起来。车长望着他坐到铺位上,转身又对小号)守车上带闲人出事的,有的是。头半个月,有个杀人犯,作了案,就是坐守车跑了的。

〔黑子心一动。车匪看了黑子一眼,镇定地靠在板壁上,装出更自在的样子。

小　号　　抓到没有?

车　长　正在通缉。

黑　子　那怎么知道他上的守车?

车　长　印发了照片。车长报告的,上的就是他的车,裤子上都是血迹。

黑　子　(恢复了镇定)那车长也太笨蛋了。

车　长　他倒是不笨。他也问过这家伙,这案犯说是漆匠,黑裤子上溅的血,干了,一下子是不容易认出来。事情就出在贪小利上。

小　号　那家伙给他什么了?

车　长　开了张空头支票,说有办法给他搞半立方米的木材,不说是漆匠吗?这车长自己想盖房子,就鬼迷心窍了。

小　号　那他为什么又报告了?

车　长　念了通缉令了,早晚还不得抓到。到时候包庇杀人犯潜逃,知情不报,少不了要追究追究。他是个聪明人,能不向铁路公安部门报告吗?

黑　子　您怎么肯定就能抓得到?

车　长　所有的口岸都布上了哨,他只要一活动,就跑不了。

黑　子　这沿线车站也布了哨?

车　长　每个站口都有等着他归案的。

黑　子　(冷笑)照您这么说,上守车的就没有好人了。

车　长　我倒希望都是好人,可人心隔肚皮,不到时候看不清。

小　号　您见谁都怀疑!

车　长　多长个心眼没坏处,尤其是这夜间行车。

黑　子　(神情泰然,靠在板壁上)您是不是也不相信我?

车　长　没这么说。总归,正经办事的没人愿扒车的。(对小号)守车上今后不准带闲人。(小号无言。向小号递个眼色。两人到车门外去了)

车　长　(压低了声音)那家伙刚才倒脚你没看见?老跑车的油子,你注意着点!黑子跟他一起上来的?

小　号　我们是老同学了。

车　长　老同学又怎么的?(声音压得更低,听不清楚,显然在提醒小号注意车匪和黑子的动向)

蜜　蜂　(解开饭盒子,对黑子)你没吃晚饭,我这里有包子。

黑　子　我不想吃。

蜜　蜂　你不舒服?

黑　子　(连忙)没有。

蜜　蜂　黑子。

黑　子　嗯？
蜜　蜂　你变了。
黑　子　什么？
蜜　蜂　(恳求地)黑子……
黑　子　别说了，不是地方。
蜜　蜂　为什么？
黑　子　你不用问。
蜜　蜂　你干吗这种语气？
黑　子　怎么了？
蜜　蜂　你有心思。
黑　子　没有。
蜜　蜂　你同我说话呀！
黑　子　(急躁地)别说了，你让我安静一会儿。
蜜　蜂　(伤心地)你为什么这样对待我？
黑　子　我没怎么。
蜜　蜂　(肯定地)你变了！
黑　子　你胡说些什么！
蜜　蜂　你变心了。
黑　子　哪儿的话。
蜜　蜂　你准是看上别的姑娘了。
黑　子　你瞎说。
蜜　蜂　(期待地)对我说句温暖的话——
黑　子　(勉强地)我想你。
蜜　蜂　是真的？
黑　子　我还能骗你？
蜜　蜂　(突然发作)不，我不要听，我受不了！受不了！
黑　子　轻点。
蜜　蜂　你怕什么？
黑　子　小号会听见的。
蜜　蜂　听见又怎么了？
黑　子　(急躁地)你答应我，不要让小号知道我们的关系。
蜜　蜂　我什么也没说。(猛地抬头)他知道了又怎样？
黑　子　(痛苦地)不能让他知道，尤其是这会，傻丫头……
蜜　蜂　我不傻。(低头)
黑　子　你怎么啦，啊？你哭了……

蜜　　蜂　（咬住手指头）没有。

黑　　子　把脸转过来，对着窗子，让我看看。

蜜　　蜂　真的没有，什么也没有……

黑　　子　转过来！让我看看，别哭。（看看车门口，着急，发火）你发什么傻？别哭！

蜜　　蜂　你听，你听，你那口气！你不爱我了，不爱了。

黑　　子　你再哭我就揍你。

蜜　　蜂　我就哭，我真想放声大哭，你让我哭吧！

黑　　子　不行，现在不行。

蜜　　蜂　我不会出声的。（压抑着，啜泣）

车　　匪　（故意擤一把鼻涕）啊切！这婆婆妈妈的，真他妈的没劲！

黑　　子　（看了看车匪）车厢里还有人呢。

蜜　　蜂　有人又怕什么？

黑　　子　你镇定些好不好？这不是时候，你听见没有？（用手掌给她擦眼泪）

蜜　　蜂　（抓住他的手，热切地）我受不了，黑了，我们一起去养蜜蜂吧。只要我们在一起，我什么也不需要，不要房子，不要家具。我们可以象养蜂人那样，一家人只带个帐篷，在哪儿都可以安家，我见过不少养蜂子的人，人家就是这样生活，不也过来了？黑子，你答应我，我们这就结婚，你还怕什么？我这就告诉他，告诉小号。

黑　　子　你犯糊涂了。

蜜　　蜂　你才犯糊涂呢。你为什么不让我讲？我就讲！（黑子打她一巴掌）啊！你打我，你打我了，你从来还没打过我，可你真打了……

黑　　子　（惶恐地）我不知道我的手这么重。

蜜　　蜂　你打呀！你变心了，你要把我推给小号，你得到了我，再把我推给他。你爱我原来是假的，你真狠！

车　　匪　小同志，忍着点吧，别在车上闹事，好不容易求人上的车，要叫人轰下去，这点粘糊劲也就都稀啦。

黑　　子　原谅我，我真混！

蜜　　蜂　你说什么？

黑　　子　原谅我吧。

蜜　　蜂　我们之间不应该说这种话。你的手可真重啊，我耳朵都在嗡嗡响……

黑　　子　（猛地抱住她的头，又连忙推开她）小号会看见的。

蜜　　蜂　看见又怕什么？

黑　子　你理智些!
蜜　蜂　我就要让他看见,让他明白,让他死了这份心。
黑　子　你真是——你清醒些,怎么又来劲了?
蜜　蜂　(离开他)你不爱我了。
黑　子　谁说的?
蜜　蜂　你自己,你从我上车起见到你,你就不对劲。你变心了,你别解释,我感觉得出来,你不用解释。
黑　子　我起誓,我要是变心,就不得好死!
蜜　蜂　啊,别——
黑　子　就被火车轧死!
蜜　蜂　(用手堵住他的嘴)不准你胡说!
黑　子　要知道,我这一切都是为了你。(抱着她的头,吻她的头发)
　　　　〔车长和小号出现在车门口。
车　匪　(故意大声咳嗽)喀!
　　　　〔小号靠在门上,装做没有看见。黑子和蜜蜂立刻分开。
蜜　蜂　他看见了吗?
黑　子　我想看见了,也都听见了。
蜜　蜂　(大声地)小号。
小　号　唔。
蜜　蜂　叫你呢。
　　　　〔小号进来,态度明显地冷淡了,而且对黑子已存了戒心。黑子坐回到了望窗口。
蜜　蜂　你在干什么呢?
小　号　没干什么。
蜜　蜂　你为什么不说话?
小　号　我在作业!(找话岔开,对车长)现在是上坡的弯道?师傅,车速是多少?
车　长　千分之二十八的坡度,车速不能超过三十公里,到你的工作位置上去!
小　号　(压不住火)黑子,让开!
黑　子　你都听见了?
小　号　都听见什么了?
黑　子　我们刚才的话。
小　号　(尽量平静地)我什么也没听见。
　　　　〔列车单调的行驶声,慢板节奏。

绝对信号

黑　子　你肯定听见了。
小　号　我只听见我自己的心还在跳。黑子,你过去,这是我的位置。
黑　子　车长的位置?
小　号　也可以这么说。
黑　子　先站一会吧,你已经有你的位置了,借我坐一会。
车　长　(卷烟叶子,点火,提醒小号)不要忘了,你在作业。
车　匪　(立刻打岔)这师傅,对不起,借个火。(瘸着腿,到车长跟前)
　　　　〔车长借点火的机会,第二次注意观察他。
车　匪　多谢。(在车长身边席地而坐)
小　号　(对黑子,冷冷地)你让开不让开?
黑　子　(挖苦地)讨一席地也不行?
小　号　请你让我工作。
黑　子　我要是不让呢?
小　号　让开!
　　　　〔车长和车匪都默默地盯住黑子。
黑　子　怎么着?
蜜　蜂　黑子,你怎么啦?
黑　子　(坐在椅子上,叉开腿,嘻笑着)我同他闹着玩的。
小　号　(拉他)你让我工作!
蜜　蜂　小号,我请你原谅他,你知道他的心情不好。
小　号　没你们丫头的事。
蜜　蜂　我请你原谅我。
小　号　你一边去吧!
蜜　蜂　小号……
黑　子　别对她这样,拿出点男子汉的气魄来!
车　长　(对黑子厉声地)你再妨碍工作,我叫你下一站就下去。
小　号　(为黑子开脱)师傅,没事,我们逗着玩惯了。
车　长　你在作业,到你的岗位上去!你在职守上就得负责行车的安全。要不想干了,明儿交了班,找段长说去!
车　匪　(立刻打哈欠)哦——啊——,这黑古隆冬的,颠得真叫人发困啊。小伙子们,叫个劲,哪个赢了,这姑娘就跟哪个,怎么样?嗯?现今这些年轻人呀……
车　长　(看了车匪一眼,已经觉察到他同黑子之间的呼应)守车上不是闹这些名堂的地方!
小　号　(使劲抱住黑子的腰拖他。黑子用脚抵住。低声在黑子耳边)师

　　　　傅发火了,你快让开吧!(摸到黑子腰上的匕首,一惊,冷笑)带着家伙呢。
黑　子　要看看吗?(掏出匕首)
　　　　〔车匪霍地站了起来。车长转身看他。
蜜　蜂　黑子!
小　号　别以为我怕你。
黑　子　放心,不是对付你小号的。我黑子还不是这么不够朋友的人。
车　匪　(见空气缓和)脚都蹲得发麻了。
车　长　那就坐着呗。
　　　　〔车匪坐下,捶腿。
蜜　蜂　黑子,给我看看!(接过匕首)
黑　子　喜欢吗?送你。
蜜　蜂　(害怕地)不!黑子,我不要匕首,你带这个干什么?
黑　子　护身的。蒙族人用来割肉吃,牛羊肉、马肉,都割着吃。你们吃过马肉吗?(不自然地笑)你放蜂子,夏天不也到内蒙草原上去过吗?
蜜　蜂　(把匕首还给黑子)我不要,你快把它扔掉。
小　号　(对黑子)把你这套收起来吧。
黑　子　行,这是你车长的位置,你坐。(站起来,把匕首插进腰里)
蜜　蜂　黑子,你真吓人,这样不好。
小　号　(苦笑)据说,这最能赢得姑娘们的心。
黑　子　抽支烟吧。(向小号递过烟盒,自己也取过一支,掏出打火机给小号点烟)
车　匪　(见车长盯住黑子,对车长打哈哈)现在这帮年轻人,动不动就玩刀子。
车　长　(冷冰冰地)这是玩命呢,不要年纪轻轻的就坑了自己,死了屁都不值。
黑　子　本来屁都不值,活着都是多余的。
车　长　(审视黑子)年轻人,我也是从这年纪过来的。我过的桥比你走过的路还长,不要脑袋瓜子一时发热,就往死里上钻。那是刺棵,钻进去就出不来了,我见过的多呢。不要铤而走险。扒车摔死的我也不是没见过,不就一念之差吗?头发丝上的事,在刀尖上跳舞难保不扎死的。你才二十出头,二十后面还有三十,三十后面还有四十,还有五十、六十。国家这些年有困难,不能一下子都给你们安排上工作。一年、两年没有工作,国家好起来,总不会一辈子没有

　　　　工作的吧？

车　匪　现今的年轻人还不是过一天混一天，又没有家小牵累。就是有工作，那三十来块钱，还得养老婆孩子，哪知道过日子吃腌酸菜的滋味？人生在世图个什么？图个快活。也难怪他们去偷、去抢，没法子呀。

车　长　偷人一个钱包，几块钱、十块钱、一百块，有过一回，心里就黑啦。百十来块，花起来，不就十天、个把月？就算一千块，多则花个一年半载的，你这辈子就洗不干净了。人生在世图个正派，清清白白地活在世上，老老实实地做人，别走那歪门邪道的，那长不了！

车　匪　这老师傅的话对。要都听了您的，就成君子国了，咱这出门在外，也不会遭罪受，弄得打张票的钱都没有，真他娘的！

车　长　（对车匪厉声地）坐到拐角里去！（注视着他。车匪不明其意，挪开身子，离他远些）说的是对面！（车匪望着他）叫你坐到对面拐角里去。（车匪站起来，回头望着他）坐过去！

车　匪　这师傅，您……

车　长　这是规矩。

车　匪　我碍您事了？

车　长　这是夜间行车的规矩。叫你坐过去，你就坐过去。（车匪刚走一步，车长立刻用灯照着他。车匪马上站住、回头）走呀！

车　匪　（说笑地）您老爷子好大的火气呀。

车　长　坐下，过岔道了。

　　　　〔列车摇晃着。车匪不再用八字脚步，而是跌跌撞撞地，瘸着脚，摸到车厢左边对面的拐角里，两腿一伸，跌坐在地上。抱着脚踝哼哼着，车长仍未消除疑虑，始终用灯照着他。

车　长　（对小号）特别是夜间行车，守车上不准外人待在车长身边，这是老车长行车的经验，规章上没有写。

车　匪　（冷笑）您太多心啦！

车　长　（用同样冰冷的态度）说的是人心隔肚皮。人不知，鬼不知，只有自个儿最清楚。（自言自语）进站了。（走到左边车门口，举灯回信号，对小号）进山区了，别离开窗口。（关上车门，坐下，自言自语地，时而是讲给小号听，时而又是讲给黑子听）这一路上都是盘山的弯道，车速又慢，出事往常就出在这地段线上，扒车偷盗的就专找这地段作案。下山的时候，注意火星子有没有燃轴，行车要说出事故，也多半出在下坡上。工作就得象个工作的样子，不是玩。要玩，交了班玩去；在职守上玩，叫做玩忽职守。出了事故，不是撤职查办,就是大牢里待着去。我讲这话不是吓唬人,经验就这么来的。走过的桥,吃过的盐。你们也都二十来岁了,不再是小孩子了。小孩子在家打破个碗,娘老子顶多一巴掌。可要犯了法,法可是冷冰冰的,象铁轨一样。法要再容人情,还叫什么法?我这话讲得不中听,不讨人喜欢。

蜜　　蜂　(不安地看看黑子,对车长)看您说的,哪儿的话呀?

车　　长　(并不看着她)姑娘,不是所有的好话都那么中听的啊。(填写车长日志)

小　　号　这会儿,真想吹吹号。

车　　长　(厉声地)作业的岗位上不许吹号!

小　　号　(苦恼地)师傅,我知道,只不过这么说说罢了。

　　　　　〔车长熄灯,舞台全暗。列车单调的行驶声中,隐约传来了"叭、叭、叭、叭"的号声,嘹亮而悠远。舞台中央出现一个蓝色的光圈,小号又开两腿,吹出一个光明而热情的旋律,一个圆舞曲。以下是小号的回忆。以下的音响都要有一种距离感,表演则极为朴素、冷静而又有节制。传来了逐渐分明的男女青年的说笑,他们在跳舞,大家是来参加小号的姐姐的婚礼的。小号正陶醉其中。蜜蜂进入光圈。

蜜　　蜂　(笑)你姐姐的婚礼好热闹呀。

小　　号　你什么时候结婚,我给你吹号去。

蜜　　蜂　(打岔)你吹的这爵士乐我受不了。

小　　号　(停下吹号)我吹的是正经的圆舞曲。

蜜　　蜂　没你这种吹法。

小　　号　人家歌舞团的都说我吹得不赖。

蜜　　蜂　那你音乐学院怎么考砸了呢?

小　　号　那是学院派,咱这是民间的。哎,你别哪壶不开提哪壶。等着瞧,赶明儿我举行个音乐会。为什么只有独唱和提琴、钢琴独奏音乐会?等我成了一家,就来个圆号独奏音乐会!叭,叭,叭,叭……那才盖了呢!

蜜　　蜂　行,到时候我准坐到头排给你鼓掌去。黑子呢?他怎么没来?

小　　号　他说来就会来的。说正经的,你什么时候举行婚礼?

蜜　　蜂　得了吧。

小　　号　你跟我结婚吧,我挺喜欢你的。

蜜　　蜂　(顶他一句)姑娘们你都喜欢。

小　　号　说真的,我爱你。

蜜　蜂　爱和喜欢是一回事吗?
小　号　我想是一回事,我真喜欢你!
蜜　蜂　别那么自作多情好不好?
小　号　(苦恼地)你还要我怎么表示?我们做朋友吧!
蜜　蜂　你给我下跪。(笑)
小　号　你别捉弄我。
蜜　蜂　我们难道不是朋友吗?
小　号　我说的是再近乎点。
蜜　蜂　你别逗了,严肃点。
小　号　我挺严肃的,我说的是正经事。
蜜　蜂　我难道不正经吗?
小　号　你听我说……
蜜　蜂　(坚决地)不行!
小　号　(自我解嘲地)是不是得一米八的个儿?咱还缺十公分,爹妈没给。

〔蜜蜂笑,黑子出现在光圈里。

小　号　黑子来了,你怎么不来吃饭?
蜜　蜂　(热情地)还当你不来了呢。
黑　子　我说了来的。
小　号　你怎么愁眉不展的?今天可是我姐姐的婚礼。你是不是还缺一公分?
黑　子　(没明白他们的笑话)我父亲退休了。
小　号　那你不正好可以顶替?
黑　子　我让我姐姐顶替了。
小　号　今天不谈这些。黑子,同大家一块玩玩吧。
蜜　蜂　(期待地望着黑子)陪我跳个舞。
黑　子　我不想跳。
小　号　想跳的,人家又不愿意跟你跳。
黑　子　你们跳吧,我在边上看看。

〔小号请蜜蜂跳舞。蜜蜂同小号跳舞。音乐声渐轻,蓝色的光圈渐弱,大家都消失在黑暗中。列车单调的行驶声,带切分的中板节奏。昏黄的光线下,众人都坐着,随着行车的节奏摇晃着。

小　号　(带着回忆勾起的热情轻声呼唤着)蜜蜂,你睡了?
蜜　蜂　(恍惚地)什么事?
小　号　哦,没什么,你睡吧。

〔静场。窗外黝黑的山影,车厢内光线更弱。

蜜　蜂　(昏暗中的声音)黑子,我不知道为什么,心里总觉得不安。你听我的,把刀子扔了吧。

黑　子　(昏暗中的声音)放心睡你的,等天亮你醒来的时候,就再也不必操心了。

〔列车单调的行驶声,带切分的撞击声越来越响,舞台全暗。这里可以有一刻钟的幕间休息,但不闭幕。休息时可以有一点和行车节奏同样的轻微的音乐,有一两样乐器夹杂着金属的打击声即可。

〔午夜。随着缓慢的、单调的、带切分的行车节奏和金属的撞击声的加强,剧场的光线减弱。舞台上昏黄的光线下,众人都坐着,似乎都在睡意中,随着行车的节奏摇晃。车匪发出打呼噜的声音。列车经过一个小车站。车长站起身,拿着灯走到左边车门口,举灯回信号,看表。

车　长　(自言自语)零点二十七分。(坐下,作行车记录。熄灯。自言自语)进隧道了,一号隧道。

〔舞台上顿时全暗,只有一束白光照着黑子的脸。快板的行车节奏轰响着。以下是黑子的想象,在他的想象中出现的小号和蜜蜂都不是现实中真实的模样。小号冷漠,蜜蜂则轻盈得象是梦。他们的动作极少,而且缓慢,象电影中的慢镜头,只有黑子的表演是强烈的、冲动的,以此区别于人物在现实中正常的表演。

黑　子　(摇摇晃晃地从铺位上站起来)黑子呀黑子,你再不能犹疑了,就这一着,干还是不干……

小　号　(黑暗中干涩的声音)黑子,你要干什么?

黑　子　(好象是幻听)他盯住我了,小号,你干吗也咬住我不放?(迟疑地向前又走了一步)

车　长　(黑暗中冷嘲的声音)小伙子,你这是一条道走到黑,硬往死路上去呢。

黑　子　(自我安慰)甭吓唬人了,老爷子。(回顾身后)

车　匪　(黑暗中粗大的声音)都打瞌睡呢,看你魂不附体的,你这孬种!到窗口去,到时候同他们打个岔,你就什么事也没有,可你就什么都有了,也不白来这世上一场。

黑　子　好歹就赌这一回!(摇摇晃晃地向前走,白色的光圈随着他的视线照亮了小号。他勉强露出嘻笑的神情)给这一次方便吧,咱铁哥儿们啦,小号,这点面子也不给?(小号冷冰冰地看着他)就这一回,我黑子忘不了你的,高抬贵手吧。

小　　号　你这是犯罪!

黑　　子　别这副调调,小号,我要有你这份工作,咱也不会走这条路啊。

小　　号　你太过分了,你还想把我的工作也砸了?

黑　　子　砸不了的。你有个好老子保着你,可我什么都没有,什么都没有,什么都没有!

小　　号　你得到的已经够多的了,你得到了蜜蜂,夺人所爱,你小子还讲什么哥儿们!

黑　　子　不过,小号,不对!我黑子不是这号人,我没有亏待过你!我早就把你的话同蜜蜂讲了,是我叫她自己拿定主意,我甚至劝她同你好,她跟你会比同我在一起更幸福!这话我都讲了!可她偏死心眼,你怨不得我,你这还不明白?她爱的不是你——

小　　号　不要在我面前提到她!

黑　　子　(激动地)你听我说下去!我所以瞒着你,不让她挑明我们的关系,(热烈而痛苦地)是为她着想,我不愿意伤害你对她的感情,是为了她的幸福。我要栽了跟斗,这辈子完了,可她还得生活,她还得有个家,你还能给她幸福,你怎么就不能谅解我这份苦心呢?

小　　号　我不要听!

黑　　子　你醋缸里泡的?心眼也太窄了。

小　　号　(大声地)你要再上前一步——

黑　　子　你就使绊儿?(央求地)你知道我从来不求人的,小号……

小　　号　(叫喊)你不准在我车上作案!

〔黑子立刻紧张地回头张望。他背后出现蜜蜂的幻影,轻盈得象个梦。蜜蜂诧异地望着黑子,同他保持着一段距离。

黑　　子　别嚷嚷,人会听见!啊,蜜蜂,你偏赶这时候来……(用手想拂开她的幻影)你走!(对小号轻声地)别当着她的面!

小　　号　(冲着蜜蜂大叫)他是贼!

〔黑子象被雷劈了一样,钉住了。蜜蜂双手紧紧捂住耳朵。

黑　　子　(压低声音,对蜜蜂)别信他的。(立刻转身小对号,急切地)你还让不让人活?小号,你怎么下这毒手!

小　　号　(对蜜蜂)你知道他要干什么?他到我车上来作案的,他是贼!你怎么爱上个贼?他会毁了你,你怎么这样傻?他是贼呀!

黑　　子　(大声辩解)我不是贼——老天对我太不公平了,我凭什么就得让出我的权利?我要的是生活的权利,爱的权利!(进逼)

小　　号　(后退,指着他喊)贼!贼!抓住他!

黑　　子　(追过去)再喊我宰了你!

〔小号后退着,消失在光圈之外。蜜蜂也后退着,痛苦得不能自已,一副似笑非笑的面孔。

黑　　子　(在白色的追光下向蜜蜂追去)别这样看着我,你叫我混身冒汗……这都是为了你,为我们今后的生活,你别走,听我说,我们得有笔钱,象个人样地过日子呀……

〔蜜蜂双手掩面,无声地哭泣,躲避着黑子,象躲避瘟神一样,消逝在黑暗中。黑子一个人孤零零地待在渐渐暗淡下去的光圈中。光圈消失。列车出了隧道,转为缓慢的、单调的、带切分的行车节奏。昏黄的光线下,众人仍然坐着,随着行车的节奏,似乎带着睡意摇晃着。

蜜　　蜂　真黑,这隧道好长啊。黑子,你怎么不说话呀?
黑　　子　别说话,让人家听见。
蜜　　蜂　都在打瞌睡呢。你听我说,我刚才在想,等哪天,我们结婚了,走在大街上,我挽着你的胳膊,好结实的胳膊,我挨着你,你挨着我,人都羡慕地望着我们。我们是那样幸福,陶醉在幸福之中。你就不会象现在这样心神不安。黑子,你可不要去做亏心事,不要对不起我,往邪路上走。这困难只是暂时的,我能忍受。你听我说,一切都会好起来,你听我说,你听着吗?
黑　　子　听着呢。
蜜　　蜂　(想往地)我想,总有一天,象老车长讲的那样,国家都整顿好了,我们也都会有工作的。而且我会很好地工作,你也会。我们绝不会干得比别人差。我才不挑三拣四呢,什么工作都是人做的,行行出状元,我相信我会成为一个模范工作者,真的,你别笑!我相信你也会。你会吗?
黑　　子　(点头)唔。
蜜　　蜂　你肯定会比谁都干得出色!人家也都会尊重我们,我们自己也问心无愧。我们当然也会有自己的家,哪怕只有一间很小很小的小屋。我们白天努力工作了一天,晚上就可以回到自己温暖的家里去。啊,不,我们旅行结婚,你说过我们结婚的时候要到海边上去,向大海宣布我们的婚礼。我们到海边去度过我们人生中最快乐的节日。我们一起跳进海水里,你拉着我的手,不让海潮把我冲倒。(靠在他肩上)我们在沙滩上玩沙子,象小的时候那样,象两个小孩子,你是哥哥,你是我的哥哥吗?你回答我。
黑　　子　(心不在焉)是。
蜜　　蜂　当然,也是丈夫,这字眼多逗,我会是你的妻子,是吗?

黑　子　（把手抽回去）我想抽支烟。

蜜　蜂　你别抽了。你看,窗外的天多蓝,你看呀,夜晚的天空怎么会那么蓝？都蓝得好象透明。夜也应该是纯洁的。你说呢？

黑　子　谁知道？我还是抽支烟吧。

蜜　蜂　别抽了,我求你,你抽得太多了。

黑　子　小号。

小　号　什么事？

黑　子　到哪儿了？

小　号　下一站是曹家铺。

黑　子　（紧张起来）还有几个隧道？

小　号　两个。你不是到三河坝才下？三河坝要停车,给快车让道,到时候叫你就是了。

〔车匪故意发出打呼噜的声音。车长拿灯照他,又把灯转向黑子。

车　长　他哪里下？喂,问你呢！

黑　子　（失措地）什么？

车　长　（大声重复）他哪里下车？

黑　子　不知道。

车　长　（追问）他不是同你一起上车的？

黑　子　（连忙地）我不认识他。

〔在车长的车灯照耀下,黑子很不自在地动弹着,小号也望着他。蜜蜂不安地看了看黑子,又看看别人,小号避开了她的视线。她又看黑子,黑子木然,毫无表情。车长熄灯。列车呼啸着进入第二个隧道。舞台漆黑。列车的行驶声仿佛突然远去,一束白光照亮了蜜蜂的脸。以下是蜜蜂的想象。

蜜　蜂　（越来越不安）黑子,黑子,你的神色不对头,你为什么不敢看着我？我预感着要出什么事情。（站起来,在白色的光圈中神经质地走动着）我在哪儿？啊,守车上,隧道里,漆黑漆黑的……

〔风声中伴以姑娘们无词的歌声……

蜜　蜂　多遥远了,草原上的风,苦艾,苦艾也是香的,你们笑什么？疯丫头！啊,姑娘们,蜂姐儿,关大爷,我想念你们,真的！我真想赶快回到你们身边去,把这一切都忘掉！我真孤单,是的,他就在我身边,我们都在守车上,可离得多远啊……黑子,你干嘛离我这么远？你摸我的手,冰凉的。我害怕,真的,我怕,怕要出什么事情。你告诉我,不会出什么事吧？你说呀！你为什么不同我说话？你看着我,看着我的眼睛。我看得见你黑暗中的眼睛。抬起头来,黑子,你这样子让我难受。我们要堂堂正正地做人,做一个纯洁的人,凭自己的劳动生活。你把刀子扔了吧,把刀子给我,让我替你扔了!黑子,我什么也不要,我不要你做违法的事情,你明白吗?再清贫,再苦,我都能过,哪怕住抗震棚,我都会同你在一起。你同我去养蜜蜂吧,我找关大爷说去,他是个好老头,他会理解我们,他会帮忙去说服我父亲的。父亲强迫不了我,这不是他们那个时代了。你为什么不说话?你难道不相信我?小号,你过来,我要说,我要告诉你。黑子,你别阻挡我,我要当你的面,告诉他,我的心已经给了你,永远也不会变的。小号,你别怪我,也别怪他。你的话他都告诉我了,他高尚,是他让我选择的,要怪,就怪我吧。我爱他,我把这颗心给了他。你是我的朋友——如果你还愿意是我的朋友,我明白你对我的感情,我珍惜过去的一切,可我不愿意再让你苦恼,就算这是最后一次了,要恨就恨我吧!我希望你们还是好朋友,还象过去一样,相互帮助。黑子,你总明白了吧?我什么都不需要,我只需要你的爱,我只希望你们和好,我只希望什么事也别发生。(左边出现黑子的幻影,右边是小号的幻影)你们都在我身边坐下,坐一会,只坐一会儿,坐下。我求求你们,小号,我求求你,(拉住小号的手,把他拖进光圈)你们手握着手呀!干吗不握着手?(拉住黑子的胳膊,把他拖进光圈,惊叫)啊!手铐?手铐!(黑子双手铐着,他身后是车匪冷酷的幻影)黑子,你犯罪了?已经犯罪了?小号,你救救他,你救救他呀!(哭)

〔白色的光圈消失。火车出了隧道。列车行驶的节奏是行板。众人仍然坐着不动,随着行车的节奏晃着。

蜜　蜂　黑子!我好象做了个噩梦,可怕极了。你摸我的手,冰凉冰凉的。我浑身好象在哆嗦,都春天了,还这么冷。

黑　子　春天在阳光下才暖和,春天的夜里照样也冷。你披上我的衣服吧。(脱下上衣,要披在她身上)

蜜　蜂　(躲开他)不,不用!

黑　子　你怎么啦?你在发抖?(握住她的手)

蜜　蜂　你的手掌滚烫的,同你的心一样。啊,你在出汗!(央求他)你还是把刀子给我,我替你保存。

车　匪　(立刻翻身,打岔,提醒黑子)喂,这小同志……(车长立刻用灯照着他,他用手挡住灯光)您这灯光晃眼。(打呵欠)几点了?

黑　子　我不戴表。

车　匪　这车颠得一闭眼就着。搂紧点,别一迷糊把个大姑娘叫人拐跑了,

就狗咬尿泡一场空。(格格地笑)

蜜　蜂　(对黑子低声地)讨厌,这人,流里流气的。
黑　子　你不理他就是了。(站起来,伸个懒腰,靠在车厢的板壁上)
车　匪　开开心嘛,别见怪啊。请问这老师傅,车到哪里了?
车　长　下站是曹家铺,你要下车?
车　匪　也行啊。
车　长　曹家铺不停车。
车　匪　那哪里停车就哪里下。
车　长　得到三河坝,你下?
车　匪　行呀。
车　长　黑子,你不也三河坝下吗?
黑　子　(支吾地)啊……
车　匪　(立刻接过话碴)嘿,走一站是一站呗,白乘您的车,难为您了,师傅。(抱头继续装做打瞌睡)
车　长　姑娘,你呢?
蜜　蜂　我得跟您的车到底,找我的蜜蜂车去。

〔车长熄灯。列车单调的行驶声,行车节奏是行板。

蜜　蜂　你们为什么都不说话?说点什么吧,小号!
小　号　唔。
蜜　蜂　你还记得吗?那一次,我们上山玩去,你和黑子,我们一起,傍晚正要下山的时候,遇到了雷雨。我们躲在山洞里,那是个小山洞,石壁冰凉,湿漉漉的,还滴着水珠。我们只好紧挤在一起,骂这该死的天气。小号,你记得吗?
小　号　那是去年的事情了。
蜜　蜂　说的就是那时候的事。你说怪不怪,我怎么想起那时候的事了?黑子说这是个狼窝——黑子就会吓人。你说,就是狼来了,也不会把我扔下的。你说过吗?
小　号　说过。
蜜　蜂　那时候天完全黑下来了,外面是雷雨,哗哗地下,还时不时打闪。我说,我最怕打闪。跟着就响雷。你们说,最好这雨下个不停,待他一夜到天亮,噢,你们还说了许多傻话,挺可爱的话,你们那时候那样友好,象亲兄弟一样。你们说,你们愿意有我这样一个妹妹,你们还记得吗?黑子,小号,你们为什么不讲话,随便讲点什么也好,象我们以往在一起那样,只是别这样沉默,沉默得叫人害怕。
黑　子　抽支烟吧,小号。

小　号　不抽,我在作业。(端坐在了望窗口的椅子上)
黑　子　哪,接着!(给小号扔过去一支烟)
　　　　〔小号接着。黑子凑到他跟前,用打火机给小号点火,偷偷观察着小号。小号觉察到黑子的目光,两人对峙。互相猜度着对方的心理。黑子连忙熄火,给自己点火,熄火。然后靠在窗口。
黑　子　要进隧道了。该是第三个了吧?
小　号　这隧道最长。
黑　子　前方站就是曹家铺?
小　号　唔。
　　　　〔列车轰响着进入第三个隧道。舞台全暗。轰鸣声变成了耳鸣,扩散开来。一束白光照着坐在窗前的小号的脸。以下是小号的想象。在小号的想象中黑子的样子是粗野的,而蜜蜂则是神经质的。
小　号　(避开黑暗中在烟火下闪现的黑子的眼睛)回到铺位上去,黑子,你站在身边我不放心。(黑暗中黑子的冷笑声)你笑什么?(恼怒地转身站起来,白色的光圈照亮了他。面对着黑暗中黑子的眼睛,克制住自己)回到铺位上去。
黑　子　(黑暗中的声音)我站一会。
小　号　我请你回去,总可以吧?
黑　子　(黑暗中的声音)站一站又怎么了?
小　号　你影响我作业。
黑　子　(黑暗中的声音)谁不知道你是车长?不过见习的就是了。
小　号　(提高声音)见习的也还是车长。我在职守上,就得保证行车安全。
黑　子　(黑暗中的声音)我碍你的事了?
小　号　你碍事,影响我观察。
黑　子　(黑暗中的声音)你不放心我?
小　号　我没法信得过你,你什么事都做得出来。黑子,你太狠了。
　　　　〔黑暗中黑子的大笑声。
小　号　(恼怒地)你得意什么?
黑　子　(黑暗中的声音)怎么,笑也不成?
小　号　你别再刺激我,你给我走开!忍耐总有个限度!
　　　　〔黑子嘻笑着进入光圈,把手搭在小号肩上。
小　号　别来这一套。(企图甩开黑子的手)你放开!你以为我怕你?(爆发地)你给我滚吧!
蜜　蜂　(进入光圈,连忙拉开他们)你们都是好朋友,别这样!

小　号　把刀子亮出来呀！黑子，我不怕你！你太损了，你明知道我爱她，你把她夺走了。我什么话也没说，还一个劲维护你，可你得寸进尺，欺人太甚，你这个混蛋！（黑子一拳打来）你打人？

黑　子　就揍你！

小　号　（吐他一口）呸！你是个畜牲！！

蜜　蜂　（见黑子把刀拔出来）啊，黑子！（冲上前，挡在他们两人之间）你别发横！

黑　子　（把刀子轻蔑地扔在地上，推开蜜蜂，冲着小号）你活该找打！

蜜　蜂　（拉住黑子）你不能打他！你不能动手！

小　号　你动手吧，你这个杂种！（扑上去，给黑子一拳，蜜蜂拦住他）闪开，会打着你的。

蜜　蜂　你打我好了，你打吧！是我爱他，是我……给了他，是的，我给了他……

小　号　你真不要脸，你知道他是什么人？你瞎了眼，他是下流胚！

蜜　蜂　你胡说！

〔黑子一拳打来，把小号打倒在地。

小　号　你打吧，打吧，你这个下流胚！

蜜　蜂　你胡说，你不能这样说！

小　号　你问问他自己，他到车上来干什么的？（对黑子）你有本事，你敢直说吗？

蜜　蜂　你别这么大声喊，师傅会听见的。

小　号　他一举一动师傅早已看在眼里了。

蜜　蜂　你告发的？真卑鄙！

小　号　（痛苦地）想不到，你讲出这种话……（竭力辩解）他骗了你，也骗了我，我为了帮他找工作让他上了车，他还当着你的面，拿我打掩护，还想砸了我的工作。黑子，你真手狠心毒！你这个流氓，我怎么早没有看透你，还一直把你当作朋友！蜜蜂，你还不清醒？他要毁了你！

蜜　蜂　（对小号）你别喊！（对黑子）你快离开这里，快离开这守车！

小　号　他已经跑不了了，师傅已经盯住他了。

黑　子　你告发的？（进逼）

小　号　用不着，是你自己暴露了自己。我什么也没说，什么也不愿意知道。（热切地）你别毁了你自己，快住手吧！我们毕竟有过点交情，要不，关我屁事。说实在的，我巴不得你栽了！我爱蜜蜂，不管你们之间有过什么事，我爱她就是爱她！别不识好歹，把人心当狗肺了，我够哥儿们的啦，没对不起你黑子的地方。为你们好，我什么都忍受了，能做的都做到了！我只能到此为止！黑子，你住手吧！再不听，可怪不得我了！

蜜　蜂　啊，黑子，快听小号的，住手吧！小号，求你同师傅说说，让他下车吧。黑子，你干干净净地下车吧！

小　号　趁什么事情还没发生，为了蜜蜂，你要真爱她，就不能往死路上钻……你想想后果吧，不为了成全你们，我干嘛犯这个傻……

蜜　蜂　(抓住小号的胳膊，象个依靠)小号，你真好。

小　号　(甩开她的手)别碰我！你离我远些……让我安静一下……我心口不舒服……你别瞎掺和了……你让他回去。(对黑子，冰冷地)黑子，你要再多走一步，我们这点交情就全完，你也别怪我不客气了。(严厉地)你听着，别在我这趟车上出任何事情！(刻板地)这已经不是你我之间的事，我得对得起我担负的行车责任。

黑　子　我走开，抽完烟就走……难为你了……

小　号　用不着。(难受地捂住胸口)

蜜　蜂　你怎么啦，小号？

小　号　(轻声地)我憋闷极了……

蜜　蜂　(感激而温柔地俯在他身边)你真高尚，原谅我对你的伤害，都是我不对。我早该对你说，都是我的过错，你真不能原谅我吗？

〔光圈骤然消失。列车出了隧道。行车的节奏较轻，小快板的节奏和一个沉重的慢板的复合。昏黄的光线下，众人仍然坐着不动，只有黑子站着，靠在窗户边上抽烟，不看着小号。大家都随着行车的节奏摇晃着。

蜜　蜂　这隧道长得都好象没有尽头。

黑　子　(把烟头扔了)一支烟的功夫。(又拿起一支烟，对小号)再来一支？

小　号　嘴都苦了，不抽。

蜜　蜂　真想赶快找到我的蜜蜂车，到野外放蜂子去，就什么也不想了！

〔静场。迎面来的机车带着轰响，呼啸着一闪而过。

车　长　(对小号)会车去。(把灯交给小号)

〔小号询问地望着车长，用眼睛瞟了一下一旁站着的黑子和靠在角落里的车匪。

车　长　去吧。

小　号　是。

车　长　注意来车信号。

〔小号打开右边的车门,众人都望着车门外。

小　　号　（回头）白色信号。

车　　长　回安全信号。(小号举灯回信号)把灯交给我,回到你的岗位上去。(自言自语地,其实是说给黑子听)小伙子,还来得及。

黑　　子　（一惊)您说什么?

车　　长　我是说还来得及。

黑　　子　师傅,您说我呢?

车　　长　我是说到曹家铺还来得及,还有五分钟的路,错过了这店就没法再歇脚了。

〔蜜蜂挺直了腰,全神贯注地听着车长说话,又注意看着黑子。

黑　　子　曹家铺不是不停车吗?

车　　长　是不停。

黑　　子　那您说曹家铺歇脚是什么意思?

〔小号望了望黑子,又看看车匪。

车　　长　我是说,早先没修铁路的那嗒,这曹家铺有个小客栈,就这一家店,地名就这么来的。过山的人要错过了这地方,就只有翻过大岭到山脚下才有人家。过曹家铺要不歇住脚,往前去就没有歇脚的地方了。

〔黑子周身不安,走动着。车长冷眼盯着他。蜜蜂也注视着黑子。

车　　匪　（啪地在自己脸上打了一巴掌)嗨！真叮呢！这天倒有虫子了。(翻身坐起掏烟)喂,小同志,借个火。

〔黑子用打火机给他点火。车长走到小号身边,弯腰作出向窗外观看的样子,按住小号的肩膀,提醒他注意。

车　　长　在岗位上就担着岗位的责任呢。

小　　号　（沉静地)师傅,知道。

〔车长、小号和蜜蜂都注视着黑子和车匪的举动。以下一段是车匪和黑子内心的交流。

车　　匪　（手拿着支烟卷,灯火机的火光照亮了他的眼睛。画外音)你毛啦?你看着我呀,看着！你躲,躲哪里去?

黑　　子　（火光照亮了他的脸,眼神避开。画外音)你算了吧。

车　　匪　（画外音)又不是三岁孩子逗着玩,算了?

黑　　子　（拿打火机的手往回缩,画外音)我不干了。

车　　匪　（进一步凑过去,画外音)好便宜,你想把大伙都卖了?告诉你,那也好过不了你！

〔黑子的手哆嗦着,打火机熄灭了。

蜜　蜂　（黑暗中不满的声音）黑子，你过来。（黑子回头）
车　匪　（大声地）小同志，没点着，劳驾，再借个火。
　　　　〔黑子打着火，火光照亮车匪的眼睛。
车　匪　（手捏着烟，画外音）你他妈就坏在那臭娘儿们手上了，把她甩了！
黑　子　（手哆嗦得更厉害。画外音，央求地）你们干你们的，没我的事还不行吗？
车　匪　（凑到黑子面前点烟，画外音）你哆嗦什么？老家伙盯住我们呢！你他妈沉住气，下水了就跟着蹚吧！给我窗边上站着去，我们的人就要扒车了！
车　长　（一语双关）这火好难点呀。
车　匪　是呀，这车真他妈晃得厉害。师傅，您不来一支？这可是云烟。
车　长　行，来一支。（接过一支）
蜜　蜂　（满怀疑虑地望着朝窗口走来的黑子）你坐下，有话同你说。
　　　　〔黑子装没听见，靠在窗边。
小　号　人家叫你呢。
黑　子　嗯？什么？
小　号　（挖苦地）她叫你过去，你耳聋了怎么的？
蜜　蜂　（苦涩地）不，是心聋了。
黑　子　（强打精神，硬装糊涂）你叫我来着？
蜜　蜂　啊，没有。我同小号说话。（苦笑）天上有星星吗？
小　号　明天会是个大晴天。
　　　　〔车长自己掏火柴，点着烟。
车　匪　这味儿怎样？
车　长　（深深吸了一口）同那些猛掺合香料的杂牌子是不一样。
车　匪　（大声地，笑嘻嘻地）这师傅，您要想弄点云烟抽抽，咱一句话。这烟咱还是有点路子。给您弄出厂价的，照出厂价算，咱给您送上门去，您要多少？
　　　　〔车长和车匪对峙。以下是两人内心的交流。两人抽烟的火光一闪一闪，谁说话的时候，烟火便照亮谁的眼睛。〕
车　长　（内心的话，画外音）把你的底亮出来，别拐弯抹角啦！
车　匪　（内心的话，画外音）您甭较那个劲，睁只眼闭只眼，给个方便就得，咱亏不了您的。
车　长　（内心的话，挑战地，画外音）要是碰上个死心眼的，就不吃这一套呢？
车　匪　（内心的话，笑脸，画外音）谁不想多交个朋友少找份麻烦？咱可不是个含糊人。

车　长　（内心的话，以笑相答，画外音）我也不是白跑这么多年的车，认个人还认不准？

车　匪　（内心的话，画外音）咱知道您是个明白人。您吃的铁路，咱也吃的铁路。到时候您货票一交，案发了，查去呗，也没您的事。咱不想砸您的饭碗，您也别给咱揣锅。于人方便，于己方便，两下结了。（眨巴眨巴眼睛）

车　长　（内心的话，脸色刻板，画外音）你算是白费心思，找错人啦。

车　匪　（内心的话，扬起眉毛，画外音）您出个价吧？别不识抬举！

车　长　（内心的话，得意地，嘲弄地，画外音）要碰上个就不识抬举的呢？

车　匪　（内心的话，眉毛落下来，画外音）那您就看着办吧。

〔静场。列车的行驶声。行板，金属钝重的撞击声和响亮的反响组成行板的节奏。车长已经侦察到车匪的心理，对自己的怀疑与观察有了更多的把握。〕

车　长　（扔开车匪，转向黑子）黑子，还站在窗前干什么？我同你有话说。你给我在身边坐着。

黑　子　（不得已走向他）您说我听着。

车　长　（命令的口气）坐下。（黑子只好在他身边坐下。车长一板一眼地）我这车要是被盗了……

黑　子　您说什么呀？

车　长　听我讲下去。

黑　子　大叔，看您说的！

车　长　你听着，我这车要是被盗了，我可不管你老子同我有多少交情，我照样把你交给铁路警察。

黑　子　师傅……

车　长　我话还没完呢，你认识这人吗？（指车匪）

黑　子　（慌张地）不认识，真的！

车　长　我可是给你最后一个机会。

蜜　蜂　（霍地站起来）黑子！你在师傅面前要说实话，师傅不会害你的！

黑　子　（含糊地）我，我不认识他。

蜜　蜂　黑子，你不能再错下去，你准有事瞒着我！

黑　子　（对蜜蜂）我什么事也没做，什么事也没有，你看你……

小　号　进站了！曹家铺。

〔车长拿灯冷不防地扫描了车匪一下。车匪正挺直身子坐起来了，逼视着黑子。

车　　长　　那好吧。(把灯递给小号,对他)发绝对信号。
小　　号　　亮红灯？下站要停车？
车　　长　　把手电筒给我。你发吧！
小　　号　　(大声重复)是,发绝对信号！
　　　　　〔小号把手电筒给车长,接过灯,倒退到门口。众人都注视着他。小号把灯拨成红色,朝车厢外举灯发信号。车厢内立刻转暗。

车　　长　　⎫　　　　　　看你小子出不出来？
车　　匪　　⎬(几乎同时,都大声地)他妈的！(霍地站了起来)
蜜　　蜂　　⎬　　　　　　啊,真出事了！
黑　　子　　⎭　　　　　　全完了！
车　　长　　明白啦？(立刻用手电照着车匪)
小　　号　　明白啦！(也立刻用车灯扫过车匪和黑子)
车　　匪　　⎫　　　　　　就砸在你小子手上！
黑　　子　　⎬　　　　　　别缠住我不放！
蜜　　蜂　　⎬(一片喧哗)黑子……小号,怎么回事？
车　　长　　⎬　　　　　　看住！
小　　号　　⎭　　　　　　蜜蜂,你躲开！
众　　人　　(刹那间的内心剧烈活动,混杂交织在一起,一句词也听不清)
　　　　　　啊——依——呜——哈——哎——啊！
　　　　　〔突然一个大静场。五个扩大了的不同的心跳声,随即又突然中止。车匪倏地奔向左边车门。
车　　长　　(呼地带上车门,大声喝道)你哪里去？
车　　匪　　我撒尿。
车　　长　　给我坐下！
车　　匪　　这老东西！
车　　长　　(得意地)你跳出来啦？(堵住左边的车门,哈哈地笑)你沉不住气了吧？
车　　匪　　黑子,还愣着干吗？这老东西把我们耍啦！
蜜　　蜂　　(惊呆地)你真跟他们一伙？
车　　长　　(对小号)关上车门！
车　　匪　　您在做戏吧？
车　　长　　我这辈子还没唱过戏。(始终用手电筒照着他)
车　　匪　　(大笑)老师傅,您准是喝多啦。
车　　长　　咱跑车是从不沾酒的。
车　　匪　　您这车要是没事呢？您不是没事找事？奖金拿不到不说,还叫人笑掉大牙？

车　长　信号已经发给站上了，曹家铺马上会通知下站扣车检查，这车就不走了。黑子，现在看你的了，你父亲不就你一个儿子？

蜜　蜂　你快说实话，你不能再瞒着我了！你说呀！

车　匪　（威胁地）臭娘儿们，你叫唤什么！

黑　子　（对蜜蜂）你原谅我……

蜜　蜂　（逼视着他）你说，你说吧！

黑　子　（避开她的目光，蹲坐在地上，两手捧着脑袋，低着头）他们在曹家铺已经上车了，扒的是第三、第四位车皮，里面装的是羊绒衫和料子。

〔蜜蜂后退一步，惊恐地躲开他，又上前一步，打了他一嘴巴，咬住自己的手指，呜咽着。

黑　子　（推开她，摇摇晃晃地站起来）我对不起你，对不起……

蜜　蜂　真象做梦一样，太可怕了，噩梦，妈妈，妈妈呀……（失声痛哭）

黑　子　（对小号）你得意了，你笑吧！

小　号　谁也没有笑话你，你的心变得太狠了。作为同学和朋友，能做的我都做了。可你要干的，我没法再给你方便，你让我没法再同情你了，黑子，我够对得起你的，可我还得对得起我这份责任！

黑　子　得了吧，我不要怜悯，不要你可怜！我只怪我自己，只怪我命不好，只怪我自己不争气，只怪我没有一个好老子，给我安排个光明的前途，只怪我不该去爱，不该去爱呀！我不配去爱，不配有爱的权利，不配有被爱的权利。我只配去当个壮工，再不就投机倒把，再就偷！抢！我活该受到惩罚，我不要你们怜悯！

蜜　蜂　黑子，你不许说这种话，不要这样自暴自弃。我不愿意看见你这样，你不要这样！（对车长）大叔，您说句话吧！只有您能救他，他这都是为了我呀，都是为了我才去犯罪——啊，天哪，大叔，我求您，救救他吧！（拉住车长，又对小号）小号，你可以作证……

黑　子　我不要谁作证。好汉做事好汉当。我作案了，我参与他们一起，卷进去了，我作案了，我想有一笔钱！我嫉妒你小号，我不要你作证。你一切都来得那么容易，可我没有。我何尝不想找一个工作，做一个清清白白的人，我想工作，可我没有工作。大叔，您算是立功了，可您把功夫用在我这么个人身上，何苦呢？大叔，您算是心机用错地方了。您认真，认真错地方啦！要是大家都象您这样认真，我也就不至于这个下场。我也太天真了，天真到让我姐姐去顶替。我倒是想不那么自私，可我不自私谁管我呀？我应该自私！我要工作，我要生活，我有工作的权利！我有生活的权利！您懂吗？您不懂。您不懂得我们，我们不是孩子了，我们也是人！

车　　长　用不着你来教训我！我在这守车上开始跟车的时候，你还不知道在哪儿呢，你也配谈工作？你懂得什么叫工作？什么叫生活？我三十来岁才找到对象，才有个家！我在这条铁路线上干了一辈子！生活和工作的艰难用不着你小子来谈！你没有资格同我谈这个！你还不配！你胎毛还没有脱尽呢，你也配谈生活？没有铁路的正常运输，饭都吃不上，没有正常的秩序还谈什么生活和工作的权利？去你的蛋的权利吧！你不配来教训我！

车　　匪　你他妈还不快跑？跟这老东西废话什么？
　　　　　〔小号立刻关上左边的车门
蜜　　蜂　(挡在车匪和黑子之间)黑子,你还跟他跑？你真变了个人！你根本不了解我，我不要你一分臭钱！我恨透你了，你毁了我……
黑　　子　(哀求地)别说这话了……
车　　匪　龟孙子,把老子坑了！(一把把蜜蜂推倒在地,跑向左边的车门)
　　　　　〔黑子连忙上前去扶蜜蜂。车匪同小号夺门,一拳把小号打倒,打开车门。列车飞速地奔驰着,行车的节奏变为急板。列车剧烈地摇晃着。
车　　长　你跳呀！怎么不跳了？你迟啦,已经翻过大岭了。现在行车时速六十公里,你怎么不跳呢？
车　　匪　老东西,那就只好委屈你了。(拔出手枪对着他)你认得这家伙吧？
车　　长　(讥讽地)不会是木头上涂的黑漆吧！
车　　匪　你想试一试？你活够了吧？
车　　长　我看你这是单响的。
车　　匪　也够送你上西天的。转过身去！(枪口对着车长,走向车厢左边门旁的紧急制动阀。)
车　　长　住手！不能拉！
车　　匪　我要拉了呢？
车　　长　你要拉闸,前面的司机就会知道,你也跑不掉。
车　　匪　你别忘了,车上还有我们的人。(一只手伸手正要抓阀)
车　　长　(喊)不能拉闸！你看看,车厢外早一条火龙了,已经抱着闸！你再拉闸就要燃轴,造成列车颠覆,第八位上的"角八"是一车皮炸药,你跑得掉？
车　　匪　你吓唬毛头小伙子吧,我就拉了！
车　　长　住手！你看货票呀,桌上的货票。(对小号)把货票给他看。你不是吃铁路的,你不懂得"角八"是爆炸物的代号!建筑工地上用的一车皮炸药。一爆炸,这整趟列车和周围几公里全完,你想跑得出去?

车　匪　你给我马上把车停下来!我要你在到站之前把车给我停下来!老家伙,这守车上放枪就同炒豆一样,你懂我的意思吧?一分钟内把车停下来!

〔车长缓缓走到制动阀跟前,神经质地眨着眼睛,手抓住阀把。小号抄起一根铁头的火炬,在车匪背后举起,正要砸过去,车匪闻声迅速闪开,转身,把枪口对着小号。

小　号　(失去自我控制,大叫)你开枪吧!你跑不了啦!你这个土匪!
蜜　蜂　(赶上前用身体挡住小号)不能开枪!黑子,你见死不救?你真卑鄙!你白活了!你滚吧!

〔车匪左右兼顾着,抬起枪口。

车　长　(权衡着,镇定地对小号)把火炬放下!
小　号　师傅,不能拉闸呀!
车　长　放下!
车　匪　臭小子,找死还不容易?(用枪口比划着小号和蜜蜂,叫他们都到左边去)都跟我过去!
车　长　算啦,把他放走吧。(对车匪)你早晚是跑不了的。黑子,你父亲就生你这个不孝的儿子,可到底是儿子,你总不能跟他去当亡命徒吧?你刚成人,才走上生活,你该知道你应当做什么了。你自己去挣得做人的权利吧。
车　匪　(狂叫)再不叫车停下来我就开枪啦!
车　长　(缓缓地)拉猛了不行啊,要这样——缓缓地拉,一公斤一公斤地减压。你们站稳了,我这就拉闸啦!

〔黑子拔出匕首猛扑过去,车匪转身,枪响。

蜜　蜂　(惊叫)啊——

〔车匪和黑子同时倒下,车长和小号一起扑过去,与车匪一阵滚打。车匪躺在地上不动了。

车　长　伤着哪儿了?
小　号　黑子,你说话呀!
蜜　蜂　(扑到他身上,哭喊着)黑子——你还活着吗?你要活着呀!
小　号　啊,都是血!
车　长　伤在哪里了?灯!(小号拿灯照着黑子)按住,按住伤口!
黑　子　我……能活下去吗?

车　　长　就到站了,还有一分钟就进站了。
小　　号　已经看见车站上的灯光了。
蜜　　蜂　好黑子,我在你身边呢,这是我的手……小号也在你身边。
小　　号　黑子,我在这儿呢。
黑　　子　小号……别怪我,给她幸福……蜜蜂,你爱他吧!我算完了……
蜜　　蜂　你胡说些什么呀!（伏在黑子身上哭）
车　　长　你会得救的。
黑　　子　大家能原谅我吗?
小　　号　都老哥儿们了,别说这话,黑子。
车　　长　你已经赢得了做人的权利。权利不是张手就来的,要想得到做人的权利,先得担当做人的责任啊。
小　　号　黑子,再坚持一会儿!
车　　长　让他平躺着,别同他讲话了。（舒口气,解开衣领）啊,我们这趟列车总算安全进站了。
蜜　　蜂　大叔,您心真硬呀。
车　　长　孩子,你们都还年轻,还不懂得生活,生活还很艰难啊!我们乘的就是这么趟车,可大家都在这车上,就要懂得共同去维护列车的安全啊。（俯在黑子身上）黑子,别怪我老头恶。
黑　　子　大叔……叫您费心了……
车　　长　你做我的儿子吧,我去同你父亲商量,过到我名下,我也该退休啦。哪有老人不疼孩子的呢?
　　　　　〔火车的汽笛声。列车在一片金属的撞击声中减速。
车　　长　就要进站了。（拎起信号灯,走到车门口,望着车门外）
小　　号　师傅,让我吹一会儿号吧。
车　　长　（没有转身）吹吧,吹吧。
　　　　　〔小号站起吹号。这是光明的号角。各种颜色的灯光从车窗外闪过。舞台的中央,种种灯光转为五彩缤纷的光的环舞,一对对男女青年说笑跳舞的声音。小号叉开腿,站在中央,尽情地吹着。黑子走进光圈,在一旁站着观望。蜜蜂走进光圈。
蜜　　蜂　黑子,你怎么不跳呀?
黑　　子　我边上看看。
蜜　　蜂　同我跳一个吧。
小　　号　你们跳吧。（目光避开,转身不看着他们,继续吹号）
　　　　　〔黑子同蜜蜂跳舞。圆舞曲,自由的双人舞。小号在舞台的中央尽情地吹着。

蜜　蜂　小号，吹得再热情些，再嘹亮些呀！

〔小号向他们点头。闭上眼睛，吹着号，摇晃着身体，仿佛要使尽全身的气力，眼泪大概流了下来。号声和火车的鸣笛声交织在一起，并且升华在汽笛声之上。这是光明的号角。

——全剧终

1981年12月31日午夜一稿
1982年4月19日三稿于北京

本剧演出的几点建议

一、这个剧本企图一开始就造成一种情势，剧中的每个人物都处在这种情势之中，不能不有所行动。因此，剧情的进展不同于通常意义的情节，不必去叙述故事。表、导演的处理，主要是明确在这种情势下人物之间的关系，便会产生积极行动。建议本剧排演过程中，开始最好先不用剧本中的台词。让演员在情势下去行动，伴之以即兴的脱口而出的必要的话。等演员能生活在这种情势之中，再开始排戏。

二、这出戏着重的是人物的心理活动，但又不同于一般的心理剧。不必把功夫用在挖掘人物内心的潜台词上，况且这些潜台词大都已经写成为台词了，问题是如何使这些心理活动在舞台上体现为鲜明而精确的动作。

三、希望把剧中的音响节奏当作剧中的第六个人物来处理，它同剧中人一样是生动积极的，而不仅仅起到音响的伴奏作用。它既是剧中人物心理动作的总体的外在体现，又是沟通人物与观众的感受的桥梁。

四、剧中的表演应该有三个分明的层次：回忆、现实与想象。可以用三种不同色调的灯光来区别。至于表演，人物在回忆中的时候，表演应比较平静而有节制，造成一种距离感；想象时的表演则是冲动的，强有力的；而人物在现实中的表演则应该朴素而真实。

五、人物想象中的场面，应该从该人物出发，在该人物想象中出现的其他人物仅仅是他的设想，并不等同于这些人物本来的面目，演员的表演应有所区别。

六、演员在表现人物内心活动或思想中的交流时，可以借鉴京剧表演中的旁白及哑剧的某些技巧，但绝不要程式化。

七、本剧人物的语言力求自然、朴素，不求词句的表面修饰。这种语言必须结合角色的形体动作和心理活动才有表现力，演员在处理台词的时候，应去找寻台词同形体动作和心理活动的这种活的联系。
八、戏剧是剧场里的艺术。本剧的演出强调这种剧场性。希望对真实的追求不要掩盖了剧场性。演员需要向京剧演员学习，去唤起即兴的剧场效果。

以上建议，仅供参考。

——作者

原载《十月》1982 年第 5 期

马 森

花与剑

景：舞台中部左右各有一坟。坟前各有一树，树叶繁茂。两坟之间在舞台后方较远处有一小茅屋。茅屋前烟雾缭绕，看不太清楚。更远处可见远山及树林。

时：近黄昏，在太阳下山前后。天空有灿烂的晚霞，偶有几只归鸦在空际掠过。

人物：鬼——着黑色或褚色毛质或棉质长袍。不是晚近的那种，是清朝以前中国传统男人所着的那一类。中间以粗绳束腰，下穿草鞋。着面具。面具共有四层：

  第一层（母）：作者妇人状，但不甚老，嘴角略显悲凄，面色以奶黄为主，配以粉红，略如京戏中青衣之化装，但两颊没有那么红，且不用吊眼眉。

  第二层（父）：尽量使其与演儿的化装近似。

  第三层（父亲的朋友）：如剧中所说者，明眸、皓齿、黑须。

  第四层（鬼）：为一骷髅头。

  此脚色，以男女演员饰演均可。

  儿——着浅蓝或白色丝质长袍，以同色之丝带束腰。长发，不着面具。约二十六七岁。无性别。化装、服装均须予人以青春纯美之感。以男女演员饰演均可。但须兼有男性之英挺与女性之妩媚。

幕开时，鬼着母面具（以下根据所着面具称之）站在舞台前中央作默祷状。一乌鸦呱呱掠过。母仰望天空，作追击状，口中作"咻！咻！"声。旋，了望远处。以手势作惊讶状。儿从舞台左边上。

儿：（见母趋前）请问这位大娘，这里可是双手墓？

母：（打量儿）你问的可是左手执花、右手执剑的双手？

儿：（吃惊地）正是！这位大娘怎么知道左手执花、右手执剑？莫非……莫非……你是母亲！

母：（不语）

儿：(端详母,然后急速趋前,疑惑地)你是母亲？

母：(仍不语)

儿：我看出来了,(趋前拥母)你是母亲,母亲,我的母亲！

母：你为什么回来？

儿：(略感失望地放开母)我也不知道。

母：我不是告诉过你不要回来吗？一生一世也不要回来吗？

儿：是！我仍然记得你的话,记得你那冰冷的声音。一想到你说话的那种模样,我就会浑身发抖,再也不想回到这里来。

母：可是你为什么又回来了呢？

儿：我也不知道。真的,我也不知道。这些年来我走了不少国家,遇见了不少人,也经历了不少事,可是冥冥之中似乎老是有一个声音低低地对我说："回去吧！回去吧！回到你父亲埋葬的地方！"

母：(冷冷地)所以你就回来了？

儿：(不安地)母亲,请你不要再责备我！我知道我是不应该回来的。可是有一种力量拉着我、拖着我,一定把我拽到这里来。这些年来,你不知道我挣扎得有多么苦。那个声音总在我耳边似泣似诉地说："回去吧！回去吧！回到你父亲埋葬的地方！"

母：(突然切齿地)那是他的鬼啊！(声调又转平淡地)我不是告诉过你,不管多么苦,多么艰,你都得支持下去,不要回来,千万不要回到这里来！

儿：啊,母亲！我试过,我试过了种种的法子,可是终于抵不过那声音的力量,我还是要回到这里来,好像是命定了要回到这里来,一点法子也没有！

母：(无可奈何,太息地)唉！难道真让他说中了？二十年,二十年以后,你又回到这个老地方来！

儿：可不是二十年了？(又趋前拥母)母亲,母亲,我差一点认不出来是你。记得你是那么年轻、漂亮。(双手执母双臂,再端详母。)

母：(平静地)现在老了！

儿：也不能算老,只是没有我记忆中的那么年轻。

母：(沉思地)岁月催人老啊！你离家的时候(用手比着)才这么高,现在已经这么高了。

儿：母亲,你看,这不是你替我做的袍子？我今天特别穿上,回到双手墓来。

母：这不是我替你做的,这是你父亲的遗物。

儿：(惊讶地)我父亲的遗物？我还以为我父亲的遗物只有花与剑,再也没有别的了。

母：不！这是在花与剑以外,唯一的一件遗物。你离家的时候,我不是告诉过你吗?等到了二十岁,你的身材就长得跟你父亲一样高了。那时候,你就可以穿起这件袍子。

儿:可是我从来就没有穿过。你看,还是崭新的。这么好的料子,这么好的手工,我舍不得穿。我要等到回到双手墓的那一天再穿,好叫你一眼就认出我来。

母:可不是么,我一眼就认出了这件袍子,只是我料不到你竟长得这么高了!

儿:二十年了啊,母亲!

母:二十年了,整整的二十年了!

儿:二十年来,你一直住在这儿?从没有离开过双手墓?

母:从没有离开过。我怎么能离开呢?这里埋着你父亲的双手,(指左边的坟墓)一边是左手,(指右边的坟墓)一边是右手。

儿:(抚摸着自己的手)父亲的手。除了父亲的手,我一点也不记得父亲的模样。在我的记忆里,好像只有父亲的手。母亲,父亲到底是个什么样子?

母:(端详儿)你为什么要问这个?

儿:因为……因为……我要知道我有一个父亲,一个完整的父亲,而不只是一双手。母亲,人人都有一个父亲是不是?为什么我不能有一个父亲?

母:你本来有一个父亲。

儿:可是为什么除了他的手,我一点都不记得他的模样?

母:因为他很忙,他在写他的书。

儿:对,我记得,他是在写他的书。他永远不停地在写他的书。我敲门的时候,他只把门开一条细缝。门里黑洞洞的,他伸出他的手来,抚摸一下我的头,然后又把门关起来。除了他的手,我真不知道他是谁。母亲,他有没有抱过我?

母:抱过是抱过的。那时候你还小,怕不记得了。

儿:可是打我记事的时候起,他就没有再抱过我,他也没有跟我玩过什么。我多么盼望有一天父亲也会带我去散散步,像我看见别人的父亲一样,把手放在你的肩上,或者搂着你的腰,亲亲热热的。我也盼望父亲跟我一块儿跳绳、下棋、骑自行车……可是什么也没有。我从小就不知道怎么个玩法,我只呆呆地看着别人的孩子又跳又叫。我自己不会玩,也不想玩,因为我心中想着父亲……

母:他很忙,他有他自己的事,他写他的书。

儿:我知道他很忙。每一个父亲都很忙,可是每一个孩子都想着他的父亲,盼望着父亲把他抱在膝上,搂在怀中,亲亲热热的。母亲,有时候我怀疑是否真有过一个父亲。

母：当然你有过一个父亲。

儿：可是他的样子那么模糊,除了他的手……

母：你不是有他一张照片吗？

儿：你是说他惟一的那张照片？左手拿着一朵花,右手扶着一把剑的那张？我离家的时候你放在我手里的？

母：就是。

儿：母亲,那时候我年纪还小。我坐在离国的海船上,手里就玩弄着那张照片。忽然一阵海风把它吹到海里。要是现在,我会奋不顾身地跳下海去,把它捞回来。可是那时候我年纪太小了,我只怔怔地望着海浪把它卷去。从此以后我就再也想不起父亲是什么模样。我只记得他的手,左手拿着一朵花,右手扶着他的剑。

母：花和剑都是你父亲给你的遗物。

儿：也许因为我有父亲的花和剑,所以我才记得那一双执花执剑的手。

母：这两样东西你是不是还带在身边？

儿：噢,母亲,你不说这是给我爱人的礼物么？

母：是你父亲生前这么说过的。

儿：所以我一直带在身边,直到我遇到了丘丽叶。

母：谁是丘丽叶？她是外国人么？

儿：是。我走过了几十个国度,才遇到一个我真正爱上了的女孩。她有金色的发,碧蓝的眼睛。她的皮肤像雪一样的白,油一样的滑,蜜一样的香甜。但更重要的是她说她爱我。我们对坐着,她把她的手放在我的手中,我把我的手放在她的手中,我望着她的眼睛；她望着我的眼睛。我们这么对坐着,整日不说一句话。

母：你爱上了她？

儿：我爱上了她,深深地爱上了她。所以我把父亲的花送给了她。那朵花早已枯萎了,可是仍然有一股奇异的香气。

母：你没有娶她？

儿：我想我会娶她,要不是我又遇见了丘立安。

母：谁是丘立安？

儿：丘立安是丘丽叶的哥哥。他有黑色的发,黑色的须,他骑着一匹高头大马。他的皮肤叫太阳晒成棕铜色,他笑的时候便露出一嘴洁白的牙,他的眼睛亮得像暗夜的明星。他说他爱我。

母：你也爱上了他？

儿：是,我爱上了他,发疯地爱上他。所以我把父亲的剑送给了他。那把剑虽然已经生了绿锈,但仍然相当锋利。

母:你没有嫁他?

儿:我想我是会嫁他的,要是没有丘丽叶。

母:你不知道应该爱谁?

儿:我不知道。要是我娶了丘丽叶,丘立安会伤心死的。要是我嫁了丘立安,丘丽叶也不会活。

母:所以你没法选择?

儿:唉!母亲,爱情原来是这么痛苦!为什么只能爱一个?

母:可怜的孩子,你真是你父亲的孩子!

儿:母亲,为什么?为什么……为什么你这么说?

母:孩子你不该回来。你绝不该不听我的话回到这里来!

儿:我并不想回来,可是我耳边那个声音对我说:"回去吧!回去吧!回到你父亲埋葬的地方!"因为不回来,我实在无法生活。

母:为什么无法生活?你要是爱丘丽叶,你就跟丘丽叶过;你要是爱丘立安,你就跟丘立安过。

儿:两个我都爱,我怎么能跟两个一起过?啊,母亲?要是我只有父亲的花,我就不会去爱丘丽叶;要是我只有父亲的剑,我就不会去爱丘立安。可是我不懂为什么父亲一手执花一手执剑,又把两样都给了我?

母:(急躁不安地)不要问这个!不要问这个!

儿:我要知道!我要知道,母亲!不然,我没法子生活!

母:(逃避地)不要问这个!不要问这个!

儿:母亲,那个声音终日在耳边对我说:"回去吧!回去吧!回到你父亲埋葬的地方!"我回来的目的,就是要弄清楚这些。(过去揪住母亲的衣袖。)

母:(愤怒地摔开儿的手)放开我!放开我!你回来就为了问这个?

儿:(进逼地)不错,母亲!我还要问,父亲是怎么死的?为什么他只有两只手埋在这里?一只在左、一只在右?

母:(尖声地)天哪,天!二十年后他果然回来问这些问题!

儿:母亲,你为什么瞒着我?我父亲的事,我不应该知道吗?

母:死了的人,死了的事,一切都在土里埋得深深的,为什么再来说?

儿:(恳求地)母亲,你得说!你得说!这关系着我。我走了这么多国家,仍然回到这个地方来。我必得弄清楚谁是我的父亲,我的父亲做过什么,然后我才能知道我是谁,我能做些什么。

母:难道你不知道你自己是谁?

儿:不知道!不知道,因为我看不清我父亲的面貌。他美,他丑,他勇敢,他懦弱,他和蔼,他暴躁,我都不知道!
母:(无奈地)儿啊,你要我怎么说?你要我说什么?
儿:我要知道一切、一切,关于父亲的一切!你们怎么结婚?又怎么生了我?

　　一只乌鸦落在墓前的一株树上,呱呱地叫了两声。

母:(对乌鸦拍手作激怒状)咻!咻!(乌鸦飞去)可恶的老呱!黑老呱!
儿:(坚持地)母亲,请你告诉我!
母:我们的父母要我们结的婚,我们又莫名其妙地生了你。
儿:父亲呢?他是个什么人?
母:你父亲是一个奇怪的人。
儿:为什么?
母:(自语地)他是一个奇怪的人……奇怪的人……
儿:怎么个奇怪法?他爱你吗?
母:(受惊地)爱?什么叫做爱?我们那时候不用这样的字。我们只要你看着我,我看着你,就明白一切的意思。
儿:可是为什么他总把他自己关在一间黑房子里?
母:那是生了你以后的事。本来原是好好的,自从生了你,你的父亲就完全变了一个人。他开始躲着我,不知为什么?
儿:他不再爱你?
母:他很忙,他开始写他的书,他对我不言不笑,好像一个陌生人。
儿:他真在写书吗?可是为什么我从没见过他写的书?
母:因为他写好了以后就烧掉。他写了三部,烧了三部,所以什么也没有留下来。
儿:他真是个奇怪的人。
母:是,他是个奇怪的人。当时我不了解他!我想他有点恨我。
儿:他恨你?为什么?!
母:我也不知道。因为他那么冷淡,对我好像一个陌生人。他不要再碰我。
儿:你恨不恨他?
母:我……我……可是我为什么现在告诉你这些?
儿:(逼迫地)你得说,你得说!这里只有你和我。要是你不说,我无法知道我父亲。水有源头,树有根,要是我不知道我父亲,我实在无法生活。
母:可怕呀!你真地要我说?
儿:再可怕也吓不倒我!我已经走了这么多国,遇到这么多人,经历了这么多事,再可怕也吓不倒我!母亲,你就说吧!

母:(回忆地)我该打那儿说?

儿:你说他有点儿恨你,你也有点儿恨他。

母:是,他恨我,我也恨他,可是我们却无法分离。

儿:为什么?

母:我也不明白为什么,也许连恨也没有的时候才真无法活。他叫我痛苦,我叫他难过。

我:啊,母亲!

母:所以我们彼此折磨着,却也有点快活!我想他最大的快乐是等我有了个情人,再杀死我!

儿:你有没有情人?

母:我?……啊……没有。可是有一天你父亲带回了他一个朋友。他强壮、热情又快活。他有黑色的发,黑色的须,他的皮肤叫太阳晒成棕铜色。他笑的时候便露出一嘴洁白的牙,他的眼睛亮得像暗夜的明星。他那么看着我……看着我……看着我……

儿:他爱上了你?

母:我不知道……

儿:你爱上了他?

母:啊!别问这个!我不知道,我不知道,叫我怎么说?

儿:我要知道。我要知道关于你,关于我父亲,还有关于这个人的一切。

母:(以下的戏须尽量使观众感觉有两个人的存在)有一天你父亲忽然走来拉起我的手来说(调换一个位置模仿父的声音):"你现在有了情人,你不再怪我了吧?"(回到原来的位置用原来的声音)我说:"我怪你什么?"(转到对面的位置模仿父的声音)"怪我对你的冷漠。"(回到原来的位置用原来的声音)我说:"我什么都不怪,这是命!"(转到对面的位置用原来的声音但模仿父的动作)他于是拉起我的手来,闻了又闻,闻了又闻。(回到原来的位置用原来的声音)"你闻什么?"(转到对面的位置模仿父的声音)"啊!我闻到一种特别的气味!"(回到原来的位置用原来的声音)"你喜欢这种气味吗?"(转到对面的位置模仿父的声音)"醉人,醉人,实在醉人。"(回到原来的位置用原来的声音)我问他:"这是什么气味?"(转到对面的位置用父的声音)"我闻出来,这是他的气味,这明明是他的气味!"(回到原来的位置用原来的声音)"你怎么知道这是他的气味?"听了我的话,他的脸登时白了,他转身走去,(抬脸似乎望着父走去的背影由近而远)再也不说什么。又过了一天,可怕的事情就发生了。

儿：发生了什么？
母：你父亲跟他的朋友双双失踪，但是在他的房里留下一滩血。
儿：(惊呼地)啊，我父亲杀了他？还是他杀了我的父亲？
母：没有人知道！又过了一个月，在那边(手指远处)在那边山谷里，发现了两具尸体。
儿：是父亲跟他的朋友？
母：天知道！

  又有一只乌鸦落在左边的树上呱呱地叫了几声。

母：(尖声对乌鸦追打地)咻！咻！恶鬼！恶鬼！就是这些恶鬼黑老呱吃光了你父亲跟他的朋友。我只捡回了一双手！其他只剩了一堆白骨。
儿：那是父亲的手？
母：那手，一手执花，一手执剑，就像你在照片上看到的一样。
儿：啊！父亲，父亲，你只剩了一双手！可是你也是一个人，一个有血肉的人。你也有过欲、有过爱、有过热情、有过恨……啊，父亲！我要知道，你是否曾经爱过我？
母：(模仿父的声音)我当然爱过你！
儿：母亲，我是对我的父亲说！
母：我就是你的父亲！(撕下第一层面具，现出第二层面具。)
儿：(惊呆地)你说什么？你是我父亲？我父亲不是早已死了么？
父：死了的不是我！死了的是你的母亲跟她的情夫。
儿：(后退地)你……你……我不懂！这怎么可能呢？我父亲的骨头恐怕早已烂掉了。你看，这里是他的墓，埋的一只是左手，一只是右手。
父：(大笑地)哈哈哈哈，你受了你母亲的骗了！这里埋的不是我。这里埋的一个是你的母亲，一个是她的情夫。
儿：母亲她为什么要骗我？
父：因为她不要你知道事情的真象。难道你不记得是她把你送出国去，并且叫你永远不要再回到这里来？
儿：不错！
父：因为她害怕，害怕有一天你知道是她害了我。
儿：母亲？她害了你？
父：自从生了你，你母亲就对我非常冷漠。
儿：因为我？
父：她整日只抱着你，搂着你，对你笑，对你说，再也不顾我！

儿：所以你嫉妒我？

父：我不知道是不是嫉妒你,我只觉得她从此变了一个人,她对我竟那么冷漠。

儿：所以从小你不理我,不抱我,因为你嫉妒我!

父：也许是,也许是因为我要占有,占有你的母亲,不能忍受她分一丁点儿爱给别人。

儿：所以你开始恨她？

父：我恨她,她也恨我,我折磨她,她也折磨我。

儿：都是为了我？

父：不!不!不都是为了你,因为在我们的心中早已有了恨。爱和恨是双生的一对,有了爱,也就有了恨。我不但恨她,更恨我自己。

儿：为什么你恨你自己？

父：我恨我不能爱她像爱我自己。

儿：你那么爱你自己？

父：有时候我觉得是,有时候我又觉得不是。有时候我可以完全忘了我自己,那时候我感到无比的快乐。可是等你的母亲一站到我的面前,我马上又回到了我自己。是她,使我不能忘了我自己,她是她,我是我,我们是截然的两个人。我不管多么爱她,也不能变成她,她也不能变成我。我想我爱她爱得太多,超过了我的心力!所以我开始疲倦。(苦恼地)可是我恨我不能再多给她一些。

儿：所以你也恨她？

父：是。她也恨我。我们彼此折磨着。

儿：为什么不干脆分手？

父：分手？从来没想过。你知道,没有折磨的生活空空荡荡更难过。忽然有一天你母亲走来对我说(转到对面的位置模仿母的声音):"我不知道怎么才可使你高兴,叫你满意？"(回到原来的位置用原来的声音)我说:"你没法子使我满意,叫我高兴,因为我们爱的太多,恨的也太多!"可是她冷笑着说(转到对面模仿母的声音):"我知道你满意的是什么？你最满意的是先叫我找到一个情人,然后再杀死我。诺,你闻一闻这是什么？"(回到原来的位置把想像中的对方的手举到鼻前)"噢,我闻出来了,这是他的气味,这是我最好的朋友身上的气味。我知道了,现在你爱上了他!"(转到对方的位置模仿母的声音)"是,我爱上了他。你杀死我吧!"(回到原来的位置,用原来的声音)"我才不去杀死你!杀死你,我会更难过!"(转到对方的位置用母的声音)"要是你不杀死我,我就杀死他,他,你那最好的朋友!"(回到原来的位置用原来的声音,恐惧地)"不！不！为什么？"(转到对方的位置模仿母的声音,切齿地)"因为我知道你爱他,你爱他比爱你自己更多！"(回到原来的位置,用原来的声音,恳求地)"我求你别那么做！"可是她听了我的话,白着脸走了。(抬脸望着想像中远去的背影)过了一天,可怕的事情就发生了。

儿：发生了什么事？
父：你的母亲跟我的朋友双双失踪。在你母亲的房里留下了一滩血。
儿：(恐怖地)啊！我母亲杀了他？还是他杀了我的母亲？
父：没有人知道。又过了一个月,在那边(手指远处)在那边的山谷里发现了两具尸体。
儿：是母亲跟她的情人？
父：天知道！

又有一只乌鸦落在右边的树上叭叭地叫。

父：(尖声对乌鸦追打地)咻！咻！恶鬼！恶鬼！就是这些恶鬼黑老呱吃光了你母亲跟她的情人！我只捡回了一双手,其他只剩了一堆白骨！
儿：那是谁的手？
父：一只手中捏着一朵花,一只手中握着一把剑。
儿：花和剑不都是你的么？
父：我把花送给了你母亲,把剑送给了我的朋友。
儿：天啊！父亲,你也这么做,像我做的一样。难道你也爱上了他们两个,不知道怎么选择？
父：是,是,我爱他俩,不知道怎么选择！
儿：啊,父亲,告诉我应该怎么做。
父：(神秘而低沉地)杀死一个,跟另一个过！
儿：杀死丘立安？还是丘丽叶？
父：随便哪一个！
儿：可是我仍然没法子选择。啊,父亲,你到底怎么选择？
父：你真要知道？
儿：当然！
父：我选择了杀死他们两个！
儿：(吃惊地)什么？是你杀死了他们两个？
父：(肯定地)不错,是我杀死了他们两个！
儿：(痛苦地)你不爱他们两个！
父：我爱他们两个！

儿：(急烈地)你说谎！你说谎！你谁都不爱，你也从来没有爱过我！

父：儿啊！就是因为爱你，我才这么选择。

儿：不！不！你不爱我！不爱我！你从来没有抱过我、搂过我、拍过我、哄过我，我怎么能相信你爱过我！

父：你的生命就是我，爱你就是爱我。

儿：你是你，我是我，父亲你真残酷！

父：所有的父亲都残酷！可是我爱你，因为你是儿子，是生命的延续。你带走了我的爱、我的恨、我的一切。我现在已经是空无所有，连生命也没有了，所以我要呼唤你回来。

儿：是你？是你终日价在我的耳旁低低地说："回去吧！回去吧！回到你父亲埋葬的地方"？

父：是我！是我！我早就赌过咒说二十年后你必得回来，回到这里弄明白一切。你要恨，去恨你的母亲，不要来恨我，一切都是她的错！

儿：够了！够了！我现在回来了，可是我不要再弄明白这一切。我只要知道一件事……。

父：知道什么？

儿：知道我的父亲是否爱过我。

父：当然，我爱过你。只是那时候你太小，我不知怎么对你说。

儿：啊！父亲！你不必说！你只须拍着我、哄着我、搂着我、抱着我。你现在才来对我说这些。你看，我已经这么大、这么高，你不可能再来拍我、哄我、搂我、抱我；你再对我说千万声爱，也等于白说！

父：(趋前，焦灼地)真的么？

儿：(后退地)请你不要过来！不要过来！你可知道在我年幼的时候，有多少多少日子，我盼望你带我去散散步，把手放在我的肩上，像这个样子，告诉我你喜欢什么、恨什么，告诉我路是怎么走、日子是怎么过。有多少多少日子，我盼望着我们一块儿跳绳、一块儿下棋、一块儿骑自行车，盼望着你把我抱在膝上，这么搂着我，亲亲热热……可是什么也没有，什么也没有过！

父：(又趋前迟疑地)现在让我们来……

儿：(躲避地)现在……现在……现在你不看我再不是小孩子！现在我跟你一样高、一样大，现在我不再需要这一些。

父：(沉痛地)儿啊！告诉我，应该怎么做？我要你知道……

儿：知道什么？知道你也爱我？啊，父亲！知道有什么用？重要的是我的感觉。现在一切都太迟了。

父：(失望地)太迟了……太迟了！你说的对！太迟了……

儿：不过，有一件事，也许你还可以帮我一个忙。

父：(兴奋地)什么？说吧，是什么？无论什么事，我都肯为你做。

儿：我只要你告诉我，是不是我也应该去杀死丘立安与丘丽叶他们两个？

父：(犹豫地)这……这……！

儿：(进逼地)可是你自己杀死了母亲跟你的朋友？

父：就是因为杀死他们，我也并不快乐。

儿：为什么？杀死他们你不是自由了么？你不需要再迟疑踌躇，你也不需要再做任何选择。

父：自由？(狂笑地)哈哈哈哈……那是多大的奢望！人虽已死，爱并没有消灭。

儿：你还爱他们？

父：自然，(指心)他们还在这里活！

儿：(沮丧地)那我是无望的了！

父：慢着，你看，(一手撕下了第二个面具，显出第三个面具。)

儿：(吃惊地后退着)你是谁？

朋友：我是你父亲的朋友，你母亲的情人。

儿：你不是早已死了么？

朋友：死了的其实不是我！

儿：是谁？

朋友：是你的父亲跟母亲。

儿：我真不明白。我的父母都告诉我，他们杀了你，你的尸首又在山谷里喂了黑老呱。

朋友：他们都骗了你！你听我说，你的父母本来极相爱，可是他们又都爱上了我……

儿：所以你们三个人不知怎么办？

朋友：如果去掉一个，两个仍然不快活。

儿：为什么你们不三个一起过？

朋友：三个人怎么你看我来我看你？接吻也不能三张嘴来一起做。

儿：这个我知道！

朋友：所以我们决定不如一同死。有一天我们到了那边(指远处)的山谷里……你父亲手执一把剑，你母亲手拿一朵花。他们俩你看我来我看你，看了好一会儿，你父亲终于一剑刺进你母亲的心窝，又一剑刺进了自己的心窝！

儿：(惊叫地)啊！天哪！别说了！别说了！

朋友：黄土地浇了两滩血！

儿：天哪！他们死得好惨！可是你呢？你为什么没有死？

朋友：(得意地)哈哈！我么？我本来没生,何须死？

儿：你说什么？我不懂！

朋友：我本来就没真活过。我一半是你父亲,一半是你母亲,其实我就是你父母的另一个我。

儿：(厉声地)你是谁？说！你是谁？

朋友：我是你父亲,又是你母亲,又是你父亲的朋友,你母亲的情人。你母亲真笨,她说什么也不要你回到这里来,可是她不明白,不明真象你会更难过。来,让我告诉你实情！

儿：我不要再知道什么实情！我只要知道我自己怎么选择。

朋友：(低声私语地)你根本不要选择什么！因为你根本就没有爱,没有爱过丘立安,也没有爱过丘丽叶,你根本就不是你自己！

儿：那么我是谁！

朋友：你是你父亲的儿子,你母亲的女儿,你事事都跟他们学。他们不曾爱过你,你哪里有什么爱去给别人？

儿：(受惊地)你骗我,你骗我,我明明觉得爱得深,爱得狂……

朋友：你要真地爱,你不必选择什么。干脆杀死他们两个,然后他们就永远在你那里(指儿的心)活！

儿：(激怒地)不！不！你胡说,你胡说！要死,也只有我自己死。

朋友：(劝诱地)去！像你父亲,去杀死丘立安跟丘丽叶！

儿：(反抗地)不！不！

朋友：(诱惑地抓住儿的手)去！要是你爱我,你就为我这么做！

儿：(挣扎地)不！不！你是谁？你是什么人？你到底是什么人？

朋友：你看,你仔细看我是谁？

儿：(细看,迷惑地)你看来又像我的父亲,又像我的母亲,又像丘立安,又像丘丽叶。啊,(悲哀地)你是谁？你到底是谁？

朋友：(狂笑地)哈哈哈……我是爱,我是恨！我是你的心！

儿：(激怒地)啊,你……你……你到底是什么人？(过去一把扯下其第三个面具,显出最后骷髅头的面具来。这时太阳突然沉落,月亮飞升入天空。舞台的光色也忽然由黄昏的灿烂转入月夜的凄迷。鬼渐渐后退慢慢消失在缭绕茅屋的烟气中。一只乌鸦呱呱地叫着飞过。)天哪！天哪！我这是在哪儿？我是谁？我走了那么远的路,到了这里。啊,父亲,是你叫我回到这里,我又遇到了些什么？我应该听母亲的话,永远永远不回来。我应该走自己的路。可是,父亲,你为什么整日价在我耳边低低地说:"回去吧！回去吧！回到你父亲埋葬的地方!"就只为了说你爱我？你杀死了母亲，但是你说她在你的心里活！（痛苦地）我的心在跳，我的喉咙似火烧。（以双手叉自己的脖子）好像两只手指在我这里……（挣扎地）我要叫！我要大叫，我不要再爱，爱情叫我太苦恼……我是一个迷了路的人。从来没有人告诉我过路是怎么走，日子是怎么过。（忽然茅屋前出现一只红色的灯笼。）

父亲的声音：（空洞地）来！来！

儿：父亲，是你？是你呼喊我？你已经这么对我呼喊了二十年！够了！够了！我不会再听你的话。我已长成这么高这么大。

父亲的声音：（空洞地）来……来……

儿：（向前奔了几步住脚，哭声地）父亲，告诉我，你爱我！你爱我……不！不！别说什么！太迟了，一切都太迟了！我知道你没有爱过我。我的心中那么空，那么冷，我实在没有爱过谁。你说得对，我没爱过丘立安，也没爱过丘丽叶，因为没有人爱过我！可是我又明明觉得这里（指心）在燃烧。我要爱，我要爱！我要爱丘立安，也要爱丘丽叶。我把剑送给了一个，又把花送给了另一个，叫我怎么选择？你看，连这件袍子都是你的，我注定了要走你的路？噢，不！不！（用力把袍子扯下，露出光背）这是你的！（掷向红灯处）还给你！还给你！

父亲的声音：（空洞地）来！来！跟我来……

儿：（又向前走了两步，驻足。红灯笼慢慢地向舞台后方远处飘去，如夜间人执灯渐行渐远状）啊！父亲，我迷了路。可是我不能跟你走！不能跟你走！（急转身。一只乌鸦飞过，发出寒森森的叫声）我的路在哪儿？

——幕落

对《花与剑》导演的几句话：

这出戏的布景、服装以及演员的表演方式都不能用写实的手法。颜色应强烈、鲜明，动作应明朗、夸大。但不可用喜剧化的夸张，举一个比喻，这出戏好像一朵不像花的人工花。虽然不像现实中的任何花朵，但却是作者居心要说服观众，这是一朵比真花更真的花。这是一种"无中生有"。然而所有的艺术创作都是无中生有的。如果导演体会到这一点，不但可以忠实地表达了作者的原意，而且可以进一步去丰富作者原来的构想及意图表达的意象。剧中有些句子是故意押韵的。演员的声调须流利高昂，其急缓高低须有节奏，且须与剧情的进展与脚色的情绪相配合。饰鬼的演员声域要广，最好能用不同的声音代表不同的人物。这出戏特别需要配乐，但那是导演与音乐家的事，所以我不说什么。

(选自《马森独幕剧集》，台湾联经出版事业公司1978年版)